Los cien Amores de Julieta

Los cien amores de Julieta

Evelyn Skye

Traducción de Leire García-Pascual Cuartango

☾ UMBRIEL

Argentina · Chile · Colombia · España
Estados Unidos · México · Perú · Uruguay

Título original: *The Hundred Loves of Juliet*
Editor original: Del Rey, un sello de Random House,
una división de Penguin Random House LLC, New York
Traducción: Leire García-Pascual Cuartango

1.ª edición: octubre 2023

ISBN: 978-84-19030-63-4
E-ISBN: 978-84-19699-58-9
Depósito legal: B-14.539-2023

Fotocomposición: Ediciones Urano, S.A.U.
Impreso por: Romanyà Valls, S.A. – Verdaguer, 1 – 08786 Capellades (Barcelona)

Impreso en España – *Printed in Spain*

Para Tom,
Esta historia es mi carta de amor para ti.
Para nosotros.

«Hay más cosas en el cielo y en la tierra, Horacio,
de las que han sido soñadas en tu filosofía».
—*Hamlet*, Shakespeare, acto I, escena V

HELENE

Alaska en enero parecía sacada de un cuento de hadas, con las ramas de los árboles cubiertas de escarcha reluciendo bajo la pálida luz de la luna, como si fuesen un encaje tejido por una doncella de las nieves. Los carámbanos que colgaban de los tejados centelleaban como si la Navidad se hubiese quedado congelada en el tiempo, y juro que los copos de nieve me saludan mientras surcan el cielo. Sin duda, como un cuento de hadas. O, al menos, una maravillosa primera impresión para mi primera noche aquí.

Con treinta años y después de demasiado tiempo trabajando como periodista en la oficina de Los Ángeles para *The Wall Street Journal*, por fin estoy persiguiendo mi sueño de escribir una novela. ¡Un libro mío de verdad! Donde no me tengo que limitar a contar las historias de otros. Llevo escribiendo relatos cortos desde que era adolescente, pequeñas escenas con las que crear una novela, y ahora por fin tengo tiempo para pensar cómo encajarlos todos.

La verdad sea dicha, *necesito* hacer esto. Lo mejor que puedo hacer con mi pasado, cielos, con los diez últimos años, es echarlos a una hoguera y empaparlos de gasolina. La muerte de mis dos golden retrievers, uno justo después del otro. El flautista de Hamelín de mi futuro exmarido, que hipnotizaba a becarias y aventuras amorosas como ratas atraídas a una orgía de queso. Y mi supuesta mejor amiga, que me robó el ascenso que se suponía que iba a ser mío.

Sin embargo, sin darse cuenta, me hizo un favor. Si me hubiesen ascendido a columnista nunca me habría marchado. Si hubiese sido una amiga de verdad, yo seguiría atascada en una vida sin sentido, casada con un marido de mierda.

En cambio, me clavó un puñal por la espalda y, al hacerlo, me entregó la cerilla que necesitaba para quemarlo todo hasta los cimientos, metafóricamente hablando.

Adiós, antigua Helene Janssen.

Hola, nueva y mejorada yo.

Mi madre siempre dice que todo pasa por algo, y yo me aferro con uñas y dientes a esa misma creencia. Así que cuando encontré unos billetes de avión increíblemente baratos a Alaska (los turistas no suelen venir a principios de enero) y una «cabaña para artistas» que se alquilaba en un pintoresco pueblo pesquero, supe que esa era mi señal; era allí donde tenía que ir para empezar a trabajar en mi novela y en mi futuro. Y creo que tenía razón. Estar en medio de este paraíso invernal ya me está ayudando a sentir que de verdad puedo salir adelante.

Tarareo una canción mientras cierro la puerta de la cabaña y me dirijo calle abajo en busca de la cena. Son solo las seis y media, pero ya hace unas cuantas horas que se fue el sol, algo a lo que tardaré bastante en acostumbrarme. Al igual que a abrirme paso entre la nieve con estas botas tan toscas, aunque es mejor que conducir. Tengo un coche aparcado en el garaje, pero el viaje de esta tarde desde el aeropuerto hasta la cabaña ya ha sido lo suficientemente angustioso para un solo día. Estoy acostumbrada a conducir por bulevares soleados con palmeras a cada lado, y no me gustaría agotar lo poco que me queda de suerte del día de hoy conduciendo por las calles heladas de Ryba Harbor.

Por fortuna, mi cabaña está a solo unas manzanas del pintoresco centro de la ciudad. En la esquina, una bonita librería con temática náutica está pegada a una pequeña tienda de recuerdos a la que pocos turistas suelen acudir (en verano) desde Anchorage y Ketchikan. Sale humo de leña de una barbacoa, impregnando el aire con el aroma a carne y costillas asadas. También hay una tienda de discos (no sabía que siguiesen existiendo y el hecho de que aquí siga habiendo una me encanta), varias panaderías y una cafetería.

Sin embargo, cuando veo un bar que se llama The Frosty Otter sé que es allí donde quiero pasar mi primera noche en Ryba Harbor. Me recuerda a una taberna del Viejo Oeste, pero con un toque propio de Alaska, con la pintura azul de la fachada desgastada por la nieve y la sal que se echa a las carreteras. En la puerta hay una estatua de madera de un trampero barbudo, con un rifle colgado de un brazo y una jarra de cerveza en el otro, y en el interior se escucha música de piano *ragtime*.

Tres leñadores vestidos de franela se me adelantan para entrar, riéndose de cualquier broma interna, propias de aquellos que se conocen desde hace años, y yo me cuelo en el interior tras ellos.

Dentro, The Frosty Otter es justo como esperaba que fuera. Dos tercios de las mesas están ocupadas y los clientes son tan estrafalarios como la decoración. Los leñadores van directos a la esquina más alejada para sentarse bajo un enorme mural de una nutria gruñona. En la pared del fondo del local se reúne un grupo de ancianas con aspecto de abuelitas amables que tejen bajo varios anuncios descoloridos del siglo xx y anuncian: «¡Salmón salvaje de Alaska!», «¡El Klondike!» e incluso hay uno con una caricatura de un cangrejo rojo real gigante con una corona dorada (creo que ese es mi favorito). La mayoría de los clientes son hombres, probablemente trabajen en la planta procesadora de marisco de al lado, pero también hay algunas familias, con los niños comiéndose sus tiras de pollo mientras que mamá y papá se toman una cerveza.

—Bienvenida a The Frosty Otter —me saluda una hermosa camarera con el pelo canoso—. ¿Eres nueva por aquí?

Me río.

—¿Es tan evidente?

—Bueno, es un pueblo pequeño y conozco a todo el mundo. Además, tu pelo tiene un tono dorado precioso que solo se consigue cuando el cabello castaño está en contacto constante con el sol. Algo que aquí no pasa, no es que tengamos acceso a demasiada vitamina D por estos lares —dice guiñándome el ojo—. Soy Betsy, la dueña de este antro. Siéntate donde quieras y te traeré tu primera bebida, la casa invita. ¿Qué quieres tomar?

—¿Una cerveza local? ¿Quizá una clara?

—Marchando.

Encuentro una mesa pequeña pegada a la pared desde donde puedo ver todo el local y me deslizo sobre el asiento de cuero agrietado. Encima de mí cuelga un trofeo gigante de la cabeza de un alce, es tan impresionante como horripilante. Aun así, encaja perfectamente con la decoración de The Frosty Otter, y comprendo por qué este lugar está tan concurrido.

Betsy me trae una cerveza de una marca local de Alaska.

—Tu reloj está muy atrasado, cariño —me dice, señalando mi muñeca—. Tienes que ponerlo en la hora local.

Le sonrío y niego con la cabeza.

—No puedo. Está roto.

No es un reloj demasiado impresionante, solo es un reloj de buceo azul y plateado común y corriente. Era de mi padre, y dejó de funcionar después de una expedición de buceo en alta mar. Pero él nunca se molestó en arreglarlo, simplemente siguió llevándolo roto.

«El tiempo no importa —solía decirnos papá a mi hermana y a mí—, porque si vives con vistas a que habrá un final, ya has perdido».

Es una lección que no siempre he sabido seguir, pero que ahora pienso poner en práctica. Por eso llevo puesto su reloj. Ya estaba roto cuando papá solía llevarlo, y seguía roto cuando lo heredé. Puede que el reloj no dé la hora, pero me sirve como recordatorio de cómo *quiero* vivir: con la mirada puesta en el presente.

Otro grupo de hombres entra en el restaurante haciendo ruido. La sala estalla en vítores cuando entran los siete, y la gente alza sus copas para brindar por su llegada.

—¿Quiénes son? —pregunto.

—Los pescadores de cangrejo rojo real del *Alacrity* —dice Betsy—. Cada vez que vuelven a puerto vienen aquí a celebrar su botín.

—Bien por ellos pero ¿por qué están celebrándolo el resto?

Betsy sonríe con satisfacción.

—Por interés. El capitán del *Alacrity*, Sebastien, es legendariamente generoso. Invita a una ronda de bebidas a todo el restaurante cada vez que está por aquí y, hablando de eso, mejor me vuelvo tras la barra, porque está a punto de llegar una montaña de pedidos.

Le doy las gracias por la cerveza y me dedico a observar a la gente de mi alrededor. Tomo un sorbo, que me deja un maravilloso regusto meloso al final, al mismo tiempo que el pescador de cangrejo más alto se quita el abrigo y se vuelve hacia la gente, con su silueta enmarcada por la luz dorada que surge de las bombillas.

Siento como un *déjà vu* se instala en la parte de atrás de mi nuca, como si fuese una brisa helada de invierno, erizándome la piel y recorriéndome la columna vertebral. Me quedo completamente congelada.

Lo conozco.

—Una ronda para todos, yo invito —dice Sebastien, y el bar estalla de nuevo en aplausos y gritos de celebración.

Yo soy la única que se queda callada, porque le estoy mirando fijamente, conozco ese rostro desde hace mucho tiempo. Cuando se burlaban de mí en el colegio, me inventé a un mejor amigo imaginario que me ayudase a seguir adelante. Lo conservé a mi lado mientras crecía, y él creció conmigo, aunque debería haber dejado de lado esa idea infantil atrás hace mucho tiempo.

También ha sido el protagonista de todas y cada una de las historias que he escrito.

Y ahora está aquí, frente a mí, en carne y hueso. No sabría decir cuántos años tiene, porque tiene una de esas caras de las que es imposible determinar su edad. Pero si lo inimaginable es cierto, que este hombre es el mismo que me inventé, entonces tiene unos treinta años, como yo.

Y sus rasgos me son tan familiares... Ese cabello oscuro despeinado, esos apacibles ojos azules que parecen guardar un cofre helado lleno de secretos. Esa cicatriz en su mandíbula en forma de «J» que coincide con una escena que escribí sobre él en una pelea en un bar de Portugal. Esos hombros, orgullosos y a la vez pesados, como si el hombre al que pertenecen hubiese visto demasiado mundo y aun así hubiera sobrevivido.

En todas las historias que he escrito a lo largo de los años me ha enseñado a vivir aventuras y a reír, la dulzura del primer amor y la devoción de un compromiso de verdad. Sé qué aspecto tiene cuando el viento le azota el pelo mientras se zambulle en el océano desde un acantilado. Sé que su piel sabe después a sal. Conozco el sonido de su voz cuando le canta suavemente a su alma gemela para que se duerma y el ritmo de su respiración cuando ella se despierta antes que él por la mañana.

Pero nunca le he conocido, nunca he sabido su nombre real, hasta hoy.

Sebastien.

Me sudan las manos contra el asiento de cuero a pesar del frío. ¿Cómo es posible que alguien a quien me he inventado sea *real*?

Observo cómo Sebastien se acerca a la barra para ayudar a Betsy a llevar todas las cervezas. No tiene por qué hacerlo, al fin y al cabo, él es el que paga. Y, aun así, no me sorprende que lo haga. Encaja con lo que sé sobre él.

Lo que *creo* que sé.

Lo que me he inventado.

Aun así, no puedo dejar de seguir con la mirada cada uno de sus pasos. Recorre el bar sirviéndole una jarra de cerveza a todo el mudo. No habla demasiado, pero sonríe ampliamente mientras les entrega la bebida que él mismo ha pagado, la gente le da palmaditas en la espalda o le estrechan el antebrazo en señal de agradecimiento, devolviéndole la sonrisa. Está claro que todo el pueblo ama a Sebastien.

Yo también quiero conocerlo.

La antigua versión de mí se deslizaría hasta hacerse chiquitita en el asiento, acobardada por la incertidumbre y la ansiedad sin hacer nada en absoluto. Ni siquiera pensaría en hablar con él por miedo a que la rechazasen. En cambio, me quedaría aquí sentada, donde me siento segura, porque siempre es mejor algo malo conocido que arriesgarse a hacer algo imprevisible.

Pero esa es la antigua Helene, me recuerdo. La nueva yo está decidida a actuar de manera diferente.

Levántate. Puedes hacerlo.

Cuando Sebastien ha terminado de servir las cervezas que llevaba en la bandeja, regresa a su mesa. Los pescadores están animados, brindando con sus jarras, pero Sebastien toma asiento en una mesa poco iluminada, como si se alegrase de dejar que sea su tripulación la que se lleve toda la gloria.

Con el corazón latiendo a toda velocidad, me levanto lentamente de mi asiento, abriéndome paso entre la multitud que se ha reunido para felicitar a la tripulación por otra gran captura de cangrejos.

Al principio, Sebastien no me ve acercarme, así que le pillo haciendo girar distraídamente su jarra de cerveza sobre la mesa, dos veces en el sentido de las agujas del reloj y dos veces en sentido contrario, repitiendo el patrón una y otra vez. Me detengo a mitad de camino porque ese es uno de los detalles que también caracteriza al personaje de todas las historias que he escrito. No importa si la escena transcurre en una cabaña en la montaña o en una tienda de campaña en medio del Sáhara, si hay una mesa con un vaso sobre ella, él siempre le da vueltas de la misma manera.

No logro comprender qué está pasando.

Pero ahora que he decidido que me iba a acercar a él ya no puedo echarme atrás. Soy como un copo de nieve mecido por una corriente de viento, no hay nadie que me detenga en este camino sin rumbo que he escogido. Pero también hay algo más, algo entre él y yo que me atrae a su lado, que no me suelta.

Solo cuando estoy justo al borde de su mesa alza la mirada.

Solo se escucha el latir de nuestros corazones, como el aleteo de una mariposa.

Sebastien parpadea. Y entonces se queda con la boca abierta y me mira como si fuese un marinero que lleva mucho tiempo perdido en el mar pero que, de repente, ve la Estrella Polar frente a él.

Mi reacción no es mucho mejor. En cuanto nuestras miradas se encuentran, me pierdo en sus ojos. No porque sean perfectos, de hecho, tiene una cicatriz blanquecina bastante fea bajo su ceja izquierda que desciende por el párpado y le cruza el ojo, sino porque no puedo creer que esté viendo esos ojos, que los tenga justo delante, que sean reales.

—Hola —susurro.

—Hola. —Noto como reverbera su voz grave en mi bajo vientre, como un gruñido. Por la forma en la que guarda silencio ya sé que este Sebastien, al igual que el que yo imaginaba, es un hombre de pocas palabras. Pero si esas pocas palabras pueden hacerme sentir así, quiero escuchar todas las que él esté dispuesto a entregarme.

—Eres tú —susurro, aunque este momento sea casi imposible—. Te conozco.

La expresión de Sebastien cambia en un segundo y levanta sus muros defensivos detrás de esos ojos azules helados.

—¿Disculpa?

Nuestra conexión se rompe. Lo siento como una ruptura física, como si una ráfaga de viento rasgase la cuerda demasiado tensa de una cometa. He hablado demasiado.

Pero soy incapaz de enfrentarme a esta conversación de manera racional, así que me lanzo al vacío.

—Te conozco —repito, como si de ese modo pudiese hacer que me creyese.

Sebastien frunce la boca y el ceño, aunque no confundido como yo esperaba, sino algo más.

Molesto.

—Me estás confundiendo con otra persona —dice.

Niego con la cabeza. Ahora estoy convencida de que no fue solo una oferta de billetes de avión lo que me llevó hasta Alaska.

—Soy Helene. —Quiero estirar la mano y tocar a Sebastien, sentirlo sólido bajo mis dedos.

En cambio, le tiendo la mano a modo de saludo.

Pero se le tensan los músculos del cuello y no me dice su nombre ni acepta mi mano. Me dedica una sonrisa tensa e impersonal, el tipo de sonrisa que cualquiera que haya estado alguna vez en un bar sabe que significa *no me interesa*.

—Si me disculpas —dice—, acabo de acordarme de que tengo que ocuparme de algo en casa. Me he olvidado de darle de comer a mi perro.

Uno de sus hombres nos oye y frunce el ceño.

Sebastien se levanta de la mesa y le susurra algo inaudible al tipo con el ceño fruncido. El hombre protesta pero Sebastien le entrega una tarjeta de crédito y se despide de él con un choque de puños. Sin dirigirme siquiera una mirada, pretendiendo como que no sigo aquí de pie, Sebastien sale del bar y...

Se marcha.

SEBASTIEN

Salgo corriendo hacia el aparcamiento y me monto en mi camioneta, donde dejo caer la cabeza contra el volante. Me tiembla todo el cuerpo.

Te conozco, dijo ella.

Me estás confundiendo con otra persona, respondí.

Mentí.

Claro que la conozco.

En el instante en el que vi a Helene sentí en mis labios el tenue dulzor del vino meloso, el fantasma de un beso. Ocurre cada vez que ella regresa a mi vida, un recuerdo persistente de la primera noche que nos conocimos, hace siglos.

No tiene ni idea de quién es, por supuesto. Que su presencia, o su ausencia, en mi vida ha definido toda mi existencia.

Puede que ahora me llame Sebastien, pero mi nombre solía ser Romeo.

Y el suyo era Julieta.

—No deberíamos estar aquí, Romeo —dice Benvolio cuando entramos en el baile de máscaras. El salón de baile dorado está lleno de invitados enmascarados: unicornios bailando con leones, caballeros de brillante armadura brindando con dragones, un sol paseando apartado de la multitud con la luna aferrada a su brazo—. ¿Tengo que recordarte que somos Montesco y que nuestras familias se odian a muerte? Si el señor Capuleto nos descubre en su hacienda, hará que nuestras cabezas aparezcan en picas al amanecer.

—Ah, pero esa es la gracia de un baile de máscaras, querido primo. —Señalo la máscara de bronce que me cubre el rostro, mi elegante toga y las alas que surgen de mi espalda—. Nadie podría distinguir a un Montesco de un Capuleto tras la máscara de un dios romano. Además, Rosalina estará en este baile.

—Olvídate de Rosalina. Ha renunciado al amor para dedicarse por completo a la iglesia, no tienes ningún futuro con ella. Y tu padre está ansioso por concertar un matrimonio mucho mejor para ti, uno en el que tu esposa tenga que escucharte y respetarte.

—¿Y se supone que eso debe ser tentador? ¿Una mujer a la que han obligado a amarme?

Benvolio se ríe.

—Eres demasiado romántico, Romeo. De hecho, dime, ¿de qué dios vas disfrazado? ¿Puede que sea… Cupido?

—Vuelve a burlarte de mí y te atravesaré el pecho con una de mis flechas —le digo.

Él se limita a carcajearse con más ganas.

—Eres un tonto de sangre caliente, pero eso solo te convierte en un verdadero Montesco. Voy a buscar algo para beber. ¿Puedo confiar en que no te enamorarás de otra chica mientras no estoy?

Lo empujo suavemente.

—Vete. No me vendría mal un momento de paz sin ti.

Cuando Benvolio ya está lejos, busco a Rosalina por el salón de baile con la mirada, pero no consigo encontrarla. Suspiro. Benvolio tiene razón. Rosalina probablemente esté en su casa, rezando castamente sus oraciones. De repente, estoy dispuesto a marcharme. Ya no hay razón para quedarme.

Pero entonces Julieta aparece en lo alto de la escalera.

Se hace el silencio en la sala. Los violines y los clarinetes dejan de sonar. Los unicornios y los leones se detienen en medio de su baile. Todas las miradas se vuelven hacia ella, como narcisos girándose hacia el sol naciente.

Me olvido de cómo respirar.

Lleva puesta una toga blanca, con una tiara recogida entre sus trenzas castañas y una delicada máscara de mariposa cubriéndole el rostro.

—Psique —murmuro.

La princesa mortal que se enamora de Cupido.

Julieta se desliza por la escalera, regalando sonrisas como si no le costasen nada. No solo sonríe a la nobleza que asiste al baile de su padre, sino también al lacayo que la ayuda a bajar los últimos escalones. Sonríe a todos y cada uno de los músicos de la banda y a los sirvientes que llevan la comida y la bebida por toda la sala. Le sonríe a su arrogante primo Teobaldo y a la anciana tía de la que todos se han olvidado en un rincón. Y nadie puede apartar la mirada de Julieta porque sus sonrisas son un rayo de luz dorada en nuestro mundo, normalmente sombrío por el derramamiento de sangre y el rencor.

Sí, es hermosa. Pero es su radiante amabilidad lo que me atrae. Hasta ahora solo me había interesado lo superficial, pero en este instante sé lo que es disfrutar del resplandor del sol.

Benvolio vuelve con un par de copas de vino caliente y meloso. Solo tomo un sorbo antes de dejar la copa en una mesa a nuestro lado. Él sigue mi mirada hacia Julieta y después la devuelve a mi copa, a la que doy vueltas y vueltas sobre la mesa.

—Nooo —se lamenta—. Solo te he pedido que no te enamorases mientras yo no estaba. ¡Solo han sido unos minutos!

En mi defensa, todos los presentes en este salón de baile están enamorados de Julieta esta noche.

Quizá debería hacer caso a la mitología acerca de Cupido y Psique, recordar todas las pruebas y tribulaciones que atravesaron por su amor. Pero Julieta me ha hechizado como si me hubiese disparado mi propia flecha y yo abandono a Benvolio, dejándole atrás con sus protestas y nuestro vino.

Una multitud ha rodeado a Julieta, halagando su máscara de mariposa y deseándole un feliz cumpleaños, que es dentro de poco más de dos semanas, en la víspera de la Fiesta del Pan. Me abro paso entre la multitud hasta estar cara a cara con ella.

La mirada de Julieta se ilumina al reconocer mi disfraz.

—Eres tú —dice—. Te conozco.

—Aún no —contesto—. Esto solo es el principio de nuestra historia.

Ella se ríe.

—Me parece bien, Cupido. Entonces, ¿cómo deberíamos conocernos?

—Baila conmigo.

—Atrevido.

—Muy atrevido. —Si tan solo supiera que soy un Montesco.

Pero cuando sus dedos rozan los míos, y un relámpago cruza mi piel, quedan olvidadas las enemistades de nuestras familias. Nunca me había sentido así, como si el mundo solo fuese un escenario construido para nosotros.

Los músicos tocan los primeros acordes de un *ballonchio* y mientras Julieta y yo bailamos, nuestros latidos nos retumban en los oídos con tanta fuerza que no podemos oír el ritmo de los tambores. Nunca he visto su rostro sin la máscara, pero no necesito verlo, porque solo por su disfraz ya siento la mano del destino sobre nosotros.

Somos jóvenes, sí, pero no tanto como dirán los bardos en el futuro. Julieta tiene casi diecisiete años y yo soy solo unos años mayor. Somos lo bastante adultos como para robarnos el aliento mutuamente, para saber que lo que tenemos entre manos esta noche es algo único. La chispa que dará comienzo a una vida extraordinaria.

La historia no es exactamente tal y como Shakespeare la escribió. Era brillante y prolífico, pero como muchos otros artistas, tomó prestadas historias de la vida real y las transformó con su imaginación para hacerlas suyas. Julio César, Hamlet, Macbeth… y, sobre todo, Romeo y Julieta.

De lo que Shakespeare no se dio cuenta fue de que la trágica historia de los desventurados amantes iba más allá de la historia de un chico y una chica. Solo contempló una pequeña parte, no la totalidad de todos los tiempos.

Por desgracia, yo conozco la historia de verdad demasiado bien. Envejezco al ritmo de un glaciar, apenas un año por cada cincuenta que pasan, pero sigo siendo Romeo. Una versión mucho más curtida y desmejorada del héroe de la obra de Shakespeare.

Julieta, sin embargo, cambia, reencarnándose una y otra vez. A veces es rubia y «rubenesca», otras tiene el cabello negro como la tinta y es delgada como una pluma. Esta noche tiene curvas suaves y el pelo dorado como el caramelo. Pero siempre tiene la misma alma, llena de curiosidad e ingenio. Sin importar lo mucho que cambie su aspecto, sigue siendo la misma mujer que besé por primera vez hace tantas vidas. La he amado una y otra vez a lo largo de los siglos.

Y la he perdido todas y cada una de las veces, de una manera u otra.

Pero Helene no sabe que es la Julieta que he amado durante toda mi maldita vida. Julieta, a quien echo de menos cuando no está aquí, a quien añoro durante los años intermedios tras su muerte y antes de que su reencarnación encuentre el camino de vuelta a mí.

—Pero se suponía que no tenías que encontrarme *esta* vez —murmuro mientras golpeo con el puño el volante de mi camioneta. Durante más de diez años me he estado escondiendo. Porque sí que vi a

Helene antes, cuando ella solo era una estudiante más en la Universidad de Pomona. Yo había estado pensando en volver a la escuela de posgrado y estaba dando una vuelta por el campus cuando escuché el sonido de su risa al otro lado de una explanada cubierta de hierba y saboreé en mi lengua el delator vino meloso.

La observé desde la distancia. Estaba preciosa con un vestido de verano color ámbar, tumbada en una manta de picnic con un grupo de amigos. Un joven la rodeaba con el brazo mientras contaba una historia, su atractivo era evidente por la forma en la que mantenía a todo el mundo absorto, sobre todo a Helene. Ella le observaba con la mirada brillante, como si fuese un príncipe que acababa de matar a un dragón y hubiese regresado para relatarle la hazaña a su reino.

En ese instante, alzó la mirada y nuestros ojos se encontraron brevemente a través del césped. Pero aparté mi mirada rápidamente y hui. Helene, mi Julieta, era feliz, y yo no quería robarle aquello. Si la dejaba sola puede que la maldición también la dejase en paz.

Me había alejado de la última versión de Julieta para permitirle vivir, y lo había hecho. Gracias a eso supe que la maldición no se desencadena simplemente porque se crucen nuestros caminos. Se necesita algo más. Puede que Julieta y yo nos tengamos que enamorar de verdad.

Por eso fui capaz de obligarme a dejar atrás esa explanada en la Universidad de Pomona y alejarme de Helene, aunque hubiesen pasado para aquel entonces más de siete décadas desde que había rodeado la mano de Julieta con la mía, desde la última vez que había sentido su cabello contra mis mejillas, desde que me había quedado dormido con mi amada a mi lado. La echaba de menos tanto como las estrellas añorarían el cielo si alguna vez cayesen a la tierra. Pero, aun así, me marché.

Porque sabía con certeza qué sucedería si me quedaba, si pasaba a formar parte de la vida de Helene. Siempre era la misma historia:

Romeo y Julieta se enamoran.

Creen que por fin han hallado la felicidad.

Y durante un pequeño espacio de tiempo pueden vivir sin preocupaciones, felices, puros.

Pero entonces Julieta muere, y Romeo sufre, carcomido por el dolor y la culpa.

Ahora lo siento, como si fuese ácido, corroyendo mi alma. No comprendo cómo el ciclo se repite, una y otra vez. Cada Montesco que soy, sin importar cómo me haga llamar. Cada versión de Julieta, que nunca me recuerda, nunca *nos* recuerda.

Lo único que sé es que yo no morí aquella primera vez, al contrario de lo que afirmaba Shakespeare.

Yo nunca muero, pero Julieta siempre muere.

Y siempre es culpa mía.

Sin embargo, esperaba poder evitar la maldición esta vez. Se suponía que Alaska era un lugar seguro donde poder esconderme. El escarpado paisaje favorece a ermitaños y marginados, y hay muchos más hombres que mujeres que en cualquier otro sitio. Me enfoqué por completo en el trabajo, construí una casa en medio de un bosque helado lejos del ya remoto pueblo, me aislé por completo del resto del mundo.

Entonces, ¿qué está haciendo Helene aquí, en Alaska, de todos los lugares del mundo? He intentado mantenerme lejos de ella. ¿Y cómo es posible que me conozca?

¿Es que… me recuerda?

Nunca antes me ha recordado.

Ahora vuelvo a quedarme sin aliento, aunque no en el buen sentido, al pensar en ella de pie junto a mi mesa esta noche. Necesito toda mi fuerza de voluntad para no salir de esta prisión autoimpuesta dentro de mi camioneta, para no volver corriendo a The Frosty Otter y tomar a Helene entre mis brazos y decirle: «Tienes razón. *Me conoces*, y nuestras almas están entrelazadas, nuestra historia se ha contado una y otra vez a lo largo de los siglos. Romeo y Julieta. Cupido y Psique. Tú y yo».

Pero me quedo dentro de mi camioneta, reclinado contra el volante, porque todo esto está mal. Julieta y yo solo nos encontramos el diez de julio, y es enero. Se supone que no debería conocerme, no debería ni siquiera reconocerme; cada Julieta es una nueva página en blanco.

A menos que la maldición haya cambiado. Quizás jugué con fuego con el destino cuando me alejé de Avery Drake, la versión de Julieta anterior a Helene, y ahora la maldición ha vuelto para vengarse en forma de una Julieta que cree recordarme. Un castigo por mi intento de cambiar el destino.

Pero no puedo sucumbir. Recuerdo demasiado bien cada una de las veces que dejé que Julieta me amara, y cómo sufrió por ello. Una lanza atravesando su cuerpo. Un golpe de calor y la deshidratación en el desierto. Una pira de llamas hambrientas dejando nada más que cenizas y huesos a su paso. Y más.

No volveré a dejar que muera.

Lo que significa que tengo que mantener a Helene alejada. Puedo obligarla a marcharse del pueblo antes de que se instale. O, si es necesario, seré yo quien se marche de Alaska. Sin importar lo mucho que me cueste, intentaré salvarla de nuevo. Porque Helene se merece poder vivir una vida plena, no una truncada porque nuestros destinos se crucen.

Y lo único que merezco, después de todo por lo que le he hecho pasar a Julieta, es asegurarme de permitirle vivir, incluso aunque eso signifique pasar toda la eternidad sin ella.

Alguien llama a la ventana de mi camioneta. Me levanto de un salto, golpeándome con el techo en la cabeza.

Es Adam Merculief, el copropietario del *Alacrity* y mi mejor amigo. Claro que no me dejaría marcharme de The Frosty Otter tan rápido.

Abre la puerta y se mete sin haber sido invitado. Adam pesa unos cien kilos de puro músculo, pero un accidente hace unos años con una trampa para cangrejos de casi cuatrocientos kilos le dejó sin una pierna; estoy seguro de que habría llegado hasta mi camioneta mucho antes si hubiese podido.

—¿Quieres contarme por qué has salido corriendo del bar de ese modo? —pregunta—. Porque no termino de comprender por qué de repente tenías que volver corriendo a casa para dar de comer a un perro que ni siquiera tienes.

26

Me froto los ojos con fuerza con las palmas de las manos.

—Es complicado.

—Inténtalo.

Si existiese alguien a quien pudiese contárselo, ese sería Adam. Su familia es aleuta, y su pueblo cree en unas cuantas supersticiones y mitos. Pero crecer escuchando antiguas leyendas no es lo mismo que creer de verdad en una maldición centenaria.

Además, ¿cómo le dice un hombre adulto a otro que la historia de Romeo y Julieta es su historia? ¿Que lo de «la elegida» es real y que si se enamora de mí morirá?

Todos mis amores, y pérdidas, del pasado surcan mis recuerdos como historias de miedo. Si me involucro en la vida de Helene le quedarán dos años de vida, como mucho. En el peor de los casos solo dos días. Y cada final es una tortura. Todavía puedo ver y sentir cada una de las muertes de Julieta como si fueran mías.

Creo que voy a vomitar.

—¿Estás bien, colega? —pregunta Adam—. Estás demasiado pálido.

Suelto el aire con dificultado, intentando quitarme de encima el peso de la historia.

—No me encuentro muy bien, eso es todo. Perdón por abandonar a la tripulación esta noche.

—No me lo creo, *Seabass.* —Adam nunca me ha llamado Sebastien. Es el tipo de hombre que tiene un apodo para todo el mundo, y como siempre está sonriendo, a nadie le molesta.

—No sé qué otra cosa decirte —respondo encogiéndome de hombros.

Adam suspira, pero está acostumbrado a que sea un hombre de pocas palabras. Es un amigo de verdad, por eso ha salido al aparcamiento para ver cómo estaba, pero también respetará mis límites.

Me da un puñetazo en el hombro.

—Vale, hombre. Pero no te enfades cuando carguemos una fortuna a tu tarjeta de crédito.

Consigo reírme a regañadientes.

—Trato hecho.

—Descansa. Te veré mañana en el puerto.

Adam se marcha de nuevo hacia The Frosty Otter. Me doy un minuto más para serenarme, para pensar en lo que significa que Helene esté aquí.

Después arranco el motor para emprender el largo viaje de vuelta a casa y empiezo a pensar en lo que voy a tener que hacer para librarme de ella.

HELENE

Cuando tenía trece años me seleccionaron para hacer de Julieta en la obra de teatro del instituto. Estaba entusiasmadísima porque mi cumpleaños coincide con el de Julieta, el treinta y uno de julio, así que siempre había sentido una conexión especial con ella. Además, Chad Akins, el chico más popular del instituto, era Romeo, y yo estaba ansiosa por compartir escenario con él.

Pero tras el primer ensayo lo oí sin querer hablando con sus amigos en el teatro cuando pensaban que todos los demás ya se habían ido a casa.

—No me puedo creer que Helene Janssen vaya a ser Julieta —dijo Chad—. Es feísima.

—En serio —dijo uno de sus amigos—. Parece una ballena. ¡Y esos pelos! Y esas gafas de culo de botella le hacen los ojos enanos, como un topo.

—Y la *permanente* —soltó una chica.

—¿Verdad? —dijo Chad—. Julieta debería ser alguien súper sexy si se supone que Romeo se enamora a primera vista de ella, ¿entendéis lo que quiero decir?

Pero yo *no* lo entendía. (Para aquel entonces aún era lo bastante ingenua como para creer que el mundo era una meritocracia). Escondida entre bambalinas les quería gritar: «¡No tiene nada que ver con la apariencia! Romeo se enamora de Julieta porque ve algo especial

29

en ella, puede que sea por la inteligencia que desprende su mirada o por cómo se mueve con confianza».

Ese algo especial que yo quería que alguien viese alguna vez en mí.

Pero, sobre todo, solo quería echarme a llorar. Y lo hice, durante todo el camino a casa en bicicleta, incluso casi chocándome con algunos árboles y señales de tráfico porque apenas podía ver a través de las lágrimas.

Cuando por fin llegué a casa me encerré en mi cuarto y me hice un ovillo sobre la colcha, escondiendo el rostro en mi almohada. Lloré durante horas, ignorando los intentos que hicieron mi madre y mi hermana por consolarme desde el pasillo.

Fue mi padre el que consiguió que me calmase. Tan solo unos meses antes le habían diagnosticado un cáncer cerebral maligno e incurable, así que cuando llamó a la puerta no pude decirle que me dejase sola. Quería espacio pero, sobre todo, quería pasar todo el tiempo posible a su lado.

—Ey, pequeña —dijo, sentándose a mi lado en la cama. Papá estaba tan frágil para aquel entonces que tenía que caminar lentamente con la ayuda de un bastón, pero no importaba lo delgado y débil que se sintiese, su sonrisa seguía siendo la misma sonrisa radiante que siempre nos tenía reservada a mi hermana, Katy, y a mí—. ¿Qué le pasa a mi estrellita de Broadway?

Le conté todo lo que había pasado con Chad y sus horribles amigos y, para cuando terminé, estaba hecha un mar de lágrimas y moqueando de nuevo.

—No me digas lo que se supone que tienes que decir como mi padre, que Chad se equivoca y que en realidad soy preciosa. No servirá de nada.

Papá me acarició la espalda.

—Vale, no lo diré, aunque eso es justo lo que pienso.

Enterré aún más la cara en la almohada.

—¿Sabes por qué me gusta tanto *Romeo y Julieta*? —preguntó papá—. No es por lo imprudentes que son porque, seamos sinceros, esos dos podrían haber ido un poco más despacio y haber tomado mejores decisiones. Pero eso no es de lo que trata la obra. Todo gira entorno a que los Capuleto y los Montesco no saben dejar de lado su enemistad y, al no ser capaces de hacerlo, terminan empañando lo más importante de la vida: el amor.

Murmuré contra la almohada para mostrar que estaba de acuerdo.

—Bueno, estaba pensando —dijo papá—. ¿Y si enfocas todo lo que ha pasado con Chad de otro modo?

Levanté un poco la cabeza de la almohada para poder mirarlo.

—¿Qué quieres decir?

—No dejes que sus insultos estúpidos te hundan. Céntrate en la historia de amor.

—Uff. ¿Con Chad?

—No. Si él puede querer una Julieta a su gusto, entonces, ¿por qué tú no puedes querer un Romeo más inteligente y dulce? Cuando estés sobre el escenario, imagínate a otra persona frente a ti. Piensa en ello como una forma silenciosa de vengarte, borrando a Chad y poniendo a tu propio Romeo en su lugar.

Al principio, la idea me parecía inmadura, como si estuviese creando un amigo imaginario. Pero papá tenía razón, imaginarme a otra persona en el lugar de Chad sobre el escenario fue lo que me ayudó en los ensayos e incluso hizo que actuase mejor. Cuanto más desarrollaba a Sebastien en mi cabeza, más me enamoraba de él, y eso se notó cuando, después de cada actuación, bajaba el telón y yo recibía ovaciones una y otra vez, porque estaba representando el papel de Julieta enamorándose de la apuesta versión del Romeo de Sebastien, y no la del idiota de Chad Akins.

Papá vino a todas las representaciones. Para aquel entonces ya iba en silla de ruedas. Pero, cada noche, se las apañaba para levantarse y aplaudir de pie con el resto del público, y siempre era el último en volver a sentarse. Sabía que le suponía un esfuerzo titánico y eso solo hacía que cada aplauso suyo fuese aún más valioso.

—Es como si de verdad fueras Julieta —me dijo después de una de las actuaciones.

Yo me sonrojé.

—Si de verdad fuese Julieta recitaría mis diálogos en italiano.

—Entonces deberías estudiar italiano —bromeó papá—. Más auténtico aún.

Dos semanas después de terminar las representaciones, papá murió.

Le siguieron meses de mucho dolor. Mamá, Katy y yo apenas podíamos dormir, comer o incluso hablar. Papá era el ruidoso centro de nuestro universo y, sin él, flotábamos a la deriva. La casa estaba demasiado vacía, demasiado silenciosa, incluso con nosotras tres.

Sin embargo, con el tiempo, conseguimos salir adelante. Y algo que me ayudó a dejar atrás mi dolor fue aprender italiano. Probablemente papá no lo había sugerido en serio, sino que tan solo sería un comentario más, pero fue una de las últimas cosas que me sugirió, y a mí se me quedó grabado.

Quizá también fuese por eso por lo que nunca abandoné la idea de Sebastien. Al principio, lo inventé porque papá lo había sugerido. Y después, cuando papá ya no estaba, Sebastien se quedó a mi lado.

Escribir historias sobre Sebastien se convirtió en mi vía de escape. Nunca me había gustado demasiado escribir, pero después de la muerte de papá, mi cabeza se llenó de ideas para historias que casi se podrían escribir solas. Eran tan solo pequeñas escenas románticas pero, en mi cabeza, el protagonista siempre era Sebastien. Probablemente se tratase de un mecanismo de supervivencia que me permitía centrarme en algo alegre para enfrentarme a la tristeza.

Cada vez que la vida real se ponía difícil: una ruptura en el instituto, perder todo el dinero que tenía en mi primer trabajo después de graduarme de la universidad porque resultó ser una estafa piramidal, o cada caso de infidelidad de mi marido, Merrick; escribir historias sobre Sebastien me alejaba de mi triste realidad. Podía vivir a través de esas historias y entender lo que era que te amasen incondicionalmente, que alguien te escuchase, que se preocupase, que mantuviese a salvo a su alma gemela.

En cada una de las escenas tenía un nombre distinto, claro, pero en mi cabeza siempre tenía el mismo rostro. Escribí aventuras románticas en las que la heroína cabalga a lomos de un camello por el desierto mientras él camina a su lado a pie, sujetando las riendas y guiándola. Mis personajes vivían grandes aventuras, como navegar en carabelas portuguesas o ayudar a Gutenberg con su imprenta, o incluso situaciones más sencillas como asistir a una carrera de caballos de la época victoriana. (Me encanta la historia casi tanto como los libros de romántica, lo que significa que tengo predilección por escribir escenas históricas. ¡Y los trajes de época! La heroína de la carrera de caballos llevaba un sombrero muy elegante decorado con un montón de plumas azules y rosas de color lavanda).

Y ayer, en The Frosty Otter, ¡allí estaba él! ¡En carne y hueso! Después de todo este tiempo viviendo solo en mi cabeza.

¿Le había dado vida?

Pero era imposible, así que, ¿cómo?

Y el pobre Sebastien. Me abalancé sobre él como una oleada de langostas hambrientas que querían devorarlo, mientras que él no tenía ni idea de quién era.

Ahora, me estiro en la cama y miro el reloj de mi mesita. Son las ocho y media de la mañana, aunque fuera aún no ha salido el sol. Una parte de mí quiere volver a meterse bajo las sábanas, pero la nueva y mejorada Helene obliga a mi cuerpo a salir de la cama.

En la cabaña se filtran las corrientes de aire y enseguida me arrepiento de haberme destapado. El suelo de madera está helado y doy un gritito al tocarlo, está tan frío que casi quema. Sigo teniendo toda mi ropa metida en las maletas, lo que significa que tengo que pegar saltitos de lado a lado mientras rebusco unos calcetines (me pongo dos pares, uno encima del otro) y una sudadera grande. Por suerte vivo sola y no hay nadie que tenga que presenciar este nuevo ritual de despertar en Alaska que me acabo de inventar.

Cuando ya estoy bien abrigada, me dirijo a la cocina. Es un rincón acogedor con flores pintadas en los azulejos, una vieja cocina de los años setenta y una nevera que resuena como si quisiese asegurarse de que soy consciente del trabajo que hace. Me recuerda a uno de esos trenes de animación que adora mi sobrino, *Thomas y sus amigos*, cada uno con su personalidad. Le dedico una sonrisa irónica a la nevera.

—Te nombro Reginald la nevera —digo.

Suena a nombre de viejo mayordomo cascarrabias y le va como anillo al dedo a la vieja nevera.

Sobre la encimera hay una cesta de bienvenida con unas cuantas cápsulas de café y un paquete de panecillos ingleses. Agradezco que ya me hayan dejado preparado el desayuno, ya que no tengo ninguna otra comida en la cabaña. Hoy tengo que hacer algunos recados, como ir a hacer la compra para llenar a Reginald la nevera y la despensa.

Me preparo una taza de café de avellana e inhalo profundamente su aroma mientras me siento en uno de los dos taburetes que hay junto a la encimera. Hay algo lujoso en el café con aroma. Puede que sea porque mi vida antes estaba centrada en hacer felices a los demás, en concreto a mi futuro exmarido, y los pequeños detalles como ponerle azúcar y leche al café estaban terminantemente prohibidos, no fuera a ser que las calorías de más se me fuesen a las caderas y él encontrase otra becaria más delgada y mona que yo dispuesta a hacerle una mamada.

Deja de pensar en él.

Cierro los ojos con fuerza, como si eso fuese a alejar la infidelidad, el sentimiento de impotencia y la desesperanza de no ser nunca suficiente sin importar el empeño que le pusiese.

Cuando abro los ojos de nuevo alcanzo uno de los cuadernos amarillos que tengo apilados sobre la encimera. Sumergirme en una historia con un «felices para siempre» me anima y me recuerda que existe algo mejor. Vuelvo a una de mis escenas favoritas, ambientada en Versalles, cuando aún reinaba María Antonieta; y los vestidos

34

preciosos y elegantes, y los pastelillos estaban a la orden del día. Los protagonistas de esta historia son Amélie Laurent y Matteo Bassegio pero, por supuesto, en mi imaginación, Matteo es igual que Sebastien. Y prefiero pensar en él que en Merrick.

En los jardines del palacio de Versalles, Matteo contempla a Amélie desde el otro lado de su pequeño bote de remos, la luz del Gran Canal dibuja la silueta de su pequeña nariz respingona, su delicado mentón y sus tirabuzones rubios recogidos con elegancia a la altura de la nuca. Tras ellos, el palacio dorado domina el horizonte como si fuese un rey vigilando su reino botánico. En esos salones relucientes y espejados hay intrigas políticas, puñaladas por la espalda y apuestas arriesgadas.

Pero aquí fuera, en los jardines, reina una calma engañosa. El recinto real es inmenso, lleno de arboledas y pabellones ocultos, de parterres y caminos, un invernadero lleno de naranjos, estatuas esculpidas por los mejores artistas europeos y fuentes que ofrecen espectáculos increíbles. En medio de todo ello se encuentra el Gran Canal, un estanque enorme lleno de cisnes y botes de remos. Una ligera brisa recorre la superficie del estanque y Amélie se ríe mientras se sujeta el sombrero con cintas que lleva puesto.

Matteo y ella se llevan viendo prácticamente cada tarde desde hace dos meses, desde que él llegó a Francia como embajador de la República de Venecia. La familia de Amélie pertenece a la baja nobleza francesa, lo suficientemente alta en la jerarquía como para mantener sus residencias en el perímetro exterior de Versalles, pero no tan alto como para que Amélie se tenga que preocupar por pasar un rato con Matteo. Los cortesanos del rey Luis xvi tienen intrigas políticas más importantes que atender que un flirteo inofensivo.

—¿Es demasiado trabajo tener que remar constantemente, Monsieur Bassegio? —pregunta Amélie—. Odio tener que pensar que yo estoy aquí divirtiéndome mientras que usted está trabajando sin cesar bajo el sol.

—Nada es demasiado trabajo cuando se trata de usted, Mademoiselle Laurent. Aunque, si no le importa, me gustaría quitarme este chaleco. Sé que no es apropiado, pero…

—Oh, pobrecito, seguro que se está achicharrando con eso puesto. Por supuesto que debería quitárselo. —La corte de María Antonieta es indulgente con esos pequeños desaires a las normas de etiqueta.

Sin embargo, Matteo percibe cómo las mejillas de Amélie se ruborizan mientras se despoja de su chaleco. ¡Lo que daría por cruzar este bote y besarla en ese mismo instante! Pero eso solo desequilibraría el bote y haría que ambos cayesen al Gran Canal, y teniendo en cuenta que estaban rodeados por cortesanos paseando por los jardines, Matteo se contiene y en su lugar sigue remando.

—Hábleme de Venecia —le pide Amélie—. Nunca he estado pero suena a que es un lugar increíblemente romántico.

Matteo sonríe pero se para a considerar por un instante qué responder. Venecia es una gran república que va desde el Mar Adriático hasta el Ducado de Milán. Él vive en la capital de Venecia, donde es el nuevo dogo, algo parecido a un noble electo por el pueblo.

Sigue remando por el Gran Canal de Versalles, lejos del bullicio, junto a la caseta para botes, y el rumor de las olas le recuerda a su hogar.

—Venecia es un poema sobre el agua —dice Matteo—. Las góndolas se deslizan en silencio por los canales como carruajes de ángeles. El mar corteja a diario a la orilla, las mareas besan los escalones de los edificios de ladrillo para darles los buenos días y las buenas noches. El noble *campanile* de la plaza de San Marcos vigila la ciudad como un orgulloso centinela. Y los puentes conceden deseos a los amantes que se atreven a encontrarse sobre ellos bajo la tímida luz de la luna.

Amélie suspira.

—Suena divino. Espero poder verlo algún día.

—Yo te llevaría allí, si quisieses —se atreve Matteo.

Sus mejillas vuelven a sonrojarse.

—¿De verdad?

—Vayámonos hoy mismo.

Ella se ríe.

—¡Ojalá!

Matteo saca los remos del agua y apoya los mangos en su regazo. El bote se ralentiza hasta quedar a la deriva.

—¿Por qué no?

—Por un millón de motivos —dice Amélie, todavía sonriendo—. En primer lugar, si pudiese ir, tendría que hacer las maletas y solo eso me llevaría varios días. En segundo lugar, una mujer soltera no puede permitirse simplemente marcharse al extranjero con un hombre. Una cosa es estar aquí, en la corte, contigo y otra muy distinta es marcharme sin supervisión a un país extranjero.

—Entonces cásate conmigo.

A ella casi se le cae el parasol en el estanque.

—¿Qué acabas de decir?

Matteo sujeta los remos en los aparejos y se acerca a Amélie, manteniendo con cuidado el equilibrio sobre el bote. Toma sus suaves manos entre las suyas.

—Cásate conmigo y nos mudaremos a Venecia, y vivirás como una princesa a la orilla del mar.

Él puede sentir su pulso acelerado bajo sus dedos. Lo que le está pidiendo va más allá de un cortejo sin importancia. El corazón de él late tan nervioso como el de ella.

Sea cual sea su respuesta, Matteo la soportará. Porque desde aquella primera tarde cuando se unió a su grupo para una improvisada partida de palamallo en los jardines, no consigue relajarse a menos que ella esté cerca. Por las mañanas, cuando los asuntos del Estado veneciano requieren toda su atención, el inquieto deambular de Matteo por su despacho ha hecho que la alfombra termine deshilachándose. Por la noche, sus incesantes vueltas en la cama y sus frecuentes peticiones de una almohada nueva o una manta más caliente han hecho que los sirvientes que tienen que ocuparse de él se den a la bebida para permanecer despiertos. Es como si la tela que compone el alma de Matteo se hubiera deshilachado y solo las palabras y las sonrisas dulces de Amélie fueran capaces de volver a unir los hilos.

Consigue liberar una de sus manos y se abanica con ella. Pero su otra mano sigue entrelazada entre las suyas. Aún no ha tomado ninguna decisión.

Él contiene la respiración.

—Tu propuesta es una locura —dice Amélie en voz baja. Pero después alza la mirada y el brillo del sol sobre el agua del Gran Canal se refleja en su mirada—. Y no hay nadie más en el mundo con quien elegiría cometer una locura que contigo.

El corazón de Matteo late en su pecho como si fuese una bandada de pájaros a punto de romper su jaula de huesos y salir volando, libres.

—¿Eso es un sí?

—En contra de mi buen juicio, lo es. —Ella sonríe y él piensa que nunca ha habido una mujer más hermosa en toda la historia que ella. Ni Nefertiti, ni Lady Godiva, ni siquiera la Mona Lisa.

Matteo se adelanta para besarla, pero el bote se tambalea, y Amélie le indica que vuelva a sentarse.

—¡Siéntate, siéntate, que nos vas a hacer zozobrar! —Se ríe—. Tenemos todo el tiempo del mundo y un día de más para besarnos. Esperar a volver a estar en tierra firme no nos matará.

Sin embargo, Matteo rema tan rápido como puede de vuelta a la caseta. En cuanto sus pies tocan el muelle, toma a Amélie en sus brazos y presiona sus labios contra los de ella, sin importarle las normas de etiqueta. Su cabello huele a rosas y a tormentas de verano, ella cierra los ojos y le devuelve el beso, y él sabe con certeza que sus labios, sus caricias, su amor es lo que se siente al estar en casa.

Suspiro feliz mientras cierro el cuaderno, ahora mucho más calmada. El sol está empezando a salir en el horizonte, lentamente, tiñendo el cielo de un tono rosáceo que anuncia la llegada de la luz. Mi mente regresa a Alaska.

A *este* Sebastien.

Nada me garantiza que la versión real de él tenga algo que ver con mi mejor amigo imaginario, con mi alma gemela. Puede que solo sea que sus rostros son iguales, que mi imaginación me esté jugando una mala pasada. Puede que viese a alguien que se parecía a él en el pasado, en uno de esos anuncios en blanco y negro de Calvin Klein o en uno de esos camareros que quieren ser actores y que están esperando su gran momento (hay unos cuantos por Los Ángeles), y uniese ese rostro a lo que yo imaginaba.

Pero esto es lo que sé:

Se llama Sebastien.

Es el capitán del barco cangrejero *Alacrity*.

Y salir y vivir nuevas experiencias es algo fundamental para avivar la creatividad de un escritor.

—Está decidido, entonces —digo en voz alta, como si me estuviese dando permiso para sonreír. Me acercaré al puerto bajo el pretexto de investigar para una nueva historia ambientada en Ryba Harbor y lo usaré como excusa para cruzarme con Sebastien. Es creíble; solía ser periodista al fin y al cabo. Si está allí, me acercaré a él con mucho más cuidado esta vez, con más *normalidad*, y veré si puedo mantener una conversación de ese modo. Si no está en el barco siempre puedo quedarme por allí y entrevistar al resto de personas que haya por el puerto porque, cielos, la pesca de cangrejo rojo real es un tema muy interesante y quizá pueda usarlo para mi novela. De cualquier modo, no hay tiempo que perder.

Sin embargo, eso tendrá que esperar a mañana. Hoy es mi primer día completo en Alaska y tengo que hacer recados. Me gustaría dejarlo todo listo en las pocas horas de sol, ya que no sé dónde está cada sitio en este pueblo y, sin duda, no soy lo suficientemente valiente como para confiar en mis habilidades para conducir sobre la nieve a oscuras.

Me termino el café y le envío un mensaje rápido a mi madre y a mi hermana para hacer una videollamada las tres juntas más tarde, ya que quieren saber si me estoy adaptando bien al lugar. Después me doy una ducha y me visto, asegurándome, como siempre, de ponerme el reloj roto de mi padre.

Todo lo que tengo que hacer es sobrevivir a una lista interminable de recados y entonces, mañana, podré empezar a perseguir mis sueños.

$\mathcal{S}$EBASTIEN

Las montañas nevadas recortan el cielo púrpura de última hora de la mañana como un cuchillo de sierra, y el perezoso sol apenas empieza a asomar por el horizonte, como si estuviese decidiendo si hoy nos concederá unas horas de luz o no. El frío del aire salobre me muerde las mejillas, la única parte expuesta de mi piel, y termino de comprobar las trampas para cangrejos en busca de puntos débiles o rasgaduras en las redes.

No está previsto que el *Alacrity* zarpe hasta mañana, y la tripulación ya ha limpiado el barco de proa a popa. Pero mientras que la mayoría de los hombres tienen sus familias con las que pasar el tiempo, este barco es mi único amante. Aquí, en el puerto, con mi rutina, estoy a salvo, y las preocupaciones de The Frosty Otter parecen menos pesadas.

Puedo pensar en qué voy a hacer con Helene más tarde, porque pronto volveré a estar en el mar, llevando encima el frío como el manto helado de una armadura. Para algunos, los inviernos en Alaska son amargos e implacables, para mí han sido un consuelo. La pesca de cangrejo rojo real es un trabajo agotador, pero en el océano no hay tiempo para lamentarse por viejas maldiciones.

Cuando Adam y yo compramos el *Alacrity* hace cinco años, el barco ya era un veterano en los gélidos mares de Alaska. Tenía rasguños hechos por icebergs y estaba lleno de óxido, la mitad de su peso se componía de percebes e historias de batallas llenas de legendarias pescas de cangrejos y tormentas únicas.

El capitán que se retiraba había hecho una fortuna; esta profesión se paga excesivamente bien por el peligro que supone traer cangrejos rojos reales que valen su peso en oro.

«Si sois listos», dijo mientras Adam y yo firmábamos el contrato de venta del barco, «ganaréis una fortuna y después dejaréis este negocio. Un pescador de cangrejos no puede vivir muchos años antes de que el océano lo reclame. La avaricia nunca sirve para nada».

«No me da miedo la muerte», respondí.

El capitán me estudió durante un minuto antes de volver a hablar.

«Sí, la temes, aunque no del mismo modo en que la temen el resto».

Pero intento no pensar en aquella conversación y en la verdad que esconde en estos momentos. Colin Merculief, el sobrino de dieciocho años de Adam, acaba de llegar para llenar el barco con alimentos frescos. Como es el novato, el miembro más nuevo de mi tripulación, se ha encargado de ir a hacer la compra al Cosco hoy. Su camioneta está cargada hasta arriba con suficiente comida como para alimentar a una tripulación de seis hombres durante diez días. La duración de nuestro viaje de pesca dependerá tanto del clima como de lo bien que funcionen nuestras trampas.

—¿Estás seguro de que has comprado lo suficiente? —le pregunto entre risas.

Colin tiene cuatro neveritas llenas de pizzas, empanadas y burritos congelados, y quién sabe cuántos kilos de beicon, pollo, carne y queso. Puedo contar dos docenas de cajas de cereales, diez hogazas de pan y una caja enorme llena de mantequilla de cacahuete y mermelada, botes de proteína en polvo para batidos y varios sacos de patatas de diez kilos cada uno. Y eso es solo lo que puedo ver en la parte trasera de la camioneta, hay mucha más comida en el interior de la cabina.

Colin se sonroja, lo que es increíble porque ya se encarga el frío de sonrojarnos las mejillas lo suficiente. Trastea con su abrigo y saca una pequeña libreta de espiral con cientos de esquinas dobladas, y me la enseña.

—El tío Adam me ha dicho que quemaremos unas diez mil calorías cada día cuando estemos en alta mar, así que me dijo que siempre es mejor comprar de más. Y me ha dado una lista con todos los alimentos que suponen una buena fuente de carbohidratos complejos y proteína. Eso es lo que he intentado comprar.

Yo me vuelvo a reír con ganas. Había olvidado lo que suponía ser tan joven y tener tantas ganas de aprender.

—Solo me estaba quedando contigo. Lo has hecho bien, novato.

Eso hace que Colin se sonroje todavía más.

Tenemos que hacer cinco viajes desde el coche hasta el barco para meterlo todo y yo canto una vieja canción marinera en voz baja mientras tanto; el trabajo me pone de buen humor.

—¿Qué hay del cebo? —pregunta Colin cuando por fin hemos terminado.

—Lo compraremos mañana por la mañana justo antes de zarpar. Es el único modo de asegurarnos de que sea lo más fresco posible.

—Ah, cierto —dice, sacando la libreta del bolsillo de su abrigo y escribe esta nueva información.

Justo al final del muelle aparece Adam, saludándonos con la mano.

—¿Qué tal le ha ido a nuestro novato? —grita.

—¡Sigo vivo, tío! —responde Colin también gritando.

Adam se ríe ante la broma, aunque su risa tiene un toque sombrío en el fondo. Puede que esta sea la primera temporada de Colin pescando cangrejo rojo real, pero la familia Merculief lleva generaciones en esta industria y siempre han sido plenamente conscientes de los peligros que acechan tras un cielo completamente oscuro y las aguas gélidas de enero. De media, se muere un pescador de cangrejo en Alaska cada semana.

Por suerte, la novia de Adam, Dana Wong, aparece en el aparcamiento con una cesta de picnic y cambia de tema.

—¿Os apetece comer algo? —pregunta.

—Depende —digo, aunque ya estoy sonriendo mientras bajo por la escalerilla que da al muelle—. ¿Qué tienes? —Dana es la propietaria del único asador de la ciudad, y a mí me ruge el estómago solo de pensar en lo que puede contener esa cesta.

—Oh, nada especial —dice, con falsa seriedad—. Falda ahumada, pollo a la barbacoa, frijoles estofados, pan de maíz.

—Y cerveza —añade Adam.

—Bueno, si tienes cerveza, me apunto —digo—. Si no, diría que no me interesa lo más mínimo.

Dana me da un empujón, un poco más fuerte que si lo hiciese de broma, pero esa es su forma de ser.

—Vamos, chicos. Alejémonos de este frío y os daré de comer.

Los cuatro nos dirigimos al pequeño remolque que tenemos en el aparcamiento y que nos sirve como base de operaciones. El escritorio está ordenado pero lleno de pilas de facturas de las fábricas de marisco que compran nuestros cangrejos rojos reales. Estoy enormemente agradecido de que sea Adam quien se ocupe de la contabilidad y el papeleo. Él tiene «don de gentes» y los clientes lo adoran. Yo, en cambio, suelo ser taciturno y ese no es exactamente el carácter que se necesita para conseguir un gran contrato.

Colin abre una mesita plegable y Adam y yo nos ocupamos de organizar las únicas sillas que hay por la oficina. Estamos bastante apretados cuando nos sentamos todos; yo tengo la espalda contra la ventana, Colin está encajonado contra la puerta y Dana y Adam están pegados al escritorio, pero una vez que Dana saca el contenido de la cesta de picnic, todo lo demás pierde importancia. La oficina huele a carne asada y madera quemada.

—Cariño, te has vuelto a superar —dice Adam, inclinándose para darle un beso. Sin que Dana lo sepa, ha estado ahorrando cada céntimo que ha conseguido de lo que hemos ganado con las capturas de esta temporada para poder proponerle matrimonio el mes que viene con «un anillo tan grande que le dará artritis».

Les observo desde el otro lado de la mesita, quizá con demasiada nostalgia, porque Dana se vuelve hacia mí antes de volver a hablar.

—Sabes, Seb, que podrías tener lo mismo que tenemos nosotros si te lo permitieras —dice.

Me estremezco. Sé muy bien lo que sucederá si me permito ser feliz. La imagen de Helene se me pasa por la cabeza y me obligo a alejarla como si fuera una mosca.

Una nube de tormenta se cierne sobre mi cabeza, cambiando mi estado de ánimo. Pero no quiero fastidiar la comida, así que me encojo de hombros como respuesta con ese aire despreocupado que suelen tener los solteros, como si no mereciese la pena explicar que no tengo remedio.

—No soy de los que sientan la cabeza.

—Cierto —dice Adam—. Está casado con el barco. Mejor si *Seabass* se dedica solo a ligar con las turistas que se quedan un par de días en Ryba Harbor y nunca regresan.

Colin me observa con la admiración propia de un adolescente.

—Uff —dice Dana—. Puedes tener algo mejor, Seb. Te *mereces* algo mejor.

¿Me lo merezco? He intentado tener relaciones estables con otras mujeres que no fuesen Julieta. Pero siempre han fracasado todas, porque soy «demasiado distante» y mis novias «no consiguen entenderme». He hecho un esfuerzo, de verdad. Pero una vez que ya has estado enamorado del modo en el que yo he estado enamorado de Julieta, una vez que has conocido lo que es entregarte por completo a otra persona, el tener a tu alma gemela entre tus brazos, el sentir esa calidez que va ligada a sentirse seguro, a la comodidad y a ese sentido de pertenencia; ya no te sirve nada más. Por eso no salgo con nadie. No es justo ir por ahí rompiendo corazones porque soy incapaz de entregarle el mío a nadie que no sea Julieta, y hace tiempo que le pertenece solo a ella.

Mientras tanto, Dana le dedica una mirada de reproche a Adam.

—No me puedo creer que ese sea el tipo de consejos sobre relaciones que le das a tu mejor amigo.

Adam cruza los dedos en forma de X delante de su cara, riéndose.

—¡Atrás, mujer! —dice—. No me hechices con tu mirada.

Ella se vuelve hacia mí y suspira.

—¿Ves lo que tengo que aguantar?

Adam se abalanza sobre ella y le roba otro beso.

—Sabes que te encanta. No puedes resistirte a intentar cambiarnos.

Me rio y Dana le da un mordisco a su filete para intentar esconder una sonrisa.

Cuando todos hemos comido hasta saciarnos, Adam me entrega una botella de chardonnay barato. La tradición de Alaska dice que echar vino sobre la cubierta traerá suerte a los pescadores.

—Para mañana —dice.

Dana chasquea la lengua.

—Se supone que tienes que usar *buen* vino, no un vino barato asqueroso.

—Nos hemos bebido todo el vino bueno de Napa, nena.

—No importa —digo sonriendo—. Estoy seguro de que con este tendremos suerte también. Lo abriremos mañana a primera hora.

HELENE

Todo está mucho más caro en Alaska de lo que creía. Y estoy agotada de estar en tensión por conducir con nieve. Derrapé en el aparcamiento y casi atropello a una familia con niños pequeños. Después, cuando volví a la cabaña, el camino de la entrada se había helado y estuve a punto de estrellar el coche contra la pared del garaje.

Tras descargar la compra (Reginald la nevera agradece tener la barriga llena), decido que lo que necesito es tarta. Por suerte, puedo ir dándome un paseo hasta la cafetería que se encuentra en el pintoresco centro del pueblo. He tenido que conducir hasta Walmart por necesidad, porque estaba en la ciudad de al lado, que es mucho más grande, pero no volveré a subirme a ese coche a menos que sea totalmente necesario.

Después de haber visto el interior de The Frosty Otter, el de Moose Crossing, la cafetería, es un tanto decepcionante. Es como una copia barata de Starbucks, con la misma distribución y mobiliario parecido. Incluso el letrero es del mismo tono que el de Starbucks, aunque en vez de aparecer una sirena en el logotipo, aparece un alce.

Aun así, la cafetería huele a café recién hecho y el expositor de pasteles está lleno, así que para mí es más que suficiente.

Pido un café con leche y un buen trozo de tarta de arándanos rojos y nueces que tiene un cartelito donde pone que es un postre artesano junto a una nota que dice: «Pruébalo. Te prometo que no tiene nada que ver con las tartas de frutas que todo el mundo odia».

Solo hay otro cliente en toda la tienda, tecleando en su portátil, así que me dirijo a una de las múltiples mesas vacías. Pero en cuanto me acerco a él y vislumbro su perfil, me detengo en seco y casi se me cae la tarta a las botas.

Mierda, mierda, mierda. ¿Ese es Merrick?

Apenas puedo verlo bajo las ondas de pelo rubio, pero la mandíbula afilada y la postura perfecta son idénticas a las de mi exmarido. Mi *futuro* exmarido, el mismo que se niega a firmar los papeles del divorcio, que me llama y me manda mensajes varias veces al día pidiéndome que lo reconsidere. *Exigiéndome* que lo reconsidere.

¿Es que ha conseguido encontrarme y me ha seguido hasta aquí?

Se me revuelve el estómago. Y el desconocido debe de sentir mi presencia a su lado, porque alza la mirada.

Pero... sus ojos son marrones, no verdes. ¡No es Merrick!

—Eh, hola —dice el hombre, sin saber muy bien qué hacer conmigo, ya que le estoy mirando fijamente. Primero Sebastien y ahora él. Si no llevo cuidado voy a empezar a ganarme una reputación: turista de California que se queda mirando fijamente de manera extraña a los hombres del pueblo.

—Disculpa, te he confundido con otra persona. —Me rio para intentar quitarle hierro al asunto y me voy corriendo hacia la mesa más alejada de la cafetería.

47

Muy bien, Helene, me regaño metiéndome un trozo de la tarta de fruta en la boca.

Aunque no era Merrick, ahora no puedo sacármelo de la cabeza.

Cuando conocí a Merrick Sauer ambos estábamos estudiando en la Universidad de Pomona y, años más tarde, fuimos juntos a la facultad de periodismo en la Universidad de Northwestern. Lo que le faltaba de músculo, lo compensaba con su increíble inteligencia, su carisma y un toque de arrogancia, con veinte años solo era un empollón despreocupado. Todo el mundo lo quería: sus profesores, nuestros compañeros y, sobre todo, yo. Tenía ambición y talento a raudales y estaba claro que iba a ser una superestrella en el futuro.

Me encantaba poder bañarme en la luz del foco que lo seguía allá donde fuese. Yo también era una escritora increíble y había ganado varios premios, como el Premio del Decano por un periodismo excepcional. Merrick y yo formábamos una joven pareja poderosa por aquel entonces, los dos estudiantes de Northwestern más prometedores que saldrían juntos a conquistar el mundo.

Pero incluso entonces él ya empezaba a cambiar poco a poco, pequeños detalles de los que yo no me daba cuenta. Puede que no fuese capaz de ver todas las señales de alerta porque soy optimista por naturaleza, algo que he heredado tanto de mi madre, por su modo de ver el mundo, como de mi padre, cuyo reloj roto me sirve como recordatorio constante de que no hay que perder el tiempo que tenemos lamentándonos. Así que cuando echaron a Merrick y a su asqueroso amigo Aaron Gonchar del periódico de la universidad por infracciones éticas, Merrick se inventó una patraña creíble sobre que el consejo editorial era incompetente y celoso. Y yo ni siquiera me planteé que pudiese ser mentira. Era sumamente encantador y persuasivo, y yo estaba ciegamente enamorada de lo que podíamos ser juntos, así que no era capaz de poder ver la alternativa: que quizás Merrick y Aaron hubiesen estado equivocados.

No me di cuenta de que, con el tiempo, demasiado éxito y demasiados elogios acabarían desvirtuando irremediablemente a Merrick. Lo seguí ascenso tras ascenso, siempre dejando mi propia carrera atrás. Rechacé ofertas de trabajo en el extranjero, en Europa, donde siempre había querido vivir, porque Merrick y yo habíamos acordado darnos prioridad por turnos, y su turno siempre iba primero.

Mientras tanto, su carismática confianza en sí mismo se convirtió en desprecio condescendiente no solo hacia aquellos que trabajaban para él, sino también hacia mí, su esposa. Incluso siendo tan brillante como era, era increíblemente inseguro, le daba un miedo horrible que alguien pudiese descubrir que no era tan maravilloso como parecía, y levantó un muro a su alrededor construido a base de insultos y desprecios.

Por eso, a medida que creció su reputación como profesional, se dedicó a ponerme los cuernos con las becarias. Todas lo observaban con la mirada brillante a pesar de su arrogancia, maravilladas con el hecho de que fuese el editor jefe más joven de toda la historia de *The Wall Street Journal*. Su admiración alimentaba su ego y, por lo visto, también a otras partes de su cuerpo mucho más físicas, e inevitablemente se quedaba hasta tarde en el trabajo o se marchaba en largos viajes de empresa con la becaria que se estuviese tirando en ese momento, olvidándose de llamarme o incluso de enviarme un mensaje durante toda la semana que estaba fuera.

Corto un trozo de la tarta de fruta con fuerza y me doy cuenta de la suerte que he tenido al haberme librado de él.

Durante mucho tiempo no me di cuenta de los engaños de Merrick, incluso cuando, aparentemente, todo el mundo en el *Journal* cuchicheaba acerca de él y su última conquista a mis espaldas. Cuando estás tan centrada en una relación, no ves las grietas, los defectos fatídicos. A veces, no *quieres* verlos, así que te pones voluntariamente una venda frente a los ojos y te sigues convenciendo de que todo va de maravilla.

Puede que aceptase ese defecto cuando creí al pie de la letra la interpretación de mi padre de *Romeo y Julieta*, creyendo que los baches que nos pone la vida no importan siempre y cuando el amor perdure. Pasé por alto todos los defectos evidentes de Merrick porque estaba demasiado centrada en nuestra historia de amor y lo que quería que fuese.

Pero cuando no me ascendieron a columnista, ya estaba harta. Sobre todo porque me merecía ese ascenso y mi marido era el jefe del departamento, por Dios, él podría haber intercedido para que lo consiguiese.

O puede que la gota que colmó el vaso fuese cuando pillé a Merrick con las manos en la masa y *no pude* apartar la mirada de la becaria, de rodillas frente a él, y de él, con los pantalones por los tobillos.

O puede que fuesen mis dos golden retrievers, Rex y Cookie, que murieron con solo unos días de diferencia, Rex por una insuficiencia renal y Cookie por tener el corazón roto.

Ese cúmulo de desastres vitales fue el golpe de realidad que necesitaba. Cuando vi la oferta de vuelos, me puse a comprar como loca, y, finalmente, conseguí los billetes para volar a Alaska y otros para ir a Europa en primavera. (¡Por fin iba a ir a Europa! Y mi hermana, Katy, quería venirse también, lo que me pareció el incentivo perfecto para ponerme a escribir mi novela de una vez por todas: TERMINAR EL MANUSCRITO = COMER ÉCLAIRS CON KATY PASEANDO POR LOS JARDINES DE VERSALLES).

Puede que mi madre tenga razón y todo pase por algo.

Aun así, mi psicóloga me dijo que tardaría un tiempo en superar los traumas del pasado. Meses, puede que incluso años.

Pero soy una persona impaciente. Estoy ansiosa, desesperada, por empezar una nueva vida, por hacer que la anterior desaparezca por completo.

Quémala. Haz que arda. Conviértela en cenizas.

Con el tiempo, no quedarán más que las cenizas de todo: la ira, el dolor y la tristeza. Y entonces nacerán nuevos árboles de entre las ruinas del incendio. Mi nueva vida.

Echo dos cucharadas bastante llenas de azúcar en mi café, porque Merrick ya no está aquí para juzgarme. Corto otro buen trozo de la tarta de fruta y me lo como con las manos, relamiendo todas las migajas que se me quedan pegadas en los dedos. Los expertos en salud dicen que la comida no debe ser una fuente de consuelo. Pero lo cierto es que la comida sí que es una fuente de consuelo. Es cuidarse a uno mismo, meditar, curarse. Cuando me como un pastel, una galleta o cualquier otro tipo de dulce, estoy segura de que ya no soy la tímida y abatida Helene. Soy una mujer que se come un cacho de tarta cuando quiere y como quiere.

Cuando ya no me queda tarta en el plato evalúo si comprarme otro trozo. Ya estoy empezando a sentirme mejor, aunque aún no al cien por ciento, puede que otro trozo me ayude.

Pero entonces veo el cartel de la librería Shipyard Books a través de la ventana y me doy cuenta de que puedo matar dos pájaros de un tiro: me compraré una nueva novela para leer, eso siempre me levanta el ánimo, y también algún libro sobre cómo escribir ficción, ya que justamente estoy aquí, en Alaska, para trabajar en mi propia novela.

Al salir de la cafetería paso junto al hombre-que-no-es-Merrick y le sonrío mientras me despido.

—¡Que tengas un buen día!

Él se sorprende de nuevo, sin saber muy bien qué hacer conmigo, pero no me importa.

A la nueva Helene no le importa.

SEBASTIEN

Vivo a una hora en coche de Ryba Harbor, me gusta la soledad del bosque cuando no estoy en el *Alacrity*, pero antes de ponerme a conducir de vuelta a casa decido hacer una parada rápida en la librería de la calle mayor. Siempre llevo un libro de tapa blanda encima, metido en el bolsillo del abrigo, así si tengo que esperar durante mucho tiempo en la fila para pagar en el Cosco o en cualquier otro sitio, siempre tengo algo con lo que entretenerme. Soy demasiado anticuado como para entender el atractivo de pasar el rato mirando una pantalla; ni siquiera tengo teléfono móvil. Además, leer me recuerda a mi época como autor, aunque de aquello ha pasado mucho, mucho tiempo.

Hago sonar la campanilla sobre la puerta al entrar a Shipyard Books. Es una tienda acogedora, con una chimenea encendida cerca de la entrada para poder descongelarte los dedos de los pies y de las manos. La puerta principal está decorada con un ojo de buey y las paredes están pintadas a rayas náuticas. En el centro de la sala principal cuelga del techo un Moby Dick de papel maché de unos nueve metros.

Angela Manning, la propietaria con el cabello surcado de canas, alza la mirada de entre las páginas de la novela que está leyendo tras el mostrador.

—Hola, Sebastien. Me alegro de volver a verte. ¿Te puedo ayudar en algo?

—Sí. Estaba buscando un par de libros...

Pero no termino la frase porque una pareja de ancianos, Margaret y Andrew Ullulaq, sale de entre las estanterías, caminando aferrados al brazo del otro mientras se dirigen hacia el mostrador. Ella lleva puesto un jersey de lana morado y él lleva unos tirantes del mismo color. Siempre van a juego. Incluso ahora, con sus brazos entrelazados, Margaret y Andrew llevan cada uno una novela en su mano libre, como si fuesen el reflejo literario del otro.

A mi lado, Angela suelta un largo suspiro admirándolos.

—¿Te lo puedes creer? Hoy es su sesenta y cinco aniversario. Se conocieron en una librería, ya lo sabes. Y ahora, en cada aniversario, vienen aquí y se regalan un libro mutuamente. ¿No te parece la tradición más bonita del mundo? Me encanta que la hayan mantenido durante todo este tiempo.

Tengo que cerrar los ojos con fuerza cuando un dolor agudo me recorre el pecho, como una cuchilla afilada cortando una vela de lona. Los aniversarios de boda de otras personas me recuerdan que Julieta y yo nunca llegamos a superar ni una semana casados después de pronunciar nuestros votos. Y por culpa de la maldición nunca llegaremos a tener la oportunidad de cumplir ni siquiera cinco años de matrimonio, y mucho menos *sesenta* y cinco.

Lo que daría por poder envejecer junto a Julieta, por poder tener nuestras propias tradiciones de aniversario y por que, al final, podamos morir en paz en los brazos del otro.

Lo que daría por simplemente poder morir, por terminar por fin con la maldición.

Pensaba que había conseguido romper el círculo al alejarme de Avery Drake en 1962. Nuestros caminos se cruzaron en Kenia, ella era fotógrafa de vida salvaje y estaba a punto de irse de safari y yo era cartógrafo y me habían asignado actualizar los mapas fluviales de África, pero en cuanto nos presentaron unos amigos que teníamos en común en esa cafetería de Nairobi a la sombra de las palmeras, hui y dejé mi trabajo.

Avery tuvo mucho éxito. Yo evité a conciencia todas las noticias que tenían que ver con ella para evitar de ese modo la tentación de buscarla de nuevo, pero de vez en cuando, me topaba con una de sus fotografías, en la portada de una copia del *National Geographic* que alguien se había dejado en la mesita de café, en un poster en el escaparate de una tienda de muebles y, finalmente, en una serie de sellos conmemorativos que había expedido el Servicio Postal de los Estados Unidos tras su muerte.

Me alivió saber que Avery Drake había vivido hasta bien entrados los cincuenta, el doble que la mayoría de las Julietas. Y, lo más importante, más de treinta años después de *conocerme*.

Creía que eso significaba que por fin había roto la maldición. Creía que eso significaba que yo también podría morir por fin.

Pero no fue así.

Y ahora, frente a mí están Margaret y Andrew, esta pareja que lleva años siendo felices juntos, y yo lo único que puedo hacer es anhelar vivir tan solo una pizca de lo que ellos han vivido y cómo terminarán abandonando este mundo mortal tarde o temprano mientras que yo seguiré aquí, atrapado en sus interminables idas y venidas.

Sin embargo, Angela no se percata de mi dolor porque sigue observando a la feliz pareja. Yo me obligo a sonreír cuando ellos se acercan y me hago a un lado para dejarlos pasar antes que yo por caja.

—Feliz aniversario —digo.

—Gracias. —Margaret mira a Andrew con el fervor del primer amor y él le devuelve la mirada con la misma intensidad—. No me puedo creer que hayamos llegado tan lejos.

—Oh, yo sabía que llegaríamos, querida —dice Andrew—. Siempre supe que nos haríamos viejos y nos arrugaríamos juntos.

Ella se ríe. Se ríe de verdad.

—No estamos arrugados.

—No —dice Angela—. Los dos estáis maravillosos. Estáis justo como el resto queremos estar en un futuro.

Margaret se sonroja.

Pero yo tengo que apartar la mirada porque me está empezando a costar respirar. Me vuelvo hacia la chimenea, abrazándome como si estuviese intentando entrar en calor, pero realmente estoy intentando no venirme abajo.

Me alegro por Margaret y Andrew, de verdad que sí. Es solo que también soy plenamente consciente de lo muchísimo que deseo lo que ellos tienen y que yo nunca podré tener.

Hasta que no suena la campanilla que cuelga sobre la puerta principal indicando que ya se han marchado, no me doy la vuelta.

Angela vuelve a prestarme total atención.

—Bueno, ¿qué libros querías, Sebastien?

Tardo un momento en volverme a centrar en por qué estoy aquí.

—Libros. Sí.

—¿Has dicho que querías un par?

—Mm… sí. *Las primeras quince vidas de Harry August,* no recuerdo el nombre del autor, y *Las intermitencias de la muerte* de José Saramago.

—¿Así que Saramago, eh? —Angela empieza a buscar los libros en su ordenador—. ¿No ganó un premio Nobel de Literatura?

—Sí, así es.

Su boca se curva en una sonrisa.

—Un pescador filosófico y leído. Sebastien, eres el pescador de cangrejos más extraño que he conocido.

Yo me encojo levemente de hombros. Soy lo que soy.

Angela baja leyendo una lista de títulos en su pantalla.

—Vale, parece que te tendré que pedir el libro ese de *Harry August*. Pero tengo dos libros de Saramago por aquí. El que quieres y *Ensayo sobre la ceguera*.

—*Ensayo sobre la ceguera* es muy bueno. Lo leí hace años en el idioma original, el portugués.

Ella entorna los ojos, observándome.

—¿Hablas portugués?

Me rio como si fuese una broma.

—Estoy bromeando. Leí la traducción en la universidad.

Pero la verdad es que sí, hablo portugués, entre otros idiomas, porque terminas aprendiéndolos si vives en tantos lugares como yo. Lo que pasa es que nadie lo sabe.

—No importa —digo, intentando quitarle importancia—. ¿Has dicho que tienes el de Saramago entre las estanterías?

—En la sección de literatura, tercera balda.

—Gracias.

Angela asiente, volviendo a tomar la novela que estaba leyendo.

Yo me interno entre las estanterías para buscar el libro. Pero a medida que me acerco a las que me interesan, me recorre un escalofrío, como una advertencia, poniéndome el vello de los brazos de punta uno a uno, como si fueran fichas de dominó que caen con la exhalación de un fantasma.

Y saboreo el vino meloso en los labios.

Me quedo completamente helado.

Helene sale de entre las estanterías con el rostro escondido entre las páginas de un libro. Tiene otros dos ejemplares bajo el brazo.

Se choca contra mí y deja caer los libros al suelo.

—Oh, Dios, lo siento mucho, yo… —Helene se calla en cuanto ve que soy yo quien está frente a ella.

Nos miramos fijamente en silencio, sin movernos.

No sé qué está pensando, pero sé que debería alejarme tanto como pudiese. Si estoy en lo cierto, enamorarnos es lo que desencadena la maldición, así que aún tengo una oportunidad para salvarla.

Sin embargo, me quedo donde estoy, porque me veo atraído hacia ella como la marea se ve atraída hacia la luna. Y como estamos aquí, de pie, puedo permitirme mirarla de verdad, mejor que cuando me pilló con la guardia baja en The Frosty Otter ayer. Su cabello de color caramelo cae en ondas desordenadas alrededor de sus hombros. Sus ojos tienen motas de cobre. El arco de su cuello es como la curva de un arpa que anhela ser tocada, y a mí se me tensan los dedos por querer acariciarla.

Y le gusta leer… no a todas las Julietas les gusta leer, puede que su alma sea la misma, pero no siempre son la misma persona, aunque a esta versión, a Helene, le gusta. Guardo ese detalle en mi memoria, un detalle que no debería querer recordar porque lo que debería estar haciendo es poner más distancia entre nosotros, no anhelarla aún más. Pero no puedo evitarlo, porque quiero saberlo todo sobre Helene. Quiero guardar en mi memoria cada migaja que pueda aprender de Julieta. Es un defecto que más tarde terminará haciéndome daño, pero que no puedo evitar.

Tengo que dejar de mirarla.

Me agacho para recoger los libros que ha dejado caer.

The Craft of Novel Writing, de A. Shinoda y S. Lee, sobre cómo escribir una novela.

En la corte del lobo, de Hilary Mantel.

Y el libro de Saramago que venía a buscar.

Respiro con fuerza. ¿Qué probabilidad había?

Pero, de nuevo, ¿qué probabilidad hay de que los amantes desventurados se sigan encontrando una y otra vez a lo largo de los siglos?

Desafiamos las probabilidades, para bien o para mal.

—Gracias —dice Helene, estirando las manos hacia los libros que he recogido mientras yo me levanto del suelo.

Pero no se los devuelvo. En cambio, me llevo los libros contra mi pecho, porque ella los acaba de tocar hace un momento. Es un pobre sustituto de tener a la propia Helene entre mis brazos, pero es lo único que me puedo permitir.

Ella ladea la cabeza y me observa extrañada. Sin embargo, un segundo después, sonríe.

—Esperaba poder volver a cruzarme contigo, yo mmm... quería disculparme por lo de ayer. Y te prometo que esto —dice, haciendo un gesto para señalar el espacio entre nosotros y la librería—, es una mera coincidencia. Te prometo que no te estoy acosando.

Trago con fuerza intentando humedecerme la garganta que se me ha quedado completamente seca. Su voz tiene la misma cadencia que la de todas mis antiguas Julietas. Y Helene tiene un brillo en su mirada como si el sol mismo estuviese atrapado en sus ojos. Es el mismo brillo que me ha atrapado tantas veces antes.

Su alma tira con fuerza de la mía.

Helene se me acerca con cuidado, como si yo fuese un animal salvaje y ella estuviese intentando no asustarme.

—¿Podemos olvidarnos de las locas declaraciones que hice en The Frosty Otter y empezar de cero? —pregunta.

Yo respiro profundamente. Aferro sus libros con más fuerza contra mi pecho.

—Ojalá pudiésemos. —Mi voz suena como un graznido.

—¡Estupendo! —Me tiende la mano para estrechar la mía—. Hola, soy Helene, y yo...

—No —digo, demasiado cortante. Cada palabra, cada frase que se pronuncie entre nosotros es una conexión, y necesito detener lo que sea esto antes de que cobre forma.

La confusión surca su mirada y me arrepiento de inmediato de haber dicho nada, pero tengo que seguir.

—Quiero decir, ojalá pudiésemos empezar de cero, pero no podemos. No quiero conocerte.

—¿Qué? ¿Por qué no? —Todo su cuerpo se hunde.

Odio estar haciéndole daño. Casi cambio de parecer.

Pero no puedo ceder ante mis deseos. Es mejor que Helene viva y no que se involucre conmigo y muera. Ya ha pasado una década

57

desde que la vi en la Universidad de Pomona. Si la puedo mantener alejada de nuevo espero que pueda vivir unas cuantas décadas más.

Así que me giro y me alejo.

—¡Ey! ¿A dónde vas? ¡Esos libros son míos!

Me olvidaba de que me estaba aferrando a ellos como si fuesen un salvavidas, pero ahora no me puedo echar atrás. Tengo que alejarme de Helene. Deseo tanto poder tener lo que tienen Adam y Dana, pero no puedo controlar ese aspecto de mi vida. La maldición ya nos ha encontrado demasiadas veces. No permitiré que vuelva a hacerle daño a Julieta.

No puedo.

En cambio, hago lo primero que se me ocurre, impulsado únicamente por lo que siento. Benvolio siempre me dijo que era demasiado imprudente.

Pero si tengo que ser un imbécil para asegurarme de que Helene se marcha, lo seré.

—En realidad estos libros pertenecen a aquel que los pague primero. Y he venido precisamente para comprar la novela de Saramago. —Meto la mano en mi cartera, saco cuatro billetes de veinte y los dejo en el mostrador al pasar junto a la caja—. Quédate el cambio —le digo a Angela.

Salgo como alma que lleva el diablo de Shipyard Books, sin echar la mano hacia la barandilla incluso aunque los escalones de acceso a la tienda estén completamente helados. A mitad de camino, la voz de Helene me alcanza.

—¿Qué demonios te pasa?

Me vuelvo lentamente.

Incluso enfadada es preciosa. Los copos de nieve surcan el cielo y se enganchan en su cabello como una guirnalda brillante, y sus mejillas y la punta de su nariz se sonrosan por el frío.

Tiembla y quiero tenderle mi abrigo. Quiero devolverle sus libros. Quiero…

Para. Tengo que terminar con esta locura. Me he jurado que la dejaría marchar.

Me obligo a dedicarle el mejor ceño fruncido de mi arsenal. Ella se tambalea hacia atrás de la sorpresa. El dolor por estar haciéndole daño se me clava como una daga en el pecho.

—Adiós, Helene.

Es lo mejor. Porque ya he sido estúpido demasiadas veces como para pensar que podemos llegar a ser algo más que una tragedia.

VERSALLES, FRANCIA - 1789

A pesar de que Amélie me había advertido de que tardaría varios días en hacer las maletas, se las termina apañando para estar lista al caer la noche. Le prometo que podrá comprar cualquier cosa que necesite o que quiera en Venecia. No alardeo de mi riqueza, pero lo cierto es que mi tesorería alberga una fortuna considerable.

Además, lo mejor es que nos marchemos de Versalles tan pronto como sea posible. Cuanto más esperemos, más probabilidades hay de que descubran nuestros planes. Aunque la familia Laurent no pertenece a la alta nobleza, sí que tienen ciertas esperanzas sociales e impedirán que Amélie se fugue para casarse con el fin de evitar cualquier resquicio de escándalo. Un noviazgo y una boda apropiados habrían sido algo aceptable, dado mi título y mi puesto. Pero las manecillas del reloj que marca el tiempo de vida que le queda a Amélie desde que nuestros corazones se enamoraron perdidamente en esa partida de palamallo no dejan de girar aceleradas. Y estoy decidido a que vea Venecia antes de morir.

Tengo mi carruaje y mis caballos listos para cuando Amélie y yo llegamos a los establos. El lacayo sube su único baúl en el que guarda todas sus pertenencias mientras que yo ayudo a Amélie a sentarse en los asientos de terciopelo azul.

—Lord Montesco, este es uno de los carruajes más grandes que he visto —dice, pasando el dedo por el oro que adorna las ventanas y por el precioso brocado que reviste las paredes. El emblema de mi familia, un lobo y dos espadas, está tallado en los respaldos de los asientos, y en el techo están pintados los canales de Venecia.

—Te prometí que te convertiría en una princesa a la orilla del mar, ¿no es así? —Deposito un beso en su mano antes de tomar asiento frente a ella.

—Pensaba que quizás estabas exagerando. Es algo que soléis hacer los hombres, ¿sabes? —Amélie sonríe y, como siempre, yo me derrito bajo su sonrisa.

El cochero se asoma por la puerta del carruaje.

—Estamos listos para partir, mi lord —dice en veneciano.

—Muy bien —respondo—. Marchémonos.

Tomo la mano de Amélie sobre mi rodilla y permanecemos en silencio mientras el carruaje se acerca a las compuertas del palacio. Las pezuñas de los caballos resuenan como si fuesen tambores de guerra en mi cabeza, haciendo saltar las alarmas de los residentes dormidos de Versalles, mientras yo contengo la respiración.

Pero el carruaje pronto cruza las compuertas y poco después nos alejamos por un camino empedrado totalmente a oscuras. Libero la tensión de mi hombros y Amélie suspira aliviada.

—¿Pasaremos por París de camino? —pregunta.

—¿Te gustaría?

—Si no se aleja demasiado de nuestra ruta. Me gustaría ver la ciudad por última vez antes de que nos marchemos. No sé cuándo regresaremos.

—Todo lo que esté a mi alcance es tuyo. —Abro la ventana y saco la cabeza para darle las nuevas indicaciones al cochero.

Cuando vuelvo, Amélie está bostezando y yo me siento a su lado.

—Apoya la cabeza en mi hombro y duerme —le digo.

—¿Y qué harás tú?

Memorizar todo lo que ha pasado esta noche, pienso.

Pero, en cambio, digo algo completamente distinto en voz alta.

—Puede que yo también eche una cabezadita. Seremos como dos pájaros acurrucados en una jaula preciosa.

—Eso suena tanto pintoresco como horrible —bromea Amélie.

Me rio.

—Es tarde. Mi destreza literaria decae al ponerse el sol.

—Bueno, aunque sea una metáfora espantosa, te amo, mi hermoso pájaro veneciano. —Se acurruca contra mi cuerpo, acomodando perfectamente su cabeza en el hueco entre mi hombro y mi cuello.

En tan solo unos minutos, Amélie está completamente dormida. Yo la abrazo y siento cómo su pecho sube y baja suavemente mientras observo el paisaje oscuro de la campiña a través de la ventana. En algún momento yo también termino quedándome dormido y, cuando me despierto, los adoquines y las farolas me dan la bienvenida.

—Mi amor —la despierto con dulzura—. Hemos llegado a París.

Amélie parpadea para alejar el sueño y se inclina contra la ventana.

—Es una ciudad preciosa —dice cuando aparece el río Sena al otro lado del cristal. Las calles al otro lado brillan como si estuviesen iluminadas desde dentro. No es de extrañar que a París se la llame a veces *La Vie Lumière*.

Nuestro carruaje recorre la orilla del río, dejando atrás panaderías en completo silencio y rincones vacíos. Parece que, por una vez, París está en paz, las recientes proclamas para cortarle la cabeza al rey y el fervor de la revolución han desaparecido de sus calles adoquinadas por una noche.

La quietud hace que baje la guardia, y el cochero también, porque ninguno de los dos vemos a la muchedumbre que hay reunida en la oscuridad hasta que sus antorchas llamean frente a nuestros caballos, y las bayonetas y los mosquetes rodean el carruaje.

Amélie se aparta de un salto de las ventanas.

—*Liberté, égalité, fraternité, ou la mort!* —gritan los revolucionarios.

La última palabra, muerte, es lo que me impulsa a actuar.

Me acerco a la ventana.

—*Scuxéme* —digo en veneciano—. Solo estamos de paso de camino a casa...

Durante un segundo la muchedumbre parece confundida porque esté hablando en otro idioma. Entonces el líder, un joven de mandíbula cuadrada con una bayoneta en sus manos, se acerca y escupe:

—Exigimos las cabezas de la nobleza, que trata al pueblo como si fuese basura y se gasta sus impuestos en lujos y tartas.

Amélie se aferra a mi mano con tanta fuerza que sus uñas terminan haciéndome sangre. Pero no le pido que me suelte.

Normalmente mi francés es perfecto, pero en este caso hablo con nuestros captores con un fuerte acento veneciano.

—*S'il vous plaît*, somos extranjeros. No tenemos nada contra ustedes y solo queremos volver a nuestro país.

El líder lo considera y se lo consulta a otros dos hombres. Con los mosquetes en alto, interrogan al cochero y al lacayo, que balbucean asustados en veneciano, confirmando que no somos franceses.

Puede que todavía tengamos una oportunidad y nos permitan marcharnos.

Las mejillas de Amélie están surcadas de lágrimas. Hay tanto que quiere decir, lo puedo ver en su mirada, pero mantiene la boca cerrada y se queda callada tal y como le he pedido con la mirada. Mi dulce y querida Amélie.

El líder se aleja de la ventana del carruaje.

—Dile a tu cochero que salga de la ciudad por la siguiente calle. Si os volvemos a ver no seremos tan indulgentes.

—*Grasie* —digo en veneciano—. *Merci beaucoup* —añado.

El cochero les grita a los caballos que se muevan. Amélie se deja caer entre mis brazos y solloza.

—Pensé que este era el fin. Pensaba que se nos llevarían por la fuerza y no volveríamos a vernos nunca más.

—No, mi amor —digo, estrechando su tembloroso cuerpo contra el mío—. Nunca dejaré que nadie nos separe.

63

Pero los caballos solo consiguen dar un par de pasos antes de que la muchedumbre ruja furiosa y detenga de nuevo el carruaje. Miro por la ventana aterrorizado.

Han apartado al líder. Los revolucionarios quieren sangre noble, y no les importa si es francesa o veneciana.

Abren la puerta de un tirón. Unas manos furiosas y hambrientas tiran del vestido de Amélie y la agarran por los brazos.

—¡Matteo! —grita asustada.

La rodeo por la cintura para intentar mantenerla dentro del carruaje. Pero un mosquete me golpea la cabeza y me hace retroceder.

Las estrellas me nublan la vista. Lo último que veo antes de caer inconsciente es el miedo en el rostro de Amélie mientras los hombres se la llevan a rastras hacia la noche.

Cuando me despierto, la luz de la luna me hace daño a la vista. Me han molido a palos y han dejado mi cuerpo, creyéndome muerto, tirado en las calles de París para que los cuervos y los mapaches se alimenten de mis huesos. Me pongo en pie lentamente.

El carruaje está hecho añicos. El lacayo y el cochero cuelgan con sogas a sus cuellos de las farolas, sirviendo como ejemplo para los trabajadores de París de que hay dos claros bandos en la guerra que se avecina, y que más les vale saber cuál es su sitio.

Y después ahí está Amélie… mi preciosa y querida Amélie.

Apaleada hasta la muerte a orillas de su querido Sena, con el rostro destrozado, y la palabra «*Liberté*» escrita en los adoquines con su sangre.

Me derrumbo y vomito en la calle.

Cuando por fin tengo fuerzas, me levanto, tomo a Amélie entre mis brazos y, con el cuerpo temblando descontrolado, la abrazo contra mi pecho.

—Te amo —susurro.

Le había prometido que nunca dejaría que nadie nos separase.

Y entonces, con su cuerpo pegado al mío, me tambaleo hasta el río y nos arrojo juntos al agua.

Yo no muero. Nunca muero.

Pero desearía poder hacerlo todas y cada una de las veces.

HELENE

¿Es posible odiar a alguien a quien no conoces? Me pregunto mientras observo a Sebastien marcharse. Con *mis* libros. Lo odio, lo odio, lo odio.

El Sebastien de verdad no tiene nada que ver con el Sebastien de mis historias. No hay ni un hueso amable en el cuerpo de ese pescador. Lo único que tiene en común con mi alma gemela imaginaria es el rostro. Pero, por lo demás, es todo serpientes y manzanas podridas. O mejor aún, pinzas de cangrejo rojo real podridas.

¡Toma!

Es una broma estúpida pero al menos me hace sentir mejor. Sebastien pertenece a la misma categoría que Merrick (es decir: escoria en la que no vale la pena ni pensar).

Enfadada, vuelvo a Shipyard Books. (Además, hace un frío que pela aquí fuera y me he dejado el abrigo colgado en el perchero dentro de la tienda). Puedo intentar olvidarme de lo imbécil que ha sido Sebastien, pero eso no cambia el hecho de que sigo necesitando un libro que hable sobre cómo escribir una novela. Por eso he venido a este pueblo remoto de Alaska en primer lugar, para averiguar si hay alguna manera de poder unir todas las escenas que he escrito a lo largo de los años y crear una novela coherente con ellas. Las fui escribiendo poco a poco, pero creo que tiene que haber un hilo conductor en alguna parte, un tema en común o algo así. Lo único que tengo que hacer es averiguar cuál es ese hilo para que todo tenga sentido en una sola historia.

Me lamento por no haber comprado ningún libro que hablase sobre escritura antes de marcharme de Los Ángeles. Pero tenía que salir corriendo para alejarme de Merrick todo lo rápido que pudiese, antes de perder los nervios. Antes de que me convenciese de no divorciarnos, como siempre hacía, de que era *yo* la que estaba mal de la cabeza, de que no era culpa suya. No quería volver a ser una alfombra a la que pudiese pisotear.

Se levanta un viento gélido y subo a toda prisa los escalones de Shipyard Books, agarrándome a la barandilla para asegurarme de no resbalar con el hielo. Prácticamente me lanzo a través de la puerta.

El calor que emana de la chimenea me abraza y creo que suelto un gemido. La dueña de la librería se ríe tras el mostrador.

—Lo siento —dice Angela—. Es que tu cara acaba de hacer un recorrido por todas las emociones humanas en solo cinco segundos, pasando del miedo al dolor y a la sorpresa, después al alivio, y, por último, a la gratitud y a la devoción. Nunca pensé que fuese posible que alguien se enamorase de una chimenea.

Suelto una carcajada porque tiene razón. Soy una californiana estúpida corriendo detrás de un hombre imaginario en medio del invierno de Alaska, y encima sin abrigo.

Es hora de volver a centrarnos.

—Me preguntaba si es posible que tuvieses otra copia de *The Craft of Novel Writing*, ¿en la trastienda, quizás? —Es una librería muy bonita, pero su sección sobre escritura es más bien escasa. Lo que significa que ese era literalmente el único libro en toda la balda sobre el tema. (En cambio, había un montón de libros sobre carpintería y raquetas de nieve).

Angela niega con la cabeza.

—Puedo pedirte otra copia, pero llegará en tres o cuatro semanas, a veces llegan antes, pero normalmente no.

—¿Tres o cuatro *semanas*? —No sabía que algo podía llegar a tardar tanto.

Me dedica una sonrisa a modo de disculpa.

—Es más difícil conseguir todo aquí arriba, por encima de los Estados Unidos contiguos, sobre todo con las ventiscas intermitentes que tenemos en esta época del año. Pero te lo tengo que preguntar: ¿qué ha pasado entre Sebastien y tú para que haya salido así de enfadado? Normalmente suele ser la persona más equilibrada que conozco.

Arrugo la nariz.

—¿*Él*? ¿Equilibrado? Llevo en Ryba Harbor veinticuatro horas y ya me he cruzado dos veces con él y en ambas me ha tratado como si fuese un orinal en el que ha metido un pie sin querer.

Angela alza una ceja al escuchar la palabra «orinal».

—Lo siento. Me encanta la ficción histórica —digo, señalándome.

Angela me sonríe.

—Bueno, lo único que sé es que has conseguido poner nervioso a un hombre al que nada le asusta. ¿Sabes lo que hizo Sebastien una vez? —dice, inclinándose sobre el mostrador como si estuviese a punto de revelarme uno de los mayores secretos del universo—. Era el décimo día de navegación del *Alacrity*. El mar estaba más violento y agitado que de costumbre, con olas de hasta quince metros, y había una tormenta de viento gélido y aguanieve con temperaturas bajo cero. La tripulación ya estaba agotada por el duro viaje; el barco se congelaba sin cesar y habían perdido algunas de sus trampas. Todo lo que podían pedir era poder sobrevivir a esa noche.

»Y entonces, Sebastien vio una cría de oso polar varada sobre un iceberg. Estaba herida, probablemente tenía la pata rota. La madre no estaba por ninguna parte y la cría no sabía nadar para ponerse a salvo. Así que, ¿qué decidió hacer Sebastien en medio de una de las tormentas de invierno más peligrosas de toda la historia reciente de Alaska? Se lanzó sobre la fina y quebradiza capa de hielo, rescató al osezno y lo llevó de vuelta al barco.

Estallo en carcajadas.

—¿Ese tipo? No puede ser. No me creo ni por un segundo que sea capaz de preocuparse por otro ser humano, mucho menos por un osezno. Además, Sebastien habría roto la capa de hielo y se habría muerto congelado en el océano. O el oso lo habría mutilado hasta matarlo. Ese es el mejor cuento chino que he oído jamás.

—Promesa de *Girl Scout*. —Angela levanta tres dedos y se los lleva a los labios como si estuviese haciendo un juramento—. Yo estaba en el puerto cuando atracó el *Alacrity* ese día, estaba todo el pueblo, porque la tripulación había avisado por radio a Adam, que estaba en la oficina, y vino un veterinario de protección de animales salvajes para llevarse al osezno. Hicieron incluso un reportaje para la televisión y organizaron un gran evento cuando el oso se recuperó y lo devolvieron a su hábitat natural. —A Angela le brillaban los ojos de la misma forma que a los clientes de The Frosty Otter anoche cuando observaban a Sebastien: un ciudadano querido de Ryba Harbor que invita a cerveza a todo el mundo y salva a oseznos en su tiempo libre. Un héroe de proporciones míticas (dentro de un pueblo enano).

Apenas me contengo de poner los ojos en blanco. (Si no lo hubiera hecho estos habrían rodado con tanta fuerza hacia atrás que probablemente se hubiesen escapado de sus cuencas y hubiesen salido rodando por el suelo de la librería). En cambio, sonrío sin sentimiento, como hacía cuando no me ascendían en el periódico o cuando Merrick me ponía otra excusa para quedarse trabajando hasta tarde con las becarias. Es mi sonrisa de «esto es un poco incómodo así que hagamos como que te creo y dejemos el tema atrás».

Angela capta la indirecta y devuelve la mirada a su ordenador.

—En fin, estoy divagando, lo siento, no debería haberme metido en lo que haya entre Sebastien y tú. Así que... ¿te pido una copia de *The Craft of Novel Writing*?

Tamborileo con los dedos sobre el mostrador. De tres a cuatro semanas es la mitad del tiempo que tengo alquilada la cabaña. Tengo que avanzar en la escritura de la novela antes de que llegue ese momento. Además, mi hermana, Katy, y yo nos vamos a Europa en dos meses. No puedo celebrar nada en las calles de Ámsterdam y Cannes si ni siquiera he empezado a escribir aquello que se supone que estoy celebrando.

Mierda. La solución más rápida es la más desagradable: seguir a Sebastien y exigirle que me devuelva el libro. Él no lo necesita. Solo se lo ha llevado porque era mío.

Estoy tan, pero tan cansada de la gente como Sebastien y Merrick, de los que piensan que pueden mangonearme.

Pero que les den. Mañana iré al puerto. Y en vez de seguir mi plan original y caer rendida a los pies del Sebastien de cuento puede que le dé un puñetazo en la cara al Sebastien de verdad. (Pero *después* de recuperar mi libro).

—No hace falta que me lo encargues —le digo a Angela—. Pero gracias.

Descuelgo mi abrigo de la percha y abro la puerta para marcharme. Sin embargo, la risa de unos niños pequeños me detiene antes de salir, y se me encoge el corazón. Tres niños se apiñan alrededor de una mesita en la sección infantil, riéndose mientras leen un libro desplegable. Sus padres están sentados en unos sillones, lo bastante cerca como para tenerlos vigilados pero lo suficientemente lejos como para que puedan hablar con libertad. Hay un sillón vacío a su lado y, por un segundo, me imagino a mí misma ahí sentada, una madre más que ha quedado con el resto de los padres para que sus hijos jueguen en la librería.

Siempre he querido tener hijos pero Merrick no quería la responsabilidad que acarreaban. Discutíamos constantemente por ello. No fue aquello lo que terminó con nuestra relación, pero aun así, mi reloj biológico empezó su cuenta atrás cuando cumplí veinticinco y no se ha detenido desde entonces. Pero con treinta años, a punto de divorciarme y desilusionada con los hombres, puede que tuviese que abandonar la idea de tener mis propios hijos. En cambio, calmo ese instinto maternal mimando a mi sobrino y observando de lejos a los hijos de los demás.

—¿No son adorables? —dice Angela—. Los niños son el motivo por el que abrí esta librería. Tengo tantos buenos recuerdos de estar ojeando libros ilustrados cuando solo era una niña en lo que, por aquel entonces, me parecían kilómetros enteros de estanterías.

—*Son* increíblemente adorables —respondo, quizá con demasiado anhelo.

Pero Angela no parece haberse percatado, porque está observando a los niños riéndose casi de la misma manera que yo.

—¿Tienes hijos? —pregunto.

Asiente.

—Un hijo. Vive en Arizona, y su esposa y él acaban de tener una niña. Quiero ir a visitarlos, pero no he podido apartarme de la tienda.

—¿Nadie puede cubrirte?

—Solo tengo un empleado. Ryba Harbor no es un pueblo demasiado lector, aparte de los niños.

—Es una pena.

Se encoge de hombros y se vuelve hacia la caja registradora.

Pero entonces se me ocurre una idea. Trabajé en la librería de la universidad en mi época de estudiante y todavía conozco unos cuantos libros porque soy una lectora voraz. Y, para ser sincera, no me vendrían mal unos ingresos extra. La compra de hoy ha sido mucho más cara de lo que esperaba, al parecer la comida y todo lo demás es mucho más caro en Alaska, porque tienen que enviarlo hasta aquí. Si consiguiese aunque fuese un trabajo temporal en Shipyard Books, me daría un poco de dinero con el que valerme y quizás un poco más para cuando vaya a Europa.

No solía ser el tipo de persona que pide lo que claramente nadie le ha ofrecido. En los restaurantes, nunca pedía nada fuera de carta o sustituía nada del plato. Y mucho menos preguntaba por un trabajo que no esté anunciado en el escaparate con un cartel de «Se busca ayuda». Pero la nueva yo está intentando ser más atrevida, más valiente tanto con las cosas grandes como con las pequeñas. Además, ¿qué tiene de malo hacer una pregunta? El no ya lo tengo y he sobrevivido a cosas peores que a que me digan que no.

—Oye —le digo a Angela mientras sonrío hacia los niños sentados en su pequeña mesita—. ¿Y si te cubro durante una temporada para que puedas ir a ver a tu nieta? Solía trabajar en una librería y...

Angela aplaude feliz.

—¿De verdad? ¿Puedes empezar mañana por la tarde?

ℋELENE

A la mañana siguiente, cuando entro en el aparcamiento del puerto, me suena el teléfono. El sol aún no ha salido, pero tengo la sensación de que sé quién me está llamando tan temprano; echo un vistazo a la pantalla mientras termino de aparcar.

Llamada entrante de «Mea Sentado».

Suelto una risita. Después de que le dijese a Merrick que lo dejaba y que quería el divorcio, cambié el nombre de su contacto. Puede que se considere el *summum* de la virilidad, con todos los cuernos que me ha puesto, pero esas becarias no saben que Merrick es como un niño pequeño en su interior. Aún llama a su mamá todos los días, duerme con la luz encendida y mea sentado como un niño pequeño.

¿Soy mala por haberle cambiado el nombre a su contacto? Puede. Pero no es mentira. Además, salir de una relación que ha durado diez años (con ocho casados) duele, y poder ponerle a Merrick un apodo inocente que nadie más verá jamás me hace un poquito más fácil el convencerme de que hice lo correcto al dejarlo.

Por supuesto, también sería genial si dejase de llamarme veinte veces al día. Entonces no tendría que volver a ver su nombre, o su apodo. (No puedo bloquearlo por si acaso tiene algo importante que decirme acerca de los papeles del divorcio, algo que aún no ha hecho).

Rechazo la llamada y lo mando directo al buzón de voz. Ya sé lo que va a decir, porque cada mensaje de texto y de voz han sido iguales desde que me marché de Los Ángeles: la clásica mezcla de

73

carisma e insolencia de Merrick. Es lo bastante encantador como para que, si no tienes cuidado, caigas en sus brazos. La mayoría de las cosas que Merrick dice parecen lógicas al principio; pero es el pequeño toque autosuficiente del final lo que termina por atraparte.

«Helene, tenemos una relación demasiado buena como para abandonarla y eres una persona maravillosa y responsable, sé que podemos arreglarlo. Lo que pasó con Chrissy no era lo que parecía, pero siento haberte hecho daño igualmente. Vuelve a casa y resolvamos esto».

«Helene, sé que no conseguir el trabajo como columnista te ha molestado. Fue culpa mía, no hablé contigo para ver cómo te sentías y las cosas se nos fueron de las manos. Probablemente por eso pensaste lo que pensaste cuando viste a Chrissy en mi oficina y lo malinterpretaste, estabas sufriendo y te engañó la vista. Pero no pasa nada, te entiendo y te perdono. Llámame, ¿vale?»

«Helene, ¿dónde estás? Por favor, por favor, llámame. No es propio de ti huir. No sé qué crees que es lo que viste pero Chrissy solo me estaba ayudando a recoger algo que se me había caído bajo el escritorio. Eres una persona sensata y positiva, sé que puedo ayudarte a ver que lo mejor es que dejemos atrás el tema del divorcio. O si no... bueno, no importa. Solo vuelve a casa, ¿vale?»

Claro, Merrick. Siempre soy yo la que se comporta de manera irracional. Gracias a Dios tengo tu cerebro increíblemente superior para ayudarme a entender lo que vi con mis propios ojos.

Y luego está la amenaza subliminal de su mensaje. *O si no.*

Pongo los ojos en blanco. ¿*O si no qué*? ¿Es que va a mandar a un ninja asesino a que termine conmigo? Merrick es solo el editor jefe de una sección de un periódico, no el presidente de los Estados Unidos. Siempre se ha creído mejor de lo que era.

Mi teléfono vuelve a sonar, y yo lo lanzo al asiento del copiloto. Tengo cosas más importantes que hacer.

Sin embargo, en cuanto salgo, el frío me golpea. ¡Cielos, me voy a congelar! Me abrocho bien el abrigo (llevo puesta toda la ropa de manga larga y térmica que tengo) y me abrocho los botones de la capucha hasta que lo único que queda visible son mis ojos. ¿Fue hace solo un par de días cuando dije que Alaska era un lugar mágico con su escarcha tejida como un encaje por una doncella de las nieves? Qué rápido se empaña el brillo de lo nuevo. Daría lo que fuera por una buena dosis del «invierno» del sur de California ahora mismo, cuando solía pensar que estar a veintidós grados era estar fresquito.

Pero aquí estoy, así que me dirijo en la oscuridad hacia las luces del puerto para buscar a Sebastien y al *Alacrity*.

Los muelles ya bullen de energía, los barcos se mecen en el mar mientras las tripulaciones se gritan entre ellas sobre lo que quiera que sea que hagan los pescadores.

El primer barco que veo es el *Crab Monster*, un barco gigantesco. Es un imponente monstruo gris con dientes de tiburón pintados en la proa. Sin embargo, mis intentos de hablar con alguien de la tripulación son inútiles. Están demasiado ocupados como para preocuparse por una turista más que pasea por el puerto.

Tengo el mismo éxito con los siguientes barcos. Finalmente consigo que una mujer me dedique cinco segundos de su tiempo mientras baja corriendo de un barco para buscar provisiones.

—Disculpa —grito para hacerme oír sobre el bullicio que nos rodea—. ¿Me podrías indicar dónde está el *Alacrity*?

No se molesta en decir nada, simplemente señala hacia el aparcamiento y gruñe algo antes de volver a subir la escalera de acceso a su barco.

Frunzo el ceño y me vuelvo por donde he venido. He comprobado cada barco pesquero frente al que he pasado. Estaba el *Crab Monster*, el *Salt Weapon*, el *Filthy Oar*, el *Lucifer*, el *Chum Bucket* y el *Reel Adrenaline*. También hay algunos amarres vacíos, pero pensaba que eran espacios sin alquilar. A menos que...

Me hundo. ¿Y si el *Alacrity* ya ha salido?

Pero si el barco ya no está, ¿por qué me diría la mujer que estaba por aquí?

Sigo caminando y la respuesta aparece bajo una de las farolas del puerto. Un letrero oxidado reza «Oficinas» con una flecha roja descolorida apuntando hacia el aparcamiento. Allí hay un conjunto de pequeños remolques como si fuesen piezas extra de los poderosos barcos atracados. En el segundo pone Alacrity y tiene las luces encendidas.

Suspiro. Puede que Sebastien esté dentro, pero lo dudo, no parece de los que se esconden detrás de un escritorio.

Aun así, me dirijo hacia el remolque y llamo a la puerta.

La oficina, si es que se le puede llamar así, está llena hasta los topes con muebles y pilas de papeles. Hay una única lampara de pie junto a un archivero, ambos parecen sacados de Walmart y no han podido costar más de veinte dólares. Pero de los altavoces sale música *reggae* lo que le da un aire alegre inesperado al remolque. Y el hombre tras el escritorio está sonriendo como si no hubiese nada que le apeteciese más que pasar la mañana junto a una aspirante a escritora que se ha topado con su despacho. Hace que sea un poco menos decepcionante el hecho de que, evidentemente, Sebastien no está aquí.

—Hola —dice el hombre, tendiéndome su mano a modo de saludo—. Soy Adam Merculief. ¿Puedo ayudarte?

Me pregunto lo fuera de lugar que debo parecer, hinchada como un muñeco Michelín con toda mi ropa para el frío puesta capa tras capa.

—Soy Helene Janssen —digo, estrechándole la mano aún con los guantes puestos. Probablemente esté siendo una maleducada, pero todavía tengo los dedos congelados e incluso solo por esta primera impresión, Adam no parece el tipo de persona que se ofende por algo así—. Yo, mmm, estoy buscando a Sebastien.

Una sonrisa divertida se dibuja en el rostro de Adam y por un momento me planteo mentir, utilizando la tapadera como periodista de mi plan original para justificar el qué hago aquí.

Pero antes de que pueda soltar mi mentirijilla sobre estar investigando acerca de la pesca de cangrejo, Adam se me adelanta.

—No te había reconocido al principio bajo esa bufanda y la capucha, pero estabas en The Frosty Otter hace un par de noches, ¿verdad?

—¿Qué? No. —Me quito un guante y empiezo a jugar con él distraída—. Probablemente me estés confundiendo con otra persona.

Adam se limita a seguir sonriendo.

—Es un pueblo pequeño durante la temporada baja, Helene. Y, ahora mismo, eres la única en todo Ryba Harbor que no vive aquí todo el año. —Empuja una caja rosa de dónuts hacia mi sobre el escritorio, como compensación por haberme descubierto.

No me decido a alcanzar uno. Sé que ahora mismo estoy nerviosa porque cuando miro hacia los dónuts glaseados lo primero que pienso es *¿esto es una trampa?*, en vez de estirar la mano y tomar uno inmediatamente. Pero estoy en el territorio de Sebastien y, teniendo en cuenta nuestros dos últimos encuentros, nadie puede culparme por ser un poco cauta.

—No están envenenados —dice Adam entre risas. Toma la bolita del centro de un dónut y se la mete en la boca—. En fin, como estaba diciendo, te recuerdo de The Frosty Otter. Pasaste a mi lado, directa hacia *Seabass*, quiero decir, hacia Sebastien. Justo antes de que él decidiese salir corriendo. ¿Qué le has hecho a mi habitualmente imperturbable capitán, Helene?

Se me suben los colores y me acaloro, aunque me siguen castañeando los dientes por el frío. No sé qué responder, no esperaba que nadie de la tripulación del *Alacrity* me reconociese. Y, *sin duda*, no me voy a poner a explicarle a nadie que, por un momento, pensé que Sebastien era un personaje que había escrito y que, de algún modo, había salido de entre las páginas para volverse real.

Elijo la salida fácil y cobarde y me meto un dónut entero en la boca.

Adam vuelve a reírse a carcajadas, aunque no con maldad, más como si estuviese aceptando la derrota.

—Vale, lo que sea que haya entre vosotros dos, os guardaré el secreto. Si consigues ponerlo así de nervioso, estoy de acuerdo. Necesita una mujer en su vida que lo desafíe un poco.

—Ajá. —Me trago el dónut tan rápido como puedo para poder defenderme—. No hay nada entre Sebastien y yo. Lo has entendido todo mal.

—¿De verdad? —Adam me estudia desde el otro lado del escritorio.

—Sin duda. Al cien por ciento.

—Mmm.

—Mmm, ¿qué?

Adam me mira fijamente un poco más, entonces sonríe y niega con la cabeza.

—Es solo que, cuando Sebastien te mencionó esta mañana…

—¿Me mencionó? —Me inclino con demasiado ímpetu sobre el escritorio e inmediatamente me odio por ello. Se supone que odio a Sebastien. No me debería importar si piensa en mí, o si habla sobre mí, o si está haciendo muñecas de vudú de mí y clavándoles alfileres.

Adam no pasa por alto mi interés y se limita a alzar una ceja mientras me mira, como si quisiese decir que mis actos son prueba más que suficiente.

Por supuesto, Sebastien debía tener amigos exasperantemente engreídos.

Suspiro. En voz alta.

—Vale, creo que me voy a ir. Gracias por el dónut. —Me acerco a la puerta.

—Helene, espera. Te ha dejado esto. Dijo que quizás te pasarías. —Adam rebusca en el primer cajón de su escritorio y me tiende el ejemplar de *The Craft of Novel Writing*, junto con los otros dos libros que tenía previsto comprar.

Frunzo el ceño.

—¿C-cómo sabía que vendría?

Adam se encoge de hombros.

—Como he dicho, lo que sea que haya entre vosotros dos, os guardaré el secreto. Lo único que sé es que *Seabass* estaba bastante decaído esta mañana. Puede que parezca duro por fuera, pero es como un perro que ha recibido demasiados golpes a lo largo de su vida. Lo pones nervioso. Sé amable con él, ¿vale, Helene?

—Yo…

—Y si quieres volver a verlo, el *Alacrity* debería estar atracando en el puerto justo en este momento. Han salido para comprar el cebo, pero mi sobrino se olvidó algo en su camioneta, así que van a hacer una parada rápida antes de volver al mar.

Adam deposita los libros en mis manos y asiente para animarme, sin rastro de su anterior sonrisa.

—Sebastien es un buen hombre. No le rompas el corazón.

Una parte de mí quiere marcharse ahora que ya he recuperado *The Craft of Novel Writing*, pero otra siente curiosidad por lo que ha dicho Adam. Así que me dirijo al puerto de nuevo, prometiéndome que solo voy a echarle un vistazo a Sebastien para demostrarle a Adam que está equivocado al decir que es un buen tipo. Puede que incluso lo pille gritándole a su tripulación, siendo un capitán tirano. Un vistazo rápido y habré terminado con él.

El *Alacrity* está en uno de los amarres que antes estaba vacío. Es un barco enorme, supongo que tiene que serlo para poder soportar las tormentas invernales en medio del océano, pero el casco está pintado de azul cerúleo, como las calmadas aguas de Hawái. No es lo que esperaba al pensar en un barco cangrejero.

Me quedo a la sombra de un cobertizo cercano para que la tripulación no pueda verme. Están pasando muchas cosas a la vez dentro del *Alacrity*, hay aparejos y redes moviéndose por todas partes, hombres corriendo de un lado a otro a fin de asegurar las gigantescas trampas para cangrejos y otras cosas que no logro comprender.

Pero entonces, un tenor solitario irrumpe entre el frenético griterío, entonando las primeras notas de lo que parece una canción marinera. El hombre al que pertenece esa voz aparece en mi campo de visión.

Sebastien.

Su tono es claro y sonoro cuando canta el primer estribillo. Como sucedió en The Frosty Otter, su voz me remueve algo por dentro. Se me doblan las rodillas al oírlo, qué cliché, pero no se puede negar que es cierto, y tengo que apoyarme en el cobertizo para seguir de pie.

A mi alrededor, sin embargo, la voz de Sebastien parece tener el efecto contrario. La calma se apodera del puerto, primero cuando la tripulación del *Alacrity* sigue la canción con la segunda estrofa, y después cuando los hombres y mujeres de los otros barcos cangrejeros se les unen en la canción. Pronto todo el puerto se convierte en una marejada de canciones marineras y camaradería, y a mí me vuelve a llenar una extraña sensación de *déjà vu*, hasta que me doy cuenta de que estoy recordando una escena que escribí hace mucho tiempo, una historia sobre la Segunda Guerra Mundial con un capitán distinto, en un puerto distinto, en Pearl Harbor.

Jack tararea una canción marinera mientras se admira en el espejo con su nuevo uniforme de teniente. Fue el mejor de su clase en Annapolis y se alistó en la marina como alférez nada más graduarse, y ahora ha recibido su segundo ascenso en solo un par de años de servicio. Claro, es un poco más fácil ascender en las filas debido a la guerra, pero no es tan simple. Estados Unidos aún sigue siendo un país neutral, quedándose a un lado mientras el resto del mundo está en guerra. Los ascensos se tienen que ganar, y Jack asiente orgulloso ante los nuevos galardones que decoran el cuello de su camisa y las rayas de su chaqueta.

Uno de sus compañeros, Darren, llama a la puerta y asoma la cabeza.

—¿Engalanándote como un pavo real, Jacky?

Jack se ríe, toma una almohada de su litera y se la lanza.

—Estás celoso.

Darren atrapa la almohada al vuelo y se la lanza de vuelta.

—¿Celoso de que ahora tengas más responsabilidades? No, gracias, señor. Soy feliz como una perdiz como oficial de bajo rango. Te lo digo, es solo cuestión de tiempo antes de que nos arrastren a esta guerra y, cuando eso pase, prefiero tener el menor número de vidas en mi conciencia.

Jack hace una mueca.

—Esa es una actitud un tanto extraña para alguien que viene de una familia de marines.

—Es gracias a la larga historia de mi familia en la marina por la que tengo esa perspectiva. Se llama sabiduría. —Darren se da unos suaves golpecitos en la cabeza con el dedo con solemnidad, pero sonríe como un niño que acaba de tirar una caja de petardos en el jardín de su vecino.

A pesar de todo, Jack responde con seriedad.

—Bueno, no pretendo dejar que ninguno de mis hombres muera.

—Por eso te queremos tanto —dice Darren—. Es por tu seriedad y tu encantadora ingenuidad.

Jack, sin embargo, está lejos de ser un ingenuo. Ya había visto demasiada muerte antes de poner un pie en los pasillos de la Academia Naval de los Estados Unidos, incluso antes de unirse al grupo de Pearl Harbor. Pero nadie más que él lo sabe. Hay algunas heridas que siguen abiertas y que duelen demasiado como para compartirlas con nadie, así que Jack se traga su dolor y las mantiene en secreto.

—Pero eso da igual —dice Darren—, he venido a decirte que esta noche hay una fiesta en el pueblo. Con música en directo, buenos tragos, mujeres preciosas… ¿qué me dices? ¿Quieres salir de la base?

—Creo que paso —dice Jack. Ya ha roto suficientes corazones hawaianos en los dos años que lleva destinado aquí y necesita un pequeño descanso de sus llantos, lo que inevitablemente termina ocurriendo cuando las chicas a las que besa quieren algo más de lo que él puede darles.

—Vamos, ¿qué mejores planes puedes tener?

—Creo que disfrutaré de una tarde tranquila aquí, leyendo.

Darren niega con la cabeza.

—Estás desperdiciando el superpoder que ese uniforme y esos nuevos galardones de teniente te otorgan. Lo único que tienes que hacer es entrar en el bar esta noche y la mitad de Honolulu estará besando el suelo que pisas. Cielos, podrías incluso acostarte con todas las mujeres a la vez si quisieses.

Pero Jack no quiere eso. Los rollos de una noche son el equivalente a los chupitos de vodka: en el momento te sientes bien pero después te dejan una resaca increíble y te sientes peor que cuando empezaste.

—Gracias por la invitación —dice—, pero de verdad que me voy a quedar aquí esta noche.

—Eres un viejo de ochenta años en el cuerpo de un… ¿cuántos años decías que tenías?

Jack se enoje de hombros.

—¿Qué más da? Pensaba que acababas de decir que era como un héroe de cómic. Superman tiene unos treinta años y es inmortal al mismo tiempo.

Darren se ríe con ganas.

—Eres un cascarrabias, eso es lo que eres. Me apuesto lo que quieras a que bajo ese elegante uniforme llevas puesta una chaquetilla de lana, no la capa de Superman.

—A mí me gusta. —Se ríe Jack—. Nunca he pensado que me quedasen bien las mallas.

—Bueno, si cambias de idea acerca de esta noche, estaremos en el Tiki Tiki Lounge. Hasta luego, viejo. —Darren hace un saludo militar, medio en broma, medio en serio, y desaparece por el pasillo de los barracones.

Jack admira en el espejo sus nuevos galardones de teniente de nuevo, después toma su gorra y se dirige a la puerta. Si se piensa quedar a leer esta noche, lo mejor será que pase por la biblioteca antes de que cierre.

Deambula entre las tres estanterías de libros de ficción, esperando encontrar algo nuevo. La biblioteca de la base naval no tiene una colección realmente impresionante, ya que la mayoría de los hombres prefieren salir a beber que sentarse a leer en su tiempo libre, pero Jack, en ocasiones, ha conseguido encontrar alguna joya por aquí.

—Disculpe —le dice Jack a la bibliotecaria. Está de espaldas a él pero, aparentemente, es la otra única persona en la sala.

Ella se da la vuelta y, en el momento en el que se cruzan sus miradas, le recorre un dulce escalofrío y se queda completamente helado.

—Le van a entrar moscas en la boca si no la cierra, teniente. —Ella se ríe mientras deja a un lado la pila de libros que llevaba en las manos. En su placa identificativa pone que se llama Rachel Wilcox. Es nueva, de eso no cabe duda, Jack ya la habría visto si no.

Rachel lleva puesto un vestido azul con pequeños lunares blancos, ceñido a la cintura por un cinturón a juego. El movimiento de sus caderas es descarado y una condescendencia burlona tiñe su voz, como si también supiera muy bien que los hombres de esta base prefieren a las mujeres antes que a los libros. Como si sospechara que Jack no es nada más que otro marine que se ha perdido en la biblioteca de camino hacia la parada del autobús que va al centro.

Jack se recompone y deja de mirarla boquiabierto.

—Yo, eh, he venido a devolver este libro —dice, sacando un libro de tapa blanda del bolsillo de su chaqueta—. Y esperaba que hubiese llegado alguna novela nueva, pero parece que sigue habiendo lo mismo que la semana pasada. —Señala hacia la sección de ficción.

—Seguro que hay algo que pueda leer —responde Rachel con un brillo burlón en la mirada.

—Podría —dice Jack—, pero por desgracia no me apetece releer nada, y ya he leído todos esos libros. Puede que le sorprenda saber que sé leer y escribir.

Rachel se ríe, y el sonido es tan ligero como una brisa tropical bailando entre los cocoteros.

—Venga conmigo, entonces. Tengo un libro en el almacén que creo que le gustará. Alguien acaba de dejar una caja de donaciones.

—¿Cómo sabe que me gustará?

—Porque parece bastante satisfecho consigo mismo, y la novela en la que estoy pensando trata de un hombre muy pagado de sí mismo y de sus aventuras.

—Auch —dice Jack, pero al mismo tiempo se le encienden las mejillas y las puntas de las orejas—. Le prometo que no suelo ser tan orgulloso. Lo que pasa es que me han ascendido esta mañana.

Ella vuelve a reírse.

—No pasa nada. La arrogancia no les suele quedar bien a los hombres, pero a usted le pega, teniente.

—Por favor, llámame Jack.

—En realidad, creo que prefiero no llamarte nada. Llamaros por vuestro nombre de pila es el primer paso para hacer que piquemos el anzuelo. Y de ahí en adelante solo tenéis que tirar del sedal y pasamos a ser solo un trofeo más en vuestra vitrina.

—No quiero convertirte en un trofeo.

—Y yo no quiero convertirme en uno. Así que estamos de acuerdo. ¿Vamos a buscar ese libro? —Rachel sonríe, mostrando un adorable y pequeño hoyuelo en su mejilla derecha.

Y resulta que era ella quien lo había entendido todo al revés, porque no es Jack quien termina atrapándola. Es Rachel, y su travieso hoyuelo, la que termina haciendo que Jack pique el anzuelo. Muerde el anzuelo, tira del sedal y tiene su trofeo, ha perdido.

Un adolescente larguirucho pasa corriendo a mi lado, sacándome de mi ensimismamiento. Tiene una pequeña libreta de espiral en la mano y yo le tomo cariño inmediatamente solo por ese detalle, porque sé lo importante que es tener siempre una libreta a mano; después sube a toda prisa la escalerilla del *Alacrity*.

Mientras tanto, la canción marinera de Sebastien llega a su fin, y juro que si todo un puerto pudiera sonreír a la vez, se sentiría así. Me invade una oleada de afecto por Sebastien a pesar del hecho de que estoy aquí solo porque me robó los libros. Puede que me sienta así por su canción. O puede que esté proyectando en el Sebastien de ahora lo que siento por el teniente Jack de mi historia. Lo único que sé es que, al menos en este momento, no estoy enfadada con él.

Sebastien aparece en la popa del barco, con una botella de vino en la mano. El sol naciente dibuja su silueta con la suave luz anaranjada y, aunque lleva muchas prendas de abrigo encima, puedo apreciar su fuerza y confianza por cómo se mueve. También puedo ver que su tripulación lo adora, reuniéndose a su alrededor, con toda su atención puesta en su capitán.

—¡Por un tiempo clemente, una pesca propicia y los mejores pescadores de cangrejos con los que he tenido el honor de navegar! —dice Sebastien.

—¡Hurra! —gritan sus hombres.

Sebastien saca el corcho de la botella y derrama el vino sobre la cubierta. Después le pasa la botella al resto de la tripulación y, uno por uno, derraman sus bendiciones sobre el barco.

Aquí, en el *Alacrity*, Sebastien es un hombre completamente distinto al hombre que fue tan maleducado conmigo. A pesar de mi anterior objetivo de odiarlo, no puedo evitar ver parte del Sebastien de mi historia en el de verdad.

Como si sintiese que lo observo, Sebastien barre con la mirada el puerto. Intento esquivarla, pero sus ojos encuentran los míos antes de que pueda evitarlo.

Al instante, siento algo dulce en mi boca, como si hubiesen destilado la nostalgia y el amor para hacer un vino caliente y meloso. Jadeo al notar su sabor, tan familiar y a la vez tan extraño.

Entonces me acuerdo de algo. Saboreé la misma dulzura en The Frosty Otter, pero pensaba que formaba parte de la cerveza que Betsy me había servicio. Y creo que probé el mismo sabor en Shipyard Books, pero había estado demasiada distraída por haberme topado con Sebastien como para darme cuenta.

Creo que también había saboreado algo así antes de venir a Alaska.

¿Cómo?

Sebastien se lleva la mano a sus labios y cierra los ojos como si, por un momento, él también lo saboreara.

¿Es que él también siente el sabor del vino meloso?

Me enamoro un poco de la posibilidad de que sea así, y un poco del hechizo de este hombre que atrae a todo el puerto con su canción, que sabía antes que yo que vendría al puerto a por los libros, al que de alguna manera me siento unida, aunque acabemos de conocernos.

Desearía poder subir la escalerilla del *Alacrity*, poder preguntarle a Sebastien de qué va todo esto. Porque sospecho que él sabe mucho más de lo que me está contando, que puede que esa sea la razón por la que me está intentando alejar.

Pero cuando abre los ojos, lo único que hago es alzar el ejemplar de *The Craft of Novel Writing* y gesticular: «Gracias».

Él me lanza la mirada más triste que jamás he visto en un hombre y asiente. Una sola vez.

Después se da la vuelta y ordena levar anclas y zarpar.

Ha pasado una semana y sigo sin poder dejar de pensar en ella.

El cielo oscuro es como el manto de un demonio, estamos a menos de veinte grados bajo cero con una sensación térmica aún peor, y el *Alacrity* se balancea con violencia sobre las agitadas aguas. Debería estar prestándole más atención a mi tripulación, a lo difícil que se nos está haciendo el poner las trampas para cangrejos, al hecho de que llevamos siete días en este barco y que lo que hemos pescado es inversamente proporcional al esfuerzo que estamos haciendo para sobrevivir en este mar tormentoso.

Pero mi mente sigue regresando a Helene.

—¿Capitán? —Colin está de pie en la entrada del puente de mando, observándome como si esta no fuese la primera vez que me llama. ¿Cuánto tiempo lleva ahí de pie mientras yo miro fijamente el océano a través de la ventana?

—¿Qué pasa, Merculief? —digo, haciendo como si no pasase nada.

—Me manda Piñeros para decirte que hay un catre libre. Ha dicho que se puede hacer cargo del timón si quieres descansar un rato.

Rechazo la sugerencia con un gesto de la mano. Sé que no seré capaz de conciliar el sueño, así que otro miembro de mi tripulación debería aprovecharlo en mi lugar.

—Estoy bien. Dejad que otro se quede con el catre.

—¿Estás seguro? —pregunta Colin—. Porque pareces...

Lo miro fijamente y se calla lo que iba a decir, guardando silencio como un ciervo en plena temporada de caza. No estoy siendo justo, pero no puedo evitarlo. Estoy tenso y necesito que se marche.

—Vale —dice—. ¿Puedo hacer algo por ti antes de irme?

—Encontrar una manera de detener el ciclo —murmuro.

—¿Disculpa, señor?

—Nada —digo—. En realidad, me vendría bien algo de cafeína.

—Marchando, capitán. —Colin se marcha corriendo para seguir mis órdenes.

Unos minutos más tarde vuelve con una taza de café cargada y me deja en paz.

A solas con un mar tempestuoso y unos pensamientos igual de turbulentos.

Julieta

Julieta

Julieta...

BASE NAVAL DE PEARL HARBOR, HAWÁI - OCTUBRE 1941

—Disculpe —le digo a la bibliotecaria del vestido azul con lunares blancos. Me da la espalda pero, aparentemente, es la otra única persona en la sala—. Venía a devolver este libro y...

Ella se da la vuelta y, en el momento en el que se cruzan nuestras miradas, el familiar sabor del vino meloso acaricia mis labios.

Se me abre la boca de par en par y me quedo completamente helado.

Es ella.

—Le van a entrar moscas en la boca si no la cierra, teniente. —Se ríe mientras deja a un lado la pila de libros que llevaba en las manos y se me acerca, balanceando sus caderas, agitando su falda. Me hipnotiza el movimiento. Solo cuando la tengo delante consigo cerrar la boca.

En su placa identificativa pone que se llama Rachel Wilcox.

—Es nueva —susurro.

—Empecé esta mañana. —Ella sonríe y la pequeña biblioteca parece de repente un lugar cálido, bañado de luz dorada; el efecto que producen las sonrisas de Julieta nunca cambia.

Tironeo del cuello de mi camisa, que de repente parece que lo han almidonado demasiado.

—Yo, eh, esperaba que hubiese llegado alguna novela nueva. —Señalo hacia las estanterías de la sección de ficción.

—Seguro que hay algo que pueda leer —dice Rachel.

—Podría, pero por desgracia ya he leído todos esos libros. Puede que le sorprenda saber que sé leer y escribir.

Rachel vuelve a reírse, y el sonido de su risa es como una brisa tropical bailando entre los cocoteros.

—Venga conmigo, entonces. Tengo un libro en el almacén que le gustará. Alguien acaba de dejar una caja de donaciones.

E incluso aunque sé que debería alejarme, no quiero hacerlo. Sí, la maldición conlleva un final desdichado, pero antes, siempre hay un amor eterno, como el de Paris y Helena. Marco Antonio y Cleopatra. Dante y Beatriz.

Así que cuando Rachel se aleja, la sigo. En efecto, me entrega un libro excelente.

A la semana siguiente me deja que la invite a cenar. Salimos de la base para ir a un cuchitril minúsculo en el que sirven comida tradicional hawaiana: cerdo *laulau* al vapor en hojas de *poi* agrio que hace que Rachel haga una mueca al probarlo, y *haupia*, un rico pudin de coco, de postre. Más tarde, paseamos por Kapahulu y me deja darle la mano.

Una semana más tarde, vamos conduciendo hasta el norte de la isla y observamos a los surfistas locales cabalgar olas de más de doce metros. El subir y bajar de las olas hipnotiza a Rachel. Y ella me hipnotiza a mí. Cuando se concentra, hace una mueca con los labios y cuando algo le gusta, como cuando un surfista consigue cabalgar una ola especialmente alta, sonríe y suelta un pequeño suspiro. Esta es la quinta vez que lo hace y ya no puedo resistirme más. Vuelvo su cara hacia la mía y acaricio sus labios con los míos, mientras la humedad del agua del mar nos envuelve y las palmeras crujen sobre nuestras cabezas.

—Lo siento, no he podido contenerme —susurro.

Ella responde exhalando con una sonrisa.

—No quiero que te contengas. —Y vuelve a besarme.

Dos semanas después, somos inseparables siempre que estoy fuera de servicio. Si ella está trabajando, estoy en la biblioteca, y pasa la mayoría de las tardes conmigo y los demás marines. A mí se me da fatal el billar, pero Rachel es muy buena jugadora, algo que mis hombres, para su desgracia, no descubren hasta después de haber apostado una noche entera de cervezas en una partida contra nosotros. Pero se le da fatal el póker, así que eligen jugar a las cartas, Rachel me deja jugar mí mientras hace todo lo posible por distraer al resto de marines batiendo sus pestañas. Siempre nos terminamos riendo por ello después, analizando la velada para ver a quién le afectó más su actuación.

Los sábados nos levantamos temprano para ir a pescar con toda su familia: su madre, su padre, sus cuatro hermanos y el abuelo Fred. Salimos a navegar en su barco y nos pasamos la mañana pescando lampugas y, si tenemos suerte, algún peto especialmente veloz o algún opakapaka especialmente gordo. Con varias vidas de experiencia marinera a mis espaldas, normalmente soy yo quien captura al preciado pez. Eso me granjea el respeto inmediato del padre y los hermanos de Rachel, y el abuelo Fred, más tarde, me honra invitándome a asar y cocer al vapor las capturas. (Por otra parte, Rachel, como las demás Julietas, no sabe cocinar y tiene totalmente prohibido acercarse a la barbacoa o a la cocina).

Tras la cena, su familia se reúne alrededor de la hoguera aún encendida para tocar algo de música. Yo nunca recuerdo los acordes, pero Rachel y sus hermanos tocan el ukelele como si fuese una prolongación de sus brazos. Sin embargo, Rachel no sabe cantar, una vez me cantó y, fiel a su palabra, parecía el llanto de un delfín, así que deja que sea yo quien cante. Su madre me enseña las letras de las canciones favoritas de su familia y yo les enseño algunas de mis canciones marineras.

Es una maravilla poder formar parte de una familia. En mi larga vida, he estado tanto tiempo solo que olvido lo que se siente al pertenecer a algo así. Las semanas transcurren felices y casi me olvido de que todo es demasiado idílico como para que dure.

Hasta que la realidad de mi existencia regresa como un rugido a mis oídos, a mis brazos, a mis piernas, a cada maldita célula de mi cuerpo.

En la mañana del 7 de diciembre, los japoneses vuelan Pearl Harbor. Las bombas caen desde el cielo. Muros de humo y llamas se elevan como demonios enviados para hacernos sufrir. En un instante estoy en mi barracón y, al siguiente, estoy nadando en medio de un naufragio, sacando hombres del casco que se hunde. Me subo a marines a los hombros y los arrastro por aguas que parecen estar en llamas, depositándolos sobre los restos flotantes para que los encuentren los equipos de rescate, mientras que yo nado de vuelta hacia las ruinas en llamas.

Solo dos de mis hombres sobreviven ese día.

Cuando termina el ataque, por fin me desplomo en la orilla.

Sin embargo, tras un momento de respiro, reúno los últimos retazos de fuerza de voluntad que me quedan y me dirijo tambaleándome hacia la biblioteca.

Me detengo en el lugar donde debería estar.

Pero ya no es una biblioteca, sino un caparazón ennegrecido por la ceniza, casi irreconocible.

—¿Rachel? —balbuceo.

Sin embargo, ella no debería estar aquí, ¿verdad? Es demasiado temprano. Su turno no empezaba hasta más tarde…

Pero había dicho que vendría antes de que abriese la biblioteca para clasificar algunas de las enormes cajas de donaciones.

Trozos de papel, restos de antiguos libros, revolotean por el aire grisáceo como confeti lúgubre. Un pedazo cae a mis pies, junto a una placa identificativa deformada por el calor de una bomba. Aún se pueden distinguir la mayoría de las letras.

Rachel Wil…

Grito y caigo de rodillas. Me aferro a la placa con su nombre, lo único que queda de ella, y grito hasta quedarme sin voz y hasta que me sangra la garganta, hasta que las cenizas y el humo me ahogan los pulmones, e incluso entonces, me niego a marcharme, me niego a levantarme del esqueleto de lo que fue la biblioteca, del último lugar donde descansa mi amor. Intento prenderme fuego, añadir un cadáver más a la lúgubre pira, pero el viento apaga cada una de mis cerillas y entonces empieza a llover; y Pearl Harbor no me lleva consigo.

Así que me quedo allí tumbado hasta que aparece el mismísimo almirante Kimmel y me saca de entre los restos humeantes de la biblioteca. Y más tarde, cuando el presidente Roosevelt concede a cincuenta y un hombres, entre los que me encuentro, la Cruz de la Armada por nuestro extraordinario heroísmo en la batalla, lanzo mi medalla al Pacífico.

Porque no me la merezco. No pude proteger a mi tripulación. No pude proteger a Rachel.

Lo único que me merezco conservar de Pearl Harbor es otro sombrío recordatorio de mis fracasos: la placa fundida con su nombre.

SEBASTIEN

M e despiertan los gritos en medio de la noche. El agotamiento debe de haber ganado la batalla en algún punto, porque me he quedado dormido al timón, eso nunca me pasa.

Alguien llama a mi puerta a golpes.

—¡Hombre al agua! ¡Hombre al agua!

El corazón me late acelerado. Salgo corriendo hacia la tormenta, resbalando sobre la cubierta mojada. La borrasca de aguanieve azota el *Alacrity* y olas de quince metros golpean el casco. La tripulación ya ha encendido los focos, y yo corro tan rápido como puedo hacia Piñeros, que está junto a la barandilla.

—¿Quién? —grito para hacerme oír por encima de la tormenta.

—¡Merculief! Se soltó una trampa y le dio en la cabeza.

Durante un momento que parece salido de una pesadilla recuerdo el accidente que se llevó la pierna de Adam. Las trampas pesan más de cuatrocientos kilos cada una. Y, ahora mismo, puede que otra trampa sea el motivo por el que otro Merculief se aleje del mar.

Mierda. Si le ha dado a Colin en la cabeza, probablemente ahora esté inconsciente en medio de este océano embravecido. Esto es mucho, mucho peor que lo de la pierna de Adam.

—¿Dónde? —grito.

Piñeros señala a un punto en la distancia, en medio del mar. Todo está completamente a oscuras y la superficie está llena de espuma como un monstruo marino rabioso. Y Colin no está por ninguna parte.

Me quito la chaqueta.

Piñeros abre los ojos de par en par, alarmado.

—¿Qué estás haciendo, capitán?

—Voy a por Colin.

—¡No puedes, señor! Te ahogarás.

—No pienso dejar a un hombre atrás —grito mientras el aguanieve me golpea el rostro. Aún recuerdo perfectamente lo sucedido en Pearl Harbor, y el pensar en perder de nuevo a un miembro de la tripulación en el mar hace que se me oprima el pecho. Lo único que puedo hacer es actuar. Me quito las botas de un tirón y contemplo el océano, oscuro y violento—. Ilumíname tanto como puedas.

Piñeros duda por un momento.

—¡Ve! —grito. Puede que esté loco, pero mi tripulación acata mis órdenes. Piñeros sale corriendo hacia los focos.

Yo me lanzo por encima de la barandilla.

No hay casi visibilidad. El mar se revuelve, el agua está helada. No soy invencible, pero sé que si esta noche me desmayo por las gélidas temperaturas, mi cuerpo flotará de alguna manera hasta el *Alacrity* para que la tripulación pueda sacarme. La maldición siempre encuentra alguna manera de intervenir, incluso cuando intento morir. Eso suele ser una carga, pero esta noche, lo agradezco.

Colin, sin embargo, solo sobrevivirá unos minutos en estas condiciones, eso si aún no se ha ahogado.

Haría cualquier cosa por mis hombres, pero especialmente por Colin. Solo es un niño. Y le prometí a Adam que lo mantendría a salvo.

Jones, otro hombre de mi tripulación, grita algo por el megáfono, pero no consigo entender lo que dice por la tormenta. Sin embargo, Piñeros mueve el foco para señalar algo.

¡Allí! Veo a Colin a unos cincuenta metros, su cuerpo flota como una muñeca de trapo en medio de un mar que parece un Kraken lanzando a su presa de un lado a otro con sus olas salvajes.

Nado tan rápido como puedo. Las fauces del océano intentan tragarme y me atraganto con el agua salada y gélida que me entra por la boca y me sube por la nariz.

Pero sigo nadando.

El mar embravecido intenta impedir que le robe su premio, golpeándome una y otra vez con todas sus fuerzas. Agua helada. Olas gigantescas. Aguanieve, viento y oscuridad, a pesar de las luces del *Alacrity*.

Aprieto los dientes. *¡No te lo puedes llevar!* Le grita mi mente al océano. Ahora solo unos metros me separan de Colin.

El mar me azota, lanzándome agujas de agua salada a la cara. Me escuecen los ojos, no veo nada. Y por unos segundos, pierdo el norte, olvido donde estoy. Me encuentro de vuelta en Pearl Harbor, zambulléndome en el mar, intentando, desesperado, salvar a los marines. Las sirenas están sonando, el aire está lleno de humo. Yo nado y nado, pero sé que mis esfuerzos son inútiles, que mis hombres se ahogarán, que no puedo protegerlos de las garras codiciosas de la muerte.

El mar me golpea la cara, pero irónicamente, es justo eso lo que me saca del recuerdo de mi pasado, devolviéndome al presente. Puede que no pudiese salvar a todo el mundo en Pearl Harbor, pero hoy no es ese día.

Ese chico me pertenece, ¿lo entiendes? Le gruño al mar y lucho para abrirme camino hasta Colin.

Su cabeza se sumerge y su cuerpo empieza a hundirse.

—¡No! —Trago con fuerza, el agua salada se me cuela por la nariz y me arde la garanta. Ignoro el escozor y me sumerjo.

No veo nada en medio de la agitada negrura estigia. Lo único que sé es la trayectoria en la que me he sumergido y la dirección en la que él se ha hundido. Buceo tan rápido como puedo.

Y me choco contra el cuerpo inerte y pesado de Colin.

Mis brazos lo rodean inmediatamente y nos impulso hacia la superficie. Cuando salgo, como aire con fuerza y el océano ruge, furioso, porque le estoy robando.

Lucho contra las olas furiosas, nadando con todas las fuerzas que me quedan. Cuando estoy lo suficientemente cerca del *Alacrity*, la tripulación me lanza un salvavidas y me abalanzo sobre él, casi fallando por el agotamiento.

Jones y otros dos miembros de mi tripulación, Hsu y Grunberg, nos sacan a Colin y a mí del mar, justo a tiempo. Mis miembros se entumecen justo cuando caemos sobre la cubierta resbaladiza.

Grunberg comienza inmediatamente a hacerle la reanimación cardiopulmonar a Colin. En este negocio, por desgracia, todos sabemos cuál es el protocolo que seguir ante un ahogamiento.

Observo a Colin y me inunda el miedo, golpeándome justo cuando la adrenalina por el rescate abandona mi cuerpo. Colin está tan pálido como un calamar, todo su cuerpo yace inerte mientras Grunberg le da aire y bombea su pecho. No puedo apartar la mirada, ni siquiera cuando vomito sobre la cubierta.

Piñeros ya ha puesto rumbo a tierra, girando el *Alacrity*. Tendremos que enfrentarnos a la tormenta todo el camino de vuelta.

Jones se arrodilla a mi lado y me arropa con una manta gruesa. Hsu enciende los calentadores del botiquín de primeros auxilios y me los tiende. Pero todos estamos observando a Grunberg y a Colin.

Por favor no mueras por favor no mueras por favor no mueras.

El sonido de las compresiones torácicas es horrible, las manos de Grunberg apretando la carne húmeda, empujando las costillas rotas. Me convulsiono con cada bombeo, como si fuese yo el que estuviese bajo esas compresiones.

Ojalá *fuese* yo. Colin solo tiene dieciocho años. Tiene demasiada vida por delante. Yo ya he vivido suficiente, demasiado. Daría lo que fuera por poder quitarme décadas de encima para poder regalárselas a él.

De repente, Colin tose, y lo que podría ser una garrafa entera de agua salada sale de sus pulmones.

—¡Gracias a Dios, joder! —grita Hsu mientras Grunberg se deja caer junto a Colin, comprobando el pulso en su muñeca y confirmando que sí, nuestro novato sigue vivo.

Las lágrimas caen por mi rostro, cielos, todos estamos llorando; sin embargo, apartan la mirada, dándose un momento para serenarse y fingir que solo tenían aguanieve en los ojos. Los pescadores de cangrejos son un grupo duro que llevan sus corazones bajo capas de armadura, la única manera de defenderte cuando tu trabajo implica peligro constante y muerte. Yo también soy experto en esconder mis sentimientos.

—Haced que Merculief entre en calor y metedlo en un catre —grito en medio de la tormenta.

Hsu y Grunberg levantan a Colin con cuidado y desaparecen bajo la cubierta.

Jones sigue arrodillado a mi lado. Pensaba que estaba congelado en el sitio como yo, viendo si Colin vivía o moría, pero ahora me doy cuenta de que también me estaba vigilando, asegurándose de que estaba bien.

—Deberíamos bajarte a ti también —dice.

Yo asiento.

—Solo… dame un minuto.

—Claro, capitán. Pero… si te sirve de algo, creo que lo que has hecho ahí fuera ha sido increíble.

Entonces Jones se levanta, dándome un poco de espacio pero sin alejarse demasiado para poder correr en mi ayuda si lo necesito.

Sin embargo, se equivoca. No ha sido increíble. Ha sido irresponsable.

Dejo caer la cabeza entre mis manos.

Me quedé dormido al timón en medio de una tormenta porque he estado demasiado preocupado por Helene como para descansar. Y como no estaba prestando atención ni navegando la tormenta, Colin cayó por la borda. Ha sido solo cuestión de suerte que pudiese salvarlo. El mar podría habérselo tragado o haberlo matado.

Colin se merece algo mejor. Esta tripulación se merece un capitán que pueda centrarse en ellos y no en sí mismo. Y Helene se merece vivir, escribir su novela y seguir sus sueños sin enredarse en mi vida.

Jones vuelve.

—Vamos, capitán. Vamos a llevarte bajo la cubierta. Hay una ducha caliente y un catre que llevan tu nombre.

Dejo que me ayude a levantarme. Pero mis piernas son inestables, no solo por el esfuerzo de rescatar a Colin, sino que también tiemblan porque sé qué es lo que tengo que hacer a continuación.

Si no me puedo librar de Helene, entonces me tendré que sacar a mí de la ecuación. Tengo que irme de Alaska.

HELENE

—¿**S**e zambulló en el océano? —dice Katy por teléfono—. ¿En Alaska? ¿En pleno invierno? —Es tan californiana como yo, y la idea de que alguien pueda siquiera poner un pie cerca del mar si fuera hace menos de veinte grados es algo inconcebible para nosotras.

—Es lo único de lo que habla la gente del pueblo desde hace tres días —digo, poniendo el cartel de cerrado en Shipyard Books—. La alcaldesa de Ryba Harbor vino esta mañana y les estaba contando a sus amigos que querían celebrar un desfile en honor de Sebastien, pero creo que él ha dicho que no.

Katy resopla.

—Pensaba que un imbécil arrogante como ese *querría* que todo el mundo lo adulase.

—No sé si *es* un imbécil arrogante. —Deslizándome tras el mostrador para cerrar la caja registradora recuerdo cómo todo el puerto se unió a su canción marinera—. Aquí todo el mundo adora a Sebastien. Y dicen que no se apartó del miembro de su tripulación en el hospital hasta que supo a ciencia cierta que el niño estaría bien. Puede que Sebastien no se lleve bien conmigo específicamente.

—Sí que te lanzaste un poco sin frenos contra él —dice Katy—. Intentaste saltarle encima tu primera noche allí.

—No fue así como pasó.

—Pero tal vez debería haber sido así. —El teléfono de Katy suena al otro lado de la línea—. Oh, mamá acaba de mandarme un mensaje. ¿Te apetece hacer una videollamada con ella?

Sonrío. Tengo suerte de que mi madre y mi hermana sean mis mejores amigas, y de que las tres hablemos casi todos los días.

—Sí, claro —digo—. Pero dame unos minutos para que cierre la tienda.

—Vale, llámanos cuando estés lista. —Katy cuelga.

Recojo la mesa de juegos de los niños, deteniéndome un momento para observar el libro infantil que les he estado leyendo a un grupo de niñitas antes. Apenas habían dado sus primeros pasos y aún eran lo suficientemente pequeñas como para seguir oliendo a leche materna y a colonia de bebé, y su asombro con cada una de las ilustraciones del libro hizo que se encendiese algo calentito en mi interior.

Estar con ellas me encogió un poco el corazón al saber que nunca tendré un bebé propio. Sin embargo, su alegre risa, sus suaves palmaditas y la pureza de su curiosidad, me llenaron de felicidad. Quizás cuando acabe este trabajo pueda presentarme voluntaria para venir a leerles cuentos.

En cuanto termino de recoger la zona infantil me dirijo a la trastienda y alzo una caja de nuevos envíos sobre la mesa de trabajo para poder catalogarlos en el sistema. Angela vuelve mañana de Arizona y quiero asegurarme de que todo esté organizado y en perfecto estado para su regreso.

Llamo a mamá y a Katy.

—¡Hola, mis niñas! —Mi madre, Beth, le sonríe ampliamente a la cámara. De hecho, su sonrisa es lo único que puedo ver.

—Aparta un poco el iPad —le dice Katy—. Estoy viendo un primer plano de los pelos de tu barbilla.

—Pensaba que te gustaban los pelos de mi barbilla —responde mamá, ajustando la cámara para que podamos verle la cara. (Bueno, dos tercios de la cara. «Tengo problemas cronotécnicos», le gusta decir a mamá, algo que en realidad significa: «Soy demasiado vieja como para preocuparme de conseguir el encuadre y la iluminación perfectos, y vosotras sois mis hijas así que os encantará la parte de mi cara que consigáis ver»).

—Ni siquiera tienes pelos en la barbilla, mamá —le digo.

—Cierto, pero si los tuviese me tendríais que decir que me quedan bien, ¿no? —Guiña un ojo—. Bueno, Katy me estaba poniendo al día por mensaje acerca del Héroe de Cuento.

—No es mi héroe de cuento. —De verdad que me arrepiento de haberles dicho que Sebastien se parece al hombre que había creado en mi imaginación para protagonizar todas las escenas que he escrito.

—Cierto, ya no es el Héroe de Cuento —le dice Katy a mamá—. ¿Te acuerdas? Le hemos cambiado el nombre a Sebastien McDesmayos.

—¡Eso no es verdad!

—Se lo hemos cambiado mamá y yo.

—¡Mamá!

Ella se encoge de hombros.

—Sebastien McDesmayos era mejor que el Príncipe Tremendo.

Gimo.

—¿Por qué me molesto en hablar con vosotras? —Tomo un cúter de encima de la mesa y abro de un tajo la caja de los nuevos envíos.

—Lo siento, cariño —dice mamá—. Hablemos de otra cosa. ¿Qué tal va la novela?

—Pfff.

—¿Qué significa «pfff»?

Suspiro y me dejo caer sobre una silla.

—No sé qué estoy haciendo mal. Me he pasado toda esta última semana y media leyendo ese libro sobre cómo escribir una novela, y entiendo lo que me quiere decir, pero no me está ayudando en absoluto.

—Bueno, acabas de empezar —dice mamá—. Puede que lo que necesites sea práctica. Sé que has escrito muchos relatos desde que ibas al instituto, pero escribir una novela es algo completamente distinto. Ten paciencia. Katy y yo sabemos que tienes mucho talento. Todo terminará encajando.

—Ese es el problema. No es el escribir la novela. Es... la novela en sí. —Le doy un golpecito con el dedo a la caja que tengo delante—. ¿Sabes cuándo tienes cómo un sexto sentido sobre algo? Yo me siento así con las escenas. Hay un motivo por el que las escribí. Como si hubiese alguna manera de unirlas en una sola historia con sentido. Pero no consigo hallar la respuesta.

—Son históricas, ¿verdad? —pregunta mamá—. ¿Y si escribes una historia que trate de viajes en el tiempo?

Niego con la cabeza.

—No me cuadra. Sabes que me encanta la ciencia ficción pero creo que esta historia no encaja en ese género.

—¡Oooh! —Katy se inclina hacia la cámara—. ¿Y qué tal que trate acerca de la antigua poción de amor de una bruja cuya receta se haya transmitido a lo largo de los siglos? Puede que tus escenas puedan ser lo que sucede cuando una pareja se hace con la pócima de la bruja.

Me quejo sin mucho ánimo. No hace mucho que quiero ser escritora, pero creo que esto es algo que suele pasar: muchos amigos y familiares con buenas intenciones que intentan darte ideas pero que terminan quedándose cortos.

—O puede —dice mamá—, que estés pensando demasiado en ello. Te estás aislando del mundo para escribir y no estás aprovechando lo que te rodea.

—¿El clima ártico? —digo con sarcasmo.

—No, cariño. Sé que crees que todo pasa por algo. ¿Qué te llevó hasta Alaska? Puede que la respuesta que buscas esté ahí afuera —señala hacia el exterior—, en vez de en tu cabeza.

—Puede. —Sonrío, porque aunque las ideas de mamá y de Katy no me ayuden, agradezco que lo intenten.

Mi sobrino de tres años, Trevor, aparece trotando junto a Katy. Empiezo a saludarlo con efusividad porque es mi niño favorito. Pero él no se fija en mí.

—¿Mamá? —le dice a Katy—. Te traigo un moco. —Lo alza como si fuese un tesoro que hubiese extraído solo para ella.

Y ella no pierde el tiempo en reaccionar.

—Guau, gracias, cariño. Pero, ¿sabes qué? Ya le has dado a mamá muchos mocos. Creo que papá también necesita uno. ¿Quieres dárselo a él?

Trevor estudia el moco en su dedo, como si estuviese determinando si la calidad de este particular premio le fuese a venir bien a su padre.

—¿No lo quieres tú? —le pregunta a Katy desconcertado—. Es uno bueno.

—Es la ley de los rendimientos decrecientes, colega. Dile a papá que por eso se lo regalo. A él le hacen más falta los mocos que a mí.

Trevor la mira contrariado y luego se aleja. De fondo, le oímos gritar:

—¿Papi? Mamá dice que este moco es para ti por la ley de regreso imitado.

Mamá y yo estallamos en carcajadas.

Katy sonríe con satisfacción.

—Adoro a ese niño pero *de verdad* que me muero de ganas por pasar unas semanas en Ámsterdam y en Cannes contigo, Hel. Creo que me voy a desmayar de la impresión cuando un camarero me sirva algo que no sean mocos. Así que termina esa novela, ¿vale? Quiero disfrutar al máximo de Europa.

—Sí, señora —digo, todavía riéndome por el pequeño y dulce Trevor—. En fin, creo que debería colgar ya. Tengo que organizar esta caja de libros nuevos que ha llegado esta mañana.

—Te queremos mucho —dice mamá—. ¿Nos llamas mañana?

—No se me olvidaría por nada del mundo.

Intercambiamos besos lanzados al aire y cuelgo la llamada. La felicidad que me da hablar con mamá y Katy persiste un rato más sonrosándome las mejillas, y me enfrento a la caja con energías renovadas.

Procesar el nuevo paquete es bastante sencillo. Localizo el pedido en el ordenador de Angela y lo marco como recibido, después coloco los libros en dos montones: para las estanterías o para un cliente concreto. Si se trata de este último, imprimo la factura y envuelvo el libro con ella, amarrado con una goma, después escribo el apellido del cliente en el lomo —sobre la factura, no encima del libro— en mayúsculas con un rotulador.

Termino de ordenar los libros rápidamente. Son las siete cuando ya solo me queda un libro, la hora perfecta para terminar mi turno.

Se me revuelve el estómago.

La novela es *Las primeras quince vidas de Harry August*. Encargado por Sebastien.

Me tiemblan las manos mientras envuelvo el libro con la factura y escribo su apellido en el lomo.

M O N T E S C O.

¿Cómo es posible que no supiese su apellido?

Ni siquiera se me ocurrió preguntárselo. Estaba tan inmersa en mi propio drama, pensando en él como uno de los múltiples personajes de mi imaginación, en vez de ver a Sebastien como una persona real con su propia identidad. Pero ahora miro fijamente el lomo del libro, donde he escrito su apellido.

Montesco Montesco Montesco.

La primera vez que me lo imaginé fue como Romeo Montesco, en el instituto.

Esto tiene que ser una coincidencia.

Muchas chicas se obsesionan con Romeo y Julieta de pequeñas, ¿verdad?

Y puede que Montesco sea un apellido común.

Solo porque me inventase un amigo imaginario que hiciese de Romeo, y solo porque sea idéntico a Sebastien, y solo porque ambos se apelliden Montesco, y solo porque se llevase la mano a los labios en el puerto al mismo tiempo que yo saboreaba el vino meloso en los míos… no *tiene* que significar nada.

Pero podría.

Mamá dice que todo pasa por algo. No estoy completamente segura de qué intenta decirme el universo, pero hay algo que sí sé: estoy aquí de pie, con un libro que Sebastien ha encargado, con su dirección impresa en la factura.

La nueva y valiente Helene sabe lo que tiene que hacer: voy a entregarle el libro en mano a su casa.

El viaje se me hace eterno porque Sebastien vive en el quinto pino, lo que es mucho decir, pues Ryba Harbor ya está bastante aislado. Además, está oscuro, las carreteras se retuercen y serpentean, y ha empezado a nevar. Nunca he conducido mientras nevaba. Que Dios me ayude.

A los cuarenta y cinco minutos de lo que se supone que va a ser un viaje de una hora, echo un vistazo al mapa de mi teléfono para comprobar que sigo yendo en la dirección correcta. El asistente de navegación hace rato que no me dice nada.

La pantalla, sin embargo, se ha quedado congelada en la ubicación de hace quince minutos. Una rueda arcoíris gira en medio de la pantalla y las barras de la parte superior muestran que estoy completamente fuera de cobertura.

Eso explica por qué no me ha dado ninguna indicación recientemente.

Fantástico.

Pero debo de estar yendo por el camino correcto. No ha habido ninguna bifurcación en varios kilómetros. Aparto la vista de mi teléfono y vuelvo a mirar hacia la carretera. Mis ojos tardan un momento en adaptarse a la tenue luz de los faros.

De repente, aparece una sombra amenazadora. Giro el volante con brusquedad para seguir la curva que traza el asfalto y espero que solo sea un árbol.

¡Mierda! ¡Un alce! Se abalanza sobre la carretera, más de dos metros de músculo, pelo y cuernos.

Grito y doy un volantazo. Los neumáticos patinan sobre la carretera, y piso el freno con fuerza, lo que probablemente sea justo lo que no se debe hacer. El volante se niega a cooperar y el coche da vueltas descontrolado, el mundo a mi alrededor se convierte en un borrón blanco invernal.

Mi coche choca contra un banco de nieve. El airbag me golpea el pecho y la cara.

—Mierda —gimo cuando el airbag se desinfla. Eso sí que ha dolido. Aturdida, trato irracionalmente de volver a meter el airbag en el volante antes de darme cuenta de lo que estoy haciendo.

Cuando mi cerebro vuelve a funcionar correctamente, arrugo la nariz. El aire huele a quemado, probablemente por el sistema eléctrico del airbag.

Mi vista también se aclara. A través del parabrisas, el alce brama y me mira fijamente.

Yo me apoyo en el claxon.

—Sí, bueno, ¡que te den a ti también!

Estoy bastante segura de que el alce pone los ojos en blanco ante mi comentario, cruza la carretera y me abandona.

Odio conducir en la nieve.

Cuando por fin consigo calmar mi respiración, hago balance de cómo me encuentro. Aparte del impacto, parece que estoy bien. No hay ninguna hemorragia, ningún dolor agudo por un hueso roto, tan solo un leve dolor en el tobillo izquierdo.

Mi siguiente instinto es buscar mi teléfono y llamar para pedir ayuda. Se ha caído al suelo y tengo que pasar por encima de la palanca de cambios para llegar hasta él.

Pero en cuanto lo tengo, me lamento. Cierto. No hay cobertura.

De alguna manera, consigo abrir la puerta del coche y me cae una cascada de nieve en el regazo justo cuando intento salir. Los faros están inclinados en un ángulo de sesenta grados, iluminando las copas de los árboles en vez de hacia el suelo. Del capó sale una columna de vapor.

—Fantástico —murmuro. Ya puedo ver el titular: «Prometedora escritora hallada congelada en la tundra de Alaska: los lobos solo han dejado los huesos. Un alce se ríe de su muerte».

Vamos, Janssen, me digo. *No vas a morir ante un alce burlón esta noche.*

Por desgracia, voy a tener que caminar el resto del camino hasta casa de Sebastien.

Pensaba que el destino me depararía algo más bonito que esto.

La nieve cae con más fuerza.

Maldigo al destino en voz baja. Después tomo mi bolso y el libro de Sebastien y cojeo por la carretera.

SEBASTIEN

Llega arrastrada por una nevada y no hay nada que pueda hacer para evitarlo. En un momento llaman a mi puerta, al siguiente la tengo enfrente. Y, de repente, está en mi casa, en este santuario que se supone que debería ser solo mío pero que ella, de alguna manera, acaba de invadir. Me sudan las palmas de las manos por su proximidad, mi respiración se acelera ante su inesperada cercanía.

—H-Helene —tartamudeo cuando nos quedamos frente a la puerta principal. Parece como si se la hubiera tragado un quitanieves y después la hubiera escupido—. ¿Qué estás haciendo aquí?

—Yo, eh, estaba trabajando en la librería. Y ha llegado la novela que encargaste. —Rebusca en su bolso y saca una copia de *Las primeras quince vidas de Harry August*—. ¿Sorpresa?

Lo dice como si eso explicase qué hace en mi casa. A esta hora. Después de todo lo que ha ocurrido en el *Alacrity* y de pasar los últimos días en el hospital con Colin y Adam y sus familias, lo último que me apetece ahora mismo es tener que lidiar con Helene y la maldición.

Ella parece percibir mi inquietud y añade rápidamente:

—No te preocupes, no estaba intentando saltarte encima ni nada por el estilo. Sé que no te interesa. Pero pensé en traerte tu libro, como agradecimiento por devolverme los míos.

La idea de que se abalance sobre mí, su cuerpo sobre el mío, hace que se me acelere aún más el pulso. Esto no puede estar pasando. *No debería* estar pasando. Tengo que recomponerme y recobrar el control de esta noche.

Para distraerme, frunzo el ceño observando el libro que tiene en la mano. La sobrecubierta azul está arrugada en las esquinas y el lomo está húmedo. Soy bastante exigente con el estado de mis libros. Incluso los que guardo en los bolsillos de mi abrigo se mantienen en perfecto estado; así quedan mejor en la estantería cuando he terminado de leerlos.

Pero después paso la mirada sobre Helene y me doy cuenta de que está apoyando todo su peso en la pierna derecha, mientras que tiene el pie izquierdo levemente levantado del suelo. Y se le está empezando a formar un moratón en la mejilla.

La preocupación toma el control de mis emociones.

—¿Estás herida?

—Puede que me haya estrellado contra un banco de nieve.

—¿Qué? ¿Por qué no lo has dicho antes? —La empujo suavemente hacia el interior.

Sé que esto es una idea horrible. ¿Pero qué otra cosa puedo hacer? ¿Pedirle que se marche en medio de la noche, herida y sin forma de volver al pueblo? Hay osos y lobos ahí fuera, y mi casa es la única en kilómetros a la redonda, además, Ryba Harbor está a una hora en coche. Con *buen* tiempo. Y por lo que se ve ahí fuera, se avecina una ventisca.

Todo saldrá bien, me digo. Me iré de Alaska en el primer vuelo que salga mañana por la mañana. Ya tengo el billete y un plan. Piñeros será un gran capitán y mi abogado se encargará de transferir mi mitad del *Alacrity* a Adam. Un equipo profesional de mudanzas empaquetará todas mis pertenencias y las almacenará por mí. Puedo ocuparme de darle a Helene unos primeros auxilios, llamar a una grúa y mandarla de vuelta.

La conduzco al salón, consciente de lo lujoso que parece: vigas de madera a vista, un ventanal que da al paisaje nevado, una lámpara de araña de hierro forjado que parece una cornamenta. Hay sofás de cuero acolchados, mantas de franela y una chimenea de piedra encendida. Pero no fue el ego lo que me llevó a construir una casa así, lo que pasa es que mi existencia se basa en esperar a que llegue Julieta para después perderla. Tener una casa en la que me sienta a gusto es el pequeño consuelo que me permito en una vida definida por quedarme siempre sin nada.

Pero ahora ella está aquí, en mi refugio privado, y no sé qué hacer.

—Guau —dice Helene, observando el salón—. Esto parece un refugio de montaña cinco estrellas sacado de una revista de viajes de lujo. No sabía que los pescadores de cangrejos ganabais tanto dinero. —Pero en cuanto lo dice, se lleva la mano corriendo a la boca para intentar ocultar el desliz—. Oh, cielos. No pretendía decirlo en voz alta.

—No pasa nada —le respondo, ahorrándole el tener que justificarse. Los pescadores de cangrejos sí que ganan un buen salario, pero no *tan* bueno. Aunque no quiero hablar de dónde viene mi fortuna, porque entonces tendría que mentir o explicar cómo alguien consigue amasar una fortuna a lo largo de los siglos. Y definitivamente no quiero hacer esto último.

—Siéntate donde quieras. Voy a buscar el botiquín de primeros auxilios.

Helene me observa como si le estuviese hablando en otro idioma. Hago una rápida comprobación mental… ¿estaba hablando en inglés, verdad? A veces cambio accidentalmente de un idioma a otro, normalmente ocurre cuando hay una palabra o un concepto que se expresa mejor en otra lengua. Como las descripciones de la nieve en las lenguas sami de los países nórdicos. O el adjetivo en mandarín para referirse a la calidad chiclosa y elástica de los fideos chinos.

Pero no, estoy seguro de que le he hablado en inglés.

—Lo siento —dice—. Me ha pillado por sorpresa que estés siendo amable conmigo. —Aún está de pie, apoyando todo su peso en una pierna, como si no se terminase de creer que de verdad le esté pidiendo que se siente.

Es culpa tuya, me recuerdo.

Sin embargo, le respondo bruscamente porque quizá sea un poco más fácil irme de Alaska si me odia.

—Es de tener un mínimo de decencia ayudar a alguien que aparece en tu puerta después de haber tenido un accidente de coche. Eso es todo. —Después salgo corriendo antes de que pueda ver la inevitable mueca de disgusto en su rostro por la manera en la que la estoy tratando.

Lo peor es que me duele que me odie. *Quiero* ayudar a Helene, *quiero* ponerme en su camino. Cada fibra de mi ser lo quiere.

Desesperadamente.

No. Cúrala, encuentra alguien que la lleve de vuelta al pueblo y termina con esto.

Es por su bien. Y por el mío también.

Voy primero al baño, busco el botiquín de primeros auxilios y un rollo de venda adhesiva, por si acaso el problema es su tobillo. Después me interno en la cocina y pongo una cafetera en marcha, porque aunque esté intentando librarme de Helene, no puedo soportar ser tan cruel como para no ofrecerle una bebida caliente después de que haya tenido que venir cojeando por la nieve desde a saber dónde.

Mientras se hace el café, uso el teléfono fijo para llamar a la única empresa de remolques que conozco en Ryba Harbor. No tengo teléfono móvil y, de todas formas, aquí no hay cobertura.

—¿Hola?

—Ey, Ron, soy Sebastien Montesco.

—¡Sebastien! Siempre es un placer hablar contigo pero si me estás llamando a este número es porque estás metido en problemas.

—Yo no, pero hay alguien que sí —digo, abriendo el mueble bar para sacar una botella de Baileys. No me vendría mal un poco en el café y sospecho que a Helene tampoco—. Se ha estrellado contra un banco de nieve cerca de mi casa y necesita una grúa y alguien que la lleve de vuelta al pueblo. Sé que está lejos pero te pagaré el viaje de ida y vuelta.

—Lo siento, colega, ojalá pudiese ayudarte —dice Ron—. ¿Pero no has visto las noticias? La ventisca va a ir a más y rápido. Ni siquiera la esperaban hace unas horas. Los idiotas del canal del tiempo no saben una mierda. El centro ya está enterrado en nieve y están cerrando las carreteras hacia tu casa ahora mismo.

—¿Hablas en serio?

—Tan en serio como un muerto —dice Ron. Sus analogías, como siempre, no tienen ni pies ni cabeza. Pero su conocimiento acerca del estado de las carreteras es impecable.

—¿Cuánto tiempo tardará en pasar la ventisca? —Quizás pueda llevar a Helene en mi camioneta y Ron pueda sacar su coche del banco de nieve más tarde.

—Esta tormenta es de las malas, colega. Puede que te quedes allí atrapado dos o tres días.

Fantástico. Ahí se acaban mis planes de librarme de Helene. Y de subirme a ese avión fuera de Anchorage mañana a primera hora, dejando Alaska atrás.

Tomo una botella de vodka de la balda y le doy un trago, aunque normalmente no me gustan los chupitos de vodka. El Baileys, sin embargo, no sería lo suficientemente fuerte.

¿Qué voy a hacer?

Piensa, piensa, piensa.

Vale. Mi casa es grande, eso ayudará. Puedo dejar que Helene se quede en la habitación de invitados, que tiene incluso su propia cocina. Quizá nos podamos mantener alejados del otro por unos días. Y cuando reabran las carreteras, llevaré a Helene al pueblo y me iré directo al aeropuerto para subirme al primer avión que me aleje de ella. Lo importante es no dejar que me conozca, que no conecte conmigo. Si hago que siga odiándome puede que consiga mantener la maldición a raya. Y Helene podrá vivir.

Ron vuelve a hablar. Me había olvidado de que seguía al teléfono y que todavía tengo el auricular pegado a mi oreja.

—Te puedo pegar un toque cuando reabran las carreteras, ¿vale, colega?

—Sí, vale. Gracias. —Cuelgo y le doy otro trago a la botella de vodka.

Cuando el café se termina de hacer, coloco en una bandeja la botella de Baileys, la cafetera y un par de tazas, y me pongo el botiquín bajo el brazo.

Helene está sentada en uno de los sillones de cuero, tapada con una manta y con su pie izquierdo sobre el reposabrazos. Se ha quitado la chaqueta, el gorro, los guantes, las botas y los calcetines, que descansan frente a la chimenea para secarse, y no me escucha llegar, así que aprovecho este momento para estudiarla: la forma en la que su cabello cae suavemente sobre su rostro. Su mirada lejana pero inteligente, como si estuviese pensando en algo que no está aquí. La suave curva de su boca que me hace desear poder rozar mis labios con los suyos.

Para.

Me aclaro la garganta para romper el hechizo. Helene se sobresalta, saliendo de su ensimismamiento.

—Bebidas —digo, dejando la bandeja sobre la mesa de centro. Con frases cortas hay menos margen de error.

Ella se sienta erguida y hace una mueca de dolor.

—¿El tobillo? —pregunto.

—Eso creo.

En contra de mi buen juicio, me siento sobre la mesita frente a ella.

—Coloca tu pie aquí. Déjame echarle un vistazo.

Helene no se mueve inmediatamente. Sin duda, la he desconcertado al ser amable un minuto y tan frío como el hielo al siguiente. Sobre todo frío.

Pero necesita ayuda y, por mucho que quiera apartarla, no voy a negarle atención médica.

Sin embargo, en vez de colocar el pie sobre la mesita, me lo pone sobre la rodilla.

Retrocedo involuntariamente por el contacto. No porque no quiera tocarla, sino porque *no debería*.

Helene malinterpreta mi reacción.

—Oh, cielos, ¿apesta? —Aparta inmediatamente la pierna—. Me apesta el pie, ¿verdad? Aaaahhhh, esto no está saliendo nada bien.

—Hueles bien —le digo bruscamente. Le levanto la pierna y vuelvo a apoyarle el pie sobre mi rodilla, sin embargo, me aseguro de solo estar tocando sus vaqueros, no su piel. Está bien, es un toque a medias—. ¿Puedes mover el tobillo?

Helene intenta girarlo, pero hace una mueca de dolor.

—Oh, oh, no pinta bien.

—¿Te duele el hueso del tobillo o la parte blanda?

—La parte blanda, ¿creo? No sé.

Le aprieto el tobillo con cuidado.

En cuanto mis dedos entran en contacto con su piel, me invade una oleada de calor. Esto es justo lo que quería evitar, pero ahora, al tocarla, me invade una sensación cálida como un rayo de sol, aunque sea medianoche.

Respiro con fuerza. Pero no puedo soltar a Helene. No quiero hacerlo.

Me convenzo de que es porque alguien tiene que vendarle el tobillo para darle estabilidad. No podrá ir al médico en unos cuantos días, hasta que se despejen las carreteras.

Mis dedos son torpes, estoy abrumado de tenerla tan cerca. Y cuando por fin termino de vendarle el tobillo, la sujeto unos segundos más de lo necesario. Mi pulso se acelera.

Tengo que volver a poner distancia entre nosotros. No solo física, sino también emocional. Dejo su pie sobre la mesita con cuidado y salgo prácticamente corriendo hacia uno de los sillones de cuero en la otra punta del salón.

—Gracias por vendarme el tobillo —dice.

—Lo he hecho solo porque necesito que seas capaz de andar —digo, dejando que la frialdad de antes se instale de nuevo en mi tono—. No quiero ser tu sirviente mientras estés aquí atrapada.

Helene se estremece por mi brusquedad. Pero se recupera rápidamente.

—¿Qué quieres decir con «mientras estés aquí atrapada»?

—Ah, se me había olvidado comentártelo —digo, como si no me pudiese importar menos lo que sepa y lo que no—. La grúa no va a venir porque las carreteras están cerradas por la ventisca que se nos viene encima. Puede que tarde unos días.

Creo que ahora sería el momento en el que ella frunce el ceño o me regaña. Estaría más que justificado.

Pero, en cambio, Helene se echa un buen chorro de Baileys en su café antes de volver a hablar.

—Perfecto. Así tienes tiempo de sobra para explicarme por qué estás siendo tan imbécil conmigo cuando, al parecer, eres un santo con todos los demás.

OXFORD, INGLATERRA - 1839

D esde hace veinticinco años trabajo como naturalista bajo el nombre de Charles Montesco, viajo por todo el mundo recopilando muestras de plantas y estudiando animales. En estos lugares lejanos hay gente, por supuesto, pero nadie que me interese más que la flora y la fauna. Y, por ese motivo, acumulo cierta fama de ser un excéntrico, según la *Royal Society*, soy «el único hombre del mundo que prefiere la compañía de los pistilos de las flores que de las hembras humanas».

Me hace gracia.

Sin embargo, mis colegas de la *Royal Society* no son los únicos que se fijan en mí, sino también la reina Victoria. Su majestad me concede el título de Caballero Comendador de la Orden del Baño por «mis grandes contribuciones en el ámbito de la botánica» y me gano el título de «Sir» delante de mi nombre. Es un logro particular del que me siento orgulloso, incluso para un hombre como yo que ha probado tantos oficios diferentes a lo largo de su vida.

Sin embargo, a medida que pasan los años, considero la posibilidad de colgar de una vez por todas mi sombrero de explorador. Mi amigo y colega científico Richard Banks se deja caer lentamente sobre un sillón de cuero frente a la chimenea. Las articulaciones de Richard ya tienen sesenta y ocho años y crujen, son el fruto de muchas décadas agachándose entre los arbustos y la hierba para examinar sus raíces; y la humedad que se concentra en el interior de mi casa en

115

Oxford no le es de ayuda a sus ajados huesos. Se echa una manta sobre el regazo.

—Tienes suerte de que aún conserves tu apariencia joven —dice Richard, bebiendo sorbitos de su brandy—. Solo Dios sabe cómo te las apañas para pasar tanto tiempo fuera y mantener la vivacidad de un hombre al que le triplicas la edad.

—Es el elixir de la vida eterna —bromeo—. ¿No te dije que lo había descubierto en mi último viaje al Imperio Qing? ¿Que el elixir de la vida eterna es por lo que la reina me nombró caballero?

Richard sonríe con mi broma.

—Tú, asqueroso egoísta, ¿me has estado ocultando ese secreto todo este tiempo? Me habría venido bien un par de dosis de ese elixir tuyo.

—Oh no, mi querido amigo. A estas alturas ya no te haría ningún efecto.

Richard se ríe.

—Mejor, supongo. Igualmente, no me gustaría vivir para siempre.

—¿No? —Me sirvo otra copa del carrito de bebidas—. ¿Ni siquiera para poder descubrir una especie que hasta este momento solo era un mito?

—¿Como un unicornio?

—¿Por qué no? Nos sirve para estos fines hipotéticos. ¡Un unicornio, Richard! ¿Vivirías para siempre si supieses que vas a descubrir un unicornio y pasar a la historia como una leyenda?

Richard le da un buen trago a su copa mientras lo piensa. Después de dos tragos más, niega con la cabeza.

—Ni siquiera por la gloria eterna. ¿Te imaginas lo que me torturarían mis articulaciones con 550 años?

Me río.

—Me parece justo.

—Pero a ti, en cambio —dice Richard, moviendo la manta sobre su regazo para cubrirse mejor las piernas—, aún te quedan un par de aventuras. ¿De verdad estás pensando en retirarte de tu

116

cátedra aquí, en Oxford, para irte a vivir una vida aburrida al campo?

—¿Tan malo sería?

—Tienes muchos talentos, Charles, pero el vivir sin hacer nada no es uno de ellos.

—Es gracioso que lo menciones —respondo—. En realidad estaba pensando en mudarme al extranjero. A las antiguas colonias.

—Cielos, eso sería fascinante. —Richard se inclina hacia delante en su sillón—. Observar cómo una nación aún joven crece desde sus raíces...

—Bueno, podría seguir centrándome en la botánica de verdad —digo—, en vez de en las metáforas políticas. Los bosques costeros del noreste, en particular, me parecen interesantes.

—Un buen objetivo. ¿Cuándo te irás? ¿El año que viene? ¿Al siguiente?

—En realidad... ya he comprado el pasaje para un barco. Me voy el mes que viene.

A Richard casi se le cae la copa.

—No te andas con rodeos, ¿verdad? —Le da vueltas a lo que queda de su bebida y se examina los nudillos hinchados que la sostienen—. Bueno, Charles, entonces te deseo buena suerte. Echaré de menos tu ingeniosa compañía pero puede que en las Américas por fin encuentres a una mujer que te convenga.

—Lo dudo, amigo.

—Te apuesto un unicornio a que te equivocas.

—¿Un unicornio? —Sonrío ante el círculo que acaba de dar nuestra conversación—. ¿Y eso?

—El perdedor le tiene que enviar un unicornio al ganador.

—Estás loco, viejo amigo.

—La locura es una ventaja que viene con la edad —bromea—. Pero, ¿qué me dices? ¿Aceptas la apuesta?

—No soy de los que rehúyen una apuesta —respondo.

—Eso pensaba. —Richard alza su copa como un saludo—. Entonces, brindemos por ti y tu nueva aventura. Y por las mujeres y los unicornios. Escríbeme, por favor. Viviré nuevas aventuras a través de ti.

Un año más tarde, envío una carta desde el lago Chautauqua, al norte del estado de Nueva York, hacia Oxford. Dentro del sobre hay un pequeño unicornio de madera tallada.

Querido Richard:

Odio admitir que tenías razón, pero la tenías. Pensaba que era inmune a los encantos de las hembras, pero eso era antes de conocer a las mujeres de estos nuevos Estados Unidos de América. Se han forjado con el espíritu de la revolución; hay en ellas una aguerrida dureza que difiere de la de nuestras compatriotas británicas, que han vivido con cierta estabilidad durante generaciones.

Y así, me he enamorado de Meg Smith. Es una inteligente maestra de veintiocho años a la que sus alumnos adoran tanto que la siguen a todas partes como si fueran su propia prole, incluso cuando las clases ya han terminado. Por eso, nuestros días están llenos de vocecitas riéndose y me he dado cuenta de que ese es el mejor sonido del mundo. Espero formar pronto nuestra propia familia.

Sobra decir que vine a Estados Unidos para descubrir nuevas plantas pero que, en cambio, he descubierto una nueva versión de mí mismo. Como los budistas del Tíbet, siento que me he reencarnado, que me han concedido otra oportunidad de vivir, de hacerlo mejor esta vez que en el pasado. Meg es mi salvación (por favor, perdóname por estar mezclando símiles religiosos) y me siento agradecido de estar a su lado.

Pero basta de hablar de mí. ¿Cómo estás, querido amigo? Espero que la tintura de raíz de Harpagophytum procumbens que te envié el mes pasado te haya ayudado con tus articulaciones doloridas. Por

favor, escríbeme cuando puedas. Echo de menos nuestras
conversaciones junto a la chimenea con una copa de ginebra.
   Siempre tuyo,
   Charles.

P.D.: Uno de los alumnos de Meg talló este unicornio para ti.
Considéralo tu premio por haber ganado nuestra apuesta.

Poco después, recibo una breve carta de Richard, escrita con una caligrafía mucho más temblorosa de la que estoy acostumbrado a ver de mi viejo amigo.

Querido Charles:

Me alegró mucho recibir tu carta y saber acerca de lo feliz que eres
junto a Meg. Muchas veces me ha preocupado que te encerraras
demasiado en el mundo de la fauna y muy rara vez en la brillante
compañía de las mujeres.
   Aquí el tiempo es terriblemente húmedo, ¿por qué llueve tanto en
Inglaterra? Espero que salga más el sol para ti allí en Nueva York que
aquí para mí en Oxford. Gracias por el Harpagophytum procumbens.
Sí que ha conseguido aliviar mis articulaciones reumáticas.
   Os deseo lo mejor a ti, a Meg y a todos esos angelitos que os
rodean.
   Con cariño,
   Richard.

Es una carta sorprendentemente corta viniendo de un hombre conocido por su palabrería. Pero un mes más tarde me llega la respuesta a mi pregunta por medio de un telegrama de su hermana en el que me informa que Richard ha fallecido plácidamente mientras dormía. Hacía tiempo que no se encontraba bien.

Me llevo el telegrama contra mi pecho. Nunca consigo conservar por mucho tiempo a aquellos a los que quiero.

Como si fuera una señal, al día siguiente, Meg contrae tuberculosis. La enfermedad se la lleva rápida y dolorosamente. Y mi único consuelo es que pudo vivir una vida plena antes de que yo me cruzase en su camino y la arruinase.

Lo que no es ningún consuelo.

HELENE

Adam me dijo que Sebastien no es tan duro como parece, y estando tan cerca, empiezo a ver las grietas de su fachada. Por fuera, parece como si esperase que me cayese de un precipicio muy alto y escarpado, probablemente porque sigo apareciendo en los lugares que él considera parte de su territorio: su bar favorito, su librería local, su barco. Y su *casa*.

Pero también hace cosas inexplicablemente amables, como dejarme mis libros en la oficina del *Alacrity* y acunar mi tobillo torcido como si tocarme fuese un bálsamo para su alma rota. Así no es como se trata a alguien que sospechas que es una acosadora. Sebastien es incoherente, y eso me hace preguntarme si toda esta hostilidad no es más que una mentira. Pero no sé por qué se portaría así con una completa extraña.

A menos que no sea una extraña. A menos que, como yo, también esté acunando la posibilidad de un imposible. Tal vez no sea un flechazo de hace décadas con un amigo imaginario que, de repente, ha cobrado vida, sino algo igualmente desconcertante que Sebastien teme decir en voz alta por miedo a que parezca una locura.

Pero cuando le digo «Perfecto. Así tienes tiempo de sobra para explicarme por qué estás siendo tan imbécil conmigo cuando, al parecer, eres un santo con todos los demás», él se limita a colocarse su armadura de nuevo. Puente levadizo levantado, foso lleno de

121

serpientes, arqueros listos para disparar en los muros del castillo. Sebastien se cierra aún más y no hay manera de atravesar esas murallas.

Se levanta de su asiento antes de volver a hablar.

—Te mostraré tu habitación. —Se encamina por un largo pasillo sin ofrecerme más ayuda. Camina despacio, pero yo soy aún más lenta, medio saltando, medio cojeando.

La casa es *inmensa*. Volvemos a pasar por la entrada (aunque creo que «vestíbulo» es un nombre más apropiado, dado su tamaño y todo el mármol que hay), después pasamos frente a una biblioteca, luego por un espacio abierto, como si fuese un museo, lleno de esculturas sobre pedestales y vitrinas con objetos que no logro distinguir desde aquí. Hay una enorme escalera flotante de madera pulida que podría salir perfectamente en la portada de *Architectural Digest*, pero la pasamos de largo y nos quedamos en la primera planta.

Finalmente, llegamos a una habitación de invitados en el otro extremo de la casa.

—Tiene una cocina completamente funcional. —Sebastien señala hacia la cocina, el microondas, la nevera y una mesa redonda—. El dormitorio y el baño están tras esa puerta, tienes sábanas limpias en el armario. Iré a buscar comida para ti.

—Vaya. Esto es...

Pero ya se ha ido.

Suspiro y me dejo caer sobre el colchón, mi tobillo le envía unos escalofríos como agradecimiento a mi cerebro. La habitación tiene el mismo aire rústico y moderno que el resto de la casa: mucha madera reciclada con un tinte oscuro y detalles de cristal y metal, como las luces de lectura que hay a ambos lados del cabecero de la cama, así como todos los accesorios del cuarto de baño.

Sebastien regresa diez minutos más tarde con café en grano, leche, pan, huevos, queso, embutidos, pasta seca y salsa de tomate, y coloca dos recipientes de plástico en el congelador.

—Eso debería ser comida suficiente para un par de días.

Pega una nota adhesiva en la nevera.

—Esta es la contraseña del Wi-Fi, y puedes usar el teléfono fijo si lo necesitas. —Sebastien señala hacia un teléfono fijo de verdad colgado en la pared, con cable y todo.

—No sabía que los siguieran fabricando —digo.

—Aquí no hay cobertura.

—Pero tienes un teléfono móvil, ¿no? —No sé por qué se lo estoy preguntando más allá de porque tengo curiosidad por saber si acabo de dar con la última persona en Estados Unidos que depende de un teléfono fijo.

Sebastien inclina levemente su cabeza y me observa como si le acabase de hacer una pregunta sin sentido.

—¿Por qué necesitaría un teléfono móvil si aquí no hay cobertura?

Yo le dedico la misma mirada que dice «no tiene sentido lo que acabas de decir».

—¿Y qué pasa si vas por ahí conduciendo y tienes una emergencia o algo así?

—¿Como el estrellarme contra un banco de nieve? —dice, curvando los labios en una sonrisa sabelotodo.

Una llamarada de odio me atraviesa el pecho.

Él me dedica una mirada despectiva.

—Ryba Harbor es un pueblo lo suficientemente pequeño como para que no haya ninguna emergencia que no pueda solucionar yo solo. Y hay una radio en mi barco, por si pasa algo en el mar. No necesito un teléfono móvil. —Entonces, Sebastien se vuelve y se dirige hacia la salida, como si esta conversación simplemente terminara cuando él quiera.

—Espera, ¿eso es todo? ¿Me vas a dejar aquí sola? —Me levanto de la cama y cruzo cojeando la habitación tras él.

Sebastien se gira, con el ceño fruncido como si no terminase de entender qué más puedo querer.

—Aquí tienes todo lo que necesitas. Te avisaré cuando se despejen las carreteras. Y no te pongas a deambular por la casa, hay valiosas obras de arte y otros objetos de colección y no me gustaría que dañases ninguno.

Me río sin terminar de creerme lo que está pasando.

—¿Así que me vas a confinar en esta habitación? ¿Qué crees que es esto? *¿La Bella y la Bestia?* ¿Me vas a prohibir entrar en el ala oeste?

—Si hacer referencia a una película de Disney es lo que hace falta para que tu mente infantil lo entienda, entonces sí.

Le doy una bofetada.

Sebastien me mira boquiabierto. Se lleva la mano a la cara justo donde le he pegado.

Instintivamente, retrocedo unos pasos, consciente de repente de lo imprudente que he sido. Estoy encerrada en esta casa en medio de la nada con un hombre al que apenas conozco y nadie sabe que estoy aquí. Se me acelera el pulso como el de una ardilla que acaba de percatarse de que ha entrado en la guarida de un zorro.

Pero Sebastien no me levanta la mano ni tampoco la voz. En cambio, su ancho pecho de pescador parece hundirse junto con sus hombros, como si fuese Atlas, llevando a su espalda todo el peso del mundo.

—Me tengo que ir —murmura Sebastien mientras huye.

Y aunque es él quien ha sido grosero, el repetir de nuevo la rutina de «Yo aparezco. Sebastien huye» me deja sintiéndome culpable y una molesta sensación de que debería saber por qué.

HELENE

A penas dormí anoche, dando vueltas en la cama mientras pensaba en la mirada dolida de Sebastien, en la bofetada que le di, en presentarme en su puerta sin avisar y obligarle a que me acogiera a pesar del tenso *algo* tácito entre nosotros.

A las seis y media, renuncio a intentar conciliar el sueño. Afuera todo está todavía completamente a oscuras y seguirá así por unas horas más, así que enciendo una de las luces de lectura que hay junto a la cama y me muerdo el labio mientras estoy aquí, tumbada en la cama, observando las vigas de madera del techo.

Sin duda, Sebastien es grosero y horrible. No se parece en nada a mi alma gemela imaginaria, y puede que sea el momento de dejar de soñar despierta con él. Con Merrick, quería tanto creer en la historia que me inventé, la de ese matrimonio perfecto, que pasé por alto a propósito todo lo que de verdad estaba haciendo. Una parte de mí aún se pregunta si eso es lo mismo que estoy haciendo ahora, deseando con demasiado ahínco que el Sebastien de verdad sea el mismo que el Sebastien de mis historias. Ahora es cuando, por fin, me doy cuenta de que el dueño de esta casa no es un personaje ficticio, sino una persona de carne y hueso, con sus propios defectos y su propia historia. Tal vez no debería haber venido. Me he sobrepasado, he vuelto a dejar volar mi imaginación.

Y, sin embargo, siento un cosquilleo implacable en el centro de mi pecho que me grita que esta situación es completamente diferente a lo que ocurrió con Merrick. Aquí hay un hombre que es exactamente igual al que me he inventado y que, al menos, merece que lo investigue, sobre todo porque estoy encerrada por la nieve en la misma casa que él por unos días.

¿Sabes qué? La antigua Helene se habría quedado aquí sentada sin hacer nada. Pero la nueva Helene entra en acción. Es hora de llegar al fondo de todo esto.

Puede que si pongo todas mis cartas sobre la mesa, Sebastien se termine abriendo a mí. Mierda, puede que incluso sepa algo que pueda ayudarme a unir todas mis historias en una sola. Es una locura, pero también lo es el inventarte a un chico cuando estás en el instituto, que protagonice todas las historias que escribes y, tiempo después, descubrir que este chico es ahora un hombre completamente real de carne y hueso que vive en un pueblecito pesquero justo donde has elegido escribir la novela que junte todas esas historias.

Quién sabe, puede que haya una explicación lógica para toda esta situación. O puede que no la haya y nos riamos más tarde de todo esto y seamos capaces de dejar de ser tan reservados el uno con el otro.

O Sebastien de verdad piense que estoy loca, en cuyo caso le prometeré que me quedaré en la habitación de invitados encerrada hasta que se despejen las carreteras y, después, lo dejaré en paz para siempre.

Ruedo fuera de la cama y aterrizo con demasiada fuerza sobre mi tobillo malo. Después de unos segundos, el dolor se me pasa y me pongo el mismo jersey y los mismos vaqueros que llevaba puestos ayer, ya que no tengo ropa para cambiarme. Están un poco sucios debido a mi aventura nocturna por la nieve, pero qué más da. Ponerme el reloj de papá salva de alguna manera el conjunto.

Me detengo un segundo al pasar por la cocina. Sebastien me ha dejado una caja de Cinnamon Toast Crunch, mis cereales favoritos, y estoy tentada de tomarme un tazón (o dos) para recuperar fuerzas antes de desvelarle mi absurdo secreto.

Pero no. Tengo los nervios de punta y quiero dejar atrás esta conversación cuanto antes. De todos modos, si la conversación va mal, estaré aquí encerrada durante unos días, así que los Cinnamon Toast Crunch y yo pasaremos mucho tiempo juntos.

El pasillo que atraviesa la casa está recubierto de piedra gris y parece tener calefacción por debajo. Me vuelve a sorprender lo lujosa que es esta casa y me pregunto (a) cómo se la puede permitir Sebastien y (b) por qué tiene una casa tan grande y vive aquí solo. ¿Tiene familia que venga a visitarle? ¿Recibe muchas visitas?

El olor del beicon frito me anima a caminar más deprisa, aunque todavía me duele el tobillo y el cuerpo por el accidente.

Como era de esperar, la cocina es igual de increíble que el resto de las partes de la casa que ya he visto; con electrodomésticos de acero inoxidable como si perteneciesen a una exposición de lujo, encimeras de mármol negro con vetas doradas y ollas y sartenes de cobre que cuelgan de un soporte en el techo.

—¡Buenos días! —digo animada, porque el beicon me hace feliz a pesar de lo nerviosa que estoy.

Sebastien me da la espalda, pero oigo y puedo ver cómo suspira. Me recuerda al sufrido Reginald, la nevera de mi cabaña de alquiler.

—Pensaba que te había dejado todo lo que necesitabas en tu cocina —dice Sebastien sin darse la vuelta.

Oh cielos. Vuelvo a pensar que estoy siendo bastante acosadora. Y ahora no lo dejo en paz, aunque está claro que él está intentando mantener las distancias y dejarme encerrada en la habitación de invitados.

Me río, intentando sonar desenfadada y nada escalofriante.

—Pero no hay beicon en la cocina de invitados.

—Por supuesto —murmura, aunque suena menos enfadado y más a que se está dando cuenta de que ha cometido un descuido.

—No pretendía hacerte sentir mal —digo—. Agradezco tu hospitalidad. Has hecho más de lo necesario para ser alguien que no esperaba tener invitados en medio de una ventisca. —Miro a través de la ventana de la cocina. Solo la tenue luz de la luna ilumina el cielo, lo normal en una mañana de invierno en Alaska, pero la tormenta sigue azotando violentamente los árboles. La nieve vuela de un lado a otro y las ramas de los pinos se agitan con violencia por el viento. Sin embargo, el aislamiento y la insonorización de la casa de Sebastien son excelentes. No se oye ningún ruido de la tormenta.

Sebastien suelta una carcajada triste en voz baja.

—Eres de esas personas que siempre le ven el lado bueno a todo, ¿verdad? —Pone el beicon en un plato cubierto con papel absorbente para que escurra toda la grasa, se da la vuelta y deja el plato en la isla de la cocina que nos separa.

—Supongo que sí. *Soy* una optimista empedernida. —Tomo una tira de beicon con las manos y la suelto al momento—. Auch. Sigue caliente.

Esta vez suelta una carcajada de verdad.

—Y ahí está la prueba. Eres tan optimista como para creer que eres inmune a la grasa caliente del beicon.

Ahí está. Ese es el Sebastien que conozco. El que bromea conmigo, el que tiene tantas líneas de expresión en su rostro porque está constantemente riéndose. Me inclino sobre la encimera como si un imán me atrajese hacia él.

Y de repente, no quiero decirle nada a Sebastien todavía. Quiero alargar este pequeño momento, si es posible, para poder aferrarme a la versión de él que conozco.

Pero ¿cómo lo hago? Jugueteo distraída con el reloj roto de papá y entonces sé la respuesta. Tostadas francesas de pastel de pecanas. Papá se inventó esa receta para mí y me la preparaba antes de cada una de mis funciones de *Romeo y Julieta* (me encanta cenar algo que normalmente se come en el desayuno). En general, soy una pésima cocinera, pero esta es la única receta que sé hacer.

—Déjame preparar el desayuno —digo.

Sebastien frunce el ceño extrañado.

—Me gustaría poder hacer algo para devolverte el favor por lo de anoche —explico.

Eso hace que frunza aún más el ceño. Lo entiendo. Ayer no es que se comportase precisamente como un príncipe azul. Pero me vendó el tobillo. Y me dio café con Baileys. No podía saber que me encanta un buen café irlandés, pero aun así, fue un gesto encantador.

Y también sé que le encantan las tostadas francesas. Bueno, al menos al Sebastien que me he inventado le gustan (puede que porque la creación de su personaje coincidiese con la obra y con las cenas de tostadas francesas de papá).

Pero, en fin, si consigo llevarme bien con Sebastien, quizá esté un poco más dispuesto a escucharme cuando le cuente que es el protagonista de todas mis historias desde siempre.

Me atrevo a rodear la isla de la cocina y me planto en los fogones junto a él. La antigua Helene nunca habría hecho algo así. Pero soy la nueva Helene, incluso aunque necesite un chute extra de valor para interpretarla.

—Tú siéntate, relájate y cómete el beicon. Yo voy a prepararte mi especialidad: tostadas francesas de pastel de pecanas.

Durante un segundo, abre los ojos como platos.

—Me encantan las tostadas francesas.

Mi corazón se salta un latido al pensar que es posible que lo que le gusta desayunar al Sebastien de mis historias sea lo mismo que al de la vida real.

Pero entonces niega con la cabeza.

—Pero ¿a quién no le gustan las tostadas francesas? Eso no me hace especial.

Creo que hay algo que Sebastien no me está diciendo. O puede que esté intentando encontrar algo donde no lo hay, porque quiero que sea cierto, porque quiero que sepa algo que le dé sentido a todo esto.

No obstante, me cede el espacio junto a los fogones y toma asiento al otro lado de la isla en uno de los taburetes. Toma una tira de beicon y se la come, tal y como le he sugerido. Yo aprieto con fuerza mis labios para intentar esconder una sonrisa.

Después me pongo manos a la obra. Encuentro con facilidad lo que necesito, es tan fácil que incluso resulta extraño, como si ya conociese su cocina y dónde coloca cada cosa. Los útiles de cocina están en el cajón a la izquierda de los fogones. El azúcar moreno, el sirope de maíz y las nueces pecanas están en la balda más alta de la despensa, y el sirope de arce está en la nevera detrás de la leche, entre la hogaza de pan y los huevos.

Sin embargo, la parte de cocinar… no se me da tan bien. Cuando rompo los huevos, caen trocitos de cascara dentro del bol y tengo que sacarlos uno por uno. Cuando por fin consigo sacarlos todos, echo un buen chorro de leche, pero no me acuerdo de cuánta canela llevaba la receta. (¿Por qué no logro acordarme?).

Por eso siempre compro platos precocinados o pido comida a domicilio. Hay gente que no sabe mantener sus plantas con vida, en mi caso: no sabría cocinar ni aunque me muriese de hambre. Pero *he hecho* esta tostada francesa antes, y con éxito, aunque Sebastien me observa sin terminar de comprender qué estoy haciendo y yo me niego a echarme atrás ahora. De todos modos, supongo que cuanta más canela, mejor, ¿no? Así que añado un buen puñado a la mezcla de huevos y leche. Saldrá bien. Papá siempre decía que para hacer tostadas francesas no necesitas ser precisa.

Echo un vistazo a Sebastien para ver si se ha dado cuenta de lo de la canela. No lo sé. Él se limita a observarme con cara de póker.

Pongo el pan en una cazuela y vierto la mezcla de la crema por encima para que la absorba bien.

—Ahora voy a preparar la guarnición de nueces pecanas —anuncio, con más confianza de la que en realidad siento.

Sebastien dibuja una pequeña sonrisa por un segundo, pero esta desaparece rápidamente, devolviéndole su anterior cara de póker. Sin embargo, sospecho que sabe perfectamente lo que estoy haciendo y que soy una torpe cocinando. ¿Por qué he dicho que prepararía el desayuno?

Porque la nueva Helene es valiente, creo. Puede que también sea un poco idiota. O muy idiota.

Pero a lo hecho, pecho. Solo tengo que hacer que este desayuno sea tan delicioso que le demuestre a Sebastien que estaba equivocado.

El saber que él me está observando me pone más nerviosa todavía. Echo la mantequilla en una sartén para que se derrita, pero he debido de poner el fuego muy alto porque la mantequilla empieza a tostarse demasiado rápido. Y entonces empieza a echar humo.

—Mierda, la mantequilla... —señala Sebastien.

—No te preocupes, ¡lo tengo controlado! Relájate y cómete el beicon. —Le sonrío y me vuelvo todo lo despreocupada que puedo hacia los fogones.

Santa madre de los lácteos, la mantequilla se ha quemado y ahora la cocina apesta. Quiero echarles la culpa a los fogones, no sabía que se podían calentar tan rápido, pero sé que la culpa es solo mía, una cocinera ya de por sí terrible que, bajo presión por tener audiencia, termina siendo catastrófica. Y mientras, intento encontrar el interruptor del extractor.

—El botón está a la derecha del panel de los fogones —dice Sebastien, aunque no le haya preguntado. No lo dice con maldad, aunque sí que parece... divertido.

Enciendo el extractor y vuelvo a empezar. Echo la mantequilla y no me giro hasta que la tengo derretida, y el azúcar moreno, el sirope de maíz, el de arce y las nueces pecanas mezcladas. Pero, como con la canela, no recuerdo las proporciones en las que tenía que echar cada ingrediente así que los echo a ojo. El resultado es una especie de pasta espesa, en vez de una delicia pegajosa y líquida. Dios, solo espero que sepa mejor de lo que parece.

—¿Va todo bien por ahí? —pregunta Sebastien desde el otro lado de la isla.

—¡Síp, todo bien! —digo. (La verdad: puede que solo desayunemos beicon).

Frío el pan, que ahora está empapado con la crema, en la misma sartén. Aunque una descripción más exacta sería decir que está *ahogado* en la crema.

No soy una buena cocinera. Soy un desastre con patas que tiene una espátula en la mano.

Finalmente, emplato la tostada francesa y echo por encima un poco del mazacote de nueces pecanas que, para ser sincera, tiene la misma consistencia de un moco marrón. No es el desayuno más apetecible del mundo, pero sigo teniendo esperanzas de que sepa bien. No es posible estropear algo con azúcar, sirope y nueces... ¿verdad?

Sin embargo, cuando me giro, me coloco estratégicamente para que Sebastien no pueda ver el plato que he dejado junto a los fogones.

—¿Nata? —pregunto, porque quizás sea buena idea cubrir la tostada francesa de nata montada para que no vea lo que hay debajo.

Sonríe, y yo me olvido por un momento de que soy una intrusa en su casa.

—Sí, por favor. Aunque prefiero la crema batida.

Tengo que controlarme para no pegar un gritito. *Mi* Sebastien adora la crema batida. Es lo que papá siempre les ponía, así que, por supuesto, mi alma gemela imaginaria también creció comiéndolas con crema batida.

Puede que solo sea una coincidencia, me recuerdo. No tengo el monopolio de la crema batida.

Aun así, doy pequeños saltitos mientras busco el recipiente en la nevera y echo una cucharada generosa sobre la tostada francesa para Sebastien. Después, se la paso por encima de la isla.

Él toma un tenedor y empieza a comerse el desastre de desayuno que he preparado.

Con el primer bocado, se ríe en voz baja.

—Es tal y como lo recordaba —dice Sebastien.

Y, tras decirlo, se queda completamente inmóvil.

—¿Qué has dicho? —pregunto, parpadeando.

—Eh, nada.

—No. Te he oído. Has dicho «Es tal y como lo recordaba». ¿Qué quieres decir?

Sebastien deja caer el tenedor con un gran estrépito.

—No habría accedido a desayunar contigo si hubiera sabido que esto se iba a convertir en un interrogatorio. Lo único que quería decir es que la tostada francesa sabe justo como pensaba que iba a saber, ¿vale?

No sé por qué, pero me está mintiendo de nuevo. Y yo no me voy a dejar amedrentar esta vez.

—Esto va a sonar a locura —digo—, pero cuando te vi en The Frosty Otter, te reconocí.

Él abre la boca como si fuese a protestar, pero yo le corto antes de que pueda decir nada alzando la mano.

—Escúchame, por favor. Te reconocí, no porque te conociese en persona, sino por mi imaginación. —En cuanto lo digo me doy cuenta de que suena incluso más absurdo y extraño dicho en voz alta de lo que pensaba. Pero ya he empezado, así que ya no me puedo echar atrás.

»Cuando estaba en el instituto, me inventé a un amigo imaginario, y crecimos juntos. Sé que eso me hace parecer una perdedora, pero tener a ese chico, a ese hombre, en mi vida me ha ayudado a superar algunos momentos demasiado difíciles.

Durante un segundo, la expresión de Sebastien vacila. Solo es un pequeño movimiento de su boca, casi imperceptible, y luego desaparece y aprieta los labios formando una línea tan fina que me pregunto si me he imaginado que se habían movido en primer lugar. Pero, aunque hubiese reaccionado, no sé si ese movimiento es una buena o una mala señal. Así que sigo hablando porque tengo que soltarlo todo de una vez por todas.

—He escrito un montón de historias a lo largo de los años y, en mi cabeza, el protagonista siempre era el mismo. Puede que en esa escena fuese un relojero suizo, o un conde de Transilvania al que confundían con un vampiro. En otras escenas era un marinero portugués, o dirigía expediciones por el desierto del Sáhara, o bailaba en el Bund, en Shanghái, en los años veinte.

»Pero me estoy yendo por las ramas, porque lo que quiero decir es… que ese amigo imaginario eres tú. O, al menos, eres físicamente igual a él. Siento mucho si me he comportado de manera extraña a tu alrededor, pero la verdad es que esto me está confundiendo. ¿Cómo es posible que alguien que me he inventado exista de verdad en la vida real? ¿Y cuántas posibilidades había de que nuestros caminos se cruzasen? No puedo evitar pensar que todo esto tiene que *significar* algo.

Sebastien se estremece de nuevo y esta vez no hay duda: parece como si le hubiese disparado con una pistola paralizante a toda potencia. No me sorprendería que se dejase caer de cara contra su crema batida.

—Oh, Dios, lo siento —empiezo a divagar porque eso es lo que hago cuando estoy nerviosa—. Lo he vuelto a hacer y he sido demasiado directa, ¿verdad? Primero, me enfrento a ti en The Frosty Otter sin avisar, después me presento en la misma librería que tú y en el puerto. Y luego aparezco en tu puerta justo cuando se avecina una ventisca que va a durar varios días y no te dejo otra opción que acogerme, ¡pero te aseguro que no soy una acosadora! Todo esto es una locura y estoy abrumada. Mierda, mierda, mierda, ¿qué estaba pensando...?

Estoy a punto de echarme a llorar o, al menos, de lanzarme a la ventisca para poder morir sola de la vergüenza.

Pero entonces Sebastien estira el brazo sobre la encimera y toma mi mano entre las suyas.

—No pasa nada —dice suavemente.

Y hay una arruga en su ceño que reconozco del Sebastien de mi imaginación, de la manera en la que ese Sebastien me mira a mí y solo a mí. Es su equivalente a alzar una bandera blanca, a rendirse, pero que es todo amabilidad.

—Crees que estoy loca —susurro con la voz temblorosa.

Él niega con la cabeza y me mira, pero sus ojos azules están llenos de remordimiento, no de pena.

—No creo que estés loca —dice con la amabilidad de un hombre que una vez salvó a un osezno polar asustado, poniéndolo a salvo en su barco—. Sinceramente, creo que puede que termines pensando que soy *yo* el que está loco.

Me froto los ojos y retiro las lágrimas que amenazaban con escaparse.

—¿Por qué?

Sebastien cierra los ojos un instante, se baja del taburete y rodea la isla, sin soltar mi mano.

—Ven conmigo —dice—. Hay algo que creo que tienes que ver.

SEBASTIEN

Solo le he contado a Julieta quién es en realidad una vez, en su primera reencarnación, y no salió bien.

Pero Helene, de algún modo, conoce nuestro pasado, incluso aunque no se dé cuenta de que va más allá de las historias de su cabeza. Y si no le cuento la verdad se culpará por haberme alejado. Está tan seria. Puedo ver lo mucho que desea que nuestra conexión sea real, casi tanto como lo deseo yo.

Contarle nuestra historia puede ser una idea brillante o una desastrosa.

Mi lado abnegado espera que lo que estoy a punto de mostrarle a Helene la haga salir corriendo tan rápido como pueda. Que el saber lo que pasará si nos enamoramos la asuste. Entonces puede que consiga dejar atrás esas escenas que ha escrito, y a mí; y tener una vida libre de la oscuridad de la maldición. Incluso aunque dejarla ir signifique arrancarme otro pedazo de mi corazón, como la última vez.

Mi lado aterrado teme que Helene empiece a indagar y quiera quedarse después de mostrarle nuestra historia. Que no haya nada que pueda hacer contra el destino, que Avery Drake solo fuese una anomalía, y que no podamos volver a escaparnos de la maldición.

Sé que debería estar deseando que Helene fuese libre pero, si soy sincero, quiero ser suyo, y quiero que ella sea mía. A pesar de todo.

Romeo y Julieta, tal y como debía haber sido.

Sebastien me lleva por la escalera, la que está hecha de cristal y gruesos tablones de madera pulida colocados de tal manera que parecen flotar en el aire. La pared junto a la escalera tiene una ventana que recorre las dos plantas, lo que hace que dé la impresión de estar en medio del bosque, en vez de en el interior. A medida que subimos, la sensación de estar flotando entre los pinos aumenta. La única diferencia es que no puedo sentir la furia de la ventisca que azota los árboles al otro lado del cristal.

Hasta que no nos adentramos en el segundo piso, mi estómago no empieza a expresar sus dudas, y no se debe solo a que no haya desayunado. Aquí, los pasillos están a oscuras, la única iluminación proviene de los tenues apliques en las paredes que parpadean como la llama de una vela.

La antigua Helene, precavida, vuelve a asomar la cabeza. *Podrías estar caminando directa hacia la guarida de un asesino en serie.*

Les mandé un mensaje a mamá y a Katy anoche para que supieran dónde estaba, pero ¿qué pueden hacer ellas desde Los Ángeles? Nada. Estoy sola en esto.

Pero Sebastien abre una puerta completamente normal y me invita a entrar, y su caballerosidad, he de admitir, es encantadora. Sé que muchas mujeres podrían pensar que ese gesto, hoy en día, va en contra del feminismo, pero para alguien como yo a quien no han respetado en absoluto en sus anteriores relaciones, es agradable que te traten como alguien a quien merece la pena esperar.

—¿Es… tu dormitorio? —pregunto, volviendo a ponerme alerta. Pero esto no parece la guarida de un asesino en serie. Paredes gris claro, una cama sobre una plataforma con un sencillo (aunque probablemente caro) cabecero de madera y sábanas blancas, perfectamente extendidas, y un banco de cuero a los pies de la cama. Hay dos mesillas de noche que van a juego con el cabecero, pero está claro que solo se usa una de ellas, porque tiene un pequeño reloj analógico y un teléfono fijo encima, mientras que la otra está completamente vacía.

Sebastien se mantiene a cierta distancia mientras yo echo un vistazo a mi alrededor, y me deja el camino libre hacia la puerta, para que pueda salir corriendo si lo necesito. Le agradezco en silencio que intente ayudarme a relajarme.

Las paredes están llenas de fotos de animales salvajes enmarcadas. No son fotos normales de leones merodeando y ñus huyendo. En cambio, quien las tomó tenía buen ojo para capturar los momentos de paz: en una salen un par de gorilas en la jungla, dormitando con sus cabezas apoyadas la una contra la otra. También hay una serie de fotos de la aurora boreal, cuyo único hilo conductor es una mamá foca y sus crías, tumbadas sobre el hielo, una familia acurrucada viendo cómo se despliega el arcoíris de la naturaleza. Y la más impactante retrata a un lobo aullando a la luna, con sus patas protegiendo el cuerpo de su compañera muerta.

—Estas fotos son increíbles —digo—. ¿Quién las hizo?

Sebastien duda antes de responder.

—Una mujer a la que amé. —Hace una pausa—. Se llamaba Avery.

Me golpea una punzada de celos. Lo que es una estupidez porque por supuesto que tiene permitido tener una historia. Claro que Sebastien no me pertenece solo porque haya soñado con él antes.

Parece darse cuenta de mi incomodidad porque añade:

—Fue en otra vida. —Sin embargo, su voz se quiebra y se aclara la garganta para intentar ocultarlo—. Pero no te he traído por eso. Lo que tienes que ver está por aquí.

Sebastien entra en un vestidor del tamaño del dormitorio de mi cabaña. Aparta varios vaqueros oscuros, todos perfectamente doblados y colgados como si perteneciesen a una tienda de lujo, y detrás hay una puerta cerrada con llave. Está hecha de metal (¿puede que a prueba de balas?) y tiene un panel de seguridad sobre el pomo.

Él alza la mano y teclea el código.

Mi temor anterior de que sea un asesino en serie y me esté llevando a su guarida para matarme reaparece.

—¿D-Dónde me llevas?

—Es mejor que lo veas por ti misma.

Tengo el corazón en un puño.

—En realidad, creo que es mejor que no. —Empiezo a retroceder hacia el pasillo.

Él suspira, un sonido exasperado que empiezo a pensar que es algo que hace mucho. Eso, o que yo soy particularmente exasperante, y me cabrea.

—¿Crees que no es razonable que desconfíe de un hombre que está a punto de meterme en una sala cerrada, con una puerta reforzada, escondida en un vestidor?

Ante eso, Sebastien suaviza la expresión.

—El código es el diez de julio —dice—, la fecha del baile de los Capuleto.

Abro la boca de par en par. Recuerdo cada pequeño detalle de *Romeo y Julieta* porque esas representaciones están demasiado entrelazadas con los recuerdos que tengo de mi padre. Los padres de Julieta celebraron una fiesta «una quincena y días impares» antes de su cumpleaños (*mi* cumpleaños, también, casualmente), el 31 de julio, también conocido como la Fiesta del Pan. Lo que sitúa el baile de los Capuleto alrededor del 10 de julio.

Pero eso no explica por qué Sebastien cree que el baile tendría algún significado para mí y por qué usa esa fecha como código de acceso.

Me olvido de la preocupación de que pueda ser un asesino y, en cambio, mi cerebro empieza a crear teorías, cada una más descabellada que la anterior: Julieta era su amor literario de la infancia (como el enamorarse de un famoso, pero para gente friki). O Sebastien y yo somos almas gemelas unidas por el amor que compartimos hacia Shakespeare. O porque me inventé a Sebastien mientras estaba participando en *Romeo y Julieta* y así es como le di vida, moldeándolo por completo con la obra como su historia de origen.

Mientras tanto, el Sebastien de verdad pone el 10 de julio en el panel de seguridad al estilo europeo, con el día antes que el mes: 1-0-0-7.

La puerta se abre con un chasquido.

—¿Ves? —dice—. Ahora ya sabes cómo entrar. Y no necesitas ningún código para salir porque la puerta se puede abrir perfectamente desde dentro. ¿Te hace sentirte algo más segura?

El tenerle miedo se ha quedado atrás hace rato, así que me limito a asentir.

—Pero antes de que entres —dice Sebastien—, necesito que respires profundamente.

—¿Por qué? ¿Qué hay ahí dentro?

—Solo respira profundamente. Por favor.

—Vale… —Hago lo que me pide, manteniendo el contacto visual todo el tiempo para que sepa que he hecho justo lo que quería.

Él también respira profundamente y deja salir un suspiro largo y quizá demasiado contundente. Parece que necesita más esa pausa para meditar que yo.

Entonces hace girar el pomo y empuja la pesada puerta.

Entro y él enciende las luces.

Es una galería de arte.

Y en todos los cuadros están retratados los personajes y las escenas de mis historias.

HELENE

—¿Qué es esto?

Me vuelvo temblando, pasando la mirada de un cuadro a otro.

El que tengo más cerca es un retrato medieval de una adolescente, con un traje idéntico al que llevé para hacer de Julieta: un vestido amarillo hasta los tobillos con las mangas ribeteadas con lazos, una especie de cofia en la cabeza y zapatillas de seda. ¿Cómo es posible? Mamá me hizo el disfraz a mano y, hasta donde yo sé, no hizo ninguna investigación histórica previa. ¿Es que se topó con este cuadro en Internet y copió el vestuario?

En otra pared hay un retrato de una mujer morena con unos ojos grises penetrantes y la nariz aguileña, cabalgando a lomos de un camello por el desierto. Sus rasgos, su postura orgullosa y erguida sobre la silla de montar, y su colorido cintillo tejido con telas rojas, moradas y naranjas, encajan perfectamente con mi personaje de Mary Jo Phoenix, una intrépida exploradora que, junto con su marido, Nolan, cruzó el Sáhara a lomos de un camello para buscar la mítica Tierra del Oro. Ella era la soñadora y él era quien se ocupaba de la logística para hacer sus fantasías realidad. La placa de bronce del marco data este cuadro en 1711, justo cuando se ambienta mi escena.

Hay un cuadro de una camarera corpulenta con un reloj de cuco a sus espaldas, que marca justo el mediodía. En la placa pone 1561.

—Clara, en Suiza —jadeo al reconocerla.

Después está la Amélie Laurent del siglo XVIII, con sus preciosos rizos rubios y su parasol, paseando por los jardines de Versalles. Y una chica *flapper* bailando en un club nocturno de Shanghái en 1920 que es idéntica a mi personaje Kitri Wagner.

Oh cielos. Se me revuelve el estómago como si fuese un pez fuera del agua.

—¿Cómo es posible? —susurro.

No reconozco los personajes de todos los cuadros, pero a medida que paso la mirada sobre ellos, me llaman la atención algunos que se corresponden con las escenas que escribí.

Me acerco a un cuadro que retrata una carrera de caballos, la placa establece esa escena en el Nueva York de 1839. Los hombres visten chalecos, pantalones de traje y sombreros de copa. Las mujeres llevan vestidos de talle alto y delicados parasoles. A la derecha del cuadro, una pareja mira al artista en vez de a los caballos.

El hombre es Sebastien, pero anticuado.

—También reconozco esa escena. —Me flaquean las rodillas, tengo que sentarme en uno de los bancos de cuero que hay en medio de la galería.

—¿Lo recuerdas? —dice Sebastien, con los ojos abiertos como platos.

—¿Qué quieres decir con si lo *recuerdo*? —Ya pienso que me estoy volviendo loca. Me inventé la escena de la carrera de caballos en mi primer año de carrera, cuando aún estaba alquilando una habitación cerca de los establos de la Universidad de Northwestern. Recuerdo lo contenta que estaba con el elegante sombrero que había descrito para que llevase mi personaje, con plumas azules y rosas de color lavanda. El mismo sombrero que está retratado en el cuadro que tengo delante.

—Es de otra de mis historias —digo, con la voz temblorosa—. Pero nadie, salvo mi madre y mi hermana, las ha leído. ¿Cómo es posible que existan estos cuadros? —Me vuelvo para mirar fijamente a Sebastien—. ¿Cómo es posible que *tú* existas?

Estoy empezando a ponerme nerviosa del exceso de información.

Sebastien toma asiento en un banco alejado, como si se quisiese asegurar de darme espacio para respirar.

—¿Conoces la historia de Romeo y Julieta?

—Por supuesto. —Ya hemos establecido antes de entrar que sabía lo que significaba el diez de julio.

—¿Cómo acaba su historia? —me pregunta.

El tono paciente de Sebastien, como si estuviese intentando explicarle algo a un niño, no me gusta nada. Este *no* es el momento adecuado para ponerse a dar una clase de literatura.

—Julieta toma una pócima para dormir y finge su muerte —respondo bruscamente—. Romeo se entera y, angustiado, compra veneno. Se lo bebe en la tumba de los Capuleto para poder morir junto al cuerpo de Julieta. Pero entonces ella se despierta, lo encuentra muerto, y se suicida clavándose su daga. ¿Pero qué tiene eso de relevante?

—¿Recuerdas que dijiste que me conocías?

Dejo escapar un suspiro exasperado.

—Por favor, deja de hacerme preguntas. Ahora mismo no puedo con el método socrático. Dime de qué va todo esto porque estoy a punto de perder la cabeza.

—Está bien. —Se levanta y cruza la galería, retira un marco dorado de la pared y me lo trae, dejándolo a mi lado en el banco. Es una pintura al óleo del acto V, escena III: Julieta dormida en el mausoleo de los Capuleto. Sorprendentemente, lleva puesto un vestido blanco prácticamente idéntico al que llevaba yo cuando hice de Julieta en el instituto. Eso nos deja con dos trajes idénticos, en dos cuadros que no había visto nunca. Se me sube el estómago a la garganta como si estuviese montada en una montaña rusa que baja a toda velocidad por los raíles.

—Has dicho que has soñado conmigo desde hace mucho tiempo —dice Sebastien—. Pero mientras creías que te estabas inventando todas esas aventuras, en realidad estabas recordando tus vidas pasadas. Porque todos los lugares que has mencionado durante el desayuno, y estos cuadros, son lugares donde tú y yo hemos estado, juntos.

—Eso no tiene sentido —susurro, aunque en una parte recóndita de mi mente, lo tiene.

—Estoy de acuerdo —dice Sebastien—. Pero todo se remonta a Romeo y Julieta, cuya historia no acaba exactamente como tú crees. Shakespeare se equivocó. Lo sé porque yo estaba allí, yo soy Romeo.

VERONA – 1376

Me interno por las escaleras del mausoleo de los Capuleto. Me habían desterrado a Mantua, pero al recibir la carta con noticias de Fray Lorenzo, rompí los términos del exilio y volví corriendo a Verona bajo el manto de una noche sin luna.

En la carta, el buen fraile me contaba que el padre de Julieta la había prometido al conde Paris, sin saber que ella ya estaba casada en secreto conmigo, el enemigo de su familia. En su intento por frustrar la boda, Julieta aceptó el elixir que Fray Lorenzo le ofrecía para fingir su fallecimiento.

Los Capuleto lloraron su muerte y le dieron sepultura ayer. Pero según el fraile, Julieta despertará esta noche. Y yo estaré ahí, tomándole las manos cuando abra los ojos, y entonces huiremos para comenzar nuestra nueva vida.

Sin embargo, me detengo en las escaleras del mausoleo cuando la veo.

Julieta yace sobre una losa de mármol blanco, con las manos unidas sobre su vestido de seda blanca y encaje, tiene el cabello recogido con sus suaves rizos enmarcando su rostro angelical. Es hermosa, una diosa de porcelana, la Psique de mi Cupido. Sé que solo está dormida, pero está tan quieta, es como si de verdad hubiera muerto y mi corazón se estremece.

Pero entonces percibo cómo se curvan sus labios en una pequeña sonrisa como si hubiera cometido una última travesura que todos desconocen.

Y me río. Sí, la pócima. Por eso estoy aquí. Se le pasará el efecto en cualquier momento. Bajo los últimos escalones corriendo para acudir a su lado.

Sin embargo, me quedo allí sentado durante horas. La antorcha que traje hace tiempo que se ha consumido y tengo que prender una nueva. A medida que pasa el tiempo, me pongo cada vez más nervioso y empiezo a pasearme como un animal enjaulado alrededor de la plataforma de mármol donde yace. ¿Y si la pócima de Fray Lorenzo no ha funcionado?

No, me digo. *Solo se han equivocado al estimar la hora en la que se despertará.* El fraile había calculado que tardarían en pasarse los efectos unas cuarenta y dos horas. Ya han pasado cuarenta y cinco.

La paciencia nunca ha sido mi fuerte, pero me obligo a sentarme y esperar.

Se escucha un ruido a mi espalda. Me pongo en pie de un salto, la sonrisa ya se empieza a dibujar en mi rostro para darle la bienvenida a Julieta, mis manos ya están listas para abrazarla, mis labios ya están listos para besarla.

Pero ella sigue quieta.

En cambio, oigo pisadas bajando por las escaleras.

¿Quién viene a la tumba de Julieta?

Me agacho detrás de la tumba de mármol donde yace Teobaldo, el primo de Julieta. No quiero estar aquí, ya que fui yo quien lo mató. No quería hacerlo, pero la ira entre Montescos y Capuletos se había descontrolado, y Teobaldo asesinó a mi querido amigo Mercucio…

La voz del conde Paris interrumpe mis pensamientos. Debe de haber venido a presentar sus respetos a la mujer que pensaba que iba a ser su prometida.

—Dulce flor —dice—, con flores cubro tu lecho nupcial…

Me imagino a Paris acariciando el rostro de Julieta.

Y no puedo soportar la idea de que la esté tocando.

Me levanto de un salto desde detrás del lugar donde descansa Teobaldo.

—Aléjate de Julieta.

—Tú. —Paris saca su espada de la vaina—. ¿Estás aquí para profanar el mausoleo de los Capuleto, Montesco?

—No, yo...

—¡Te arresto por criminal y te detengo en nombre de todos los ciudadanos de Verona! —Paris se lanza hacia mí con la espada en alto.

Yo saco la mía rápidamente, que brilla bajo la luz de las antorchas. Acero chocando contra acero.

Él golpea.

Yo esquivo.

El gira y vuelve a atacar. Yo evito por los pelos que su espada me atraviese.

—Paris, por favor, estamos deshonrando a Julieta al luchar entre nosotros —grito cuando mi espada vuelve a chocar con la suya.

—No, yo la honro. ¡Ella no querría a un Montesco en su tumba! —Paris me golpea en la cara y el filo de su espada me hiere la ceja izquierda.

Grito de dolor y me llevo la mano libre hacia el rostro. La sangre me nubla la mirada.

Con las defensas bajas, me desarma y mi espada cae estrepitosamente sobre la piedra.

Sin embargo, no me rindo tan fácilmente y me lanzo contra él. El impacto hace que suelte la antorcha que llevaba en la mano y el mausoleo se queda completamente a oscuras cuando ambos caemos al suelo. La fuerza de la caída rompe mi agarre y nos separamos.

Busco a tientas la daga que llevo en mi cinturón. No puedo ver nada con la sangre que nubla mi mirada y con la oscuridad, pero sé que Paris está cerca.

—La verdad sea dicha —dice—. Le estaría haciendo un gran favor a Verona si terminase contigo esta noche.

Su condescendencia se me clava en el pecho. Pero ahora que ha hablado, puedo seguir su voz. Está junto al féretro sobre el que yace Julieta.

Me abalanzo sobre él y le clavo la daga tan profundo que el mango golpea su carne. Jadea cuando libero la hoja, y entonces se produce una serie de movimientos, la seda del vestido de Julieta cruje mientras Paris se revuelve contra su lugar de descanso intentando escapar de mi ataque, y a mí me enfurece tanto que pueda estar trepando sobre el cuerpo sagrado de mi amada que me lanzo de nuevo contra él y le vuelvo a clavar mi daga, retorciéndola violentamente para asegurarme de su fin.

Pero el grito que escucho no le pertenece a un hombre.

Le pertenece a Julieta.

—¡Oh, Dios, no! —grito.

El mausoleo se vuelve a iluminar cuando alguien abre la pesada puerta de acceso.

—¡Romeo! —La voz de Fray Lorenzo resuena por la escalera.

Paris yace desplomado en el suelo, sangrando.

Y Julieta está sentada en el féretro, con los ojos desorbitados mirando la mancha carmesí que se despliega como pétalos de muerte sobre el encaje blanco de su vestido, con mi daga clavada justo en el centro de esa flor sangrienta.

Debe de haberse despertado durante mi pelea con Paris, y mi segundo golpe no dio en su pecho, sino en el de ella.

—¿Romeo? —susurra, su mirada confundida se encuentra con la mía durante un segundo fugaz.

Entonces se desploma sobre el féretro y su último aliento se escapa en un único y doloroso suspiro.

—¡No! ¿Qué he hecho? ¿Qué he hecho? —Me lanzo sobre el cuerpo de Julieta y trato de detener el flujo de sangre, como si mi abrazo, de algún modo, pudiese devolverle de nuevo a la vida.

Pero Julieta no se mueve.

Fray Lorenzo irrumpe corriendo en la sala, pero se detiene de golpe al verme abrazado Julieta, y con Paris muerto a mis pies.

—¿Qué demonios ha ocurrido aquí? —susurra el fraile.

No puedo responder. Lo único que puedo hacer es acariciar la mejilla de Julieta, pasarle los dedos por el pelo. Las lágrimas caen por mi rostro hacia el suyo.

Esto es culpa mía, obra mía. Si no hubiese matado a Teobaldo, si no hubiera presionado a Julieta para que se casase conmigo, si no hubiese sido un cobarde y no hubiese insistido en que le ocultásemos nuestro amor a nuestras familias...

Pero nada de eso importa ya. La sangre brota del pecho de Julieta y ya no está pálida, sino gris. Ella era mi luz en un mundo movido por la amargura y la venganza. ¿Cómo puedo seguir existiendo cuando ella no puede?

Saco la daga de su pecho y presiono la punta de la hoja justo debajo de mi esternón. Una sola estocada hacia arriba y me atravesará el corazón.

—¡Alto! —Fray Lorenzo me toma de la muñeca—. Ya se ha derramado demasiada sangre hoy.

—Si Julieta no vive, yo tampoco viviré.

—Esta no es la solución. —Me retuerce la muñeca hasta que dejo caer la daga—. Vivirás, Romeo.

—¿Pero cómo? —Un gemido se escapa entre mis labios, dejo de luchar y me derrumbo. El fraile me atrapa antes de que caiga de bruces al suelo.

—Hallarás el modo —dice Fray Lorenzo—, como hacen todos los hombres que sobreviven. Pero rápido, debes huir de Verona ahora mismo. El ruido de tu duelo con Paris ha alertado a la guardia nocturna y los Montesco y los Capuleto vienen hacia aquí mientras hablamos. Vete lejos, muy lejos de aquí, Romeo, cámbiate el nombre y no vuelvas jamás.

Me ahogo con mi pena y quiero morir. Pero una parte traidora dentro de mí se aferra a lo que sugiere el fraile, una parte de mí que es tan egoísta como para querer vivir.

La culpa pesa en mi espalda como si llevase todo el peso del mundo encima.

A lo lejos, oigo gritos y el golpeteo de los cascos de los caballos.

—Es hora de irse —dice fray Lorenzo con dulzura.

—Pero Julieta...

—Ha muerto.

La realidad me atraviesa como si fuera una daga. Me derrumbo sobre su cuerpo, llorando mientras me despido de ella con un beso.

—Mi Julieta, mi Julieta, perdóname…

Perdóname por nuestro matrimonio desventurado.

Perdóname por la daga destinada a otro.

Perdóname por vivir sin ti.

SEBASTIEN

Helene me mira como si estuviese loco. No es un mal resultado, ¿no? Si Helene duda de mí querrá poner tanta distancia como sea posible entre nosotros.

Y, aun así, ahora que estamos en esta galería juntos, rodeados de los cuadros de sus anteriores reencarnaciones de las que he estado enamorado, quiero desesperadamente que me crea. He vivido demasiado tiempo sin mi Julieta, y el dolor de echarla de menos es un monstruo que vive en mi interior con dientes afilados y que me come por dentro cada día que paso solo. Con Helene aquí, lo único que quiero hacer es arrodillarme a sus pies y suplicarle que me perdone por lo que sucederá si decide quedarse.

Pero tengo que recordarme que Helene no termina de entender que ella es Julieta. De momento, solo le he explicado la parte que me concierne.

Helene niega con la cabeza, aún intentando procesar mi historia. Al menos ya no está aterrada, ahora tiene un enigma que resolver.

—No es así como lo relató Shakespeare —dice—. Tanto Romeo como Julieta murieron en ese mausoleo.

—Shakespeare escribió la historia casi un par de siglos después —respondo—. Se tomó ciertas licencias artísticas para que su historia tuviese sentido. Pero no escribió la verdad.

Ella estudia la pintura al óleo que tiene a su lado, repasando mi versión de la historia en su cabeza.

Mientras tanto, yo también pienso en nuestro pasado. Aún recuerdo las prisas que tenía por llamar a mi Julieta original para que saliese al balcón y el momento en el que ella descorrió las cortinas para responder a mi llamada. Fue como si todo a su alrededor estuviese en blanco y negro, y ella fuese lo único a color. Incluso en esas primeras etapas de nuestro amor, sabía que ella era mi destino.

Y aquí, en la galería, vuelve a suceder. El color parece desaparecer de los cuadros, y lo único que vale la pena contemplar es a Helene. ¿Cómo he pensado que podría soportar otra vida sin ella?

Julieta es el sol, escribió Shakespeare.

Lo es, sin duda. Y aquí, de nuevo, me vuelvo enamorar de ella como si fuese mi centro de gravedad.

Es Helene quien rompe el silencio.

—Si lo que me estás diciendo es cierto, entonces estás… ¿qué? ¿Diciendo que eres inmortal? —Arruga la nariz, un gesto en el que me fijo solo porque lo he visto miles de veces en todas sus vidas pasadas. Es un gesto al que le guardo especial cariño, pero tengo que contenerme para no cruzar la galería y besarla justo donde se le arruga la nariz.

En cambio, le hago una pregunta.

—¿De verdad te parece más disparatada la inmortalidad que el descubrir que tu amigo imaginario es una persona real?

—Sí, me lo parece.

Me lo pienso y asiento, concediéndoselo.

—Probablemente. Pero se siguen encontrando en la misma categoría de cosas improbables.

Se muerde el labio, pensando de nuevo.

—Vale, supongamos por un momento que me creo que eres el mismo Montesco que el de la época de Romeo y Julieta. —Helene me mira con firmeza, para asegurarse de que estoy entendiendo que esto es solo una mera suposición en aras de la discusión, que no es que realmente se lo crea—. Eso sigue sin explicar cómo *yo* conozco las historias que hay detrás de algunos de estos cuadros o cómo formo parte de todo esto.

Juego con mis dedos, porque esta es la parte más inverosímil de la historia. Respiro profundamente varias veces e incluso así, la verdad se me queda atorada en la garganta. La única otra vez que le conté a una reencarnación de Julieta quién era en realidad, todo terminó de manera desastrosa.

Pero ninguna otra Julieta ha recordado nunca nuestro pasado, excepto Helene. Puede que no lo recuerde todo con claridad, pero los recuerdos están ahí.

Conoce nuestras historias de amor.

¿Por qué?

Porque intenté burlarme de la maldición dejando a su última versión sola, pienso con pesar. Y ahora estamos pagando el precio de mi arrogancia con una maldición aún mayor.

Pero eso no es lo que le digo a Helene. Lo que ella necesita, lo que me está pidiendo, es que le cuente cómo empezó todo.

—Mercucio nos maldijo cuando murió —digo—. *¡Mala peste a vuestras familias!*

Helene vuelve a arrugar la nariz.

—Eso era solo una advertencia para los Capuleto y los Montesco por su enemistad.

Me encojo de hombros a medias. Las últimas palabras de mi amigo Mercucio nunca han dejado de atormentarme. Fue culpa mía que lo matasen; murió en un duelo, defendiendo mi honor. No se me ocurre ninguna otra forma en la que pudiese haberse creado la maldición, y realmente tampoco sé cómo puede tener tanto poder, más allá de porque esas últimas palabras se pronunciaron entre sangre y dolor en su lecho de muerte y de que todo sucedió por mi culpa.

Sus palabras también son muy precisas ya que, aparte de Helene, Julieta sigue reencarnándose sin recordar el pasado y yo estoy condenado a verla morir una y otra vez. Esa me parece la definición perfecta de una peste que azote tanto a los Capuleto como a los Montesco.

—Nos encontramos, nos enamoramos y entonces sobreviene la catástrofe —digo—. Sin hijos, sin envejecer juntos... Julieta siempre muere. ¿Qué puede ser sino una maldición?

Helene frunce el ceño y digiere lo que acabo de decir. Entonces se ríe, soltando una única carcajada corta y rápida, propia de un escéptico.

—Así que me estás diciendo que *yo soy* Julieta, que las mujeres de estos cuadros no son solo mis personajes, sino que son *yo*, reencarnada una y otra vez. Por eso me has dicho que las historias que he escrito en realidad son recuerdos.

—Sí —susurro—. Eres Julieta.

—Eso… no es posible.

—Pero, aun así, lo es. Te he amado una y otra vez, una vida tras otra. Nuestra historia desafía a la razón, a la ciencia y a todo lo que nos han enseñado acerca del mundo, pero *es* posible. Y pienso que, quizás, tú también lo crees.

Su respiración se acelera y puedo ver el momento en el que entra en pánico, el agobio de sentirse abrumada por esta galería y todas sus posibilidades. Quiero cruzar la sala y abrazarla, decirle que todo saldrá bien.

Pero no se lo puedo prometer. Nunca nos ha ido bien. Ya he intentado romper la maldición antes.

Y siempre he fracasado.

Así que me quedo sentado, impotente, en el banco, como un barco a la deriva, y la galería es el océano que nos separa.

De repente, se levanta, moviendo los dedos inquieta.

—No puedo hacer esto aquí. Necesito espacio para pensar.

—Por supuesto. —Yo también me levanto—. Te acompañaré a tu habitación.

—No. —Helene alza una mano, como si me empujara físicamente hacia atrás—. Necesito estar lejos de ti.

Vacilo y me vuelvo a dejar caer en el banco, hundido. Cada vez que Julieta entra en mi vida, me deja sin aliento, es como si fuese una boxeadora y yo nada más que su saco de boxeo con el dudoso privilegio de recibir cada uno de sus golpes. Pero esta vez es increíblemente peor, porque siento que el destino se está burlando de mí. Y también es peor porque he intentado que Helene me odiase, y ahora me arrepiento. Puedo soportar que todo el mundo culpe a Romeo, la muerte de Julieta fue culpa mía y me aborrezco cada vez que muere, pero no puedo soportar que sea Julieta quien me odie.

Aun así, si lo que quiere es espacio, se lo daré. Le daría cualquier cosa que me pidiese.

—Lo que necesites —respondo en un susurro—, es tuyo.

Helene asiente, después se gira rápidamente sobre su pie bueno y sale cojeando de la galería. Escucho el eco de sus pasos irregulares por el pasillo y por la escalera, hasta que dejo de oírlos.

Entonces me dejo caer de espaldas en el banco y cierro los ojos con fuerza, sabiendo que ya he estado antes en esta situación, contándole a Julieta quién es en realidad.

Lo único que puedo esperar es que Helene reaccione mejor que Isabella.

SICILIA - 1395

Tras huir a Mantua, mendigo por las calles durante muchos años. Abatido por la culpa de la muerte de Julieta, intento quitarme la vida varias veces. Sin embargo, de alguna manera, mis heridas siempre son leves. Si me apuñalo, solo me queda una herida superficial. Si intento dejar que el calor del sol del mediodía me deshidrate, una amable anciana se me acerca y me ofrece algo para beber, negándose a marcharse hasta que me lo beba todo. Incluso el ahogarme falla; mi cuerpo ya no se hunde. No es que sea invencible, pero la maldición no me deja morir.

La pena lo intenta, pero tampoco consigue matarme, así que voy a la deriva de año en año en medio de una ciénaga de dolor. Algunos días, subsisto a base de pan rancio y corazones de manzana podridos que saco de la basura. Otros, no como absolutamente nada. No tengo identidad, ni propósito, no tengo nada. Soy basura, y esto es mejor de lo que me merezco.

Con el tiempo, la pena se cansa de hacerme compañía y, sin ella a mi lado, me recompongo poco a poco. Si no puedo morir, tengo que crear algo que se parezca a vivir.

Me dirijo al Reino de Sicilia, en el sur, donde me cambio el nombre a Luciano. Allí, trabajo como aprendiz de zapatero en una pequeña zapatería de Palermo. El propietario, Gianni, atiende en la entrada de la tienda, mientras que yo paso los días en el taller de la parte de atrás apenas iluminado. No necesito hablar con nadie más.

Las relaciones solo traen dolor, así que prefiero rodearme del estoicismo del cuero y los clavos.

Sin embargo, una soleada mañana de julio, Gianni recibe una invitación para acudir a la boda de su sobrina en el Ducado de Milán. Yo le sugiero que cierre la tienda mientras esté fuera.

—Tonterías —dice Gianni—. No es difícil atender a los clientes. Y tú conoces mejor los zapatos para mujeres que la mayoría de ellas sus dos pies. Volveré dentro de quince días. Espero que mi tienda siga en pie cuando regrese.

Así es como termino en el mostrador de la tienda cuando Isabella Caruso cruza la puerta el diez de julio.

—Le deseo una buena mañana —digo sin alzar la mirada del mostrador. Estoy trabajando en los últimos detalles de un par de zapatillas, cosiendo cuentas doradas sobre el cuero rojo, y no quiero detenerme.

Una risa delicada llena la pequeña sala.

—¿Todavía es por la mañana en su mundo, señor? Tal y como yo lo veo, el sol hace tiempo que ha pasado el mediodía.

Al oír su voz, dejo caer el zapato al suelo.

—¿Julieta? —susurro.

Han pasado casi dos décadas pero está tal y como la recordaba. Su cabello castaño claro, sus ojos verdes con ese destello de ingenio y sus perfectos labios rosados. ¿Es posible que ella también sobreviviera? ¿Que no muriese en aquel mausoleo?

El recuerdo del sabor al vino meloso del baile de los Capuleto acaricia mis labios. Hoy hace exactamente diecinueve años de la noche en la que nos conocimos como Cupido y Psique.

Salgo de detrás del mostrador y doy un paso vacilante hacia ella.

—¿Disculpe? —dice—. ¿Quién es Julieta?

—Tú —respondo, con voz apenas audible.

Ella vuelve a reírse.

—Estoy bastante segura de que soy Isabella Caruso. Siempre lo he sido.

Pero yo no puedo dejar de mirarla fijamente. Cruzo la tienda con dos zancadas, tomo sus manos entre las mías y me arrodillo a sus pies.

—No sé si eres un ángel que por fin ha venido a por mí o si eres mi verdadero amor, que ha venido a rescatarme de mi sufrimiento. Pero no importa, eres la visión más divina que he visto jamás y te suplico que aceptes el regalo de mi amor, en este momento y para siempre.

Isabella se sonroja.

—Mi señor… no sé qué decirle.

—No me digas nada más que sí. Si eres mía, juro hacerte feliz para toda la eternidad.

Se escucha cómo alguien abre la puerta a nuestra espalda.

—¿Qué significa esto? —exclama una mujer con aspecto de matrona, la carabina de Isabella, al entrar.

Antes de que su carabina pueda separarnos, Isabella se inclina y me susurra al oído.

—Sí. Por impulso e intuición, sí.

Entonces, en voz más alta, dice:

—Las zapatillas me parecen perfectas. Espero que me las entregue el domingo. Mi acompañante le dará las indicaciones para llegar a mi residencia.

Dicho eso, Isabella sale de la tienda. Y se lleva mi corazón herido pero esperanzado con ella.

Dos semanas más tarde yacemos desnudos en una cama en la isla de Pantelaria. Estamos borrachos de moscatel y de nuestra boda a escondidas, y aunque nos acabamos de despertar de una breve siesta, beso los muslos de Isabella, donde la piel es suave y pálida, allí donde no le da el sol del verano y que solo conozco yo. Aunque ella me rechaza somnolienta, lo hace a medias, porque somos una pareja de recién casados, y nunca tenemos suficiente del otro.

Hacemos el amor con el fervor de unos exploradores cartografiando una nueva tierra y, cuando terminamos, volvemos a hacerlo una hora más tarde. Al final, sin embargo, estamos exhaustos y rodeo a Isabella con mis brazos, mientras que ella apoya la cabeza en mi pecho.

No le he contado que era Julieta, no comprendo cómo es posible esta maravilla, pero es, indudablemente, la misma chica de la que me enamoré hace dos décadas en Verona. Todo en ella es igual, desde el modular de su tono de voz hasta la esencia a lavanda que impregna su piel, desde su tacto de terciopelo hasta la forma en la que me besa con urgencia, como si nos fuesen a descubrir en cualquier momento. La única diferencia es que Isabella no tiene ni idea de que hubo una vez en la que era una Capuleto.

Pero ahora que es mi esposa, es hora de decirle lo que creo.

—Mi amada —digo.

—¿Mmm? —murmura Isabella.

—¿Crees en los milagros?

—Soy católica. Claro que creo en los milagros. —Sonríe y me besa.

—Yo también. Tú, aquí entre mis brazos, eres un milagro.

Isabella se ríe.

—Cómo te gusta exagerar, mi amor.

Pero mi rostro está serio.

—Digo la verdad. Hace diecinueve años, perdí a mi primera esposa, y cada día desde entonces he rezado para poder reunirme con ella.

Isabella se sienta en la cama, las sábanas deslizándose gloriosamente por su cuerpo, dejando sus pechos a la vista. Me contengo antes de tocarla.

Es lo mejor, ya que frunce el ceño antes de volver a hablar.

—¿Ya te has casado antes?

—Sí, pero…

—Pensaba que yo era tu primer y único amor.

Le tomo las manos.

—Lo eres. Estoy intentando explicártelo. Cuando entraste en la zapatería, mis plegarias fueron escuchadas. No solo te pareces a Julieta, mi primera esposa. Eres ella. No entiendo cómo el Señor te ha traído de vuelta a mí, pero no cuestiono su voluntad divina. Solo me siento honrado por su generosidad.

Isabella aparta sus manos.

—¿Crees que soy tu esposa muerta? ¿Por eso me has declarado tu amor? —Se envuelve con las sábanas y se levanta de la cama.

—No lo entiendes… —Salto de la cama y le tomo de la muñeca.

—¡Suéltame! —Se aparta de un tirón. Después se pone la ropa interior y empieza a vestirse apresuradamente.

—Detente, por favor —le pido—. Te amo.

—No, estás loco. Me has engañado y no participaré en esta farsa de matrimonio ni un momento más. —Los botones de su vestido están mal abrochados, sus lazos mal hechos. Pero Isabella ya está a medio camino de la puerta.

No me atrevo a intentar sujetarla de nuevo, así que me lanzo frente a ella para bloquearle el paso.

—¿Dónde vas?

—Al ferry. De vuelta a Sicilia, donde le solicitaré al papa una anulación de nuestro matrimonio. Enviarás mis pertenencias de vuelta y no te volverás a acercar a mí.

—Por favor, no te precipites. Seamos razonables.

Ella suelta una carcajada amarga.

—¡Razonables! No hay razón en lo que afirmas, que soy tu esposa muerta que se ha alzado de entre los muertos. Ahora, apártate. Ya me has quitado la virginidad y me has arruinado. No me robes también la libertad.

Me aparto de su camino. Pero cuando abre la puerta, susurro:

—Julieta. Por favor. Te amo.

Ella me fulmina con la mirada con toda la fuerza del sol que es.

—Mi. Nombre. Es. Isabella.

La dejo marchar porque eso es lo que ella quiere. Pero no sé que la maldición ya nos ha atrapado entre sus garras.

Una hora más tarde, observo a Isabella desde la distancia montarse en el ferry, y la saludo con tristeza mientras se aleja del puerto.

Entonces, inexplicablemente, el ferry vuelca a una milla de la costa. Yo me zambullo de un salto en el mar y nado, pero están demasiado lejos y yo soy demasiado lento, y para cuando por fin llego al ferry, este ya se ha hundido, llevándose a Isabella y mi felicidad con él.

Mala peste a vuestras familias, recuerdo que dijo Mercucio.

Solo entonces empiezo a darme cuenta de lo que ha hecho.

HELENE

Estoy hiperventilando sentada en el suelo de la sala de estar de la habitación de invitados, porque esto es todo lo lejos que he podido llegar antes de desmoronarme. Intenté parecer fuerte cuando me fui corriendo de la Galería de Mí, pero toda esa valentía se ha esfumado. Ahora, con la cabeza entre las rodillas, estoy intentando respirar como un delfín varado.

Quería que Sebastien fuese mi alma gemela. Pero esto es una locura.

Respira, me indico. *Respira*.

Sin embargo, siempre se me ha dado de pena meditar. A una de mis amigas de la universidad, Monica, le encantaba y una vez me recomendó un libro que enseñaba una manera «sencilla» de hacerlo. Me leí solo tres páginas antes de que mi mente se perdiese en otros pensamientos. Eso fue hace años. Siempre quise volver a intentar leerlo, pero la vida tiene la capacidad de interponerse en todos tus planes bienintencionados.

Aun así, aún recuerdo el concepto más básico de esas primeras páginas: hay que saludar a cada inhalación y despedir a cada exhalación. La idea tras ese concepto es que tienes que ser amable contigo mismo, en vez de presionarte para meditar «bien» o a la perfección.

Ahora lo pruebo.

Hola, inhalación, pienso, dejando entrar una inhalación temblorosa en mis pulmones.

Adiós, exhalación. Es como si mi cuerpo no pudiese dejar salir todo lo que tiene dentro: dióxido de carbono, ideas pasadas de mis amigos imaginarios, pensamientos de estar atrapada en una casa en un lugar remoto de Alaska con un loco.

Hola, inhalación. Otra inhalación, corta y rápida.

Adiós, exhalación. El aire sale demasiado rápido.

Pero sigo haciéndolo. *Hola, inhalación, adiós, exhalación*, hasta que empieza a funcionar, casi sin que me dé cuenta. Mi respiración empieza a parecerse a la de una persona normal, y la nebulosa que me nublaba la vista se marcha.

Me ruge el estómago, como si reconociese que este es su momento para llamar mi atención antes de que vuelva a caer en los pensamientos de intentar averiguar qué significa la galería de Sebastien y lo que me ha querido decir con la historia de *Romeo y Julieta*.

Justo en ese momento me acuerdo de que no me he comido la tostada francesa del desayuno. Mi cuerpo no funciona sin comida en el organismo. Me obligo a levantarme, con las piernas temblorosas por todo lo que ha pasado en la última hora, y me tambaleo hasta la cocina.

Pan, huevos, queso… todo me parece un esfuerzo sobrehumano. Abro el congelador, pensando que puede que haya alguna comida precocinada, pero lo único que veo son los recipientes de plástico que Sebastien metió dentro. Llevan en la tapa una etiqueta que deja claro que en su interior hay *cornetti* de chocolate y avellana, y me quedo con la boca abierta al abrir uno; está repleto de bollitos, en forma de media luna, rellenos de Nutella y hechos a mano.

De repente, me entran ganas de llorar. Si estuviese en una isla desierta y solo pudiese comer una cosa el resto de mi vida, sería esto.

¿Cómo es posible que Sebastien lo supiese?

Se me acelera el pulso. ¿Es posible que lo que dice sea verdad, que nos hemos encontrado en cada una de nuestras vidas? ¿Que él es Romeo y yo soy Julieta?

No. Es absurdo.

Tomo dos cornetti y los meto en el microondas. Estoy segura de que sabrían mejor si los recalentase en la tostadora, pero necesito darle algo de azúcar a mi cuerpo. Noventa segundos más tarde, están ardiendo y ni siquiera me preocupa que estén pastosos. Me como uno tras otro apoyada en la encimera, quemándome el labio con el relleno de Nutella, y llenándome la camiseta y el suelo a mis pies de trozos de hojaldre.

Lo que necesito es algo a lo que aferrarme que tenga sentido.

¡Los cuadros de Julieta con los disfraces! Eso no puede ser una casualidad. Busco mi teléfono. Aquí no hay cobertura pero Sebastien me dejó la clave del Wi-Fi. Abro el navegador y me paso más de una hora haciendo búsqueda tras búsqueda, intentando encontrar alguna imagen en la que aparezcan esos vestidos para poder demostrar que mis disfraces eran solo una copia de algo que mamá encontró por Internet.

Pero no encuentro nada. Hasta donde el mundo sabe, los cuadros de Julieta que hay en la galería privada de Sebastien no existen. De algún modo, mamá me hizo unos trajes idénticos.

Inmediatamente meto dos cornetti más en el microondas.

Cuando están listos, me preparo una taza de café y me hundo en una de las sillas de la mesita redonda. ¿Qué se supone que tengo que hacer ahora?

—La nueva Helene puede pensar con lógica —me digo en voz alta para serenarme y recordarme que puedo ser alguien práctico que no se deja llevar por sus sueños ni por las viejas historias de amor de Shakespeare. Puedo analizar los hechos.

Y escribir siempre me hace sentir mejor, así que saco el cuaderno de mi bolso (una buena periodista nunca sale de casa sin algo donde pueda escribir), y anoto lo que sé:

- *Sebastien aparece en mis recuerdos por primera vez cuando me asignaron el papel de Julieta en la obra de teatro del instituto, y él hace de Romeo.*
- *Hay una galería secreta y encerrada bajo llave llena de cuadros en los que salen retratadas mujeres que son idénticas a los personajes que he*

escrito. Los retratos son de varios siglos, con placas que se remontan a…
¿cuándo? No me he fijado, porque estaba demasiado ocupada entrando
en pánico.

- *Sebastien dice que es Romeo, que está condenado a ver morir a su amada una y otra vez, mientras que él no puede morir.*
- *Julieta muere muchas veces, y parece que siempre de manera trágica, y normalmente joven.*
- *Sebastien también dice que el alma de Julieta se reencarna sin cesar, aunque ella no lo sepa.*
- *Excepto en mi caso. Esos relatos que escribí corresponden con algunos de los cuadros. Supuestamente, mis aventuras inventadas en realidad son mis recuerdos.*
- *Y si yo soy Julieta, ¿entonces también estoy condenada a morir?*

No, me niego a considerar siquiera ese último punto. Todo esto es un sinsentido. Mi experiencia como periodista me dice que *tiene* que haber una explicación razonable para todo esto.

Incluso si esta va completamente en contra de lo que sentí al ver a Sebastien en The Frosty Otter.

Me bebo lo que queda de café y me preparo otra taza. Esta vez, le echo un chorrito de Baileys, que Sebastien me debe haber dejado después de vendarme el tobillo anoche. Me molesta que pueda predecir lo que voy a querer antes de que yo lo sepa.

Pero también me encanta. Y me aterra. Nunca jamás había estado tan confundida.

Necesito hablar con mamá y con Katy. Ellas sabrán qué hacer.

Les envío un mensaje convocando una reunión familiar de emergencia.

Cinco minutos más tarde, les hago una videollamada. Trevor está detrás de Katy, medio comiéndose su almuerzo sentado en una trona y medio rociando todo lo que tenga a su alcance con kétchup. Mamá está en la trastienda de su tienda de música folk. Ambas han dejado lo que estuvieran haciendo de lado para responder a mi llamada, y las quiero por ello.

—¿Estás bien, Hel? —pregunta Katy. Les envié un mensaje anoche para que supiesen que estaba encerrada por la nieve en casa de Sebastien, pero no hemos hablado desde entonces. (Omití la parte de que había tenido un accidente con mi coche de alquiler, mamá se habría preocupado sin cesar y habría llamado a la Guardia Nacional para que viniese a rescatarme y a llevarme a un hospital). Así que Katy no está preocupada por el accidente. Le echa un vistazo a Trevor, que está ocupado decapitando sus *nuggets* de pollo en forma de dinosaurio, después se acerca a la pantalla y dice en voz baja—: ¿Estás a salvo? ¿Es Sebastien...?

—¡Oh! No te preocupes por eso. Tengo una habitación para mí sola. En realidad, tengo mi propia ala de la casa. Sebastien no es un acosador. —Al decirlo me doy cuenta de que lo pienso de verdad. A pesar de que tenga una galería llena de cuadros de mis historias, Sebastien no me parece un acosador. Después de todo, fue *él* quien intentó alejarse de *mi* tanto en The Frosty Otter como en Shipyard Books. *Yo* soy quien se fue al puerto para intentar encontrarlo y también soy yo quien se presentó sin haber sido invitada en su puerta en medio de la noche. Si uno de los dos es un acosador, soy yo, sin duda.

—Me alegro de que estés a salvo —dice mamá—. ¿Pero entonces por qué has convocado esta reunión familiar de emergencia? ¿Es por Merrick?

—¿Por qué tendría que ser por Merrick?

Katy suelta un quejido dramático.

—Tu ex me ha estado llamando sin parar, intentando contactar contigo.

Dejo la taza de café con fuerza sobre la mesa, y el golpe hace que se derrame por la misma.

—¿Que Merrick ha estado haciendo *qué*?

—No te preocupes, no he respondido a ninguna de sus llamadas ni nada por el estilo. Probablemente solo esté frustrado porque no le has contestado al teléfono. El mayor insulto para Merrick Sauer es que, si llama, la gente no haga lo que dice inmediatamente.

—Sí, pero no debería estar acosándote. Lo siento mucho, Katy, bloquéalo, ¿vale?

Ella se encoge de hombros y sonríe con maldad.

—He seguido tu ejemplo y le he cambiado el nombre de contacto. Ahora, en vez de poner que me está llamando «Merrick» pone que me está llamando «Pene pequeño».

Mamá se ríe.

—Menos mal que mi nieto aún no sabe leer.

Pero el breve momento de alegría desaparece en cuanto recuerdo por qué he convocado esta reunión familiar de emergencia.

—Vale, quería hablar con vosotras porque... ¿os acordáis de que os dije que Sebastien era idéntico a los protagonistas de mis historias? Bueno... pues las cosas se han vuelto más raras aún.

—¡Las cosas se han vuelto más raras aún! —grita Trevor mientras le arranca la cabeza a un dinosaurio de pollo e intenta pegarle el cuerpo de otro para que tenga dos traseros. Se ríe como un loco y la verdad es que así es justamente como me siento yo en estos momentos.

Katy mira con dulzura a Trevor, y después se vuelve rápidamente hacia mí.

—¿Cómo puede volverse más raro de lo que ya es?

Estoy a punto de contarles todo lo que ha pasado esta mañana, desde cómo le he soltado la bomba a Sebastien sobre mis historias, pasando porque el código de acceso de la galería es la fecha del baile de los Capuleto, hasta dicha galería de arte llena de cuadros que me son familiares.

Pero me contengo antes de decir nada. Porque me doy cuenta de cómo suena: mujer de treinta años de edad termina con su matrimonio de manera abrupta, huye a Alaska y, de repente, empieza a creer en las vidas pasadas, en la reencarnación y en una maldición centenaria.

Seguro que entonces mamá llamará a la Guardia Nacional para que vengan a rescatarme de la secta a la que crea que me he unido. Y Katy mandará al FBI para que investiguen a Sebastien por ser el cabecilla de dicha secta. Mi exmarido era el rey de los engaños, y Katy odiaba que, cada vez que me preocupase por algo, aunque fuese una nimiedad, Merrick reescribiese la historia y me convenciese de que su versión era la correcta y que yo estaba equivocada. A mi hermana no le gustaría que me volviese a meter de lleno en una relación potencialmente desastrosa.

Y, aun así, no creo que Sebastien y Merrick estén siquiera en la misma categoría.

Pero no importa, no les puedo contar lo de Romeo y Julieta, y tampoco lo de la maldición. Ni siquiera estoy segura de que *yo* crea a Sebastien, y he visto los cuadros con mis propios ojos. Sé que encajan perfectamente con mis historias.

—¿Hel? —pregunta Katy—. ¿Nos estabas diciendo que las cosas se han vuelto aún más raras?

Me pica la piel por estar ocultándoles un secreto, estoy tan acostumbrada a contárselo siempre todo. Pero esto es lo mejor, al menos por ahora, así que niego con la cabeza y sonrío.

—No importa. Solo, mm… creo que he descubierto el hilo conductor para unir todas las escenas que he escrito.

Mamá aplaude.

—¡Eso es maravilloso, cariño! ¿Cuál es?

—Espera, no me lo digas —dice Katy con una sonrisa de satisfacción—. Le has dado vida a Sebastien.

Se echa a reír y mamá se le une.

Yo finjo reírme, aunque su suposición se acerca demasiado a la verdad. Cuando estaba buscando un hilo conductor para mis historias, esperaba encontrar algo ficticio. No a un hombre real, de carne y hueso, con un pasado de verdad.

Trevor golpea la bandeja de su trona, exigiendo que lo liberen para irse a ver *Barrio Sésamo*. Katy le limpia las manos con unas toallitas y lo deja marchar. Él sale corriendo y, unos segundos más tarde, se escucha la voz de Elmo desde el salón.

—Vale —dice Katy, volviendo a la pantalla—. Ahora en serio, ¿cómo se unen tus historias?

—Nop —le digo, tratando de desviar la conversación para no tener que hablar de un tema del que ya no quiero hablar—. Os habéis reído de mí, así que ahora no os lo voy a contar.

—Jooo, Hel, venga.

Arqueo mis cejas como respuesta.

—Ahora en serio, creo que me voy a guardar esta idea para mí por un tiempo. Es tan nueva que me da miedo que, si la comparto, no pueda desarrollarla libremente.

Mamá asiente.

—Me pasa lo mismo cuando escribo una canción —dice, tomando una de las múltiples guitarras que siempre tiene dispersas por la tienda—. Que se me ocurra una nueva melodía es como tener un bebé recién nacido. Tengo que asegurarme de mantenerla a salvo del mundo por un tiempo, mientras la alimento yo sola. Deberías hacer caso a tu intuición, Helene. Guárdate ese hilo conductor para ti hasta que estés lista.

Asiento y le doy un buen trago a mi café irlandés.

—Oh, pero mamá, tengo una pregunta que hacerte... ¿te acuerdas de los disfraces que me hiciste para la obra de *Romeo y Julieta* en el instituto?

—Claro que sí.

—Me preguntaba... ¿de dónde sacaste los diseños? ¿Los encontraste por Internet? —Me tiemblan las manos mientras se lo pregunto y se me derrama un poco de café sobre el teléfono. *Mierda mierda mierda*. Busco una servilleta y limpio el estropicio antes de que se le pueda meter el líquido dentro.

—¿No te acuerdas? —pregunta mamá—. Fuiste tú quien me dio todos los detalles para los disfraces.

—¿Yo? —Me quedo completamente helada, y la servilleta empapada se me cae sobre el teléfono.

—Sí. Colores, telas, todo. Dijiste que lo habías soñado. ¿De verdad no te acuerdas?

—Oh, cierto —respondo, mintiendo, pero mi mente va a mil por hora, abriendo cajones escondidos de mis recuerdos y volcando todo su contenido desesperada. Solo encuentro un resquicio de familiaridad, como el recuerdo borroso de la silueta de un árbol a través de una niebla espesa.

—Hablando de disfraces —dice Katy—, ¿os he hablado del desastre de la obra de teatro de preescolar?

Agradezco que cambie de tema. Katy empieza a contarnos sus desventuras intentando organizar el *sketch* de Trevor y sus amigos, que incluye dinosaurios (por supuesto) y tres cambios de disfraces ya que los niños pasan de ser brontosaurios a velociraptores y, por último, a una especie de pterodáctilos con forma de dragones.

Después mamá nos pone al día con respecto al concierto benéfico que está organizando junto con otras tiendas de música folk, y la normalidad de la conversación hace que me relaje lo suficiente como para poder volver a pensar como una persona normal y, por ejemplo, asegurarme de que mi teléfono no se ha estropeado con el café irlandés. Por suerte, parece que está perfectamente, aunque un poco pegajoso y probablemente borracho.

Para cuando colgamos la llamada, me siento mucho más tranquila. Aunque he decidido no hablarles a mamá y a Katy de Sebastien todavía, me siento mejor al saber que están a mi lado, incluso a pesar de la distancia.

Sin embargo, paso un par de horas más pensando en la maldición. Suena a una completa locura. Pero también lo es el inventarme a un hombre en mi cabeza y después encontrármelo en un bar. Y Sebastien conoce mis historias, aunque yo nunca se las he contado a nadie, solo a mamá y a Katy. ¿Cómo es posible que Sebastien supiese lo que he escrito, y que tuviese esos cuadros tan antiguos, si no me estuviese diciendo aunque fuese parte de la verdad?

Me como probablemente media docena más de los bollos de Nutella mientras pienso en todo esto. Y después de varias horas de darle vueltas en mi cabeza, se me ocurre una posible solución.

¿Y si no tengo por qué decidir qué es verdad y qué no?

Estoy a punto de empezar una nueva vida. ¿Y si simplemente considero esta extraña situación como un regalo del universo para

escribir mi novela, pero no profundizo más en el misterio que conlle-
van mis historias y los cuadros de Sebastien? Puedo perseguir mi
sueño de convertirme en escritora, utilizar esta situación para la trama de mi novela, y dejar el resto como uno de los secretos inexplica-
bles de la vida, como un caso extremo de *déjà vu*. No tengo por qué
creerme lo que me ha contado Sebastien ni tampoco intentar entenderlo.

Le doy vueltas a la idea en mi cabeza. Básicamente, podría conservar al Sebastien de mis historias si quisiese. Podría preservar a mi
perfecta e imaginaria alma gemela en una novela, y podría seguir
siendo solo un sueño. No tengo por qué despertarme y aceptar al
Sebastien de verdad, con sus errores y su historia. Puedo dejarlo
atrás, en Alaska, en cuanto termine de escribir mi libro.

Pero ¿de verdad puedo hacerlo? Lo que pasa es que hace tiempo
que me enamoré de Sebastien, incluso antes de saber que era real.
Puede que ya no haya vuelta atrás.

Necesito considerar todo esto desde otro punto de vista, pero
también necesito alimentar mi cerebro un poco más. Me preparo un
bol de Cinnamon Toast Crunch y apunto en orden cronológico todas
las escenas que he escrito.

1395: Reino de Sicilia – Luciano (zapatero) e Isabella (mecenas rica).

*1456: Mainz, Alemania – Albrecht (ayudante de Johannes Gutenberg)
y Brigitta (lechera).*

*1498: Lisboa, Portugal – Simão (marinero) e Ines (hija del hacedor del
puerto).*

*1559: Berna, Suiza – Felix (relojero) y Clara (camarera de una
posada).*

*1682: Transilvania – Marius (supuesto vampiro) y Cosmina (supuesta
bruja).*

*1711: Desierto del Sáhara – Nolan y Mary Jo (marido y mujer,
exploradores en busca de la Tierra del Oro).*

*1789: Versalles, Francia – Matteo (embajador veneciano) y Amélie
(noble menor).*

1839: Nueva York, a las afueras – Charles (botánico inglés) y Meg (maestra).

1920: Shanghái, China – Reynier (traductor) y Kitri (hija de un comerciante alemán).

1941: Pearl Harbor, Hawái – Jack (soldado) y Rachel (bibliotecaria voluntaria).

Cuando termino de redactar la lista, se me asienta como un peso en el estómago, pero no se debe a los cornetti ni a los Cinnamon Toast Crunch. Me arrepiento de haber salido corriendo de la galería. Sebastien tenía cuadros de escenas que yo nunca he escrito, y debería haber prestado más atención. Me pregunto si conseguirían llenar los enormes vacíos que hay en mi línea temporal.

¿A quién engaño? No puedo dejar de lado el misterio de cómo estamos conectados y usarlo solo para estructurar mi novela. Mi educación como periodista está demasiado arraigada y los viejos instintos de tener que indagar hasta hallar respuestas se apoderan de mí.

Necesito entender qué es real y qué no.

Necesito entender nuestra historia.

Tomo mi cuaderno y salgo de mi habitación. Las respuestas están ahí fuera, y voy a encontrarlas.

Mi primera parada es esa sala con apariencia de museo frente a la que pasamos anoche. Sospecho que esta es una de las partes de la casa por las que Sebastien no quería que pasease —«Hay valiosas obras de arte y otros objetos de colección y no me gustaría que dañases ninguno»—, pero como ya me ha enseñado la Galería de Mí, supongo que esto está menos prohibido que antes. Además, Sebastien no está por ninguna parte.

Ahogo un gritito al entrar en la habitación blanca. No, no es una habitación. Es un *salón*. Los techos tienen al menos tres metros de altura, con varios focos colocados con precisión para que iluminen todas las estatuas sobre pedestales y las vitrinas de cristal. Hay un busto de mármol de la Antigua Roma, un soldado con el uniforme de la Rusia medieval, un cáliz dorado, un jarrón de porcelana blanco y azul, y muchos más objetos. En una esquina, hay un trineo de madera enorme, de los que tiran los caballos por la nieve, lleno de tallados intrincados y de aspecto escandinavo, pintado de rojo y amarillo.

Nunca he conocido a nadie con un museo privado. Aunque sí que he escrito artículos sobre colecciones de arte, porque hay varios filántropos ricos en Los Ángeles que adoran organizar galas con el fin de poder tener una excusa para invitar a periodistas y fotógrafos a sus casas. Pero el Salón de la Historia de Sebastien (así lo llamo yo, no él) es distinto. No hay descripciones pretenciosas y típicas de los museos junto a cada pieza, y no me puedo imaginar a Sebastien invitando a nadie a su casa por el simple hecho de alardear de lo que posee.

No, todo lo que hay en esta sala es personal. ¿Sebastien lo ha coleccionado todo él solo, son recuerdos de sus anteriores vidas?

Me río en voz baja, porque la inmortalidad es una idea ridícula. Pero me recuerdo rápidamente que justo por esa imposibilidad estoy aquí. No le habría hablado a Sebastien en The Frosty Otter si no hubiese sido porque sus ojos azules me resultaban familiares, así como su sonrisa de medio lado o la forma en la que daba vueltas a su vaso sobre la mesa igual que mis personajes. Y luego está ese sabor a vino meloso en los labios, como si fuera una pista de algo que debería recordar pero no recuerdo.

Hay algo que une a mis escenas con el pasado de Sebastien, este Salón de la Historia es tan buen sitio donde empezar a investigar como la galería. Abro mi cuaderno por una página en blanco y empiezo a catalogar todos los objetos que hay aquí, para poder tener una referencia a la que recurrir cuando me ponga a escribir.

Por ejemplo, el busto romano podría pertenecer a Sicilia, o si me creo la historia de Sebastien acerca de la maldición, a Verona o a Mantua. El libro con las páginas amarillentas podría pertenecer a un aprendiz de impresor. Hay un cubo abollado (inexplicable), pero junto a él hay un vestido que parece una mezcla entre un *qipao* chino y un vestido *flapper* de los años 20. Ahogo un grito al reconocerlo, la seda con flores bordadas es idéntica a la del vestido favorito de uno de mis personajes, Kitri. Solo tengo que cerrar los ojos para recordar la escena, pero me la sé de memoria.

Kitri Wagner es la hija de un comerciante alemán y su familia lleva viviendo en Shanghái —«el París de Oriente y el Nueva York de Occidente»— desde hace un año. Sabe moverse por la ciudad, aunque su parte favorita es el Bund, una franja costera que alberga a algunos de los clubes sociales más exclusivos de Shanghái. Al ser una mujer joven, Kitri no puede entrar en la mayoría, pero adora observar a la gente, dibujar a los hombres con sus trajes caros, admirar a sus hermosas esposas con el cabello perfectamente peinado y con tiras de perlas de verdad colgando de sus coloridos vestidos. Kitri es una chica del montón, pero se imagina lo que se sentiría al ser hermosa, al saber que podría llamar la atención allá donde fuese.

—Es un dibujo precioso —dice una voz por encima de su hombro.

Kitri se levanta de un salto del banco en el que estaba sentada e instintivamente cierra su bloc de dibujo.

—Mis disculpas —dice él—. No pretendía asustarte. He intentado hablar contigo varias veces, pero supongo que estabas demasiado absorta en tu trabajo.

Parece avergonzado, retorciendo un sombrero entre las manos. Tiene un rostro apuesto, romántico a pesar de la curvatura de su nariz y dos cicatrices blanquecinas, una comienza en su ceja izquierda y termina bajo su ojo, la otra, es una curva en forma de J y recorre su mandíbula.

—No pasa nada —responde Kitri—. Es que no esperaba que me hablase nadie. No estoy acostumbrada a que se fijen en mí.

—Creo que sería imposible que no me fijase en ti.

Ahora le toca a ella avergonzarse.

—Disculpa mi atrevimiento —dice—, pero estaba a punto de ir a tomar el té y me preguntaba si querrías acompañarme.

Kitri recupera la voz, aunque aún no se atreve a mirar sus hipnóticos ojos azules. Así que centra su atención en el muelle a su espalda al responder.

—Gracias por la invitación, pero no me gusta andar por ahí con desconocidos.

Él inclina la cabeza en señal de entendimiento.

—Me llamo Reynier. ¿Sirve eso de algo? Los extraños no suelen tener nombre, pero yo sí, por lo tanto, ya no soy un extraño.

Ella se ríe, pero no cede.

—Y, aun así, hasta donde yo sé, podrías llevarme a un fumadero de opio, drogarme, y nunca volvería a ver a mi familia.

—Que conste que nunca he pisado un fumadero de opio —dice Reynier. Luego empieza a contarle más cosas de sí mismo: es traductor y trabaja para una de las grandes empresas comerciales del Bund. Ella se fija en que va vestido de forma impecable, su traje está hecho a medida, sus zapatos relucientes, e incluso aunque no lo conoce, hay algo que le resulta familiar, como si fuese un *déjà vu* en carne y hueso.

Le entrega su tarjeta de visita, más pruebas de que es quien dice ser. Sus dedos se rozan cuando ella toma la tarjeta que le tiende, y una brisa con sabor a miel le acaricia la piel. De repente, a Kitri le recorre un hormigueo emocionante, como la agradable sensación de estar bebiendo una copa de champán especialmente fría.

—Si me interesara tomar el té —dice tímidamente—, ¿dónde sugerirías llevarme? ¿Al salón de té Flor de loto? ¿A la Sociedad de los dragones? —Enumera los lugares más lujosos de los que solo ha oído hablar y que, por supuesto, nunca ha visitado.

—No, a un sitio mejor —dice Reynier—. Hay una calle llena de puestos de comida donde venden los mejores platos de Shanghái que vas a probar en la vida: empanadillas *xiao long bao*, sopa picante *ma la tang* y cangrejos de río en cubos.

A Kitri casi se le salen los ojos de sus cuencas.

—¿Has dicho cangrejos de río en cubos?

Reynier se echa a reír a carcajadas.

—Me apuesto lo que quieras a que ningún pretendiente te ha ofrecido nunca llevarte a comer cangrejos de río, ¿verdad? —dice.

Ella se contiene y cruza los brazos sobre su pecho.

—Oh, ¿así que ahora eres un pretendiente? Pensaba que esto era cosa de solo una tarde para ir a comer empanadillas.

Él le sonríe y a ella las rodillas se le vuelven gelatina. Le gustaría poder ver esa sonrisa todos los días.

—Bueno, ¿vienes o no? —Le tiende el brazo.

Kitri mira hacia atrás, al otro lado de la calle llena de edificios elegantes del Bund y piensa en todas las horas que se ha pasado sentada en estos bancos, imaginándose las emocionantes aventuras que vivían las hermosas personas tras esas puertas doradas. Y después, alza la mirada hacia este apuesto hombre a su lado, invitándola a vivir su propia aventura. Puede que no sea en un elegante salón de té ni en un club, pero es más emocionante que quedarse sentada dibujando a solas en el muelle.

Así que coloca su mano en el codo de Reynier y dice:

—¿Sabes? Siempre he querido comerme un cubo de crustáceos.

Abro los ojos y vuelvo a mirar el cubo abollado junto al vestido chino *flapper*. ¿Es posible que sea el mismo cubo de los cangrejos de río de Shanghái? Prácticamente puedo saborearlos en la lengua en este instante, picantes y salados, justo como el beso de Reynier que imaginé que llegaba después...

Pero solo era una historia. Algo que me inventé. No podía ser real.

¿Verdad?

Me alejo de la vitrina y me interno aún más en el pequeño museo. Las pruebas empiezan a amontonarse. Una medalla con el título de Caballero Comendador de la Orden del Baño encaja con la escena que escribí sobre Sir Charles, un famoso botánico de la *Royal Society*. Un hermoso y antiguo reloj que podría pertenecer a mi historia sobre Felix, un relojero suizo, y Clara, una camarera de la que se enamora. Pero se me acelera el corazón cuando me encuentro en un expositor de terciopelo una placa de bronce ennegrecida y medio derretida en la que pone Rachel Wil, el resto de su nombre parece que se perdió en un desastre lleno de llamas.

Así no es como terminó mi historia de Jack y Rachel en Pearl Harbor. Su historia acaba con ellos marchándose al almacén de la biblioteca de la base naval para buscar un libro... ¿Es posible que mis historias estén mal? ¿O es que nunca he podido ver nada más allá de cómo se conocen?

También hay otros objetos que no encajan con nada de lo que he escrito. Ladrillos de arcilla tostada por el sol. Una espada antigua y un arco con un carcaj lleno de flechas, un gorro de piel de zorro y un rifle, y un rosario con las cuentas desgastadas.

Claro, Helene. Niego con la cabeza ante mi propio ego. Si Sebastien realmente ha vivido durante siglos, entonces su vida habría girado en torno a más cosas aparte de Julieta. Solo porque las escenas que he escrito sean historias de amor no significa que eso sea lo único que le ha ocurrido.

Aun así, me resulta inquietante pensar que es posible que haya existido otra versión de mí, o versiones, en plural, a las que Sebastien ha conocido, pero yo no. ¿Siempre soy igual? ¿O soy distinta cada vez? Y, si es así, ¿a qué Helene del pasado ha amado más Sebastien?

Si es realmente inmortal. Todavía no me lo creo, aunque se me está complicando la tarea de mantenerme en esa postura. El control de la lógica sobre mi cerebro se está volviendo borroso y lo imposible está cobrando cada vez más fuerza.

También me llega el olor de algo delicioso cocinándose. Miro la hora en mi teléfono.

¿Cómo pueden ser ya las cuatro de la tarde? Pero entonces me acuerdo de que me he pasado unas cuantas horas desde que llamé a

Katy y a mamá pensando en toda la historia de *Romeo y Julieta*. Y de que he perdido la noción del tiempo en el Salón de la Historia, examinando cada objeto como si este fuese a esconder en su interior las respuestas que necesito.

—¿Sabes qué? —digo en voz alta—. Suficiente.

Basta ya de darle vueltas a todo en mi cabeza. Basta de dudas. No me he embarcado en este proyecto de ser una «nueva Helene» para ahora ir sobre seguro. Si quiero respuestas, voy a exigir que sea la fuente quien me las de.

Y esa fuente, al parecer, está en la cocina.

SEBASTIEN

Cuando estoy tenso, cocino.

Al principio empecé a hacerlo por pura necesidad, porque después de huir de Mantua no tenía a nadie que cuidase de mí. Los Montesco tenían la casa llena de personal que se encargaba de todo lo que necesitase, desde pulir mis espadas hasta comprar los libros que quería, o incluso asegurarse de que siempre estuviese bien peinado y, por supuesto, de prepararme las comidas. Pero solo en Sicilia, después de mi periodo de duelo como vagabundo, tenía muchas cosas que aprender, no solo a hacerme yo mismo la compra, sino a cocinar los ingredientes después. Un hombre no puede sobrevivir a base de salami y calabacín crudo.

Hoy, sin embargo, uso la cocina para relajarme. Me he pasado mucho tiempo sumido en mi galería, recordando a todas las Julietas que vinieron y murieron antes que Helene. Si hubiese podido llorar, lo habría hecho. Pero hace tiempo que me quedé sin lágrimas que derramar, he tenido que vivir demasiadas tragedias y las he agotado todas. La tristeza y la pena, por desgracia, son tan eternas como mi vida.

Aun así, sabía que no podía quedarme entre los cuadros, con el pasado, para siempre. ¿Y si Helene me necesitaba? Así que al final me he obligado a levantarme del banco de la galería y he bajado a cocinar.

Primero, preparé la masa para los cornetti de Nutella, porque Helene necesitará reponer los que le he dejado antes en su habitación de invitados. Si se parece en algo a mis anteriores Julietas, recurrirá al azúcar para recuperar fuerzas mientras intenta encontrarle sentido al gigantesco lío de historia que le he soltado como una bomba, y eso significa que se le va a quedar corto el alijo de dulces de su congelador. Además, el complicado proceso que hay que seguir para hacer una buena masa de cornetti requiere cariño y tiempo, y agradezco tener algo con lo que distraerme. No podía dejar de darle vueltas a lo que ha pasado en la galería y de preocuparme por lo que Helene debe de estar pensando de mí, de ella; pero tener algo que hacer ayuda.

Después de meter la masa en la nevera hice una hornada de *cannoli*, también para Helene. Si es que decide no volver a hablarme nunca y se marcha en cuanto se pase la ventisca, al menos su última impresión será dulce.

Al pensarlo, tengo que apoyarme contra la encimera. No quiero que se vaya. Y, aun así, sé que tiene que irse. La maldición puede intentar juntarnos con todas sus fuerzas, incluso dándole a Helene recuerdos de nuestros pasados, pillándome por sorpresa al hacer que me la encuentre en enero en vez de en julio; pero no me rendiré sin luchar. He vivido sin Avery, y Avery sobrevivió. Puedo hacer lo mismo por Helene.

¿Verdad?

Me pongo a preparar *risotto*, otro plato complejo en el que hay que concentrarse por completo, como al preparar la masa para los cornetti, que me obliga a no pensar en cualquier otra cosa. Cada paso para hacer risotto hay que llevarlo a cabo de forma minuciosa, como bañar cada grano de arroz en la mantequilla derretida y cocinarlo hasta que esté ligeramente traslúcido. Remover prestándole total atención me da algo en lo que centrarme y evita que mis miedos y mis deseos me paralicen.

Cuando el arroz empieza a oler a tostado, echo un chorro de vino blanco para desglasar la olla. Después remuevo un poco más, raspando con cuidado las partes caramelizadas que se han quedado pegadas a la olla.

Remuevo... Remuevo... Remuevo...

A continuación le echo unas hebras de azafrán, rojo e intenso. Después, le voy añadiendo cazos de caldo caliente, y con cada cazo, remuevo el arroz hasta que este ha absorbido el líquido por completo antes de añadir más.

Cuando el risotto está listo, añado mantequilla y parmesano.

Y Helene entra en la cocina decidida.

HELENE

Quería preguntarle a Sebastien acerca de la Galería de Mí y el Salón de la Historia. Quería exigirle que me diese una explicación lógica sobre por qué he escrito todas esas escenas, sobre por qué estar cerca de él es como recibir una descarga eléctrica constante en la que cada fogonazo es una nueva sensación de *déjà vu*. Quería enfadarme con él por haberme lanzado esta bomba, por haberse portado fatal conmigo en The Frosty Otter y en la librería, e incluso por todos los ridículos cuentos chinos que cuentan en el pueblo sobre él rescatando a crías de oso polar.

Quería llegar al fondo de todo esto, de verdad.

Pero cuando pongo un pie en la cocina y él alza la mirada de los fogones, puedo ver lo destrozado que parece y sé al instante que se ha pasado toda la mañana culpándose después de que yo saliese corriendo de la galería. Veo lo tensos que tiene los hombros, como si necesitase toda su fuerza de voluntad para mantenerse en pie, y cómo le tiembla ligeramente la mano al cerrarse sobre la cuchara de madera solo para aferrarse a *algo*. Nunca hubiera pensado que un fornido pescador de cangrejos que lucha constantemente contra un feroz mar invernal pudiera parecer tan... vulnerable.

Verle así hace quebrar mi determinación. Y de repente ya no quiero pensar en las escenas y en los cuadros o en cómo Shakespeare se pudo equivocar al contar la historia de Romeo y Julieta. No quiero pensar más en que puede que el mundo no funcione como siempre había creído que lo hacía.

No quiero pensar en lo que significaría si lo que Sebastien me ha contado acerca de las otras Julietas fuese cierto.

Así que decido no hacerlo, al menos no por esta noche. Compartimentar es algo que siempre se me ha dado bien, he tenido mucha practica en el pasado; al no pensar en que Merrick se quedaba a trabajar hasta tarde, al no darle vueltas al por qué no me daban el ascenso, o al no pensar en todas esas ofertas de trabajo en el extranjero que podría haber aceptado en vez de perderme a mí misma escribiendo historias insignificantes solo porque eran las que elegía mi marido.

Sé que se supone que tengo que dejar marchar a la antigua Helene, pero la nueva Helene necesita un descanso. Es agotador ser independiente y valiente constantemente. Mi cerebro está cansado, mi cuerpo está agotado y, honestamente, lo que necesito en estos momentos es fingir por una tarde que estos últimos días nunca han ocurrido.

Me pregunto si Sebastien me dejará hacerlo.

Lo que Helene iba a decir al entrar en la cocina parece evaporarse con el olor que sale de los fogones. Al principio estaba decidida, con su cuaderno agarrado con fuerza y un bolígrafo en la otra mano. Pero entonces parpadea y la dureza de sus ojos se convierte en algo más tierno. Relaja su agarre sobre el cuaderno y deja el bolígrafo en la encimera.

—Vaya. —Helene se acerca y se inclina sobre la olla, como si yo no la hubiese aterrorizado horas antes al hablarle de una maldición centenaria—. Huele increíble —dice.

Yo cierro los ojos con fuerza intentando tranquilizarme. Está tan cerca. Puedo oler ese toque floral de la loción que impregna su piel, siento cómo el aire cambia cuando su pelo se mueve de un lado a otro. Quiero tocarla. Quiero decirle tantas cosas.

Pero, en cambio, lo único que hago es darle las gracias, pecando de prudente hasta que sepa a ciencia cierta cómo está. Y hasta que descubra cómo estoy yo en realidad.

Se muerde el labio inferior, como si estuviese pensando qué decir a continuación. Entonces niega con la cabeza, como si estuviese descartando lo que hubiese decidido, y se limita a sonreírme antes de volver a hablar.

—Salvo para hacer tostadas francesas, se me da fatal cocinar.

Intento no reírme y me las apaño para responder con un simple «¿Sí?» como si me sorprendiera. Aunque no me sorprenda. Históricamente, a Julieta siempre le ha encantado la comida, pero nunca ha sido una buena cocinera. Es curioso como algunas de sus características no cambian con cada reencarnación, mientras que otras sí que lo hacen. Su personalidad, en el fondo, siempre es la misma, siempre es inteligente, entusiasta y optimista, pero su aspecto o las cosas que le interesan cambian de una vida a otra. Sin embargo, siempre es una cocinera terrible.

—No te creerías la cantidad de veces que me he cargado una pizza congelada. —Helene sonríe como si estuviese recordando algo—. Da igual, no sé cocinar, pero puedo encargarme de lavar los platos, si te parece bien. En realidad, me relaja.

—¿De verdad? —Me encantaría aceptar su oferta. Odio lavar los platos.

—Bueno, ¿qué estás haciendo? —pregunta.

—Risotto. Pero, Helene, sobre lo de antes...

—Shh. No hablemos de lo de la galería, ¿vale? —dice.

Pero tengo que saber qué esperar si vamos a estar juntos en esta casa. Tengo que saber si puedo liberar a mi corazón de las cadenas con las que lo tengo encerrado o si debería seguir teniéndolo todo bajo llave.

—Fue mucho para soltártelo... —digo.

Alza los dedos en el aire como si estuviese lanzando un hechizo.

—Sé que tenemos que hablar de ello, pero no quiero hacerlo. Por lo menos, aún no.

Helene parece estar mirando a todas partes menos a mí cuando lo dice, su mirada pasa de la olla con el risotto, a la cafetera, a los trapos de cocina y a la bandeja de cannoli. Se me encoje el corazón, porque reconozco esa misma energía nerviosa de las anteriores Julietas. Lo he visto antes, las fases por las que pasa cuando una situación la supera o le da demasiado miedo como para afrontarla.

Primero, levanta una fachada de valor. Después llega el pánico. Luego necesita hacer algo, reunir toda la información que pueda conseguir. Y después se quiere apartar de todo. Esa es la fase en la que parece estar Helene en estos momentos, ese instinto de querer enterrarse en el suelo como un ratoncito para olvidarse de lo que está pasando ahí fuera durante un rato. Después, terminará saliendo de nuevo a la superficie dispuesta a enfrentarse al mundo. Y, por último, está la fase en la que su optimismo y su valor toman las riendas.

Sin embargo, esta es la fase más delicada, y cada Julieta se enfrenta a ella de un modo distinto. Tengo que hacer lo que ella me pida o asustaré más al ratoncito y haré que se entierre aún más en su madriguera.

—Vale —accedo—. No tenemos que hablar de ello.

—¡Exacto! —Sonríe Helene—. Quiero decir, estaba pensando, los dos nos metimos en esto con muchas cosas a nuestras espaldas. Pero nos estamos olvidando de que nada de eso importa si lo básico no funciona. ¿Qué más da si alguien idéntico a ti ha sido mi mejor amigo imaginario desde hace años? ¿Y qué más da si dices que tienes casi setecientos años? Si tú y yo, ahora, no nos llevamos bien, nada de eso importa.

Hago una mueca de dolor, porque decir que tengo setecientos años me hace parecer increíblemente viejo. Y aparento como si en realidad tuviese treinta y tantos, porque físicamente solo he envejecido una década desde que era Romeo.

En cualquier caso, estoy a punto de señalar que su alma tiene la misma edad que la mía, setecientos años, pero me detengo al darme cuenta de que eso supondría recalcar la peor parte de la maldición: que Julieta muere una y otra vez.

Ahora entiendo por qué Helene quiere alzar sus defensas. No es solo la parte de que Romeo sea inmortal lo que le cuesta digerir. Es el hecho de que, si me cree, eso significaría que está aceptando su sentencia de muerte.

Aunque lo he sabido desde hace siglos, eso no lo hace más fácil. No me extraña que se quiera ocultar en su madriguera durante una temporada.

—Así que, lo que propongo —está diciendo Helene, sin darse cuenta de que el miedo a la eternidad y a lo inevitable invade mis pensamientos—, es que dejemos a un lado lo que *pensamos* del otro y conozcamos a la persona que somos aquí y ahora. Vamos a tener que estar en esta casa juntos durante una temporada de todos modos. Y cuando pase esta ventisca puede que ya hayamos averiguado si nos gustamos como las personas que somos ahora, porque si no, el «destino» no importa.

Me resulta difícil de comprender, porque nuestra historia es lo que nos define, pero lo que Helene me pide es totalmente razonable. Puede que yo conozca a todas las Julietas del pasado, pero aún no conozco a Helene. Y puede que ella conozca su versión inventada de Sebastien, pero no *me* conoce.

—¿Nada de hablar de tus historias pasadas, de Romeo y Julieta o de maldiciones? —pregunto.

—Nada en absoluto —dice Helene—. Solo dos personas pasando el rato, haciendo crucigramas o jugando a juegos de mesa, o lo que quiera que haga la gente en medio de una tormenta de nieve.

Entonces me río.

—¿Crucigramas y juegos de mesa? ¿Eso es lo que piensas que hago? Ella se encoge de hombros y me sonríe.

—No lo sé. De eso se trata, ¿no? No sé nada sobre ti. Pero voy a averiguarlo.

—Bien, entonces —digo—. Aceptaré la oferta que me hiciste en Shipyard Books. Empecemos desde el principio. Hola, me llamo Sebastien. Y lo primero que deberías saber sobre mí es que cocino de muerte.

HELENE

Cielos, no estaba mintiendo cuando dijo que cocinaba de muerte. En cuanto Sebastien empieza a cocinar, no hay manera humana de detenerle. Además del risotto que me había prometido, hace pasta a mano, con una salsa de berenjenas, tomate y albahaca. Después prepara un plato de emperador con olivas y alcaparras. Hornea una hogaza de pan crujiente con un aceite de oliva ridículamente bueno, y una ensalada tan fresca que podría haber jurado que había cultivado y recogido los ingredientes directamente de su jardín, salvo que afuera hace menos de treinta grados bajo cero. Y, para rematar, prepara una tabla de quesos. No sabía que me cabía tanta comida y tanto vino en el estómago, pero si esta es la primera impresión que va a causar en nuestra fase de empezar a conocernos, le doy cinco estrellas al chef Sebastien.

—También hay café y cannoli —dice—, pero sugiero que nos llevemos el postre a la biblioteca.

—Qué elegante. —Me río.

Sebastien se sonroja bajo la sombra de su barba y sonríe con timidez. Se toma mis bromas con humor; eso me gusta.

Mientras prepara el café, busco la bandeja que usó anoche y la lleno de cannoli. Aunque esté llena, no me puedo resistir a lamerme los restos del dulce y cremoso relleno que se queda pegado en mis dedos. Atrapo a Sebastien mirándome con los labios ligeramente entreabiertos. No con lascivia, sino como si fuese una obra de arte de Botticelli, digna de venerar.

—Lo siento —dice, dándose la vuelta rápidamente hacia la cafetera.

Sonrío para mis adentros. No me molesta la atención.

Sebastien no vuelve a mirarme a los ojos hasta que estamos en la biblioteca, y entonces lo hace con timidez, como si aún estuviera avergonzado. Aunque quiero decirle que no debería estarlo. Es agradable que te miren así para variar. Hay mujeres a las que se las comen con los ojos y se les insinúan en los bares, pero a mí no. Los cumplidos suelen ir dirigidos a mi inteligencia, lo cual, no me malinterpretes, es maravilloso. Pero es agradable que alguien se quede embelesado mirándome por mi aspecto por una vez, una chica debería poder sentirse guapa de vez en cuando.

Sin embargo, cuando me fijo en los detalles de la biblioteca, me olvido del resto por completo. Porque esta sala no es el pequeño estudio que pensaba que sería cuando pasamos frente a la puerta anoche. Eso, al parecer, solo era la entrada.

Como la sala del museo, la biblioteca parece sacada de un palacio: con dos pisos de altura, una cúpula recubierta de vitrales en lo alto decorada con abetos en los bordes y nubes *art déco* en el centro, probablemente deja entrar una luz increíble durante los meses de verano, cuando el sol brilla durante diecinueve horas al día. Bajo la cúpula hay unas escaleras de caracol, y las paredes de la primera y la segunda planta están recubiertas de libros de tapa dura con lomos impolutos y sin ninguna arruga, algunos están encuadernados en cuero y se nota que son muy antiguos, y otros son mucho más modernos, con coloridas y brillantes sobrecubiertas. El centro de la biblioteca está lleno de sillones y sofás de terciopelo oscuros, todo ello sobre una alfombra de felpa que amortigua el sonido de mis pasos. En la esquina del fondo, se exhibe un antiguo reloj de péndulo dorado bajo un foco.

—Esta biblioteca parece sacada del castillo de Hearst o de algún sitio así —digo.

Sebastien sonríe.

—Es una de mis estancias favoritas de la casa, después de... —Se interrumpe de manera abrupta, pero sospecho que estaba a punto de mencionar la galería.

Agradezco que no lo dijese. Ahora mismo estoy demasiado alegre por la buena comida y el vino como para estropear el ambiente con nuestro posible pasado y mi... *lalala*, no hablemos de eso, futuro.

Pone la bandeja en una mesa baja en el centro de la biblioteca y se sienta en el sofá frente a ella. Me podría unir a él, pero me fascinan demasiado las estanterías como para sentarme.

—Se nota que te gusta leer —digo, pasando los dedos por un estante lleno. Prácticamente puedo oler los siglos que han pasado, hay algo muy concreto en el aroma del papel antiguo y la tinta que se usaba antes de que imprimirlos en serie se volviese lo habitual.

—Así es —dice Sebastien—. Uno de los mayores placeres de la vida es vivir a través de la poesía y la prosa de los demás.

La forma en la que dice «placer» me hace estremecer. Puede que sea por el alcohol o por el hecho de que Merrick nunca me ha mirado como lo ha hecho Sebastien varias veces a lo largo de la cena, pero ¿alguien ha sido capaz alguna vez de conseguir que leer suene a algo tan...? Tengo que apoyarme en la estantería un segundo.

Cuando ya estoy lo suficientemente calmada, subo por la escalera de caracol hasta el segundo piso, mientras que él se queda abajo, tomándose su café. Mientras exploro las estanterías me doy cuenta rápidamente de que Sebastien no es solo un lector voraz y un coleccionista de libros. Es un friki de manual.

—¡Tienes los libros organizados con el sistema decimal Dewey!

—Las estanterías de madera tienen un grabado elegante que indica los números que les corresponden. Pero los libros en sí no están etiquetados con números decimales Dewey como en una biblioteca normal y corriente—. ¡Dios mío! —digo, inclinándome sobre la barandilla para mirarlo desde arriba—. ¿Tienes memorizado todo el sistema de clasificación de tal manera que ni siquiera tienes que buscarlo para saber a dónde pertenece cada libro?

Sebastien se ríe, el sonido es profundo y resuena por toda la biblioteca. Probablemente esta sea la vez que más relajado lo he visto desde que nos conocimos.

—Me declaro culpable —dice.

—Es realmente impresionante —digo—. Quiero decir, me he pasado la mayor parte de mi vida adulta rodeada de periodistas y otros frikis de las palabras, pero organizar tu biblioteca personal de esta manera se lleva la palma.

Eleva la taza de café hacia mí, hacia la segunda planta, como si aceptara modestamente un premio que acabo de otorgarle.

—¿Cuál es el mejor libro que has leído? —pregunto.

—Eso es como pedirle a alguien que elija a su hijo favorito.

—Me parece justo. Háblame entonces de algunos que te hayan encantado.

Empieza a hablarme de *Nacidos de la bruma*, una saga sobre unos ladrones que usan magia para llevar a cabo un atraco épico. Son unos libros que a mí también me encantan y me sorprende para bien que a Sebastien le guste la fantasía. Después de oírle mencionar a José Saramago en Shipyard Books había pensado que Sebastien era el tipo de lector engreído que solo lee a ganadores del Premio Nobel y que mira por encima del hombro al resto. En cambio, parece que simplemente lee de *todo*. Incluso en el poco tiempo que llevo conociéndolo, parece que es alguien con los pies en el suelo. Sin contar con la teoría sobre la maldición de *Romeo y Julieta*.

Sigo hablando con Sebastien acerca de sus libros favoritos, lanzándole una pregunta de vez en cuando mientras sigo recorriendo la segunda planta, serpenteando por el laberinto de estanterías. Me detengo por un momento cuando mis dedos rozan los lomos de los libros de la sección de literatura inglesa, paralizados sobre un ejemplar desgastado de *Romeo y Julieta*. Pero luego sacudo la mano y doblo la esquina para seguir investigando otra sección de las estanterías.

Termino en un callejón sin salida donde hay un par de carritos de biblioteca, de esos con ruedas que se utilizan para reordenar libros. Los carritos están medio llenos con lo que parecen volúmenes relativamente nuevos que Sebastien aún no ha catalogado.

Como soy una periodista cotilla, me acerco a ellos y ojeo lo último que ha comprado.

Es entonces cuando veo que en este callejón sin salida no hay solo carritos. Tras ellos, hay una pequeña estantería negra, hecha de metal en vez de madera como el resto de las estanterías que llenan la biblioteca y que van del suelo al techo; tiene una puerta acristalada con un pomo, casi como si fuese una nevera para vinos, y está llena de delgados diarios de cuero.

Como me encantan los cuadernos, abro la puerta de cristal, curiosa, y del interior sale una ráfaga de aire frío.

Temperatura controlada. Interesante. ¿Puede que sean unas primeras ediciones rarísimas?

—¿Helene? —me llama Sebastien desde la planta baja—. Voy a la cocina a preparar más café. ¿Quieres algo?

—No, estoy bien, gracias.

Mientras no está, meto la mano en la extraña estantería y saco uno de los volúmenes al azar. El cucro está ajado por los años y tiene los bordes maltratados. Lo abro por la primera página.

Está escrito en un italiano pulcro e inclinado, y agradezco que papá me sugiriera como si nada hace años que aprendiera la lengua materna de Julieta.

El diario privado de Reynier Montesco

Contengo un grito.

Mi historia sobre Kitri y Reynier en Shanghái.

Casi meto corriendo el diario de vuelta en la estantería, porque no quiero tener que lidiar con saber cómo mis historias se mezclan con las de Sebastien esta noche.

Pero entonces pienso que puede que Reynier sea un nombre común. Quizá solo es una coincidencia.

Abro el diario. La primera entrada está fechada el 10 de julio de 1920 y habla sobre cómo conoce a Kitri Wagner en el Bund. Me tiemblan las manos. La historia es prácticamente idéntica a la escena que escribí. Kitri sentada en el banco del muelle, dibujando a mujeres hermosas que van y vienen de los clubes de sociedad. Reynier pasando tras ella y echando un vistazo a su trabajo para luego invitarla a tomar un té que termina convirtiéndose en unas empanadillas y unos cangrejos de río.

¿Ocurrió de verdad?

Y si es así, ¿cómo terminó? Mi historia termina cuando Kitri acepta ir con él. Pero si este diario es lo que parece, el diario de un Romeo del pasado, entonces eso significa que Kitri era Julieta. Y Sebastien dijo que las cosas siempre terminan mal.

Debería devolver el diario a donde pertenece. Debería tomarme esta noche libre, proteger mi mente cansada. Y no debería husmear si de verdad es un diario.

Pero ahora que ya he leído el principio, no puedo parar. Apenas consigo respirar mientras leo el resto del diario de Reynier, devoro las páginas que relatan su noviazgo, sus tiempos felices. Hay meses enteros llenos de entradas, minuciosamente registradas como si el autor no pudiese soportar dejarse ni un solo detalle: el carboncillo bajo las uñas de Kitri una mañana de lunes en particular, una gaviota con una sola pata a la que se paró a dar de comer de camino a un club nocturno de aspecto clandestino, y el cómo ella siempre insistía en comerse el postre antes de la comida porque prefería llenarse el estómago a base de dulces y que las verduras se quedasen con el espacio restante.

Hay bailes y vestidos *flapper*, *jazz* de Big Band y cócteles elegantes. Pero lo que quiero saber desesperadamente es lo que pasó al final con Kitri y Reynier. Sigo pasando las páginas, pensando que su romance en los locos años veinte no tendrá fin, cuando este se interrumpe abruptamente, poco más de medio año después de que su historia empezase.

25 DE DICIEMBRE DE 1920

Llamé a la puerta de la casa de los Wagner. Era un tanto temprano para hacerles una visita, el sol aún no había salido, pero era la mañana de Navidad y después de que su padre me diese su bendición anoche durante la cena, estaba ansioso por sorprender a Kitri con el mejor regalo de Navidad del mundo: un anillo. Pero nadie me abrió la puerta.

El miedo se instaló en mi garganta, amargo, con el sabor del pasado. Un augurio que conocía demasiado bien.

Estás sacando conclusiones precipitadas, intenté convencerme. Solo están dormidos.

Pero incluso si los Wagner aún no se habían despertado, ¿dónde estaba Gerard, el mayordomo? ¿O Helga, la estricta niñera de Kitri que ahora había pasado a ser el ama de llaves?

Llamé con más fuerza. De nuevo, nadie respondió.

Ahora podía saborear el miedo en la lengua.

Entonces oí un quejido que provenía del interior de la casa, como el de un animal herido.

No... por favor, dime que estoy equivocado. ¡Por favor, dime que no he traído el sufrimiento a su vida de nuevo!

Rompí una de las ventanas que había a ambos lados de la puerta y me colé a través de ella, con los cristales rotos desgarrando mi ropa y mi piel. Atravesé la casa como un loco cubierto de sangre y subí las escaleras siguiendo los gemidos.

Gerald, Helga y el resto del personal de la casa estaban pálidos e inmóviles en el pasillo. La puerta del dormitorio de Kitri estaba abierta. El gemido volvió a cortar el aire, procedente del interior.

—Oh, Herr Montesco... —dijo Helga entre sollozos—. La señorita Wagner sufrió un repentino derrame cerebral anoche. El doctor dijo que nadie podría haberlo sabido, que no había nada que pudiéramos hacer... —Rompió a sollozar con más fuerza.

Pasé junto a Helga, adentrándome en el dormitorio de Kitri. Frau Wagner, la fuente de los gemidos, lloraba desconsolada al lado de la cama, junto al cuerpo gris y sin vida de su hija. Herr Wagner estaba sentado completamente hundido en la silla de palisandro que había en la esquina.

—¿Cómo es posible? —imploró Herr Wagner, tenía los ojos enrojecidos de haber estado llorando, como si ya no les quedasen más lágrimas que derramar—. ¿Cómo es posible que no hubiese ningún indicio? Kitri parecía estar en la flor de la vida…

En realidad no me estaba haciendo esas preguntas a mí. Apenas me veía.

Pero yo conocía demasiado bien la respuesta. Todo eso había pasado por mi culpa.

Me dejé caer de rodillas junto a la cama de Kitri.

—Aún no, mi amor, aún no —supliqué, aunque sabía que era inútil—. Lo nuestro aún no había acabado. —Mis manos tantearon en el interior de mi abrigo, buscando la caja de terciopelo—. I-iba a…

No podía decirlo. No en pasado. Temblando, tomé su mano entre las mías. Estaba fría. Tan fría, tan distinta al calor de mi Kitri, de mi Julieta. Saqué el anillo de esmeralda de la cajita de terciopelo e intenté ponérselo en el dedo.

El anillo no entraba. Sus dedos estaban demasiado rígidos. Demasiado hinchados.

Pero no podía dejar que esto fuese cierto, no podía acabar así.

—Kitri, cásate conmigo. —Seguí intentando ponerle el anillo—. ¡Cásate conmigo, cásate conmigo, cásate conmigo! —grité, la desesperación tiñendo mi voz.

Unos brazos fuertes me rodearon y me apartaron de su lado con delicadeza.

—Herr Montesco —dijo Helga—. Venga conmigo.

—¡Pero la amo!

—Se ha ido.

—Lo nuestro aún no había acabado…

Helga se limitó a sostenerme por un momento. Solo cuando dejé de removerme entre sus brazos me soltó.

—Lo siento —le susurré a Kitri, y deposité el anillo en su cama—. Una y mil veces, lo siento.

Me acerqué a su padre tambaleándome.

—Entiérrenla con el anillo —pedí—. ¿Por favor?

Él cerró los ojos, como si no pudiese soportar el dolor, y lo único que consiguió fue asentir levemente como respuesta.

Entonces dejé que Helga me llevase con ella. Ya no había nada que me uniese a esta casa.

Sin embargo, no dejé solo un anillo sobre el lecho de Kitri, sino también otro pedazo de mi corazón destrozado desde hace mucho tiempo.

Me pregunto cuántas vidas tardaré en quedarme sin corazón.

Oh, cielos. Abrazo el diario de Reynier contra mi pecho. Oh, cielos, oh cielos, oh cielos.

Ocurrió de verdad, ¿no?

Mi escena estaba mal, terminaba con los dos desconocidos yéndose a tomar un té, como si un primer encuentro feliz terminase llevando a un final feliz. Mi versión de la historia era demasiado alegre, demasiado corta, demasiado convenientemente feliz…

Pero esto… oh, cielos, esto. Algo se desbloquea en un recóndito lugar de mi memoria, como si estuviese abriendo una vieja y chirriante puerta acorazada, y de su interior sale la verdad de esta historia, agria y polvorienta, pero la verdad al fin y al cabo.

No. Esto es demasiado. Quiero volver a cerrar la puerta acorazada de golpe.

Y, sin embargo, no puedo evitarlo…

Saco el resto de los diarios de la estantería. Como en la Galería de Mí y en el Salón de la Historia, algunos encajan con los personajes que he escrito: Luciano, Albrecht, Simão, Felix, Marius, Nolan, Matteo, Sir Charles, Jack… la única diferencia es que todos se apellidan Montesco, yo no había caído en esa conexión entre mis escenas. Les había dado un apellido distinto a cada uno de mis personajes, aunque ahora que lo pienso con más detenimiento, ninguno terminaba de encajar.

—He traído chocolate —dice Sebastien desde el piso de abajo cuando regresa de la cocina.

Yo sigo aquí arriba intentando digerir que hay diarios muy antiguos y auténticos que coinciden con mis propias historias.

—¿Helene? ¿Te has perdido ahí arriba?

¿Me he perdido aquí arriba?

Quizás.

Se suponía que no tenía que pensar en Romeo y Julieta, en la maldición, en Sebastien y en mí. Se suponía que esta noche era para tomarnos un descanso, para beber café y comer cannoli.

Pero la vida rara vez es como queremos.

Ahora me tengo que enfrentar a una posibilidad muy real: puede que no tenga ningún poder sobre el destino de todos modos.

Y, en mi caso, el destino podría significar la muerte.

Algo ha cambiado. Helene parece perdida cuando baja las escaleras. Físicamente, está aquí, pero mentalmente está muy lejos.

¿Qué ha ocurrido en esos diez minutos en los que he estado fuera? ¿Ha encontrado mis antiguos diarios ahí arriba?

Si no los ha encontrado, yo no quiero sacar el tema. Pero incluso si los ha encontrado, no quiero decir nada. Prometí no mencionar nuestras historias. Prometí tratar a Helene como si fuese una desconocida, no puedo unirla a las Julietas del pasado.

Así que, ¿qué debería hacer?

Se aferra a la barandilla para estabilizarse sobre su tobillo herido, pero puede que también sea para mantenerse firme por otros motivos. Me levanto del sofá y la espero al pie de la escalera, donde le ofrezco mi brazo como apoyo.

El cuerpo de Helene es cálido, sus delicadas curvas hacen presión contra mi cuerpo. Mientras la sujeto, suspiro, feliz en ese breve instante en el que nuestros cuerpos vuelven a estar pegados, como si hubiese descubierto la combinación correcta de un candado.

Es fugaz, apenas unos pasos, pero luego nos separamos al sentarnos en sofás opuestos con la mesa llena de café, cannoli y lo que quiera que haya encontrado ahí arriba entre nosotros.

Quiero volver a acercarme. Anhelo la calma que suelo tener con Julieta. Pero al mismo tiempo, quiero respetar que Helene es su propia persona por completo. Siempre se me hace difícil: conocer todo el pasado de tu alma gemela y, aun así, aceptar que no la conoces en absoluto. Supongo que, de algún modo, así es como funcionan todas las relaciones. Te enamoras de una persona y luego esta cambia, porque es lo que hacen las personas. Pero, si los amas lo suficiente, intentas cambiar con ellos.

—¿Quieres un cannoli? —pregunto, tomando uno—. ¿O chocolate? —Le tiendo una pequeña cesta llena de dulces que me envían todos los meses de Suiza y Bélgica. Puede que ahora sea estadounidense, pero siempre preferiré el chocolate europeo.

Helene niega con la cabeza. Por eso sé que algo va realmente mal. Por muy diferentes que sean mis Julietas, a todas les pierde el dulce.

Mi misión es rescatar la velada. Había empezado todo tan bien que no quiero que perdamos el poco terreno que hemos ganado. Entre los dos, Helene es la más habladora, yo suelo preferir escuchar y dejar que sea el resto quien hable, pero esta noche tengo que tomar el relevo. No puedo hablarle de mis diarios ni de nuestro pasado, pero puedo cumplir con lo que Helene me ha pedido y centrarme en quienes somos ahora.

Creo que esta noche es como si fuese nuestra primera cita. Estamos empezando de cero y estamos sentados de manera incómoda con una taza de café en las manos, sin saber qué decir. Por eso, elijo un tema de conversación adecuado para una primera cita.

Pero, en vez de preguntar «¿Cuál es tu color favorito?», digo:

—¿Cuál es el mejor título de libro que has escuchado?

—¿Eh? —Helene parpadea como si no entendiera por qué intento hablar de algo tan insignificante.

Pero yo continúo, alejándola con delicadeza de lo que quiera que la preocupe.

—El mejor título del mundo. Empiezo yo: *Lluvia de albóndigas*.

Se le escapa una carcajada que le pilla por sorpresa y no puede resistirse a responder.

—¿*Lluvia de albóndigas*? ¿En serio? Y yo que pensaba que eras un pescador muy serio.

Me encojo de hombros.

—Solo entre semana.

Eso consigue que sonría de verdad. Pero entonces veo cómo su mente vuelve a ese lugar oscuro que la tenía atrapada, así que sigo hablando antes de que eso ocurra.

—Tu turno. Veamos si tu título favorito es menos infantil que el mío.

Helene se muerde el labio mientras piensa.

—Ah, lo tengo —dice—. *Los siete maridos de Evelyn Hugo*.

—No he oído hablar de él.

—Pero es muy bueno, ¿verdad? No puedes escuchar ese título y *no* sentir curiosidad por cómo o por qué una mujer se casaría siete veces. ¿Está loca? ¿Es una asesina? ¿Una viuda en serie?

Me estremezco ante la última pregunta porque, bueno, esa es una buena forma de describirme: un viudo en serie. Pero vuelvo a sonreír rápidamente para no perder lo que estamos consiguiendo, alejándonos de la melancolía y acercándonos a la alegría.

—Tienes razón. *Es* un buen título —accedo—. Vale, ¿la cubierta más épica del mundo?

—Oh, esa es fácil —dice Helene, moviéndose hasta estar sentada en el borde del sofá—. *Crepúsculo*.

—No, por favor. —Me estremezco—. La cubierta más épica podría ser la de *El Padrino* o quizás la de *La naranja mecánica*.

—Puaj —responde—. Esas son tan... no sé. ¿Simples?

—Pero la portada de *El Padrino* fue tan impactante que se convirtió también en el cartel de la película. ¿Cuántas veces pasa eso? Casi nunca.

—Entiendo tu argumento, pero sigue sin gustarme la cubierta. Vale, me toca preguntarte algo. ¿Quién fue tu primer amor literario? —Helene toma un cannoli y le da un gran mordisco mientras espera a que responda, lo que yo interpreto como una señal de que está empezando a relajarse. Bien.

—¿Amor literario? —Le doy un sorbo a mi café—. ¿Qué es eso?

—La primera vez que te enamoraste de un personaje.

Hago una mueca.

—¿La gente hace eso?

—Claro, constantemente. El primer amor literario de mi hermana, Katy, fue Holden Caulfield.

—¿Holden Caulfield?

Helene sonríe.

—Katy es rara. Pero vamos, dime. ¿Quién fue tu primer amor literario?

Supongo que podría responder que me enamoré de una mujer que después se convirtió en un personaje, escrito por muchos autores, como Bandello, Shakespeare, o Baz Luhrmann. Pero eso sería romper la regla de evitar el tema de Romeo y Julieta, así que eludo el tema.

—No creo que los hombres tengan amores literarios.

—¿Personajes literarios que te ponen entonces? —se burla Helene.

Me atraganto con mi café, y estoy bastante seguro de que me he sonrojado hasta las orejas. Lo único que consigo responder es un «Paso» chillón, como si volviese a ser un adolescente.

Ella se ríe.

Cuando paro de toser, le devuelvo la pregunta.

—¿Quién fue tu primer amor o el primer personaje que te puso a mil a ti, a ver?

Su risa desaparece de repente, y tengo la sensación de que he llevado la broma demasiado lejos.

—Lo siento —digo—. Pasemos de la pregunta.

—No —dice Helene, dejando el cannoli de vuelta en su plato—. He sido yo quien ha hecho la pregunta así que lo justo es que la responda. Pero no lo he pensado antes de hacértela. Porque lo que pasa es que… el primer personaje del que me enamoré fuiste tú.

La felicidad y el miedo me recorren a la vez. Sabía que se había inventado un personaje que se parecía a mí para sus historias, pero no me había dado cuenta de hasta qué punto sentía algo por mí. Si solo hubiese sido un amigo imaginario, eso habría bastado para que Helene se sorprendiese por mi aspecto en la vida real. Pero si estaba enamorada de mi personaje, entonces puede que solo haga falta un último empujón para que se enamore de mí.

Solo que… eso tendrá consecuencias. Intenté apartarme de Helene por la maldición, intentando ocultarme en un pueblo helado en los confines del mundo. Y aun así me encontró, porque intenté evadir la maldición la última vez, pero es imparable. Puede que la maldición dejase marchar a Avery Drake, pero lo que Helene sabe sobre nuestras anteriores relaciones hace que me resulte mucho más difícil romper nuestro vínculo.

Ninguno sabe qué decir tras la confesión de Helene. Se suponía que no debíamos hablar de las historias de nuestro pasado y, aun así, aquí están, aunque hayamos intentado enterrarlas. ¿De verdad existe el libre albedrío? ¿O nuestro futuro ya está escrito por el pasado que nos precede?

—¿Sabes qué? —dice Helene—. Creo que deberíamos irnos a dormir. Ha sido… un gran día.

Ni siquiera es tan tarde, pero sé lo que quiere decir.

—¿Necesitas que te ayude a volver a tu habitación? —Me levanto del sofá y le tiendo mi brazo, por si el tobillo sigue dándole problemas.

—Estaré bien —dice Helene, pero no tengo claro si se refiere a su tobillo o a nuestra conversación truncada—. ¿Necesitas ayuda con…?
—Señala con la cabeza hacia el café, los cannoli y el chocolate.

—No, gracias. Vete a la cama.

—Vale. Entonces, buenas noches. —Me dedica una sonrisa tímida.

Salimos de la biblioteca juntos y ella se marcha hacia la habitación de invitados, en dirección opuesta a la cocina.

La veo marcharse durante unos minutos y suspiro.

Buenas noches, mi amor.

HELENE

Espero media hora después de oír cómo Sebastien sube las escaleras antes de escabullirme de vuelta a la biblioteca. Es demasiado pronto para irme a dormir, e incluso aunque no lo fuera, no habría podido quedarme dormida, sabiendo que todos sus diarios están ahí.

¿Estoy siendo demasiado entrometida? ¿Estoy invadiendo su privacidad? Sí y sí. Pero mi cerebro ya va dos pasos por delante, pensando que (a) esas estanterías no estaban cerradas con llave, (b) Sebastien me ha dejado subir y no me ha puesto límites y (c) *si* esos diarios de verdad contienen nuestras historias, entonces es una historia compartida que nos pertenece a ambos. Lo que significa que tengo tanto derecho a leerlos como él.

Sí, soy de lo peor, lo sé.

Pero aquí estoy igualmente, a los pies de la escalera de la biblioteca. Usando la linterna de mi teléfono porque me niego a encender ninguna de las lámparas y delatarme.

Mi plan original era subir, tomar los diarios y llevármelos conmigo a los sofás de la planta baja, pero me duele el tobillo; al parecer *no* deberías andar de puntillas con un esguince, y también me puedo imaginar bajando con toda esa montaña de cuadernos y tropezándome, no solo armando un escándalo sino también arruinado esos diarios tan cuidadosamente preservados. Se supone que algunos tienen incluso cientos de años y deberían estar en un museo, no manoseados por alguien como yo.

Así que, en cambio, tomo un par de mantas que hay sobre los sofás, además de un puñado de cojines. Me hago un pequeño y acogedor nidito de lectura entre las estanterías y así no tengo que llevarme los diarios a ninguna parte. También es menos probable que me pillen de ese modo, ya que desde el pasillo de acceso a la biblioteca solo se ve la sala de estar, pero no la segunda planta, por lo que estaré completamente escondida.

Pero cuando llego a la segunda planta, me quedo paralizada. ¿He escuchado pasos en el pasillo? Respiro lo más silenciosamente que puedo e intento no moverme. Me pica el codo. Mierda. *No te lo rasques, no te lo rasques, no te lo rasques.* Si me lo rasco, se me caerán todas las mantas y los cojines.

Sigo escuchando y ya no se oye nada. Probablemente solo eran los nervios, haciendo que me imaginase cosas. Me interno más en la biblioteca.

Los diarios de Sebastien están justo donde los dejé, con un ventilador para controlar la temperatura zumbando en el interior de la estantería. Coloco las mantas y cojines, abro la puerta de cristal para sacar todos los cuadernos, y los apilo con cuidado sobre la alfombra. El cuero es liso y suave, los bordes de los diarios más antiguos están ajados y se nota que han sido usados.

Pero, una vez instalada en mi nidito de lectura, me limito a mirarlos fijamente. *Creo* que quiero saber qué hay en su interior... pero ¿de verdad lo quiero saber? Estoy justo en el borde del precipicio, si me aparto ahora conservaré la versión del Sebastien de mis historias a salvo en mi cabeza, pero si salto lo remplazaré por el Sebastien de verdad, sin importarme si al saltar caeré con todo mi peso o volaré.

Pero mi mundo ya ha dado un vuelco y se ha sacudido en todas las direcciones, ¿verdad? Ya no soy una periodista de a pie de un periódico, el trabajo que he tenido durante tantos años. Ya no estoy casada. Y ya he visto como el personaje que me había inventado camina y habla en la vida real, y mis historias secretas retratadas en pinturas al óleo antiguas. Ya no hay vuelta atrás, ya hace tiempo que he saltado, incluso aunque me esté aferrando al borde del precipicio con una rama enclenque y solitaria.

Respiro hondo y abro el diario que tengo más cerca: El diario privado de Felix Montesco.

BERNA, SUIZA — 10 DE JULIO DE 1559

Ahora soy relojero. No un maestro relojero, aunque tampoco un aprendiz. En realidad, me mantengo en un limbo entre ambos; me gusta que sea así. He venido a la tienda todas las mañanas a las siete y cuarto y he saludado a Johann Miller, el anciano y famoso artesano que supervisa a los cuatro relojeros que trabajamos aquí. Tras eso, recojo mis herramientas y me acerco a mi proyecto del día. Normalmente suele ser un reloj de péndulo complejo y dorado, otras veces es una reliquia de exposición; me gusta que mis clientes me confíen sus tesoros más valiosos.

A las nueve en punto, hago una pausa para un *znüni*, un descanso a media mañana para comer algo. Siempre llevo algún dulce encima de los que haya cocinado, suelo hornearlos en casa y me los traigo al trabajo envueltos en papel de cocina. El dulce está relleno de crema de chocolate con avellanas y perfuma el taller de un aroma casi mágico a mantequilla, levadura y azúcar tan fino como la nieve. Es el favorito de mi Julieta, una constante a lo largo de todas sus vidas, y yo me tomo un cornetto todas las mañanas para sentirla cerca, especialmente en los largos años en los que estoy solo. Son estos pequeños caprichos los que me ayudan a sobrellevar una eternidad en la que paso la mayor parte del tiempo esperando.

Cuando el reloj da las doce, la tienda cierra durante una hora para el almuerzo. La mayoría de la gente del pueblo se va a alguna de las cafeterías con vistas a los Alpes, o a la famosa torre del reloj de Berna. Pero hoy sentía la necesidad de hacer algo distinto. Ayer, un cliente mencionó el Café Hier, un pintoresco y hogareño restaurante escondido en la posada Nuessle.

Giré a la izquierda en la bifurcación sobre las calles adoquinadas.

Había unos cuantos comensales más en el Café Hier, pero el espacio era lo suficientemente pequeño como para que no necesitasen más que una camarera. No había ventanas, y las vigas del techo eran tan bajas que me dio un poco de claustrofobia y empecé a replantearme mi decisión de comer aquí en vez de en las amplias cafeterías al aire libre de la plaza principal.

Pero entonces la camarera se acercó a saludarme y todo lo demás quedó relegado a un segundo plano porque saboreé el vino meloso en los labios.

Julieta.

Me olvidé del techo bajo. Podría haber estado incluso en una cueva bajo tierra, no me importaría, porque esta camarera, Julieta, era lo único que necesitaba ver. Como siempre, brillaba más que el sol y me ha fascinado más que cualquier cadena montañosa suiza o que cualquier torre del reloj.

Había tantas cosas que quería decirle. *¡Te he echado de menos! ¡He pensado solo en ti esta mañana comiéndome el cornetto! Lamento lo que pasó en Lisboa, en Mainz, en Sicilia, lo siento. ¿Me recuerdas esta vez, recuerdas lo que somos?*

Pero no dije nada mientras ella me llevaba hasta una mesa, porque en aquel momento solo era capaz de admirarla, pero no de hablar. En cambio, era ella la que hablaba sin parar, como una experta anfitriona. Su familia era la dueña de la posada Nuessle. Se llamaba Clara. El especial de hoy era *schnitzel*.

Clara. Saboreé el nombre en mi lengua.

Ella me sonrió, y me di cuenta de que era la primera palabra que pronunciaba en su presencia. *Clara.*

Creo que a partir de ahora vendré a comer al Café Hier todos los días.

Así acaba la primera entrada de Felix, que es casi idéntica a la escena que escribí. Pero yo no tenía una fecha exacta para cuándo empezó la historia de Felix y Clara. Este diario, sin embargo, empieza el diez de julio, la misma fecha que el baile de los Capuleto, cuando Romeo conoció a Julieta. Al igual que el otro diario que leí antes, el que hablaba de Kitri y Reynier.

¿Es que siempre nos conocemos en el mismo día? ¿Por eso esa fecha es el código de acceso a la galería de Sebastien?

Lo otro que tampoco tengo escrito en mi historia es qué pasa con Felix y Clara tras ese primer encuentro. Empiezo a darme cuenta de que todas mis historias tenían un enfoque propio de un cuento de Disney: siempre es amor a primera vista y doy por supuesto que viven felices para siempre.

Tanto intrigada como asustada por cómo puede seguir la historia que escribí, sigo leyendo las siguientes entradas del diario. En ellas se relata con todo lujo de detalles cada uno de los encuentros de Felix y Clara, incluso las minucias: qué pidió él para comer ese día o si ella fue la primera en hablar.

Para cualquier otra persona, los detalles podrían parecer aburridos, incluso tediosos. Pero estoy empezando a comprender que esto es fruto del hábito de un hombre que está demasiado acostumbrado a perder aquello que ama. Me recuerda a cuando a mi padre le diagnosticaron el tumor cerebral y concluyeron que era maligno e incurable. Como si fuésemos urracas, mamá, Katy y yo empezamos a recopilar de manera obsesiva cada segundo que pudiésemos tener con papá. Escribía todo lo que decía, sobre todo sus últimos consejos. Katy le grababa todos los días en video. Mamá guardó un mechón de su cabello cuando se le empezó a caer, secó una flor de cada ramo que le dieron para desearle que se pusiese bien pronto, e incluso guardó su pulsera del hospital como si fuese una entrada de su primera cita o, más bien, de su última cita.

Porque nunca sabríamos si sería lo último.

Me limpio una lagrima mientras pienso en papá en medio del público de *Romeo y Julieta*, viéndome en un papel que, resulta, fue sorprendentemente profético.

—¿Qué pensarías de todo esto, papi? —pregunto.

Casi puedo escucharlo riéndose. *La vida es como un toro mecánico*, diría. *Nunca sabes qué es lo que va a pasar, pero puedes sujetarte fuerte y disfrutar del viaje.*

O algo así. A papá nunca le dio miedo una buena aventura.

¿Pero a mí?

Bueno, la nueva Helene lo está intentando.

Vuelvo a centrarme en el diario de Felix. Ha pasado más o menos un año, y es otra entrada parecida a las anteriores, un instante documentado con mimo de su relación, que no para de progresar.

Berna, Suiza – 22 de abril de 1560

—Siento llegar tarde —dije mientras entraba corriendo en el Café Hier—. El reloj de péndulo en el que estaba trabajando está lleno de suciedad por dentro.

—No llegas tarde —dijo Clara acercándose. Llevaba el pelo recogido en una corona de trenzas y me pareció más hermosa que la baronesa de Beauregard.

—¿Cómo sabes que no llego tarde? —respondí, bromeando—. Ni siquiera tenéis un reloj en el restaurante.

Ella se encogió de hombros divertida.

—A papá no le gusta que nuestros clientes se sientan apurados. Y en cuanto a mí, no me gusta contar los minutos. Simplemente disfruto de existir en cada momento. ¿Tiene sentido?

Sonreí, pero negué con la cabeza.

—Soy relojero. Vivo según el tictac del minutero. Así que no, para mí no tiene sentido, pero me gusta que pienses así.

Sus mejillas se sonrojaron suavemente. Entonces Clara recordó que seguíamos ahí de pie cuando debería estar llevándome hacia una mesa.

Una vez sentado, intentó decirme qué había preparado el cocinero esa tarde para que pudiese elegir.

—Me gustaría lo que quiera que me recomiendes —dije, como cada día.

Ella hizo como que me estudiaba, un pequeño juego que nos traemos en cada comida.

—Mmm —dijo Clara—. Creo que hoy te podría gustar el *zürcher geschnetzeltes.*

—¿Un plato contundente? —Asentí, fingiendo considerar seriamente el estofado de ternera y setas—. Bueno, supongo que sí que estoy un poco cansado. Ese reloj de péndulo en el que he estado trabajando por la mañana pesa bastante. Vale, entonces el *zürcher geschnetzeltes* será.

Clara me sonrió, contenta de que estuviese de acuerdo con su decisión, aunque no le sorprendió, porque siempre lo estoy. Haría cualquier cosa que Clara me pidiese.

Estamos profundamente enamorados, pero ya me he precipitado con las anteriores versiones de Julieta. Quiero intentar acercarme a Clara más despacio. Puede que esto sea lo que rompa la maldición. Puede que, si lo hacemos bien esta vez, termine durando.

Atendió a otros clientes durante un rato, prestándoles toda la atención que se merecen, aunque los dos sabemos que preferiría estar pasando la hora entera a mi lado. Se ocupa de todos los comensales, no solo porque sea su trabajo, sino porque es generosa por naturaleza, como Julieta la primera vez que la vi, cuando bajó por las escaleras de los Capuleto y prestó atención a todo el mundo, desde los músicos hasta los sirvientes que limpiaban las copas vacías.

Cuando Clara volvió con mi comida, aquel atractivo rubor regresó a sus mejillas.

—Espero que disfrutes de la comida.

La miré a los ojos y le sonreí.

—Te aseguro que ya la estoy disfrutando.

Paso los dedos por esa última línea y una punzada de envidia me recorre como si alguien hubiese tocado la cuerda tensa de un violín. ¿De verdad estoy celosa de Felix y Clara y de la forma en la que Felix claramente la adora? Incluso cuando empecé con Merrick, él nunca me vio de ese modo. Creo que nos gustaba la idea de lo que podíamos ser juntos más que lo que nos gustaba el otro. Nos sedujo el potencial que la gente veía en nosotros y que pensaran: *¡Vaya! ¡Qué pareja de periodistas más impresionante! El primero y la segunda de su promoción. ¿Cómo es posible que una pareja tenga tanto talento?*

Pero Romeo y Julieta eran justo lo contrario; no les importaba lo que pensase la gente. Claro que su impulsividad era un defecto, pero también era amor en estado puro, sin que lo contaminasen las opiniones ajenas. Así que sí, estoy un poco celosa de Felix y Clara, de su seguridad, de su historia tranquila y llena de significado. Este diario es grueso, las páginas están llenas de casi dos años enteros de tinta y emociones.

Y, aun así, tiene un final. No hay una segunda parte para Felix y Clara.

BERNA, SUIZA – 13 DE JUNIO DE 1561

Después de comer, volví al taller. El tictac de los relojes me dio la bienvenida al trabajo, su ritmo constante me aseguraba que todo estaba en orden en mi vida. Clara vendría dentro de unas horas. Quería ver el reloj de péndulo que he estado construyendo para ella. Iba a ser un regalo de bodas y estaría en la entrada de nuestra futura casa. Casi estaba terminado.

Tic.

Tac.

Tic.

A las cuatro y cuarenta y tres, el reloj empezó a funcionar mal y a sonar como si fuera medianoche, y no paraba.

A las cuatro y cuarenta y cuatro, un carruaje desbocado atravesó las calles frente al taller.

A las cuatro y cuarenta y cinco, el reloj de cuco por fin dejó de dar la hora, pero el sonido fue sustituido por los gritos procedentes de la calle.

A las cuatro y cuarenta y seis, encontré el cuerpo de Clara aplastado sobre los adoquines.

Hay un montón de frases tachadas con rabia, lágrimas que corren la tinta hasta que no es más que un amasijo de manchas ilegibles y un corazón roto.

Y luego, al pie de página:

Lo he vuelto a hacer.
Pensaba que la paciencia era la clave pero...
Lo siento, mi amor.
NO SÉ CÓMO SALVARTE.

El papel está parcialmente rasgado sobre la palabra «cómo», escrita con tanta fuerza y dolor que la pluma terminó atravesando la página.

En la planta de abajo, el reloj de péndulo de la biblioteca da la hora.

Yo empiezo a sollozar.

Al cabo de un rato, consigo serenarme y tomo otro de los diarios. Pero, a diferencia de los anteriores, este está escrito en lo que parece un antiguo idioma eslavo y no puedo leerlo.

Tampoco conozco esta historia, porque nunca he escrito ninguna ambientada en Europa del Este.

Sin embargo, solo hay dos entradas en el cuaderno y sé leer las fechas porque están escritas solo con números *10-7-1604* y *11-7-1604*.

10 y 11 de julio de 1604.

No...

La suma total de esta relación está resumida en dos meras páginas. El resto del diario está completamente en blanco.

Ahogo un sollozo, pero este regresa con la siguiente respiración y empiezo a llorar desconsolada de nuevo, esta vez con más fuerza. ¿Dos días? ¿Eso es todo lo que estuvieron juntos?

¿Dos días?

¿Cómo puede soportarlo Sebastien?

Cierro los ojos y los puños con fuerza, como si de ese modo pudiese hacer retroceder la oleada de tristeza que me asalta. Recuerdo lo que se siente al perder a alguien a quien quieres, tras la muerte de mi padre, la vida no era más que un vacío absoluto de nada combinado con una *banshee* chillona que me desgarraba el alma. Es un tormento agonizante y solitario. Y Sebastien tiene que pasar por ello una y otra vez.

Por supuesto, también está la otra parte de la maldición, que Julieta nunca vive demasiado tiempo después de volver a encontrarse con Romeo.

Y si de verdad soy Julieta, entonces eso significa que moriré pronto.

Pero no quiero pensar en eso ahora mismo. *No puedo.* He sobrevivido a este día porque no me he permitido pensar en eso.

Relego esos pensamientos a un rincón solitario de mi mente por ahora. Quiero seguir leyendo los diarios, incluso aunque se me revuelvan las entrañas al leer el dolor por el que pasó Sebastien. Aparte del único diario en cirílico, el resto parecen estar escritos en italiano, así que puedo leerlos. Puede que la relación de dos días fuese tan traumática que Romeo nunca volvió a escribir en otro idioma.

Alcanzo el que parece ser el diario más antiguo. Pertenece a Luciano, el zapatero, y a Isabella, que él creía que era literalmente la misma Julieta. Está escrito en un italiano antiguo que no debería poder entender, pero las palabras encajan fácilmente en mi cabeza como si estuviesen escritas en italiano moderno. *No* quiero pensar ni por asomo por qué es así. En cambio, me meto de lleno en la historia de amor de Isabella y Luciano y lloro cuando ella lo rechaza, y después se ahoga, todo durante su luna de miel.

El siguiente diario que leo pertenece a Albrecht Montesco, que trabajó con Gutenberg en su imprenta, y a su mujer Brigitta, la lechera. Sé cómo empieza su historia, porque yo misma escribí una escena parecida, pero no sabía que Albrecht y Brigitta solo pasaron un año juntos. Entonces recuerdo que un año es probablemente una cifra aceptable, comparado con los dos días (o incluso los cinco que tuvieron el Romeo y la Julieta originales), y al darme cuenta de eso, me interno de nuevo en su dolor. Leo todas las notas detalladas de Albrecht sobre lo mucho que deseaban tener un hijo y cómo Brigitta se va haciendo cada vez más pequeña con cada día que pasa culpándose por no ser capaz de concebir. Al final, muere de pena.

Simão era el marinero que se casó con Ines, la hija del hacedor del puerto, que murió aplastada en una bodega cuando varias estanterías de barriles se derrumbaron.

Marius saltó al interior de una pira para intentar salvar a Cosmina, a quien quemaron en la hoguera porque la gente del pueblo pensaba que era una bruja.

Otro relata una travesía por el Sáhara en busca de una mítica Tierra del Oro. Termina con la expedición perdida en medio de una terrible y violenta tormenta de arena. Durante los meses siguientes, Nolan Montesco, el único superviviente, yace en la arena junto a su amada, Mary Jo Phoenix, hasta que solo quedan sus huesos y él no es más que el cascarón de un hombre.

Y hay más. Tristeza y más tristeza, muerte tras muerte tras muerte.

Me estremezco mientras sigo leyendo, las lágrimas salpican las viejas páginas, demasiado frágiles como para soportarlas. Pensaba que conocía estas historias, he escrito muchas de ellas en mis propios cuadernos. Pero *no* conozco estas historias, no conozco su verdadera extensión y profundidad.

Nuestras historias. Si es que la maldición es real.

Horas más tarde, de repente todo es demasiado. Demasiado sufrimiento, demasiadas pérdidas, demasiado dolor.

Me hago un ovillo en mi nido de mantas empapado de lágrimas, y sigo llorando, con los diarios esparcidos a mi alrededor.

No soy más que una pena profunda y desgarrada.

SEBASTIEN

Cuando me interno en mi dormitorio, hago algo que debería haber hecho hace mucho tiempo: investigar qué le pasó a la Julieta que vino antes que Helene.

Por supuesto, de vez en cuando había oído hablar o leído acerca del éxito de Avery Drake, en portadas de revistas y demás. Pero aparte de eso, me obligué a borrarla de mi vida, para que ella pudiese *tener* una. Ni siquiera tengo un diario en el que registrar nuestro único encuentro. Pensaba que si hacía como si no estuviese allí, la maldición la dejaría en paz. No compré ninguna fotografía que hubiese sacado Avery hasta después de su muerte.

De hecho, ni siquiera sabía que había muerto hasta que me topé con Helene en la Universidad de Pomona hace diez años. Lo único que sabía para entonces era que Avery Drake seguía viva y que hacía tiempo que había cumplido los setenta. Pero cuando vi a Helene, eché cuentas y supe que debía haber nacido para principios de los noventa, lo que significaba que Avery no había pasado de los cincuenta. Una esperanza de vida considerable para una Julieta, que normalmente solo vivía unos veinte o treinta años.

Sin embargo, incluso después de la muerte de Avery, nunca investigué cómo había sido su vida. Era como si eso fuera algo sagrado para ella, algo que esa Julieta tenía que era solo suyo, porque ya me había ocupado de empañar todas sus otras vidas.

Pero ahora, con Helene aquí, creo que es importante que sepa cómo vivió Avery. ¿Fue feliz sin mí tal y como yo esperaba? Porque si fue así, haré lo que sea necesario para que Helene también pueda vivir feliz. Incluso si la maldición está empeñada en vengarse por lo que hice la última vez.

La pantalla de mi ordenador proyecta un resplandor inquietante en mi dormitorio a oscuras. Aparecen miles y miles de resultados en una única búsqueda sobre Avery Drake. Hay entrevistas y artículos en *The New York Times*, *China Daily*, *National Geographic* y todos los demás medios de comunicación del mundo; catálogos interminables con sus fotografías a la venta, una organización sin ánimo de lucro para la conservación de la naturaleza que lleva su nombre, y mucho más.

—Bien por ti, Avery. —Sonrío ante los resultados de mi búsqueda—. Lo único que pareces no tener son libros infantiles con tu historia, sin embargo, deberían ponerte como un modelo a seguir.

Pero entonces hago clic en un artículo póstumo sobre ella que publicaron en el *Rolling Stone*, y entiendo el porqué.

Avery Drake era una drogadicta que pasó de una relación abusiva a otra. Sufrió varios periodos de depresión y se autolesionaba con frecuencia, por eso siempre iba con manga larga en todas sus fotos. Y aunque murió por causas naturales, se intentó suicidar varias veces.

«A pesar de todos mis logros», dijo en una de sus últimas entrevistas, «me persigue una sensación de vacío, como si hubiera un fantasma a mi lado constantemente, o mejor dicho, no un fantasma a mi lado, sino la nada. Siempre hay un espacio vacío a mi lado, como si algo o alguien tuviese que estar ahí, pero no lo está. He intentado toda mi vida llenar ese vacío, con premios, con cocaína o incluso con las cuchillas y el dolor, pero nada encaja». El entrevistador escribió que se rio nerviosa antes de volver a hablar: «Quizá ahora es cuando debería decir que me alegro de que mi vida sea como es, ¿no? Porque si mi vida hubiese sido feliz, no me habría volcado tanto en mi trabajo. Quizá la tristeza fue lo que me llevó a tener éxito».

—Oh, Avery —susurro, llevando los dedos a la pantalla como si, de ese modo, pudiese consolar a la mujer triste que aparece en la imagen.

En las siguientes horas leo docenas de artículos sobre ella. Y aunque la mayoría se centran en lo positivo, en su talento y su valor a la hora de sacar unas fotografías que muchos fotógrafos de vida salvaje nunca se atreverían siquiera a intentar sacar, los que giran en torno a Avery como persona tienen algo en común: su vida estuvo llena de sufrimiento.

Pensaba que la había salvado de la maldición, pero esta la encontró de todas formas.

Nos encontró. Porque yo también sufrí en esa vida sin mi Julieta, sabiendo que estaba ahí fuera pero que no podía tenerla.

En realidad, había empeorado la vida de Julieta, de Avery, al sacarme de la ecuación.

¡Maldita sea esta miserable maldición!

Apago el ordenador y me meto en la cama. Pero no consigo ponerme cómodo, no puedo dejar de pensar que terminé condenando a Avery cuando quería salvarla.

Si no hubiese huido la primera vez que la vi en esa cafetería de Kenia, ¿habría ido mejor? ¿Un breve pero intenso periodo de felicidad en vez de una vida más larga llena de éxito y angustia?

¿Y qué significa eso para Helene y para mí? Si me subo en el siguiente vuelo que salga de Alaska y la dejo, puede que sea infeliz, condenada a pasar el tiempo atormentada por la sensación de que le falta algo, como le ocurrió a Avery.

Al menos, cuando las otras Julietas y yo nos hemos enamorado, hemos sido felices durante el tiempo que hemos tenido.

Puede que una vida feliz no se mida en meses o en años, sino en amor. En besos y en manos entrelazadas, en abrazos y en palabras dulces susurradas al oído.

Después de siglos soportando la maldición, todavía no soy capaz de predecir cómo me castigará esta vez. Pero después de leer esos artículos sobre Avery, después de descubrir que nunca conseguí salvarla, creo que ceder al deseo del destino de que Helene y yo estemos juntos podría no ser lo peor.

Un llanto me saca de mis pensamientos. Resuena por los pasillos y las escaleras, el hipido de dolor de alguien que intenta acallar sus sollozos pero fracasa estrepitosamente.

¡Helene!

Salgo de la cama de un salto. ¿Le ha fallado el tobillo? Me la imagino tirada hecha un ovillo sobre el suelo de madera en alguna parte de la casa y me maldigo por haberla construido con tantas superficies duras. Recorro los pasillos a la carrera, siguiendo el sonido de su llanto.

Es más fuerte en la biblioteca. Debería haberlo sabido. Está en la segunda planta y subo corriendo la escalera de caracol y me dirijo hacia la esquina del fondo, donde me la encuentro acurrucada dentro de un fuerte de cojines y mantas, con mis diarios abiertos a su alrededor.

—Ey... —La estrecho entre mis brazos—. Shh... todo va a ir bien. Son historias. Solo historias.

Estoy mintiendo, no son *solo* eso, pero no sé qué decir. Lo único que quiero es que Helene no esté triste ni asustada. Quiero que sea feliz y esté a salvo.

Es lo único que siempre he querido.

—¿Cuánto tiempo llevas aquí? —le pregunto, acariciándole el pelo. Sigue llorando, pero ahora en silencio, cada una de sus sacudidas me remueve por dentro como si su angustia fuese la mía.

Helene alza la mirada y me observa con los ojos hinchados y enrojecidos. Esa es respuesta suficiente para mí. Parece que lleva horas llorando.

—Pero no son solo historias, ¿verdad? —pregunta con la voz entrecortada por intentar respirar.

Suelto un largo suspiro.

—No, no lo son. Pero aun así no deberías leerlas todas de golpe. Te inundará la tristeza y te volverás loca.

Ella cierra los ojos con fuerza y esconde su rostro en mi pecho.

—¿Cómo lo haces? —pregunta.

—¿Hacer el qué?

—Seguir adelante.

Niego con la cabeza aunque ella no pueda verme. La respuesta sincera es que no lo sé. Sigo adelante porque no tengo elección.

¿Ayuda que Julieta siempre termine volviendo? A veces, pero no demasiado. Su regreso nunca se lleva el dolor de haber perdido a su anterior reencarnación. Vivo con unas heridas abiertas que nunca se cierran, porque el dolor es eterno.

Sin embargo, eso no es lo importante esta noche. Lo que importa es Helene y cómo está lidiando con lo que ha descubierto de nuestro pasado. Yo he vivido sabiendo lo que conlleva la maldición durante mucho, mucho tiempo. Ella lo sabe desde hace menos de veinticuatro horas.

—¿Estás bien? —pregunto, aunque sé que no es posible que lo esté.

Ella murmura algo contra mi camisa que no consigo escuchar.

—Lo siento, no te he oído.

—Dos días —susurra Helene—. A veces muero en *dos días*.

Zlata. Pobre e inocente Zlata.

—O dos años —contrataco, como si eso fuera mucho mejor. En 1682 me enamoré de alguien que decía ser hechicera, Cosmina, cuando se presentó ante la puerta de mi palacio. Cosmina vivió dos años enteros después de aquello, mi amor más duradero.

Pero el tiempo que tenemos nunca es suficiente.

—¿Crees que con nosotros puede ser diferente? —pregunta Helene. Lo dice en voz baja, como si estuviese aplastando esa esperanza antes de siquiera considerarla.

—¿Porque recuerdas nuestro pasado por las historias que has escrito? Puede ser —digo. No le cuento que dudo que eso signifique que la maldición no nos vaya a afectar, que esta solo es otra forma de torturarnos, de hacernos sufrir.

—Y todos los diarios… —dice—. Siempre nos conocemos el diez de julio. Pero yo vine a Alaska en enero. Eso también ha cambiado.

Dudo antes de responder.

—En realidad… ya te había visto antes. El diez de julio de hace diez años. En Claremont, California.

Ella se sienta erguida.

—¿En la Universidad de Pomona?

Asiento.

—¿En qué parte del campus estaba? Se concreto. —Tiene los ojos abiertos como platos y me pregunto si ella también recuerda aquel día.

—Sobre una manta en el césped —digo—. Estabas con tus amigos y llevabas puesto…

—Un vestido de color miel —termina Helene por mí—. Era nuevo y era la primera vez que me lo ponía, recuerdo que me pasó una cosa muy extraña esa tarde. Estaba tirada en el césped cuando, de repente, me pareció saborear miel en la boca. Me reí porque pensé que pegaba con el color del vestido. Y cada vez que me lo puse después de aquello, esperaba que volviese a pasar como por arte de magia, pero nunca volvió a ocurrir. Pero ahora me doy cuenta de que no fue el vestido. Fuiste tú, ¿verdad?

—Sí —respondo en un susurro—. Fui yo. *Nosotros.*

—Diez años. Eso es mucho más que dos, algo más distinto a los otros Romeos y Julietas. ¿Por qué no te acercaste a presentarte entonces?

Se me encoge el corazón en el pecho y me siento mareado, sabiendo ahora lo que sé sobre Avery y sobre lo que sucede cuando dejo a Julieta sola.

—No me presenté porque parecías feliz, y no podía obligarme a robarte eso. Tenía… una teoría. Que puede que la maldición solo comience su cuenta atrás cuando nos enamoramos. Dejé a la anterior versión de Julieta sola y ella vivió una vida memorable. Así que cuando te vi… hui.

—Por eso te comportaste tan mal conmigo cuando nos encontramos en The Frosty Otter, ¿no? —pregunta Helene—. Querías que me marchase.

Hago una mueca de dolor pero tiene razón.

—Sí.

—Y ahora… —dice Helene—. Aún no nos hemos enamorado. Cada uno podría seguir su camino. ¿Eso es lo que quieres?

—No. —Se me escapa antes de que pueda pensarlo mejor, antes que de que pueda recordarme de que debería ser ella quien decidiese, no yo.

Pero el anhelo me llena el pecho como un embalse a punto de explotar. Debería dejarla marchar, pero estoy empezando a pensar que no existe el libre albedrío, al menos no cuando se trata de nosotros. Puede que las almas gemelas sean ineludibles. Puede que no podamos burlar al destino.

Me inclino y la beso. Es solo un roce suave, pero el sabor al vino meloso en nuestros labios es tan fuerte que hace que me hierva la sangre. Helene jadea cuando la onda expansiva de nuestro primer beso en esta vida la asalta.

—Oh, Dios —susurra—. ¿Esto es siempre así?

Asiento.

—Siempre.

No importa dónde estemos, no importa quién sea ella, cuando me besa, siempre es así.

ℋELENE

Vuelvo a besar a Sebastien y la electricidad entre nosotros es como un cable al rojo vivo, a punto de romperse. Pero, como si hubiésemos hecho un pacto tácito, nos contenemos y todo se mueve a cámara lenta y sin prisa.

Labios de terciopelo.

El sabor del vino dulce en la lengua.

Cabello sedoso contra mejillas sonrojadas.

Si pudiese embotellar el tiempo, conservaría este momento.

Pero entonces todos aquellos pensamientos que había relegado a un rincón escondido de mi cabeza estallan y salen de su cautiverio a toda prisa, y de repente me ahogo con todas las implicaciones de lo que significa ser Julieta.

Me aparto bruscamente de Sebastien.

—N-no puedo hacer esto.

—Helene, por favor…

Me pican los ojos de las lágrimas contenidas de nuevo y cuando veo su expresión herida, rompo en llanto.

—Si lo intentamos... —dice.

Pero lo interrumpo negando con la cabeza con violencia.

—No. Tienes que entenderlo, *quiero* lo que tuvieron Romeo y Julieta. Y Simão e Ines, Felix y Clara, Nolan y Mary Jo. Desde que estaba en el instituto y me inventé a mi Romeo imaginario, lo único que he querido es que alguien me amase por ser quien soy. Pero yo...

Las lágrimas brotan ahora más deprisa, no de tristeza, sino de miedo.

—Sebastien —me ahogo—. No quiero... m-morir.

Cierra los ojos durante un largo y doloroso instante, como si su cuerpo intentara contener todas las emociones en su interior. Cuando por fin vuelve a abrir los ojos, el azul parece haber desaparecido hasta volverse gris.

No dice nada.

No intenta hacerme cambiar de opinión.

Solo toma mi mano entre las suyas y susurra:

—Vale.

HELENE

E stoy agotada, y no creo que mi tobillo vaya a poder soportar el peso de mi fatiga física y emocional, así que Sebastien me lleva en brazos a la habitación de invitados. Retira las sábanas, me mete con delicadeza en la cama y me arropa.

—Lo siento —digo.

Pero él se limita a negar con la cabeza y me dedica una sonrisa valiente.

—Descansa. Te veré por la mañana, si quieres. Pero por ahora, descansa.

Se marcha sin hacer ruido, es increíble que un hombre de su tamaño pueda caminar tan ligero como una pluma.

Mi cerebro, que lleva corriendo como un hámster en una rueda a pilas un rato, por fin termina perdiendo la batalla contra el agotamiento. El metafórico hámster se cae de la rueda, mis pensamientos se disipan e inmediatamente caigo rendida y duermo hasta el mediodía.

Cuando me despierto, tengo los ojos rojos e hinchados. Parece como si me hubiese dado un puñetazo en la cara anoche. Y, metafóricamente hablando, así fue. Pasarme horas repasando el dolor de Romeo a lo largo de los siglos y, al mismo tiempo, temer que yo pueda ser Julieta y esté condenada a morir es como darme un puñetazo tras otro en la cara unas mil veces.

Me duele todo el cuerpo, por el accidente, por haber estado sentada hecha un ovillo en el suelo de la biblioteca anoche, por… la vida.

Puede que una ducha me ayude.

En cuanto el agua caliente roza mi cuerpo, mis músculos empiezan a relajarse. Me paso media hora en la ducha, en parte para relajarme y en parte para no hacer nada, para intentar no pensar en lo que viene después. Cuando por fin me obligo a salir, ignoro el montón de ropa arrugada y manchada de lágrimas y mocos y me limito a ponerme solo el reloj de mi padre y a envolverme en el albornoz que cuelga del gancho de la puerta del baño.

Después me como tres boles de Cinnamon Toast Crunch como almuerzo.

Fuera, la ventisca se ha calmado hasta no ser nada más que una simple ráfaga, pero dado los dos metros de nieve amontonada que hay en mi ventana, no me voy a ir a ninguna parte de momento. Las máquinas quitanieves aún tardarán un par de días en llegar hasta aquí.

Lo que quiere decir que estoy encerrada en una casa con un hombre que puede ser mi alma gemela, que sabe a recuerdos y a miel cuando lo beso, pero que probablemente sea la causa de mi muerte.

No estoy dispuesta a seguir posponiéndolo así que mi mente empieza a repasar la lista de todas las horribles muertes de las Julietas del pasado como si fuese una enfermiza *Rolodex*: herida de arma blanca, ahogamiento, aplastada por barriles de vino, estampida de caballos, revolución política y guerra (más de una), quemada en la hoguera, deshidratación en el desierto, enfermedades como tuberculosis y derramamiento cerebral… Vuelvo a sollozar y tengo que hacer uso de toda mi energía para que no se convierta en llanto.

No llores, trato de decirme con firmeza. *Anoche elegiste dejar de besar a Sebastien. No vas a ser la siguiente víctima de la maldición. No vas a morir.*

El reloj de mi padre brilla a la luz de la cocina y, por un momento, me siento una tonta. Él enfermó muy joven y no perdió la cabeza por ello. Era tan valiente, siempre diciendo que había vivido una vida maravillosa, siempre con una sonrisa para Katy y para mí o un abrazo largo y un beso dulce para mamá.

Pero ¿fue valiente desde el principio, justo cuando se lo diagnosticaron?, pregunta una vocecita en mi cabeza.

No lo sé, porque entonces solo era una niña. Pero puede que no fuese valiente. Puede que se derrumbase y llorase a escondidas. Puede que tardase un tiempo en ser valiente.

Bajo la mirada hacia el reloj de papá y acaricio la esfera rota. Apuesto que entonces le habría gustado poder detener el tiempo, para quedarse con mamá, con Katy y conmigo un poco más.

Por otra parte, lo último que nos dijo fue: «Tengo mucha suerte de haber vivido tanto en treinta y ocho años. No me gustaría que hubiese sido de otro modo».

—Pero sigues a mi lado, ¿verdad, papi? —susurro mientas me aferro a su reloj. Puedo sentir cómo cuida de mí ahora mismo, dándome permiso para tener miedo. Diciéndome que ser fuerte no significa no sentirse abrumado o aterrorizado. Significa permitirte sentir todas esas cosas, y después levantarse y seguir adelante de todos modos.

Muy bien, entonces. Aquí está la verdad, sin filtros: no sé si me creo que soy Julieta. Pero hay demasiadas pruebas en la biblioteca de Sebastien, ¿y qué pasa si de verdad lo soy? No estoy lista para morir aún. He malgastado demasiados años con Merrick y le he dejado que enterrase mis sueños de ser escritora y de crear una familia. Ahora es *mi* turno, y voy a aprovecharlo. Y pensar que todo puede desaparecer justo cuando estoy empezando…

Me recorre un escalofrío y me envuelvo aún más con la bata.

—No tengo intención de morir —digo en voz alta, como si eso pudiese evitarlo.

Y puede que esté bajo mi control. Incluso aunque ceda a creerme que soy Julieta, Sebastien dijo que se alejó de mi antigua versión, ¿no? Y que vivió «una vida memorable». Si puedo averiguar algo sobre ella, entonces puede que consiga sentirme mejor conmigo misma cuando me aleje de él.

Así que, ¿quién era ella?

Mis conocimientos como periodista entran en acción. Pienso en todos los diarios que hay en la biblioteca y, como lo estoy haciendo por el bien de la investigación, no me aterra recordarlos.

El último cuaderno era de 1941. Eso me deja unos ochenta años desde Rachel Wilcox en Pearl Harbor y yo. Y basándome en las fechas del resto de diarios, parece que el espíritu de Julieta se reencarna en cuanto la anterior muere.

Así que, si el ataque a Pearl Harbor fue en diciembre de 1941, eso significa que la Julieta anterior a mí tuvo que nacer en 1942. Y que habría sido adulta en los sesenta, así que Sebastien podría haberla conocido de esa fecha en adelante.

Pero ¿cómo encuentro a una mujer que estuviese soltera durante todos los años sesenta hasta principios de los noventa que es cuando yo nací?

¿Sé algo más de ella?

Piensa, Helene, piensa.

¡Lo tengo!

Las fotografías de las paredes de la habitación de Sebastien. Cuando le pregunté quien las sacó me dijo que fue una mujer a la que amó. No consigo recordar si me dijo el nombre, pero las fotos tenían buena calidad, así que las debió sacar la última Julieta. Sobre todo porque antes de la Segunda Guerra Mundial, yo era Kitri en el Shanghái de los años veinte…

Me percato de que he dicho que era «yo» quien estaba en ese recuerdo. *Yo* era Kitri.

Creo que me estoy empezando a creer que soy Julieta más de lo que yo misma había admitido.

Pero dejo ese pensamiento de lado por ahora, porque voy por buen camino. La Julieta anterior *tenía* que haber sido fotógrafa de vida salvaje, porque la película a color de las fotografías que Sebastien tiene enmarcadas no existía hasta 1901, cuando nació Kitri Wagner.

Salgo corriendo hacia la cocina del dormitorio y busco mi teléfono móvil.

Una rápida búsqueda de imágenes de «fotógrafa de vida salvaje de los años 80» (supongo que para entonces rondaría los cuarenta, lo que le daría más tiempo para forjarse una carrera) me saca una prometedora lista llena de nombres. Luego los cruzo con otra búsqueda de «familia de focas observando las auroras boreales» y...

—¡Bingo!

Avery Drake.

Es hora de descubrir todo lo que pueda sobre ella.

SEBASTIEN

Helene no sale de la habitación de invitados en dos días. No quiero molestarla, debería poder tener todo el espacio que quiera, incluso si eso la aleja de mí para siempre y aunque eso me mate, pero estoy desesperado por saber si está bien. Recorro el pasillo, merodeando e intentando no escuchar a escondidas y, al mismo tiempo, tratando de escuchar sonidos de llanto o de cualquier otra señal de que me necesita.

Llamo a la puerta una vez para hacerle saber que he horneado una nueva tanda de cornetti de Nutella para ella y le dejo los recipientes de plástico en la puerta. También le digo que le he traído un pijama de franela, demasiado grande, pero al menos está limpio, y que si quiere que le lave la ropa, ya que lleva varios días con ella puesta, me la puede dejar en la puerta.

La siguiente vez que me acerco a esa parte de la casa, los recipientes y el pijama han desaparecido, aunque no hay ropa sucia que pueda llevarme. Al menos sé que está lo suficientemente bien como para querer comerse los dulces. Pero me decepciona no poder hacer nada más. Si pudiera, dedicaría mi tiempo a consolar a Helene.

En cambio, tengo que enfrentarme al insoportable hecho de que el único amor de mi larga y solitaria vida está aquí...

Y no puedo estar a su lado.

HELENE

Entierro la cara en mis almohadas. He leído todo lo que hay en Internet sobre Avery Drake. Ojalá no lo hubiera hecho.

Porque estas son mis opciones:

- *Soy Julieta, me enamoro de Sebastien y me muero pronto.*
- *Soy Julieta, me alejo de Sebastien y, si la vida de Avery sirve como ejemplo de lo que pasa cuando Julieta vive separada de Romeo, vivo el doble de tiempo pero es una vida llena de horrores, tanto que tonteo con la muerte y deseo haber muerto antes.*
- *No soy Julieta y todas mis escenas y los cuadros, objetos y diarios de Sebastien son solo una coincidencia enorme y extremadamente detallada. No existe la maldición, ni un Romeo inmortal, no hay ninguna reencarnación maldita de Julieta. Lo que significa que puedo hacer lo que quiera.*

Quiero que ese último punto sea cierto. Pero al escribirlo me doy cuenta de que es tan improbable como los otros dos.

¿Y si, de alguna manera, el punto tres *es* cierto? Entonces me quedo con menos de lo que tenía al llegar a Alaska (que, francamente, tampoco es mucho), porque no puedo seguir adelante y escribir un libro basado en esas escenas. Hay demasiada verdad ligada a ellas ahora. Si quiero negar que hay un motivo por el que mis historias y las de Sebastien están conectadas, entonces no puedo volver a pensar en esas escenas.

El reloj de mi padre está frío contra mi mejilla, y levanto la cabeza de entre las almohadas para mirarlo.

—¿Cómo puedo ser lo suficientemente valiente para seguir adelante? —pregunto.

El reloj no me responde. Pero al cerrar los ojos recuerdo una conversación que escuché a través de las paredes de nuestra casa una noche cuando mamá y papá pensaban que Katy y yo estábamos durmiendo. Fue poco después de su diagnóstico y mamá estaba llorando. Creo que hasta ahora había bloqueado ese recuerdo de mi memoria.

—*¿Qué voy a hacer, Mike? No puedo seguir sin ti. No puedo criar a las niñas yo sola. No puedo...*

—*Puedes, Beth. Yo creo en ti.*

—*No puedo. Ni siquiera sé si puedo seguir adelante ahora. ¿Cómo puedes estar tan... tranquilo?*

—*Porque aún no estoy muerto.*

Eso la hizo llorar afligida.

Él la consoló y, cuando sus sollozos se calmaron, dijo:

—*Hay un millón de cosas que podrían pasar, Bethie. Un millón de cosas por las que podríamos preocuparnos. Tuve que dejarlas ir. Si no, la vida que me queda estaría regida por el miedo. Eso es lo que quería decir con que aún no estoy muerto. Cada segundo de vida que me quede es demasiado valioso como para malgastarlo en los millones de «y si...».*

Aprieto el reloj de papá con más fuerza contra mi mejilla, intentando no llorar porque ya no esté conmigo, y por lo que podría estar esperándome a la vuelta de la esquina.

Pero también sé que tenía razón. Puede que tuviese guardado ese recuerdo para este momento, cuando de verdad lo he necesitado. Es como si papá estuviese aquí, mostrándome el camino a través del miedo hacia la valentía, y enseñándome a cómo ser feliz incluso ante la incertidumbre.

Y, a decir verdad, la incertidumbre es todo lo que tengo. Puede que sea Julieta. Puede que no. Incluso si solo soy Helene, puede que muera un día de estos. Ese accidente que tuve en el que me estrellé contra el banco de nieve podría haberme matado, o el alce que me fulminó con la mirada después. Me podrían diagnosticar el mismo tipo de tumor cerebral que tuvo papá. O puede que viva hasta cumplir 103 años.

Nadie sabe qué le deparará el futuro. Pero sé lo que me depara el *hoy*. Y sea duro o no, bueno o malo, cada día es un regalo, y yo no quiero desperdiciarlo.

—Gracias, papá —digo, y beso suavemente el reloj.

Como si me estuviese escuchando, un rayo de sol entra por la ventana a través de la nieve que se está empezando a derretir e ilumina la habitación.

Un minuto más tarde, Sebastien llama a mi puerta.

—¿Helene? —pregunta—. Ya ha pasado el quitanieves y las carreteras están despejadas. ¿Crees que estás lista para arriesgarte a salir?

Disfruto un minuto más del rayo de sol y del recuerdo de mi padre. Y después asiento y me levanto de la cama.

—Sí —me digo como en un susurro. Y después, en voz alta—. Sí, lo estoy.

HELENE

El silencio en el interior de la camioneta de Sebastien es de lo más incómodo. Salimos del camino de la entrada como si fuésemos a cámara lenta, no solo por la velocidad a la que conduce sobre el hielo, sino por lo largos que se me hacen los minutos en silencio. ¿Qué le puedes decir a alguien después de que vuestros caminos se hayan cruzado de la manera más improbable? ¿Y qué le dices cuando estás a punto de despedirte de esas posibilidades?

—Eh, gracias por acogerme en tu casa.

—Por supuesto. —No aparta la mirada del volante.

Espero un poco más, pero no añade nada. Un minuto más tarde, ya estamos en la carretera, que han limpiado lo suficiente como para que entren dos coches, uno al lado de otro. Casi no me fijo en mi coche de alquiler cuando pasamos frente a él, porque la ventisca lo ha cubierto de nieve en los últimos días. Lo único que sobresale entre tanta nieve es el guardabarros trasero, un poco abollado donde probablemente lo golpease una máquina quitanieves, al no saber que había un coche abandonado en el banco de nieve.

Una sombra recorre el rostro de Sebastien.

—Me alegro de que solo te hicieses daño en el tobillo.

—Soy un hueso duro de roer. No te preocupes por mí.

Pero sospecho que está pensando en la supuesta maldición, y en cómo ese accidente podría haberme matado. Y no le puedo decir que está equivocado, porque ese accidente sí que podría haberme matado sin importar la maldición.

Sin embargo, lo he aceptado, sea Julieta o no. Tal y como dijo papá, hay un número infinito de cosas de las que podría preocuparme. Así mismo, también podría centrarme en todas las posibilidades que tengo de que esas cosas sean buenas. Estadísticamente, aquello positivo es igual de probable que aquello negativo más imposible. Así que elijo quedarme con lo bueno.

Me siento bien al volver a ser la Helene optimista, aunque esté un poco oxidada después de la paliza de los últimos días en casa de Sebastien.

—Llamaré a la empresa de alquiler de coches cuando llegue a mi cabaña —digo.

—Ya he hablado con Ron, el chico de la grúa —responde Sebastien—. Se encargará de sacar tu coche de ahí a lo largo del día de hoy y lo llevará de vuelta al aeropuerto.

—No tenías por qué hacer eso. Tengo seguro.

—La empresa lo habría mandado a él igualmente. Es el único con una grúa en Ryba Harbor.

—Oh, bien, gracias entonces.

Sebastien responde haciendo un pequeño ruidito de asentimiento, pero no dice nada más.

Me giro para mirar por la ventana. Hace un día precioso, el sol brilla y la ventisca ha dejado un suave manto blanco sobre el bosque a su paso, es como si viviese dentro de una bola de nieve. A pesar del silencio, una sonrisa se dibuja en mi rostro mientras observo el paisaje.

Al cabo de un rato, Sebastien me pregunta si me parece bien que ponga música.

Tiene un gusto musical horrible. Un grupo de metal de los ochenta grita a través de los altavoces, y no consigo leer el nombre de la cadena de radio, porque la camioneta de Sebastien probablemente sea más vieja que incluso el grupo.

—¿Estás bien? —pregunta.

—No es lo que me esperaba…

—¿Que era?

—¿Una cadena en la que pusiesen canciones marineras?

Se ríe y eso consigue romper la tensión que había entre nosotros. Ambos damos nuestro brazo a torcer (yo prefiero escuchar el Top 40, pero a él no le gusta la música pop) y terminamos decantándonos por una cadena que pone música de grupos de los 90 y de los 2000. Seguimos en silencio, pero al menos la música llena el vacío.

Al final, llegamos al pueblo. Le doy indicaciones a Sebastien para llegar a mi calle, pero le resta importancia con un gesto de la mano, porque Ryba Harbor es un pueblo pequeño y todo el mundo sabe dónde me estoy quedando (ya que soy la única turista chiflada que decide venir a un pueblo remoto de Alaska en pleno invierno).

Pero cuando llegamos, hay alguien sentado en la destartalada mecedora del porche. Cuando aparcamos, se levanta.

—Oh, mierda.

—¿Quién es ese? —pregunta Sebastien, en alerta por el tono de mi voz.

—Ese —digo—, es mi ex, Merrick.

HELENE

S ebastien se lleva la mano al cinturón para desabrocharlo, como si fuese a bajar conmigo.

—No pasa nada —le digo.

—Puedo salir y...

—No. Por favor. Quédate dentro de la camioneta. En realidad, puedes dejarme y marcharte.

—Helene, no voy a dejarte sola.

Paso la mirada de Merrick a Sebastien y de vuelta a Merrick. Este último está de pie en el porche, con los brazos cruzados sobre un abrigo de lana de Prada. Nunca me gustó su predilección por las marcas demasiado caras, pero está muy elegante, y odio que siga siendo tan apuesto a pesar de lo que me ha hecho pasar.

—Merrick no me hará daño —digo. Al menos, no de forma física. No estoy ante ese tipo de peligro.

—Nunca pasa nada bueno cuando un ex se presenta sin avisar —dice Sebastien—. Me quedaré en la camioneta, pero si me necesitas, hazme una señal, la que sea, y ahí estaré.

Tengo que admitir que me alivia que Sebastien se quede.

En cuanto salgo de la camioneta, Merrick escupe:

—¿Te estás tirando a *ese* ahora?

Supongo que la elegancia de Prada no va a ser extrapolable a nuestra conversación. Mientras que Merrick fue encantador cuando nos conocimos, hace tiempo que dejó de serlo conmigo. (Sin embargo, sigue siendo encantador con las becarias, así como con cualquiera a quien necesite hacerle la pelota para ascender).

—No, no me estoy tirando a nadie —respondo entre dientes mientras recorro el camino helado—. Tengo mi propia casa, algo que claramente ya sabes porque estás en mi porche. Aunque lo que haga o deje de hacer no es de tu incumbencia.

—Eres mi esposa, Helene. Es de mi incumbencia —dice como un buitre posesivo.

—Ya no estamos casados, Merrick.

—Al contrario. Estamos casados hasta que firme los papeles del divorcio y un juez lo haga definitivo. Y me niego a firmarlos.

Frunzo el ceño mientras subo los escalones de la entrada. Cara a cara da menos miedo. Tan solo es unos centímetros más alto que yo y, al contrario que Sebastien, Merrick no es un hombre fornido. Lo más pesado que ha tenido que levantar es su ego gigantesco.

—Merrick, te das cuenta de que la ley de California establece que solo tiene que firmar una de las partes para que el divorcio sea efectivo, ¿verdad? Ya he rellenado los papeles. Nuestro matrimonio se ha acabado, lo aceptes o no. De todas formas, ¿cómo me has encontrado?

—Las facturas de las tarjetas de crédito —dice—. Cambiaste el correo al que se enviaban, pero eso no significa que no pueda entrar en tu cuenta bancaria y ver lo que has estado comprando. En cuanto me di cuenta de ese detalle no fue muy difícil localizarte.

—No tenías ningún derecho a meterte en mis asuntos.

—Vuelve a casa, Hel —dice Merrick, de repente más amable, como si aún se pensase que puede engatusarme para que haga lo que me pide—. Hacemos una pareja perfecta.

—¿De verdad?

—Claro que sí. Nuestra vida juntos es perfecta. Trabajamos y vivimos juntos, pero no nos entrometemos en la vida del otro, nuestra casa está exactamente como nos gusta y…

—Una relación debería ser algo más que dos personas compartiendo casa pero viviendo vidas separadas, Merrick. Solo crees que nuestra pareja es perfecta porque haces lo que te da la gana y yo nunca me enfadado por ello. Pero estoy harta. Ya no quiero quedarme callada y ser amable y «perfecta». No quiero ser un personaje secundario dentro de tu película, no quiero trabajar en algo que no va a ninguna parte, y no quiero fingir que no sé que te estás tirando a tus becarias.

—Helene, te he dicho que eso no es lo que pasó. Y no tienes pruebas.

—Vaya, ¿así que entrar en tu oficina y ver a Chrissy de rodillas frente a ti no es prueba suficiente?

A pesar de la entereza de su voz, Merrick tiene el rostro morado. Pero respira hondo varias veces y hace uso de sus tácticas habituales: desviar la conversación para no tener que abordar el tema de que ha cometido un error. Porque Merrick odia equivocarse, incluso si ese error ha sido que lo pillasen.

—Mira, Helene —dice con falsa sensatez—. Has tenido tiempo de sobra para desahogarte y yo he sido paciente. Pero esto ha ido demasiado lejos, y es hora de que vuelvas a casa. He cancelado el resto de tu alquiler y he hecho tus maletas. Nuestro vuelo a Los Ángeles sale esta noche.

—¿Que has hecho qué? —grito, lo suficientemente alto como para que Sebastien me escuche y baje de un salto de su camioneta. Me giro para mirarlo y niego con la cabeza. Puedo sola.

Sebastien se queda donde está, pero no vuelve a subirse a su camioneta.

Merrick sigue hablando como si solo fuese un problema de logística del periódico.

—También te he retirado el acceso a nuestra cuenta bancaria conjunta y a tus tarjetas de crédito temporalmente, ya que es obvio que no se puede confiar en ti para pensar racionalmente en este momento. Ah, y he cancelado tus billetes de avión a Europa. He intentado hablar con Katy para avisarla, porque sé que había reservado una guardería para Trevor, pero no me ha contestado al teléfono.

—Eres de lo que no hay, Merrick. —Quiero arrancarle la cabeza. Arrancársela de manera literal, como en uno de esos viejos juegos de *arcade* como Mortal Kombat donde el ganador se alza con la victoria con la cabeza del perdedor y su columna vertebral colgando de la mano. ¿Por qué está actuando como si fuese una niña irresponsable y solo estuviese haciendo lo mejor para mí? ¿Y encima actuar como si nos estuviese haciendo un favor al «avisar» a Katy?

Al mismo tiempo, me odio por no haber sacado la mitad del dinero que había en nuestra cuenta conjunta y haberme abierto una sola. Claramente es justo lo que debería haber hecho, pero cuando tu vida se está derrumbando más rápidamente de lo que puedes volver a juntar las piezas, no piensas en esos pequeños detalles que siempre has dado por sentado, como en que el dinero que te pertenece por derecho deje de estar disponible. Y después ya estaba demasiado lejos de nuestro banco de California o de un cajero automático para poder arreglarlo.

Me maldigo por no haber sido más lista, por haber salido corriendo de la casa sin un buen sobre lleno de dinero, por subestimar la ira de mi exmarido.

Pero entonces me doy cuenta de que estoy volviendo a actuar como lo haría la antigua Helene, culpándose por el lío que ha causado Merrick.

—Ese dinero me pertenece, Merrick. El cincuenta por ciento es mío.

—Siento haber tenido que llegar a este extremo, pero has estado fuera varias semanas. He intentado abordar esto de manera civilizada pero no respondías a mis llamadas. Por lo tanto, la única manera que tenía para ponerme en contacto contigo era cortarte el grifo para que no pudieses pagar estas vacaciones de venganza en Alaska.

—Esto *no* son unas vacaciones de venganza.

Merrick mira hacia Sebastien, que se ha ido acercando poco a poco.

—¿Podemos hablar de esto dentro? —pregunta Merrick.

—Creo que el porche es el lugar perfecto para hablar de esto —digo—. Es tan frío e imperturbable como tu corazón.

Merrick hace como si no hubiese oído la última parte y se sienta en la mecedora. Me pregunto cuánto tiempo llevaba aquí antes de que yo llegase, obviamente, el tiempo suficiente como para haberle quitado la nieve de encima. Se masajea la frente.

—Hel... No quería hacer nada de esto, pero no me has dejado otra opción. ¿Sabes lo mal que queda que mi mujer haya huido?

—No soy un maldito cachorro al que le atases la correa demasiado floja.

Suspira de ese modo tan suyo en el que dice «¿Por qué tienes que ser tan intensa?».

—Sabes lo que quiero decir. Fui el mejor de nuestra clase en Northwestern. —Siempre se olvida convenientemente de que yo fui la segunda de nuestra clase, justo tras él—. Soy el editor jefe más joven de la historia de *The Wall Street Journal*. Voy a llegar alto. Necesito a mi esposa a mi lado.

Pongo los ojos en blanco. Lo que quiere decir es que necesita a su esposa a su lado para las fotos y los artículos que hablen de lo maravilloso que es. Me quiere solo por la imagen que doy. No por quien soy en realidad.

—Bueno, puede que debieses haber pensado en ello antes de ponerme los cuernos —digo—. Antes de *todas* las veces que me engañaste.

—¡Te he dicho que Chrissy solo estaba recogiendo un clip que se le había caído!

—Eres increíble, ¿sabes? —Ahora estoy furiosa. Me sorprende que mi ira no arda tanto como para derretir la nieve del tejado del porche, y demonios, para no derretir toda la nieve de Ryba Harbor. Aunque juraría que la nieve de la barandilla está empezando a soltar vapor—. Esto se ha acabado, Merrick.

—No, Helene. He comprado los billetes para el primer avión que salga de aquí en cuanto el aeropuerto vuelva a abrir, he conducido en una chatarra de alquiler con el fin de llegar a este pueblo del demonio para recuperarte, ¡así que *no* me voy a ir hasta que recojas tus maletas y te metas en ese coche!

De reojo veo a Sebastien, que sigue manteniendo una distancia prudencial. Asiento y él se acerca al mismo tiempo que vuelvo a dirigirme hacia mi exmarido.

—Merrick, puedes darles órdenes a tus redactores y puedes convencer a tus becarias de que te hagan una mamada, pero yo no trabajo para ti ni me puedes engañar con tus chantajes o manipulaciones, ya no. Así que cuando digo que esto se ha acabado, significa que esto se ha acabado. Tienes que irte.

—Oblígame —dice Merrick, mirándome fijamente mientras se recuesta en la mecedora.

—¿Eso es un reto? —dice Sebastien, subiendo los cuatro escalones de la entrada de una sola zancada.

Me cruzo de brazos y miro a Merrick.

—Sebastien puede levantarte a ti y a esa mecedora en la que estás sentado, echaros en la parte de atrás de su camioneta y soltarte en el aeropuerto si es lo que quieres. Aunque probablemente te cobren de más si no devuelves el coche de alquiler, y he oído que las tasas son bastante altas.

Merrick y Sebastien se sostienen la mirada durante unos minutos. Pero aunque Merrick es arrogante como el que más, no es idiota, y sabe que no puede ganar.

Aun así, debe tener la última palabra cuando se levanta de la mecedora y se marcha.

—He intentado ser amable, Helene, pero si lo que quieres es una guerra, la tendrás. Tengo al mejor abogado matrimonial de Beverly Hills a mi servicio, y eso solo es el principio. Te arrepentirás del día que me conociste.

—Ya me arrepiento del día que te conocí —murmuro.

—Tu billete está sobre la mecedora. No se admiten reembolsos, así que no pienses en devolverlo para sacar algo de dinero. Ese billete es tu última oportunidad antes de que acabe contigo.

Se monta en su coche y cierra la puerta de un portazo. Le cuesta arrancarlo y, por un momento, me horroriza pensar que tendremos que llevarlo. Pero el motor termina poniéndose en marcha y Merrick sale derrapando por el camino de entrada, saliendo de Ryba Harbor como si fuese un piloto de carreras con un serio complejo de Napoleón.

—Oye —dice Sebastien con dulzura—. ¿Estás bien?

—Sí. Y no.

Abre los brazos, ofreciéndome un abrazo, y aunque antes me había resistido, ahora necesito un lugar en el que sentirme segura, así que acepto su abrazo y me derrumbo. Porque no sé qué voy a hacer sin dinero, sin tarjetas de crédito y sin un lugar donde quedarme.

Puedo fingir que lo siguiente que hago es entrar tranquila y en silencio en la cocina, servirme un trozo de tarta y pensar racionalmente en lo que acaba de pasar.

Sin embargo, lo que realmente sucede es que pierdo la cabeza en cuanto entro en la cabaña.

—¿Cómo puede hacerme esto? —grito mientras abro con fuerza la puerta del pobre Reginald, la nevera.

—Lo siento mucho, Helene —dice Sebastien, unos pasos detrás de mí para no arriesgarse a interponerse entre mi trozo de tarta en una mano y el cuchillo que tengo en la otra.

—¿Cómo he podido estar casada con ese imbécil tanto tiempo? ¿Cómo no me di cuenta de cómo era en realidad?

—No es culpa tuya —repone Sebastien, quitándome con cuidado el cuchillo y la tarta—. La gente cambia. Merrick probablemente no era así cuando lo conociste.

—¡Aun así! ¿Cómo es posible que alguien sea tan ruin? —Me dejo caer sobre un taburete y me paso las manos por la cabeza.

Sigo maldiciendo y golpeando la encimera. Sebastien guarda el cuchillo, encuentra un tenedor y me lo tiende junto con el plato de tarta sin mediar palabra. Sabe que lo que necesito en estos momentos es comerme la mitad de la tarta de chocolate y desahogarme. Puede que no sea por intuición, sino gracias a todas las vidas que hemos pasado juntos. Pero no importa, se lo agradezco igualmente.

Cuando ya no queda tarta, ya sea porque me la he comido o porque la he convertido en una montaña de migas, por fin estoy lo suficientemente tranquila como para volver a hablar.

—Debería llamar al banco y ver qué está pasando con mi cuenta.

—Buena idea. Yo me encargo de limpiar todo esto mientras lo haces. —Sebastien empieza a limpiar la escena del crimen con la tarta.

Me voy a mi dormitorio y llamo al banco Sunnyside del sur de California. Después de varios minutos intentándolo y consiguiendo solo contactar con el menú de llamadas y un largo rato esperando, por fin consigo hablar con el servicio de atención al cliente. Les explico rápidamente mi situación.

—De acuerdo, déjeme que lo compruebe —dice Linnea, la agente de servicio al cliente del banco.

La oigo chasquear la lengua al otro lado de la llamada. No me inspira mucha confianza.

—Bueno, señora Janssen, veo que el otro titular, el señor Sauer, ha bloqueado la cuenta.

—Sí, lo sé. Me gustaría quitar ese bloqueo.

—Por desgracia eso no se puede hacer por teléfono —dice Linnea—. Por motivos de seguridad tendrá que venir a una sucursal en persona con dos documentos de identidad y un justificante de su domicilio actual.

—¡Pero la cuenta está a mi nombre! No lo entiendo. La mitad de ese dinero me pertenece. ¿Por qué no puedo hacer lo que quiera con él? —Me dejo caer enfadada sobre la cama.

—Entiendo que esta situación es frustrante y la comprendo —dice Linnea en ese tono de voz tan exasperante que utilizan en atención al cliente para «gestionar» a los clientes difíciles—. Ojalá pudiese ayudarla, de verdad, pero es la política del banco. Sin embargo, solo le llevará unos minutos una vez que acuda en persona a una sucursal…

—¡No puedo ir a ninguna sucursal! ¡Estoy en Alaska! —Maldito Merrick. Lo tenía todo previsto. Nuestro banco es uno pequeño y regional y, aunque puedo acceder a una serie de cajeros automáticos de bancos asociados por todo el país, las únicas sucursales están en el sur de California. Merrick sabía que disponer de un cajero automático no me serviría de nada sin una tarjeta de débito activa, y para hacer que esa tarjeta vuelva a funcionar, tendría que volver a Los Ángeles.

—Entiendo su situación, señora Janssen —dice Linnea, aún calmada—. ¿Quizá pueda hablar con el señor Sauer y se puede acercar él a una sucursal en persona para desbloquear su cuenta?

—¡No! —Tomo un cojín y lo lanzo al otro lado de la habitación—. Estoy intentando divorciarme de él, y la mitad del dinero de esa cuenta me pertenece, pero él me ha quitado el acceso.

—Oh. —Linnea no sabe qué decir. Escucho cómo repasa el guion de atención al cliente que probablemente tenga en la pantalla ante ella, intentando encontrar qué responder ante esta situación.

—¿Hay algún responsable con el que pueda hablar?

—Por supuesto —dice Linnea—. Por favor, espere mientras la pongo en contacto. Y siento mucho que esté pasando por esto, señora Janssen. De verdad.

Esa última frase no formaba parte del guion, de eso estoy segura. Me hundo más en el colchón.

—Gracias, Linnea.

Un minuto más tarde, el responsable del banco responde a la llamada.

—Hola, señora Jansen. Soy Richard Hinkle. Me han dicho que tiene algunas preguntas. ¿En qué puedo ayudarla?

—No tengo ninguna pregunta. Tengo un problema enorme.

—Dígame qué puedo hacer por usted —dice Richard, de nuevo con ese tono de «así es como lidias con un cliente problemático».

Tengo que volver a recitar todos los detalles que le he contado a Linnea.

—Ya veo —dice Richard en cuanto acabo—. Siento que se encuentre en esta situación, señora Janssen. Por desgracia, el banco no puede escoger un bando o el otro cuando se está llevando a cabo un procedimiento de divorcio, así que, en realidad, necesitará una orden judicial para poder desbloquear las cuentas.

—¿Qué? ¡Linnea dijo que solo hacían falta dos documentos de identidad!

—Entiendo que esta situación es frustrante y la comprendo —dice, repitiendo el mismo discurso—. Sin embargo, en mi experiencia, los abogados suelen ser capaces de resolver este tipo de conflictos bastante rápido en un juicio, y después solo tendrá que acudir a una sucursal...

—¡Estoy en Alaska! —grito y lanzo el teléfono contra el cojín que he lanzado antes al otro extremo de la habitación. Me dejo caer boca abajo en la cama.

—¿Hola? ¿Hola? —dice la voz apagada de Richard. Al no obtener respuesta, dice—: Si podemos ayudarla en algo más, señora Janssen, por favor póngase en contacto con nosotros en cualquier momento de 9 de la mañana a 5 de la tarde, hora del Pacífico. ¡Gracias por elegir el banco Sunnyside del sur de California! —Y con esa alegre frase, cuelga.

Sebastien llama con delicadeza a la puerta.

—¿No ha ido bien?

—Aaagghhhh —murmuro contra la cama.

Siento como se hunde el colchón bajo su peso cuando se sienta a mi lado. Me deja regodearme en mis desgracias unos minutos más, hasta que estoy lista para darme la vuelta y mirarlo.

—¿Qué voy a hacer, Sebastien? No puedo volver a casa. Pero tampoco me puedo quedar aquí. Incluso si consiguiese convencer a la dueña de que no cancelase el contrato de alquiler, no tengo un trabajo con el que conseguir dinero. —Más allá de mi paso fortuito por Shipyard Books porque Angela quería visitar a su nieta, Ryba Harbor no es precisamente conocido por tener muchos empleos disponibles en temporada baja.

—Bueno, sé que no es mucho, pero tienes esto. —Sebastien alza el billete de avión que Merrick había dejado en la mecedora.

Lo fulmino con la mirada.

—¡Que *no* voy a volver a Los Ángeles!

—No quería decir eso. —Sebastien alza las manos, como si se rindiese—. Quería decir que puedes devolverlo y sacar algo de dinero en efectivo.

—No, no puedo. Merrick ha dicho que no era reembolsable, ¿recuerdas? Lo ha pensado todo.

—No todo —dice Sebastien—. Yo, eh…, he hecho un par de llamadas mientras hablabas con el banco. Espero que no te importe. El dinero que cuesta este billete te estará esperando en la oficina central de Anchorage si lo quieres.

Me levanto de golpe.

—Espera, ¿qué? ¿Cómo? —Acabo de tener que aguantar que el banco Sunnyside me diga que «lo que quiero va en contra de la política del banco», y eso que se supone que es conocido por su buen servicio de atención al cliente. No me puedo creer que una aerolínea gigantesca sea mucho mejor.

—El marido de la prima de Dana trabaja en la oficina central —dice Sebastien—. Ha tirado de algunos hilos. Sé que no es mucho, pero al menos son unos cientos de dólares.

—Has llamado a tu amiga, que ha llamado a su prima, que ha llamado a su marido, ¿que *me* ha hecho un favor? —Miro a Sebastien sin poder creérmelo—. ¿Ha funcionado?

Se encoge de hombros.

—La gente de Alaska protege a su gente y a aquellos a los que aman.

A los que aman. No creo que quisiese que se le escapase eso, pero ahora que lo ha dicho, entiendo por primera vez lo que significa tener a alguien de tu parte todo el tiempo. Me lo había imaginado con el Sebastien de mis historias, pero ahora puedo sentir el amor tan poderoso que emana del Sebastien de verdad. Y eso es con él conteniéndose.

¿Así es como se sabe que has encontrado a la persona correcta? Merrick siempre asumía que yo me valía por mí misma, y como podía, me dejó enfrentarme a todo sola. Es un lujo extraño y maravilloso que Sebastien luche *conmigo*.

Me abruma el repentino deseo de besarlo.

Le poso las manos en las mejillas y presiono mis labios contra los suyos. Por un instante, unas chispas de color miel saltan de donde nuestros labios se juntan.

Sebastien da un respingo y casi se cae de la cama.

—Pensaba…

—Lo sé. Dije que no quería que ocurriera nada entre nosotros. —Niego con la cabeza—. Pero ¿y si me equivocaba?

—¿Y si no te equivocabas?

Bajo la mirada hacia el edredón de cuadros y trazo las líneas con los dedos.

—Sé lo de Avery —digo.

Sebastien se queda paralizado.

—Tuvo mucho éxito —añado—. Pero también era infeliz. ¿Crees que lo que le pasó es lo que les pasaría a todas las Julietas, a mí, si no estamos juntos? —Miro a Sebastien.

Él traga con fuerza, su nuez sube y baja con el movimiento.

—No lo sé —responde con prudencia—. No creo que un caso aislado establezca una regla.

—¿Y estás dispuesto a volver a arriesgarte? ¿A dejarme y ver qué pasa?

—Yo… intentaba salvarte —dice en voz baja.

—No tienes que salvarme —digo—. Ya me he salvado sola. —Porque de verdad lo he hecho. He conseguido salir de una relación tóxica con Merrick, he cortado todos los lazos que me ataban a Los Ángeles, y he llegado hasta aquí, al medio de la nada en Alaska. Me he permitido empezar de cero.

—Cierto, por supuesto —dice Sebastien avergonzado—. No necesitas que acuda a rescatarte. Lo que quería decir es… ¿Qué pasa si lo intentamos y sale mal? ¿De nuevo?

—Si no te hubieses alejado de Avery, si te hubieses quedado y le hubieses dado una oportunidad a lo vuestro, ¿crees que habríais sido felices juntos?

—Sin duda —dice, sin tener que pensarlo.

—Eso es lo que creía.

Sebastien me mira como si temiese que fuese a desaparecer ante sus ojos de un momento a otro.

—Entonces, ¿qué significa esto? —pregunta, casi en un susurro.

—Significa esto. —Me levanto de la cama, tomo su mano en la mía, y lo beso de nuevo.

Esta vez, no se aparta y deja que el dulce calor que emana de nuestros labios descongele lo que seguía helado entre nosotros.

Creo que iba tras un objetivo equivocado cuando dejé a Merrick. Puede que esta nueva vida que estoy intentando construir no solo gire en torno a escribir una novela o irme a Europa con Katy. Puede que el objetivo de todas esas locas historias que han estado luchando por salir durante casi dos décadas fuese mostrarme lo que significa amar de verdad. Tanto que alguien me ame como aceptarme y amarme a mí misma.

Y eso también significa dejar de centrarme en el «¿y si muero?» y pensar en positivo, en el «¿y si no me doy esta oportunidad?». Puede que lo desconocido termine llegando dentro de dos años, pero ¿y si también encierra la clase de amor que siempre he anhelado, la clase de amor sobre el que escribí una historia tras otra?

Sebastien rompe el beso.

—Pero la maldición…

—No hay amor que valga la pena si no te rompe el corazón cuando se acaba —digo—. Además, algunos de esos diarios… estaban llenos de vidas.

—Un año o dos no son una vida plena.

—La vida es lo que tú hagas con ella. —Así que le hablo de mi padre. En el instituto, participó en un programa de intercambio en Mongolia porque quería estudiar a las águilas reales. El primer día de universidad, se enamoró de mi madre, que para aquel entonces era solo «Beth que vive al otro lado del pasillo» y le dijo ahí, en ese mismo instante, que se iba a casar con ella. Aprendió a tocar el diyeridú porque quería, así como a tallar esteatita y a jugar al bádminton. Y murió inesperadamente a los treinta y ocho años.

La verdad es que nadie sabe cuánto tiempo le queda en este mundo, así que más te vale aprovechar el poco o mucho tiempo que tengas. Y mi padre, a pesar de lo poco que estuvo a nuestro lado, y del vacío que dejó al marcharse, hizo que nuestras vidas fueran más felices y plenas.

—Amélie y Matteo fueron felices en Versalles —digo—, Clara y Felix experimentaron lo que es enamorarse lentamente. Y Cosmina y Marius se lo pasaron de muerte experimentado con todas sus pócimas y hechizos, aunque ninguna funcionase.

—Sí, pero ninguna…

—¿Terminó bien? Lo sé… Aun así, un final triste no borra toda la felicidad que experimentaron antes, ¿verdad?

Sebastien se pasa la mano por el pelo mientras lo piensa. Niega con la cabeza.

Pero entonces suspira y hace eso de arrugar el entrecejo que hace siempre que está a punto de ceder.

—Preferiría tener siete horas contigo que setecientos años sin ti —dice—. Pero eso no significa que deje de querer más. O que pueda decidir por ti.

Le acaricio el brazo.

—Puede que esta vez tengamos más tiempo. Porque en el pasado no hayamos podido tener más de dos años no significa que eso sea lo que vayamos a tener esta vez. Y las cosas *han* cambiado esta vez.

Me dedica una pequeña sonrisa que no le llega a los ojos, teñida de pesimismo.

—Julieta siempre ha sido la optimista de los dos.

—Romeo también era optimista. Creía que conseguirían escaparse de sus familias y casarse a escondidas.

—Romeo *era* optimista. Hasta que el tiempo terminó por romperlo.

De nuevo ese peso sobre los hombros de Sebastien, el peso de los siglos vividos y de las innumerables Julietas que dejó atrás de forma cruel.

Acaricio la cara de Sebastien.

—Supongo que tendré que ser optimista por los dos, entonces.

—Helene…

—Es lo que quiero. Mi decisión. —Y ahora mismo no quiero regodearme en las sombras de nuestra supuesta maldición. Presiono mis labios contra los suyos.

Tras un instante de duda, Sebastien se rinde, y la sensación de que esto era inevitable me recorre como un torrente. Nuestras lenguas se encuentran, cálidas y hambrientas del otro. Mis labios rozan su ligera barba incipiente, pero no me importa si duele, quiero estar más cerca de él, más cerca aún. Su boca sabe a vino meloso de nuevo y estoy completamente perdida en este hombre que probablemente me haya amado toda su eterna vida y al que, a través de mis historias, he amado durante casi toda la mía.

—Helene…

—Shh.

—Solo quería decir.

—No lo hagas.

Así que no dice nada. En cambio, Sebastien me tumba sobre la cama. Me besa, nos quitamos la ropa y nuestros cuerpos se encuentran, al principio despacio, como la noche marchándose al llegar el amanecer. Después frenéticamente, como el fuego que se encuentra con el agua, años de encuentros soñados que por fin se liberan de las garras de la imaginación y se hacen realidad.

Y entonces no somos más que deseo reprimido que por fin estalla, y el tiempo se detiene y todas las estrellas de la galaxia se liberan. Soy Helene y él es Sebastien. Pero también soy todos los nombres que me preceden: soy Isabella en una playa, consumando mi matrimonio con Luciano sobre la arena. Soy Meg en un invernadero, haciendo el amor con Charles entre hileras de zinnias carmesí y verbena púrpura. Soy Brigitta, Ines, Mary Jo y Amélie. Y él es Albrecht, Simão, Nolan y Mateo.

Y en ese momento único y abrasador en el que las estrellas se han liberado y el tiempo se ha detenido, lo sé con certeza:

Él es Romeo, y yo soy Julieta.

Después, no dejo de mirarla.

No pienso en el dolor que vendrá más tarde.

En cambio, lo que hago es estrecharla entre mis brazos, sentir cómo se duerme lentamente, su cuerpo suave y cálido sobre el mío, su aliento es como el batir de las alas de una libélula sobre mi piel.

Le beso la coronilla suavemente y ella murmura algo parecido a la felicidad.

Está aquí otra vez. Por fin.

Y es mía, es mía, es mía.

HELENE

Me quedo dormida y, cuando despierto, el pozo sin fondo de desesperación por tener que enfrentarme a Merrick ha desaparecido. En su lugar, me invade el tipo de satisfacción somnolienta y plena de haber encontrado aquello que llevas toda la vida buscando. El Sebastien de mis historias es el mismo Sebastien que está acurrucado contra mí, abrazándome enredado en el edredón a cuadros. No me lo he imaginado, estaba aquí, esperándome todo este tiempo. Me pego más a su cuerpo.

Como respuesta, Sebastien me abraza con más fuerza, como si él también necesitase tenerme cerca por si todo esto se desvanece como si fuese un sueño. Pero entonces recuerdo que no se ha hecho ilusiones desde el principio. Sebastien sabía desde que entré en The Frosty Otter quienes somos y lo que hemos significado el uno para el otro, incluso aunque tratase de evitar que nuestros caminos se cruzasen.

Me acurruco contra su pecho pensando en lo que él llama su «maldición». Todavía no logro comprender cómo es posible que sea cierto y, aun así, cuando me hizo el amor, sentí cada una de nuestras historias como si estuviesen escritas en mi ADN.

Soy Julieta, pienso. *Vivo por un tiempo, luego muero, olvido todo lo que he vivido y regreso para volver a hacerlo todo de nuevo.* Imposible. Y, al mismo tiempo, completamente cierto, y trágico y romántico a la vez. Instintivamente, me aferro al reloj de papá mientras pienso en ello.

Sebastien se mueve a mi espalda y deposita un beso sobre mi cabello.

—Podría arreglártelo, ¿sabes?

Cierto. Porque fue relojero, hace mucho tiempo.

Puede que algún día, en el futuro, quiera que el reloj vuelva a funcionar. Pero, por ahora, no quiero que nadie lo toque. Como a mamá le gusta decir, las cosas pasan por algo. Y creo que el reloj está roto para que me sirva de recordatorio de que tengo que vivir sin complejos, como hacía papá. Sospecho que me lo dejó a mí, y no a Katy, porque sabía que necesitaría que me lo recordasen.

— No importa —le digo a Sebastien—. Necesito que el reloj siga así, de momento.

Pero debe percatarse del ligero temblor en mi voz al decir que «necesito» que siga así, porque me pregunta:

—¿Estás bien?

No le respondo de inmediato. Aún sigo pensando en nuestro complejo pasado y en nuestro destino. La parte en la que muero persiste como el humo después de un incendio. Puedo vivir este amor loco y apasionante, pero tendré que morir por ello.

Al notar que me tenso, Sebastien me besa la nuca. Me acaricia los brazos con las yemas de los dedos, lo que hace que mi cuerpo tiemble y me deja sin aliento. Susurra mi nombre sobre mi piel, dejando tras de sí un rastro caliente de deseo. Una historia llena de saber lo que está haciendo.

¿Me da miedo morir?

Estoy aterrada.

Pero, por irracional que sea, si esta es nuestra maldición, sigo queriéndolo todo.

—Sí —digo, respondiendo finalmente a la pregunta de Sebastien—. Estoy bien. Más que bien.

—¿Estás segura?

Respondo besando la cicatriz blanquecina que recorre el párpado de Sebastien. Beso la marca descolorida de una flecha sobre su pecho. Tiene el fantasma de una puñalada bajo sus costillas, quemaduras de cuando se lanzó entre las llamas para salvar a Cosmina de la hoguera e incontables cicatrices más que forman una constelación sobre su cuerpo. Esquivar a la muerte durante siglos deja huellas.

Conozco algunas de las historias que esconden.

Pero quiero conocerlas todas.

HELENE

Tras remolonear en la cama un rato más, la realidad nos exige que dejemos de lado los sueños.

—¿Qué vas a hacer con lo del alquiler? —dice Sebastien mientras me aparta un mechón de pelo de la cara.

—No lo sé. Quizás pueda hablar con la dueña y prometerle que le pagaré el alquiler en cuanto mis abogados solucionen las cosas con el juzgado y el banco. Pero me preocupa lo que hará Merrick si no me presento hoy por la tarde en el aeropuerto de Anchorage. Cuando ve a alguien como su enemigo, se encarga personalmente de aplastarlo.

Pienso en lo que les pasó a aquellos pobres editores del periódico de la universidad cuando echaron a Merrick y a su amigo Aaron Gonchar. Merrick y Aaron se encargaron de sacar a relucir todos sus trapos sucios e hicieron una campaña enorme de desprestigio enviando de forma anónima esas «carpetas sucias» a todos los medios de comunicación en los que esos editores habían solicitado empleo.

Ni uno solo consiguió trabajo después de graduarnos, ni siquiera con el prestigioso título de periodismo de Northwestern. En cambio, Merrick y Aaron terminaron sin una mancha en sus expedientes, Merrick con *The Wall Street Journal* al alcance de sus manos y Aaron con un trabajo bien pagado en TMZ, destapando los trapos sucios de los famosos.

Sebastien se levanta apoyándose en una almohada.

—Sobre Merrick... tengo recursos que podrían ayudar.

La forma en la que lo dice combina un toque de misterio propio de una película de espías y un poco de timidez. Yo ladeo la cabeza antes de preguntarle.

—¿Qué quieres decir con *recursos*?

Se sonroja y es adorable que un hombre como él se sonroje por algo así.

—¿Has oído hablar de los bancos suizos? Bueno, se podría decir que el Grupo Julius A. Weiskopf, en Ginebra, es como mi navaja suiza. Cuando llevas tanto tiempo vivo como yo necesitas gente en quien puedas confiar. Son mis asesores financieros, abogados, proveedores de documentos de identidad falsos... lo que necesite. Podría pedirles que se encargasen de tu divorcio, si quieres. Conseguirían desbloquear tu cuenta, para empezar, pero también puede que fuesen capaces de ocuparse de lo que quiera que Merrick y sus abogados intenten echarte encima.

Me limito a mirar a Sebastien fijamente, porque sigo pensando en lo primero que me ha dicho.

—¿Tienes una cuenta bancaria en un banco suizo? Solo se las conceden a, no sé, mega millonarios. Y en las películas.

Cambia su peso sobre la cama de un lado a otro, incómodo porque lo mire boquiabierta.

—Conocí a Julius, el presidente, cuando me trajo un enorme reloj de péndulo a Berna para que lo restaurase. Nos hicimos amigos entonces.

Como si eso explicase cómo Sebastien tiene una cuenta bancaria privada y súper secreta. Yo todavía sigo intentando digerir que ha vivido durante siglos.

Pero aprecio la modestia de Sebastien sobre cómo consiguió abrirse esa cuenta. No me habría enamorado de él si se dedicase a alardear de su dinero, o si hubiese entrado esa primera noche en The Frosty Otter lleno de joyas caras.

—Espera un momento —digo, de repente acordándome de sus diarios—. Fuiste relojero en Suiza en el siglo XVI. Llevas siendo cliente del Grupo Weiskopf desde hace más de quinientos años, ¿y nunca han pensado: «Oye, esto es un poco raro, alguien debería echarle un vistazo a esta cuenta»?

Sebastien se encoje solo de un hombro.

—Algo así. Son muy discretos, nunca me han preguntado nada acerca de mi vida, y yo nunca se lo he contado. Como he dicho, es bueno tener a alguien en quien poder confiar plenamente. Podrían ocuparse de Merrick, si es lo que quieres.

Estoy a punto de decirle a Sebastien que no hace falta, que no necesita involucrar a su equipo, pero entonces caigo en lo maravilloso que es tenerle aquí, conmigo, apoyándome, lo bien que me he sentido con él a mi lado cuando me he enfrentado a Merrick, cuando me ha tendido un plato de tarta solo porque lo necesitaba, cuando ha llamado a su amigo de la aerolínea. No tengo por qué hacerlo todo sola.

—Eso me daría bastante paz mental, gracias. No estoy segura de que mi abogado de divorcio barato esté dispuesto a luchar contra los despiadados perros rabiosos de Beverly Hills de Merrick.

—Considéralo hecho. Le daré un toque a Sandrine Weiskopf, la actual presidenta, en un rato. En cuanto a esta cabaña, estaba pensando... —Sebastien me rodea con los brazos—. ¿Y si te quedases en mi casa?

—Ya has hecho demasiado por...

—Escúchame —murmura en mi oído.

Con una voz así, grave y sonora, Sebastien podría incluso venderme baba de caracol, que yo le compraría litros enteros.

—Mi casa es lo suficientemente grande como para que puedas tener toda la paz y tranquilidad que necesites para trabajar en tu novela —dice—. No estoy seguro de si te has dado cuenta, pero no soy un tipo particularmente charlatán.

Me río.

—No, no lo eres.

—Además —añade Sebastien—, mis diarios están en mi biblioteca. Si estuvieses en mi casa, te sería mucho más fácil ir a buscarlos, si es que los necesitas para tu historia.

Pellizco el edredón, bajando la mirada avergonzada hacia mis dedos.

—Siento haberlos leído antes, sin preguntar.

Sebastien me posa las manos en las mejillas y me besa.

—También es tu pasado.

Niego con la cabeza. No porque no le crea, sino porque aún sigo intentando entenderlo todo.

Estoy pensando en ello justo cuando se me ocurre algo.

—¿Me estás invitando a que me quede contigo para que puedas tenerme vigilada? ¿Por la maldición?

Él duda antes de responder.

Por lo que sí que hay algo de verdad en lo que he dicho.

Pero entonces Sebastien alza la mirada y me mira fijamente a los ojos.

—Helene, yo nunca… El objetivo de mudarme a Alaska era intentar dejarte que vivieses tu vida. Si me dijeses que lo que necesitas es seguir trabajando en tu novela en Ryba Harbor pero que yo tengo que irme, me iría. Me montaría en el primer vuelo que saliese de Anchorage sin importar el destino, haría lo que tú quisieses. Así que te prometo que nunca te invitaría a quedarte conmigo para encerrarte en una jaula dorada. Esta es *tu* vida, y solo tú puedes decidir si quieres que yo forme parte de ella o no.

Sebastien se estremece al decir eso último, porque no importa lo duro que le sería dejarme, sé que lo haría si se lo pidiese. Ya ha intentado antes esconderse de mí en la remota Alaska. Entonces aparecí yo e insistí en perseguirlo, y él intentó que yo lo odiase. Además, Sebastien no suele decir nunca tantas cosas juntas, lo que me demuestra lo mucho que significa esto para él. Supongo que necesita un buen motivo para hacer algo así.

Lo abrazo y apoyo mi cabeza en el hueco de su cuello.

—¿Siempre eres tan bueno conmigo, Romeo?

—Lo intento —susurra.

—Gracias por dejar que me quede contigo. Te ayudaré en la casa en lo que pueda: limpiando, cocinando… bueno, puede que no cocinando.

—No, por favor, nada de cocinar —dice Sebastien—. No quiero que me quemes la cocina.

Ambos nos reímos.

—Vale —accedo—. Acepto los términos de tu oferta. Nada de cocinar, lo juro.

$\mathcal{H}$ELENE

Sebastien tiene que hacer algunos recados por el pueblo antes de que volvamos a su casa, así que yo aprovecho para limpiar y recoger la cabaña antes de dejarla. Aunque no hay mucho que hacer, ya que llevo sin pisarla desde hace días, y Merrick ya se ha encargado amablemente de recoger mis cosas.

Así que me siento en la isla de la cocina y saco uno de mis cuadernos. Últimamente he estado pensando más en Romeo y Julieta, y especialmente en Avery Drake y Cameron (así es como me ha dicho Sebastien que se llamaba por aquel entonces, cuando trabajaba como cartógrafo en los años 60 y 70). Y esto es lo que sé:

Creo que cabe la posibilidad de que la maldición pueda romperse, o puede que incluso ya esté rota.

Empiezo una lista nueva, porque siempre pienso mejor cuando recopilo mis ideas en una.

Razones por las que la maldición puede estar rota (o casi rota):

- *Las Julietas reencarnadas solo entran en la vida de Sebastien un 10 de julio. Ha sido una constante a lo largo de cientos de años y, aun así, esta vez, yo aparecí en enero.*

- *(Vale, punto dos en referencia al uno: Sebastien sí que me vio un 10 de julio cuando estaba en la universidad. Pero de eso hace diez años. Y ninguna Julieta ha vivido más de dos años después de enamorarse de Romeo, así que, de algún modo, esta es una prueba más de que las cosas no son como solían ser).*
- *Avery Drake sobrevivió a la maldición.*
- *Al contrario que el resto de las Julietas, sí que recuerdo algunos fragmentos de nuestro pasado. Bueno, muchos fragmentos. Solo que no sabía que eran recuerdos.*
- *Puede que tengamos que trabajar juntos para romper la maldición. Las otras Julietas no sabían quiénes eran en realidad, pero yo sí. Puede que si Sebastien y yo aunamos fuerzas podamos acabar con este ciclo de tortura.*

Me echo hacia atrás en mi asiento y observo la lista. Mi razonamiento tiene sentido, pero no es lo suficientemente fuerte. Sin embargo, de nuevo, Sebastien dijo que el ciclo siempre ha sido el mismo (excepto con Avery), y que es innegable que esta vez es diferente con respecto a los anteriores Romeo y Julieta.

Además, Sebastien ha admitido que no sabe cómo se creó la maldición. Solo tiene la teoría de que fue por las últimas palabras de Mercucio, así que nos estamos basando en una conjetura. Quiero decir, por lo que sabemos podría ser porque, en el mausoleo de los Capuleto, Fray Lorenzo le dijo a Romeo: «Vivirás», y eso, viniendo de un hombre de Dios, se convirtió en una orden divina.

O puede que el origen no importe. No lo sé.

Sin embargo, si la maldición aún no está rota, creo que merece la pena intentar romperla. Con todas las variantes de nuestro pasado, además del sacrificio que tuvo que hacer Sebastien en su última vida, con Avery, puede que haya una diferencia más: puede que por fin tengamos una oportunidad para cambiarlo todo.

Pero, más importante, puedo formar parte de la historia de amor más épica de todos los tiempos, una con la que todos soñamos de adultos. ¿Quién no se arriesgaría por ello si pudiese?

Quizás le *puedan* suceder cosas extraordinarias a personas ordinarias.

SEBASTIEN

Me encuentro la lista de Helene sobre la isla de la cocina. Estaba en la ducha cuando he vuelto de hacer mis recados y no puedo evitar leer lo que ha escrito.

Hago una mueca de dolor al ver lo optimista que es acerca de romper la maldición. ¿Debería decirle que no es posible? ¿Que lo he intentado, una y otra vez, sin éxito?

A lo largo de los siglos, me he tomado innumerables pociones y pagado un dineral digno de un rey por hechizos. He viajado por todo el mundo para preguntarles a los gurús de pueblos remotos de la India, a curanderas que vivían en montañas nevadas, y a chamanes africanos donde todavía practican ritos antiguos. Hui cuando conocí a Avery; la maldición se limitó a adaptarse y volvió con más fuerza, como un bumerang despiadado e implacable hecho con un destino horrible.

Pero creo que Helene necesita creer que la maldición tiene solución. Es optimista por naturaleza, ansía encontrar la luz al final del túnel; así es como ha conseguido sobrevivir a una vida que no ha sido siempre fácil. Puede que le destroce saber que nada puede salvarnos, que no existe ningún remedio que tengamos que encontrar juntos.

Paso el dedo sobre el último punto de su lista: *Puede que tengamos que trabajar juntos para romper la maldición.*

Cierro los ojos con fuerza. Si tan solo fuese cierto. Pero también he intentado ese enfoque. Cuando Cosmina llegó a mi vida pensé que por fin teníamos una oportunidad. No le dije quién era, pero le *dije* que yo estaba maldito, y que aquel que se enamorase de mí estaba condenado.

A Cosmina no le importó. Esa es otra de las constantes con todas las Julietas: hacen lo que les da la gana, y yo las amo por ello.

Tan solo desearía que aquello que más anhelan no me llevase a perderlas.

LAS MONTAÑAS DE TRANSILVANIA - 1682

En la supersticiosa era de las brujas y los vampiros, yo, un joven inmortal recluido en un castillo sobre un acantilado, debería ser el blanco perfecto para las hordas con estacas dirigidas por sacerdotes con agua bendita.

Y, sin embargo, la gente del pueblo no me molesta. Puede que sea porque no ha desaparecido ningún bebé de sus cunas, o porque las mujeres no se atreven a aventurarse más allá de sus casas con tejado de paja en medio de la noche, solo para regresar con ramitas en el pelo y marcas de mordiscos en el cuello, como en otras zonas del país donde se supone que habitan vampiros.

O puede que sea solo porque siempre he sido generoso con mi riqueza. Me aseguro de que los pueblos cercanos siempre tengan comida suficiente y les he dado calles adoquinadas y robustos puentes de piedra, mientras que en la mayoría de Transilvania aún tienen que arrastrar sus carretas por caminos enfangados y cruzar los ríos con la ayuda de una cuerda raída. Aquí incluso sobra dinero para celebrar fiestas cada primavera, verano, temporada de cosecha e invierno. Mi dinero compra su buena voluntad y que miren hacia otro lado.

Con el paso de las décadas, mi leyenda ha ido creciendo. Dicen que soy un vampiro benévolo, que he evitado caer en las malas costumbres de mi especie y que, en cambio, paso mis días arrepentido, con la esperanza de que Dios algún día me perdone por el pecado de existir y me libere de mi inmortalidad. Tampoco es una idea que se aleje demasiado de la verdad, quitando lo de que soy un vampiro.

Sin embargo, treinta y un años después de asentarme en este castillo aislado, una mujer sube por el camino largo y curvado hacia lo alto del acantilado. Tiene el cabello negro azulado, como las plumas de un cuervo, y lleva una capa casi igual de oscura. La luna se alza imponente en medio del cielo nublado para cuando llama a mi puerta.

Al abrir, ladea la cabeza y me estudia por unos minutos. Después sonríe.

—He oído que aquí vive un vampiro.

Me quedo sin habla. No por lo que ha dicho, sino por quién es. El sabor del vino meloso me acaricia los labios, y reconocería esos ojos brillantes y el alma que contienen en cualquier parte.

Pero ella frunce el ceño, poco impresionada conmigo, y se aclara la garganta.

—Puede que no me hayas oído la primera vez. Sé que aquí vive un vampiro. ¿Te importaría decirle que tiene visita?

—¿Visita? —Sacudo la cabeza para salir de mi aturdimiento—. Me temo que sus fuentes le han engañado, señorita... ¿Cómo ha dicho que se llamaba?

—No lo he dicho.

—Ah, bueno... si de verdad viviese aquí un vampiro, creo que una dama como usted debería evitarlo.

Ella frunce el ceño.

—Estoy lejos de ser una «dama». He seguido los rumores y he viajado cientos de leguas para llegar aquí, porque ningún hombre corriente puede satisfacer mis necesidades, tanto intelectuales como de otro tipo. Un vampiro, sin embargo, puede que sí.

Me río, tanto asombrado por su falta de miedo como excitado por sus insinuaciones.

—Pero, por favor, dígame, ¿qué podría ofrecerle una mujer mortal a un vampiro aparte de una vena con la que darse un festín?

—Hechizos —dice, alzando su capa para revelar un bolso lleno de viales, así como un grimorio de cuero grueso atado a su cintura—. Soy una hechicera. Puedo ayudar al vampiro a conseguir lo que desee: poder, fama y más.

Oigo como el tiempo se detiene en ese mismo instante.

—¿Lo que sea? —susurro.

—Lo que sea.

—¿Puedes romper una maldición?

—Si hay alguien que conozcas que sea capaz de romper una maldición, esa soy yo. —Arquea una ceja—. Pero preferiría continuar esta conversación con el vampiro, en vez de con su mayordomo.

El tiempo vuelve a correr.

—Yo soy el conde Marius Montesco. No soy ningún vampiro, pero he vivido cientos de años y no puedo morir.

La hechicera se me acerca y traza con una larga uña el contorno de mis labios. El deseo me abrasa por dentro.

—Me llamo Cosmina. Déjame pasar y te ayudaré de la mejor forma que sé.

Durante dos años, practicamos la magia lujuriosa de Cosmina, una combinación de conjuros, elixires y carnalidad. Puede que yo tenga fama de ser una criatura salvaje de la noche, pero la verdad es que Cosmina es la más salvaje de los dos, aunque no limita su sed a las horas bañadas por la luz de la luna.

Por la mañana, se arrastra bajo las sábanas para despertarme con su boca, sus labios recubiertos de un bálsamo de zumo de sauco y hierbas que, según dice, acaba con las maldiciones. Si estoy leyendo en la biblioteca, se sube a mi regazo y me hace el amor mientras recita un conjuro para romper maleficios. También realizamos algunos intentos más convencionales para romper la maldición, si es que se le puede llamar convencional a la brujería. Collares de plumas de paloma, antiguos hechizos de protección, runas grabadas en la piedra bajo la luz de la luna nueva, etc.

Pero nada funciona. Un accidente cortando leña me deja solo una cicatriz en la mano como recuerdo a la mañana siguiente. El experimento de Cosmina de perforarme el cuello y succionarme la sangre para extraer la maldición de mi cuerpo no funciona en absoluto. Incluso caerme en los rápidos del río solo me deja inconsciente, tampoco puedo ahogarme.

El personal del castillo cuchichea acerca de Cosmina, como hace el personal de cualquier casa cuando creen que una amante no se merece a su señor. Con el tiempo, las historias del servicio terminan llegando a los pueblos de la base del acantilado. Algunas historias se limitan a acusar a Cosmina de intentar envenenarme para heredar mi riqueza. Otras acusaciones son mucho más perversas, llenas de magia negra y conspiraciones con el diablo.

Siempre leales a su altruista señor del castillo, los aldeanos deciden que me han hechizado y que soy incapaz de ver el mal que habita bajo mi propio techo. De ahí que tomen cartas en el asunto.

Una tarde, mientras Cosmina busca setas y otros ingredientes para su última pócima en el bosque, cuatro hombres la secuestran. La amordazan, la encadenan con cadenas de hierro, y se apresuran a llevarla a caballo a la pira que la espera en la base de la montaña.

Para cuando me doy cuenta de que lleva demasiado tiempo fuera y corro hacia el parapeto y veo la columna de humo negro y espeso que sube por el cielo, ya es demasiado tarde.

Con un grito de angustia, me subo a mi caballo y bajo cabalgando todo lo rápido que puedo montaña abajo, cuando llego al pueblo me lanzo a la hoguera para desencadenar a mi amada de la estaca y salvarla de las voraces llamas.

Pero ya es tarde.

Cosmina está muerta, y solo quedan sus cenizas.

Y yo, como siempre, sigo vivo.

HELENE

En el viaje de vuelta a casa de Sebastien, estoy tan contenta que me lo paso cantando todas las canciones que salen por la radio. Él no dice nada, pero cuando paran la música para que entre el DJ veo a Sebastien sonriendo para sí mismo.

—¿Qué? —le pregunto.

—Nada.

—No, en serio, ¿qué?

Me mira de reojo.

—Siempre has sido muy, eh... *creativa* a la hora de «entonar».

No puedo evitar reírme. Sé que es cierto. Katy me prohibió el karaoke hace mucho tiempo. Siempre nos hemos preguntado cómo una madre música podía haber dado a luz a una hija con una afinación perfecta y a otra que canta como un gato atropellado.

—Bueno, nadie es perfecto —digo.

Sebastien me sonríe.

—Tú sí.

Es de lo más cursi que he oído. Pero la forma en la que me mira es tan condenadamente tierna y sentimental que me derrito bajo su mirada. Y, seamos sinceros, siempre he querido que alguien me dijese este tipo de cosas asquerosamente cursis. Fingimos que ese tipo de comentarios, cuando salen en una película, nos ponen enfermos porque pensamos que no merecemos que nos los dediquen a nosotros.

Pero me recuerdo una cosa: *Me lo merezco.*

Su mirada no se aparta de mí, como si nunca se cansase de mirarme, y yo le devuelvo la sonrisa antes de pincharle en el costado con el dedo.

—Los ojos en la carretera, por favor. No me apetece recrear mi accidente con el banco de nieve.

Sebastien se estremece y siento haberle recordado sin querer lo que él considera un roce con la muerte. Me inclino sobre la palanca de cambios y deposito un beso en su mejilla.

Suspira, y ahí está de nuevo, esa carga pesada que lleva por dentro. Es injusto que Sebastien tenga que cargar con todo el dolor de nuestro pasado, tanto que incluso un accidente de nada le hace pensar en que podría haber muerto.

Por sus diarios sé que Sebastien cree que la maldición es culpa suya, que es él quien hace que mi vida siempre termine en tragedia. Pero morir es la parte fácil; aquellos a los que dejamos atrás son los que más sufren.

Acaricio la esfera rota del reloj de papá. En sus últimos días, no le tenía miedo a la muerte. Pero mamá, Katy y yo estábamos muertas de miedo. Nos aterrorizaba el vacío que dejaría en nuestras vidas cuando se fuera. Nos aterrorizaba no ser lo suficientemente fuertes como para seguir adelante sin su apoyo. Nos aterrorizaba echarle tanto de menos que esa tristeza terminase por consumirnos, nos daba miedo crear recuerdos sin él o la culpa que acarrearía el seguir adelante.

Si la maldición hace que Julieta muera, entonces, con Romeo, consigue algo igual de horrible, o incluso peor.

Pero el caso es que mamá, Katy y yo sobrevivimos. Y tenemos recuerdos maravillosos con papá a los que aferrarnos, porque él se aseguró de que nuestra familia nunca perdiese ni un segundo en el que poder disfrutar los unos de los otros, nos apuntamos de cabeza a las obras de teatro del instituto (yo) y a las competiciones de natación (Katy) y a los bolos de música folk (mamá), y aprovechamos al máximo todo lo que la vida nos ofrecía.

Es cierto que perdí gran parte de ese enfoque al crecer, pero eso también forma parte de lo que significa ser la nueva Helene, ahora toca recuperarlo.

Y quizás sea así como puedo ayudar a Sebastien. Por todo lo que ha tenido que pasar, creo que se merece que le recompensen con un poco menos de sufrimiento, no con más.

Deslizo mi mano sobre su regazo y la dejo allí para consolarlo.

—Todo va a salir bien —digo.

—¿Cómo?

—El destino me trajo aquí porque quería que fuese feliz, y *soy* feliz. Y *te* voy a hacer feliz. Vamos a disfrutarlo todo al máximo.

Sebastien suelta una carcajada a pesar de que la sonrisa no le llega a los ojos.

—Supongo que si tengo que estar atrapado en una maldición interminable, no hay nadie con quien preferiría estar atrapado más que contigo.

—Ohh, eso es lo más romántico que me han dicho nunca.

Ahora sí que se ríe de verdad.

—Y por eso no hablo. Se me dan mejor las acciones que las palabras.

—¿Ah, sí? ¿Qué tipo de acciones?

Él baja la voz hasta que no es más que un gruñido ronco que me deja sin aliento.

—Cuando lleguemos a casa, te lo enseñaré.

Los primeros días en los que Helene está en mi casa no conseguimos hacer nada productivo, no porque ella tenga muchas maletas que deshacer, sino porque no podemos dejar de tocarnos. Me despierto por las mañanas con besos en la cicatriz de la mandíbula, luego esos mismos besos bajan por mi cuello, por mi pecho, abriéndose camino a través de mi abdomen y desapareciendo bajo las sábanas. Cuando ella se está duchando, no me puedo resistir a su silueta desnuda tras la mampara y termino uniéndome a ella bajo el chorro de agua caliente, alzándola contra los azulejos y haciéndole el amor hasta que sus gritos resuenan por todo el cuarto de baño. Incluso el bajar por la escalera termina interrumpiéndose por hacer el amor sobre los escalones, con las manos de Helene apoyadas en la imponente pared de cristal; el bosque salvaje de Alaska a un lado y nosotros, insaciables, al otro.

Pero al final nuestro enfoque termina cambiando, porque Merrick cumple su palabra y empieza una guerra. Demanda a Helene por difamación, alegando que está difundiendo mentiras sobre su adulterio. Esta situación termina frenando momentáneamente nuestro frenesí.

—No te preocupes —le digo a Helene—. No tiene pruebas. Los abogados del Grupo Weiskopf se encargarán de esto. Son excelentes. Conseguirán que lo desestimen, fácilmente.

Ella asiente, pero sé que está nerviosa. Aun así, cada minuto que Helene pasa pensando en Merrick es tiempo perdido; soy consciente de cada segundo de su vida como si estuviese observando los granos de un reloj de arena caer. Quiero que Helene sea feliz el resto de su vida, sin importar el tiempo que le quede. Y, a lo largo de los siglos, he aprendido a aprovechar los momentos en los que estamos juntos, incluso aunque sean menos de los que me gustaría. Así es como tiene que ser.

—Te prometí paz y tranquilidad para trabajar en tu novela —le digo—. Déjame dártela. Te diré si hay algún cambio importante en el tema de Merrick. Y, así, tú te puedes centrar en escribir. ¿Qué te parece?

Helene cierra los ojos y se deja caer contra mi pecho.

—¿Me prometes que me dirás si hay algo que necesite saber sobre lo que trama Merrick?

—Te lo prometo.

Levanta el dedo meñique y lo entrelaza con el mío.

—Promesa de meñique.

—Te prometo con el meñique que te contaré lo que necesites saber sobre Merrick.

Helene suspira aliviada y noto cómo el estrés abandona su cuerpo, aunque solo sea por la forma en la que su meñique se relaja contra el mío.

Unos días más tarde, cuando Helene está completamente centrada en su trabajo, quedo con Adam en el restaurante de Dana. Por todo el asador resuena música country y hay carteles neón de cervezas y un ambiente rústico propio de un rancho del oeste, con mesas de picnic de madera reciclada y paneles de hojalata en las paredes que completan la atmósfera. Huele a humo de leña y a carne, dos de los mejores olores del mundo, y sobre la puerta de la cocina hay un enorme cartel que reza «Esta es la vida *grill*». Y yo sonrío al ver cómo la personalidad de Dana queda perfectamente reflejada en ese cartel.

Casi un tercio de las mesas están llenas al ser la hora del almuerzo, pero Adam está en la barra, al fondo del restaurante, charlando con uno de los camareros y con quienquiera que pase por ahí hacia el puesto de la salsa barbacoa, ya que Dana prepara quince tipos distintos de salsa barbacoa desde cero.

—¡Ey, *Seabass*! —grita Adam cuando me ve acercarme. Se levanta y me abraza, no el típico abrazo a medias con una palmadita en la espalda que suelen darse los hombres, sino un abrazo de verdad, porque... Adam es Adam, y quiere a todo el mundo.

—Gracias por venir —digo.

Él se ríe ante mi comentario.

—Qué formal. Vamos, hombre, siéntate y tómate una cerveza conmigo.

—¿Qué bebes?

—Una birra de piña y jalapeño.

—Suena asqueroso.

—Nah, está sorprendentemente buena. Además es cerveza local. —Adam se vuelve hacia el camarero, que debe de rondar la veintena, como todos los que trabajan aquí, y lleva una placa en forma de herradura con su nombre, Daniel—. ¿Puedes ponerle a *Seabass* una de estas?

Me siento en el taburete junto a Adam.

—¿Qué tal está Colin? Voy a pasarme luego por su casa a verlo.

—Nuestro novato está casi recuperado.

—Menos mal.

—Tiene muchas ganas de volver al barco.

—¿Tan pronto?

—Ya sabes cómo es Colin. Siempre ha querido ser pescador de cangrejos, desde niño.

Asiento. Recuerdo cuando Adam y yo éramos los novatos. Colin tenía ocho años por aquel entonces y estaba obsesionado con los barcos cangrejeros. Su madre, la cuñada de Adam, trajo a Colin al puerto para darnos la bienvenida después de nuestro primer viaje de pesca. Y el niño corrió hasta Adam gritando: «¡Tío, tío! ¿Me has traído un cangrejo? ¿Tuviste que luchar contra una orca? ¡Cuéntamelo todo!».

Daniel me deja mi bebida en la barra frente a mí. Le doy un sorbo bajo la atenta mirada de Adam, que está esperando que le dé mi veredicto respecto a qué opino de mezclar piña y jalapeño en una cerveza.

—Tiene un regusto agradable, es ácida pero sabe dulce al final.

—¿Ves? No está mal, ¿eh?

—Nada mal.

Debería ir directo al grano, por eso estoy aquí. Nada de lo que sentí después de que Colin casi muriese ha cambiado; aún sigo pensando que debería renunciar a la capitanía del *Alacrity* y pasarle esa responsabilidad a Piñeros. Al principio, tenía previsto irme de Alaska y dejar que mis abogados se encargasen de transferir legalmente todos los títulos y el resto de los documentos. Y llevo intentando hablar de este tema con Adam desde hace unos cuantos días, tenía previsto dejar a Helene en la cabaña y venir a hablar con él, pero entonces apareció Merrick y todos mis planes se fueron al traste.

—Ya estás haciendo eso otra vez —dice Adam—. Le das vueltas y vueltas a tu vaso sobre cualquier superficie plana en ese patrón obsesivo tuyo. ¿En qué piensas?

Bajo la vista a mis manos y sí, es cierto, estoy dándole vueltas al vaso de cerveza sobre la barra. Dos veces en el sentido de las agujas del reloj y una vez en sentido contrario. Llevo haciendo eso desde hace siglos, tanto tiempo que ya ni siquiera me doy cuenta de cuándo lo hago. Me llevo el vaso a los labios y bebo para detener el movimiento.

—Vale —digo—. Sabes lo mucho que disfruto de tener un negocio contigo, y Dios sabe lo mucho que adoro al *Alacrity* y su tripulación pero… me gustaría retirarme.

Adam se limita a mirarme fijamente, con el rostro inescrutable.

Así que sigo con mi discurso.

—Sé que el barco aún puede salir una o dos veces más antes de que termine la temporada de cangrejos, pero me encargaré de pagar personalmente a la tripulación lo que les correspondería por lo que queda de temporada. Y Piñeros será un capitán excelente…

—No lo entiendo —responde Adam—. ¿Quieres dejarlo? ¿Ahora? ¿Esto es porque te sientes culpable de lo de Colin? Porque no es culpa tuya, *Seabass*. Este tipo de accidentes ocurren constantemente. Es parte del negocio, y no puedes dejar que eso te atormente. —Alza su pierna mutilada para remarcar sus palabras.

—Se trata en parte de Colin, pero también es por… —¿Cómo le explico que mi alma gemela, a la que veo una vez cada varias décadas, ha vuelto? ¿Y que sé que no tengo mucho tiempo con ella por lo que no me puedo permitir pasar ni un solo segundo más en el océano sin ella?

Pero Adam y yo llevamos mucho tiempo siendo amigos, así que se hace una idea.

—Oh, ya veo el porqué —dice, sonriendo—. Se trata de una chica.

—Es complicado.

—Eso es justo lo que me dijiste la noche que la viste en The Frosty Otter. He oído por ahí que ahora vive contigo.

Suspiro. Los pueblos pequeños son tan… bueno, pequeños.

—¿De verdad es tan especial? —pregunta Adam—. Acabas de conocerla. Parece buena persona, pero aun así, ¿vas a renunciar al trabajo de toda tu vida por ella?

Él no sabe que Helene, Julieta, *es* mi vida entera. Todos los años que pasan entre una reencarnación y la siguiente no son más que tiempo muerto. No estoy vivo de verdad si ella no está a mi lado.

Dana sale de la cocina con un cesto lleno de carne a la barbacoa para Adam.

—Gracias, cariño. —Le da un beso en la mejilla.

—No sabía que estabas aquí, Seb —dice Dana—. Te traeré algo de comer a ti también.

—Pero antes —dice Adam—, ¿te importaría ayudarme a que entre en razón? *Seabass* está intentando dejar el *Alacrity* por una mujer.

Dana se lleva las manos a las caderas y nos observa alternativamente a Adam y a mí.

—Adam, cielo, cualquier mala decisión que Sebastien tome por una mujer probablemente sea culpa tuya. Hasta donde yo sé, nuestra *última* conversación giró en torno a su vida amorosa y tú le dijiste que se limitase a acostarse con las turistas porque siempre se marchan del pueblo y así no tiene que comprometerse con nadie.

—Auch —responde Adam entre risas. Se vuelve hacia mí y dice—: Un consejo más: búscate una mujer estúpida. Las inteligentes como estas contestan y suelen causarte problemas.

Dana saca una espátula de su delantal y le golpea en la cabeza con ella.

—Céntrate en lo que se te da bien: cómete el pollo y deja de dar consejos amorosos.

Adam sonríe con satisfacción.

Dana se vuelve a mirarme.

—Ahora en serio. ¿De qué va eso de que te quieres retirar?

—Estoy cansado —digo—. Y los capitanes a los que no les apetece hacer su trabajo cometen errores.

—¿Como no darse cuenta de que Colin se ha caído por la borda? —responde amablemente.

Me encojo como si alguien me hubiese pegado, los remordimientos por lo que pasó me siguen doliendo como si fuesen una herida abierta a la que acaban de echarle alcohol encima.

—Sí, como no darme cuenta de que Colin se ha caído por la borda.

—*Seabass* se ha ofrecido a cubrir los salarios de la tripulación por los viajes de pesca que perderemos —repone Adam—. Pero me niego. Estamos en este negocio juntos. No puedes dejarlo en medio de la temporada.

—Pero la temporada casi ha acabado —digo.

—Estamos cerca de llegar a la cuota, pero aún no hemos llegado. El *Alacrity* podría salir a navegar un par de veces más al menos. Se perderían capturas, y Piñeros no puede apañárselas sin un hombre menos en la tripulación. Además, ya es demasiado tarde para buscar un buen reemplazo.

Asiento.

—Vale. No hay problema. Puedo cubrir también con el coste de las capturas perdidas.

Lejos de apaciguar a Adam, mi oferta le enfurece todavía más.

—¿Es que tienes un fondo fiduciario en alguna parte del que no me hayas hablado?

No intentaba sonar como un rico asqueroso, intentando comprarlo. Sí, tengo una importante cuenta de ahorros. Pero me he ganado cada céntimo con cientos de años de trabajo, que también han sido cientos de años sufriendo por una maldición. Pero no puedo decirle nada de eso.

—Yo, eh… hice algunas inversiones con las que tuve suerte en el pasado —respondo.

Adam se ríe con desgana.

—Eso explicaría cómo has conseguido pagar esa enorme casa tuya. Y por qué te parece bien dejarme en la estacada de este modo.

—No quiero dejarte en la estacada —protesto. Pero a menos que le ofrezca una explicación mejor, las pruebas están en mi contra.

—No, señor Ricachón —dice Adam—. Me niego a dejarte fuera del negocio solo porque te hayas aburrido y quieras pasar el rato acostándote con una mujer de los Estados Unidos contiguos.

—¿Qué has dicho? —Me levanto del taburete de un salto, furioso.

Pero no es el insulto lo que me enfada. No es por eso. Es por todo lo que no ha dicho, todo lo que Adam no puede siquiera llegar a comprender. Estoy furioso porque debe ser agradable que tu único problema sea qué anillo de compromiso comprarle a tu novia, que cuando piensas en «el resto de nuestras vidas» puedas pensar en *décadas*. No en días, o meses o, si tengo suerte, en un par de años.

—Calmaos, chicos —dice Dana, con tono de advertencia.

Eso hace que vuelva a ser yo mismo. A que vuelva a pensar de qué se trata todo esto, pero desde el punto de vista de Adam. No sabe lo que me está pasando, por qué estoy haciendo esto. Lo ve como si lo estuviese abandonando.

No es culpa suya. Es mía, siempre es culpa mía.

Suspiro e intento calmar los ánimos.

—Es que… no puedo seguir con esto, Adam. No sabes lo que fue ver cómo el océano intentaba tragarse a Colin.

—¿Crees que no sé lo que es tenerle miedo al océano? —Adam le da una patada a la barra con su pierna mala—. Ese barco me robó algo a mí también. Daría lo que fuera por volver a navegar, y tú lo estás dando por sentado. Tienes que ponerte las pilas.

—Adam… no sé qué decir.

Él se mofa.

—¿Así que eso es todo? ¿Vienes aquí, me dices que abandonas nuestro negocio sin previo aviso, y esperas que me alegre por ello? Construimos esta empresa juntos, tú y yo, desde cero. Pensaba que eso importaba, pero al parecer no significa nada. Así que, que te jodan, Sebastien.

Adam nunca me llama por mi nombre.

Dana intenta meterse en medio.

—¿Por qué no os tomáis un rato los dos para tranquilizaros? Y después estoy segura de que podréis mantener una conversación como dos personas civilizadas. Si…

—No, cariño. Sebastien lo ha dejado claro, se ha hartado de mí, de los chicos y del *Alacrity*. Así que esto se acabó. —Se vuelve hacia su cesto de pollo y empieza a comérselo.

—Adam —digo—. No quería que esto saliese así…

—Fuera.

Dana frunce el ceño.

—Oye, este restaurante es mío, y yo decido quien se queda o…

Adam la ignora y me mira fijamente.

—Fue-ra. Y no te molestes en pasarte por casa de Colin si ya no vas a ser su capitán. Él te admiraba, y tú no te mereces que te admire.

Me vuelvo hacia Dana. Ella niega con la cabeza con tristeza. Sé que quiere ayudarnos pero, al mismo tiempo, tiene que apoyar a Adam. Y, en realidad, el que se ha portado como un imbécil soy yo.

Empujo mi taburete bajo la barra y dejo un par de billetes para pagar la cerveza.

—Lo siento —les digo a Adam y a Dana. Y después me dirijo solo a Adam—. Voy a hacer una transferencia a la cuenta de la empresa esta tarde para suplir el coste de los salarios de la tripulación y de las capturas perdidas.

Ni siquiera me mira cuando lo digo, se limita a meterse más pollo en la boca. Está furioso, y tiene todo el derecho del mundo a estarlo.

—Cuídate, Merculief.

Salgo del asador sin una tripulación, sin trabajo y sin un amigo. La maldición siempre se paga cara.

HELENE

No sé qué ha ocurrido entre Sebastien y Adam, pero sé que ha tenido que pasar algo malo, porque durante los siguientes dos meses Sebastien no tiene que ir al puerto. En cambio, mientras yo escribo, él se encierra en la cocina y se dedica a cocinar como si fuese un personaje de la novela *Como agua para chocolate*, en la que las emociones del protagonista son las que le dan sabor a la comida. Puedo saborear la angustia en la boloñesa de Sebastien, la culpa en la ternera a la Borgoña e incluso la melancolía en su pescado con patatas.

Yo engordo notablemente, sobre todo por la barriga. Me convenzo de que estoy comiendo todo lo que me da para apoyarlo en lo que quiera que esté pasando, pero seamos sinceros, estoy comiéndomelo todo porque adoro comer, y nunca antes había vivido con un chef tan espectacular. (Incluso descubrí que Sebastien había trabajado en las cocinas del palacio real de Mónaco a finales del siglo XIX).

Pero cuando intento hablar con él sobre Adam, se cierra en banda.

—¿Qué puedo hacer para animarte? —pregunto.

—Escribe tu novela —responde—. Eso es lo único que quiero. Si tú eres feliz, yo seré feliz. Ve. Escribe.

No lo creo ni por un segundo, pero como es lo único que está dispuesto a decirme, hago lo que me pide. Me vuelco por completo en la historia y, finalmente, en la soledad de la casa de Sebastien, empiezo a avanzar. El manuscrito es una cosa fea y desordenada llena de agujeros en la trama y con una prosa mediocre, pero al menos está tomando forma. Además, en *The Craft of Novel Writing* dicen que se supone que el primer borrador tiene que estar desordenado, ser ilógico y con agujeros, porque es el momento en el que el autor está contándose a sí mismo la historia que está escribiendo. Cuando conozca bien a los personajes y haya dado muchas vueltas a la trama, entonces conseguiré escribir la novela que quiero escribir.

Con la ayuda de los diarios de Sebastien estoy reconstruyendo nuestra historia.

Pero en la biblioteca no todo son descubrimientos felices. Mientras que todas mis escenas acababan con un «y fueron felices para siempre», todas las de Sebastien terminan en tragedia. Algunos días soy capaz de fingir que las parejas de estos diarios son otras personas, que no somos nosotros, y entonces puedo centrarme en documentarme para la novela. Pero otros días el peso de nuestro pasado es demasiado real y abrumador.

Si la maldición no está rota, ¿cuánto tiempo me queda? Podría morir mañana. O cualquier otro día en los dos próximos años. Ese es el periodo más largo que ha vivido una de mis reencarnaciones. Es inquietante, como poco.

Intento alejar ese pensamiento. Pero entra y sale de mi cabeza como una mosca que se mete por la ventana en pleno verano. Piensas que la mosca se ha ido, puede que se haya escapado por la puerta cuando la abriste, pero, de repente, vuelve a estar zumbando a tu alrededor en la cocina mientras desayunas o en tu dormitorio cuando estás intentando quedarte dormida.

La única solución que he encontrado para evitar pensar en la maldición es tocar el reloj roto de papá. Porque cuando me aferro a él y lo miro, recuerdo lo que me dijo: Si vives con vistas a que habrá un final, ya has perdido.

No perderé. Y me niego a aceptar que Sebastien y yo tenemos un punto final.

SEBASTIEN

Intento darle a Helene lo que le prometí: dejarle espacio para vivir su vida a su manera. Le enseño a quitar la nieve de la entrada, a hacer un muñeco de nieve, a encontrar zorros y conejos blancos en medio del paisaje nevado. Ella toca la guitarra junto a la chimenea, me enseña la letra de algunas de las canciones folk que ha escrito su madre y se ríe ante su propia incapacidad para afinar, y me señala las constelaciones en el cielo nocturno, contándome las leyendas y los mitos que esconden. Y yo no saco el tema de la maldición, porque no quiero que sienta como si tuviese una guadaña sobre su cabeza.

Pero yo nunca lo olvido. A veces, me sorprendo observándola mientras hace algo sencillo, como lavar los platos, y de repente estoy a punto de derrumbarme porque me imagino cuando ya no esté, con mi cocina vacía. O me estoy lavando los dientes y veo los dos cepillos sobre el lavabo y el saber que pronto volverá a haber solo uno me golpea de lleno en el pecho y me hace caer de espaldas sobre el suelo embaldosado. La echo de menos cuando aún está presente, y entonces tengo que parar y gritarme: *Todavía. Sigue. Aquí.*

Debería consolarme saber que Julieta terminará volviendo a mi lado con el tiempo. Pero el poco consuelo que puedo encontrar en esa idea queda eclipsado por la sombría naturaleza de la maldición. Julieta sufrirá y morirá cada una de las veces. Tampoco me reconforta que su alma haya habitado previamente otro cuerpo; cada versión de Julieta es única y real, y todas tienen que soportar la agonía de caer enfermas o una muerte brutal y repentina, y todo el miedo que conlleva. Y yo tengo que presenciarlo y *saber* que ocurrirá.

Y después, siempre cabe la posibilidad de que Julieta no regrese. Que esa reencarnación haya sido la última. Porque lo que ocurre es que no entiendo cómo funciona la maldición, ni cómo se creó, ni si es eterna. Solo tengo la teoría de que tiene algo que ver con Mercucio y siglos de pruebas a mis espaldas. Pero la muerte no da garantías.

Por eso no puedo malgastar este tiempo tan valioso. Este momento, ahora mismo, es de Helene.

Así que me esfuerzo cada día para alejar de mi cabeza las nubes de tormenta. Algunos días es más fácil que otros. Pero lo intento.

Hoy, sin embargo, es uno de los días duros. Estoy sentado fuera, en el frío banco del porche, con un sobre elegante abierto sobre mi regazo. Es marzo pero seguimos en invierno, la primavera siempre llega tarde a Alaska, y tiemblo mientras tomo la tarjeta perlada y vuelvo a leerla.

¡Dana y Adam se casan!
Ven a celebrar nuestra felicidad
(y el gigantesco pedrusco del anillo de Dana)
En el asador
El 29 de marzo
Desde las 7 de la tarde hasta que nos quedemos
sin barbacoa y alcohol

Los celos asoman su cornuda cabeza, al igual que cuando vi a la pareja de ancianos en Shipyard Books tomados de la mano y celebrando su aniversario. Helene y yo nunca tendremos lo que los demás pueden tener. Arrugo la invitación en mi puño.

Obviamente, Adam no ha sido el que me la ha mandado. En los últimos dos meses que han pasado desde que discutimos, he intentado llamarlo tantas veces que ya he perdido la cuenta, pero él se niega a contestar. He ido hasta el puerto de Ryba Harbor, a las oficinas del *Alacrity*, pero Adam me vio a través de la ventana subiendo por la rampa y cerró la puerta con llave antes de que pudiese entrar.

Ahora Helene asoma la cabeza por la puerta y sale al porche helado.

—Ey... te estaba buscando por todas partes. ¿Qué haces aquí fuera?

Mis manos se apresuran a cubrir la tarjeta y el sobre en un intento patético por esconderla.

Ella arruga la nariz y me mira con escepticismo.

—¿Tan irresistible es el correo basura que has decidido leerlo en el frío?

Suspiro y le entrego la invitación arrugada.

Helene la lee por encima antes de volverse a dirigir a mí.

—Podrías ir a la fiesta.

—No voy a presentarme allí y arruinarles la celebración.

—Pero si te la ha enviado Dana puede que crea que existe la posibilidad de que Adam y tú arregléis las cosas.

—Puede. O puede que solo esté tratando de arreglar las cosas por nosotros, cuando él no está dispuesto a intentarlo aún. Si es que alguna vez lo está.

—Lo siento. —Helene deja la invitación sobre la pila de correo a mi lado y se sienta sobre mi regazo—. ¿Puedo darte una buena noticia para animarte?

—Por favor. —La rodeo con los brazos, no va lo suficientemente abrigada como para estar aquí fuera. Pero en cuanto la abrazo sé que lo que necesitaba era estar cerca de ella más que cualquier otra cosa, porque su cercanía es el antídoto contra cualquier oscuridad que haya podido sentir, solo su toque sería capaz de salvarme incluso aunque estuviese al borde de la muerte.

Helene se inclina hacia delante y me susurra al oído.

—He terminado mi manuscrito.

—¿Qué? —Me echo hacia atrás para poder mirarla y cualquier pensamiento de Adam que me quedase se evapora—. ¿Lo has terminado? ¡Enhorabuena!

Ella sonríe, tan feliz que da pequeños saltitos sobre mi regazo. Lo que tiene otro efecto para nada desagradable.

—Bueno, solo es un borrador cero —dice Helene.

—¿Qué es un borrador cero?

—Es un caos confuso disfrazado de historia pero sin ningún tipo de coherencia.

—¿Pero tiene las páginas suficientes para ser considerado un libro?

Helene suelta un gritito de alegría y asiente.

La alzo en volandas y le doy vueltas en el aire por el porche.

—¡Has escrito un libro! ¡Un maldito libro entero! ¿Sabes cuánta gente sueña con hacerlo pero nunca llega a conseguirlo?

Ella se ríe, nos mareamos de las vueltas y al final volvemos a caer sobre el banco.

—Tengo que admitir —dice—. Que estoy bastante orgullosa de mí misma ahora mismo.

Me inclino y deposito un beso en sus labios.

—Abramos una botella de champán. Te prepararé algo especial esta noche, lo que quieras. Y también planearemos una celebración adecuada.

Toda la riqueza que he acumulado a lo largo de los siglos sirve para esto. No es para mí, sino para Julieta. Para mimarla y consentirla, porque tengo poco tiempo a su lado, y quiero que tenga todo lo que pueda desear.

Helene me dedica una sonrisa traviesa.

—¿Y qué implica una celebración adecuada?

—Sorpresas.

Sus ojos se iluminan y brillan más que los rayos de sol sobre la nieve.

—¿Sorpresas en plural?

—Al menos una sorpresa —respondo—. Pero puede que en plural, si tienes suerte.

HELENE

Una semana después, entramos por la pesada puerta de madera de Axes and S'more.

—Oh, Dios mío —digo—. Es oficial, me encanta este sitio. —La mitad del local está formado por jaulas de lanzamiento de hachas (como un campo para prácticas de tiro de béisbol, pero con hachas), y la otra mitad es un restaurante con pequeñas fogatas en el centro de cada mesa. Es como si hubiesen destilado la esencia de Alaska en un único local, o al menos lo que una turista como yo se imagina como la «esencia de Alaska».

—Pensé que te gustaría —dice Sebastien, dejando un beso sobre mi cabeza.

—Bienvenidos a Axes and S'more —dice una camarera. Va vestida con ropa de franela y un gorro de piel sintética, y tiene acento de Alaska—. ¿Están aquí para lanzar, tostar o ambas cosas?

—Ambas —responde Sebastien—. Pero ya tenemos una mesa, gracias.

Alzo la mirada hacia él, confusa.

—¿La tenemos?

—Sorpresas, ¿recuerdas? —Me guiña el ojo y saca un pañuelo de su bolsillo con el que me venda los ojos.

Yo no paro de dar saltitos. Siempre me han encantado las sorpresas. Incluso de pequeña, nunca intentaba encontrar dónde habían escondido mis padres mis regalos de cumpleaños y tampoco sacudía los regalos que había bajo el árbol en Navidad para ver qué contenían; para mí, la anticipación formaba parte de su encanto.

Sebastien me lleva hacia el interior del restaurante, dejando atrás el mostrador de la entrada. Por suerte, no me choco contra ningún mueble o camarero por el camino, lo que solo demuestra que a Sebastien se le da bien dirigir.

—Vale, ¿lista? —pregunta cuando nos detenemos.

—Lista.

Me quita la venda y yo parpadeo para enfocar las mesas y las sillas frente a mí, pero no veo cuál es su sorpresa. No conozco a nadie de los que están aquí. ¿Se supone que tendría que estar mirando el mural del lobo gigantesco que hay en la pared? Quiero decir, ¿hay alguna pista ahí?

Sebastien posa las manos sobre mis hombros y me gira ciento ochenta grados hacia la esquina del restaurante.

Mamá y Katy salen de un salto de su escondite.

—¡Sorpresa!

Grito y todos a nuestro alrededor probablemente me estarán fulminando con la mirada. Pero no me importa, porque de repente estoy envuelta entre los abrazos de oso de dos de mis personas favoritas.

—¿Qué estáis haciendo aquí?

—Sebastien nos ha traído para que podamos celebrar que has terminado de escribir el primer borrador de tu libro —dice Katy.

Todavía entre los brazos de mi madre y de mi hermana, me vuelvo a mirarlo.

—¿De verdad has hecho eso?

Él se limita a sonreír y me doy cuenta de que amo a este hombre que no es de muchas palabras, pero que siempre me demuestra lo mucho que me quiere.

Katy, mamá y yo nos abrazamos un rato más, y ni siquiera tengo que presentarles a Sebastien porque ya se «conocieron» por teléfono cuando planearon esta fiesta sorpresa. Finalmente, tomamos asiento a la mesa. Hay una pequeña hoguera en el centro, probablemente para los s'mores. Sebastien alcanza unos cuantos menús plastificados que hay detrás del servilletero y nos tiende uno a cada una.

—Oooh —dice Katy mirando las opciones—. Podría elegir el filete de venado.

—¿Te vas a comer a Rodolfo el reno? —bromeo.

Ella niega con la cabeza.

—A Relámpago.

Mamá alza una ceja.

—Ahora ya sabemos de dónde ha sacado Trevor esa obsesión de arrancarles la cabeza de un mordisco a sus dinosaurios.

—¿Quién se come dinosaurios? —Sebastien se gira hacia mí pidiéndome ayuda con la mirada para poder entender la conversación.

—Mi nieto —explica mamá—. El hijo de Katy. Le compran unos *nuggets* de pollo con forma de dinosaurio y a él le gusta arrancarles la cabeza de un mordisco y mojarlas en sangre... bueno, en kétchup.

Sebastien estalla en carcajadas.

—Pero, en serio —dice Katy—, ¿está bueno el filete de venado?

—Kit Kat —digo—. Creo que estás pasando por alto el plato estrella de este sitio. —Paso el brazo sobre la mesa y le doy la vuelta a su menú, para que se fije en el lado titulado «Estrellas de Alaska», que probablemente se llame así por la bandera del estado.

Ella observa boquiabierta el menú.

—¿Son todo...?

—Sí, claro —dice Sebastien.

Me uno a mamá y a Katy, y las tres miramos boquiabiertas las dos docenas de opciones de *s'mores* disponibles.

- *El S'moreo: con galletas oreo en vez de galletas Graham.*
- *Tarta de queso: con mermelada de mora, queso crema batido, malvaviscos y chocolate con leche.*
- *Chocolate caliente mexicano: con chocolate especiado, dulce de leche, malvaviscos y galletas Graham de canela.*

Y la lista sigue y sigue.

¿Quién iba a pensar que era posible mejorar algo tan perfecto como un s'more? Y, aun así, aquí está la prueba, porque quiero pedirlos todos.

—Creo que me voy a mudar a este sitio —digo.

Mamá asiente.

—Yo también.

Sebastien me da un leve apretón cariñoso en la rodilla.

—Siempre y cuando se me permita venir de visita.

El camarero se acerca a nuestra mesa. Lleva puesto el mismo uniforme de Axes and S'mores que la chica que nos ha atendido a la entrada, junto con el gorro de piel sintética y una camisa de franela donde tiene bordado su nombre, Jim, y el dibujo de un malvavisco con carita que sostiene un hacha en la mano. Jim es un tipo corpulento, parece que lleva lanzando hachas desde muy pequeño, y el logotipo cursi bordado en su camisa no le pega nada.

—¿Qué pasa, hombre? —Jim saluda a Sebastien con un choque de puños. Pues claro que se conocen. Es un pueblo pequeño al fin y al cabo—. Cuánto tiempo sin verte.

—Ey, Jim. Te presento a mi novia, Helene, a su madre, Beth, y a su hermana, Katy. Están de visita en Alaska por primera vez.

—Sebastien os ha traído entonces al sitio correcto, tenemos los mejores s'mores del país. ¿Qué os apetece tomar?

Mamá pide unos s'mores de piña colada. Katy se pide el filete de venado y unos s'mores Elvis Presley con mantequilla de cacahuete y beicon; a las chicas Janssen nos gusta comer, y Sebastien pide algo llamado Tradicional. Yo elijo el Chocohólico con nueces. Por el nombre, suena perfecto para mí.

—Excelente —dice Jim—. Sugiero que echéis una ronda de lanzamiento de hachas mientras esperáis. La cocina está hasta arriba de pedidos esta noche, así que podrían tardar media hora en tener lista vuestra comanda.

—¿Qué te parece? —me pregunta Sebastien—. ¿Te apetece lanzar algunas hachas?

—Me apunto —dice mamá, levantándose de la mesa.

Nos dirigimos a una jaula con una enorme diana de madera en la pared. Una valla de alambre nos separa de la jaula de al lado, que la ocupan un cuarteto de tipos escuálidos y con gafas. Sin embargo, su marcador tiene un número impresionante de puntos, y cada vez que uno de los tipos delgaduchos lanza, el hacha se queda clavada en el centro de la diana o muy cerca. A su alrededor se ha congregado una multitud que aplaude cada uno de los lanzamientos.

La jaula del otro lado la ocupan un grupo de chicas borrachas que probablemente no deberían tener un hacha en la mano en estos momentos. Algunas le hacen ojitos a Sebastien, pero Katy se entromete en su campo de visión, se acerca a la valla y las fulmina con la mirada, por lo que las chicas se apresuran a alejarse.

Mamá sugiere que no llevemos la cuenta de los puntos y que nos divirtamos, algo que me parece perfecto. Levanta un hacha, la lanza y esta se queda clavada en el anillo exterior de la diana.

—No está mal —dice Katy—. Pero déjame que te enseñe cómo se hace.

Alza su hacha y al lanzarla da de lleno en el tercer anillo empezando desde dentro, a solo uno mejor que mamá.

—Chulita —dice mamá—. ¿Ya has hecho esto antes?

—Pueeedeee —dice Katy, adoptando su carita de inocente que solía poner cuando la pillaban yéndose a hurtadillas en medio de la noche para irse de fiesta.

—Te toca —me dice Sebastien.

—¿Puedes enseñarme, no sé, a cómo lanzarla o lo que sea?

—No es justo —dice Katy—. A nosotras no nos ha enseñado nadie. Tienes que lanzarla siguiendo tu instinto.

—O tu experiencia previa secreta —bromea mamá.

Katy sonríe con satisfacción.

—Ya las has oído, Helene. —Sebastien se aparta y se cruza de brazos, relajado, como si creyese que voy a saber hacerlo por arte de magia.

Vale, ya te la devolveré. Me pongo sobre la línea trazada en el cemento, echo el brazo atrás como he visto a hacer a los chicos flacuchos de la jaula de al lado y me preparo para lanzar. Pero antes de hacerlo, algo cambia en mi interior, como si fuese memoria muscular, y ajusta mi brazo un pelín.

Entonces la lanzo, dejando que el hacha trace un arco perfecto por el aire.

Y da en el centro de la diana.

—¡Pero bueno, Hel! —Katy asiente con aprobación.

Sebastien me observa orgulloso, pero sospecho que sabía desde el principio que daría en la diana. Me pregunto en cuál de nuestras vidas pasadas estuvimos lanzando hachas como para que se me dé tan bien hacerlo.

Para cuando volvemos a la mesa, estoy hambrienta. Por suerte, Jim llega con nuestra comida a la vez que nosotros. Lo acompaña otro camarero, porque hemos pedido tanta comida que no puede traerla él solo en un viaje.

Cada pedido de s'mores viene en una bandeja del tamaño de una de horno. Solo los míos tienen dos boles de Nutella, unos malvaviscos en forma de cubo gigantescos y galletas finas bañadas en chocolate que son perfectas para aplastar los s'mores, todo bien colocado sobre la bandeja.

Jim enciende un interruptor bajo la mesa que hace que la hoguera del centro cobre vida.

—Muy bien, dadme un grito si necesitáis cualquier cosa. —Nos deja cuatro pinchos con el mango alargado sobre la mecha alrededor del pequeño fuego y se marcha.

Me quedo mirando fijamente mi bandeja de Chocohólico con nueces y no puedo pensar en comer nunca más otra cosa que no sea esto.

Katy toma uno de los pinchos y lo clava en uno de los malvaviscos de mamá.

Ella le da un golpe en la mano.

—Cómete primero los tuyos.

Katy le saca la lengua y se mete el malvavisco de coco en la boca igualmente.

—Eres incorregible —dice mamá.

Yo sonrío al verlas y me doy cuenta de que Sebastien también está sonriendo.

—Gracias —le digo—. Esta es la celebración más perfecta que podría imaginar.

—¿Lo es? —responde—. Entonces supongo que no tengo por qué darte tu segunda sorpresa si esta ya es perfecta.

Dejo la galleta que estaba a punto de untar con Nutella de nuevo sobre la bandeja.

—¿Hay otra sorpresa?

—Pediste sorpresas, en plural. Cierra los ojos y extiende las manos.

Hago lo que me pide y Sebastien deja sobre ellas lo que parece ser un panfleto.

—Ahora, ábrelos.

No es un panfleto, sino un sobre. Lo abro y me quedo con la boca abierta.

—¿Billetes de avión? ¿A *Europa*?

Creía que mi sueño de pasear por Países Bajos y Francia se había acabado cuando Merrick canceló mis vuelos.

—Y la estancia también, para dos —dice Sebastien—. Puedes llevarte a Katy para celebrar que has terminado de escribir tu manuscrito, tal y como habíais planeado.

—No-oh —responde Katy—. Ya hemos hablado de esto, Sebastien, y se supone que eres un hombre de palabra. —Mi hermana se vuelve a mirarme—. Sebastien me llamó para ofrecerme un viaje con todos los gastos pagados para ti y para mí. Pero mamá y yo nunca te hemos visto tan feliz, Hel. Por Dios, si incluso estás radiante. Así que queremos que ese viaje lo hagáis Sebastien y tú, juntos. Estuvimos discutiendo largo y tendido sobre el tema y terminó aceptando mis condiciones, encontramos una solución y por eso estamos mamá y yo aquí, en Alaska, para quedarnos durante una semana. De ese modo, vosotros dos, podréis hacer ese viaje por Europa juntos, cuando nos vayamos.

—Pero… —intenta rebatir Sebastien.

—Ni lo intentes —le corta Katy—. Un trato es un trato.

Él duda durante unos minutos, pero cuando ve que no va a dar su brazo a torcer, asiente resignado, aceptando su destino.

Yo paso la mirada de Katy a mamá y luego a Sebastien.

—¿Habéis planeado esto los tres juntos por mí?

—Estamos muy orgullosos de ti, cariño —dice mamá—. Estos últimos meses han sido muy duros para ti, pero también has sido muy valiente. —Decide omitir con tacto el tema de Merrick.

—Vaya… no sé qué decir.

Sebastien atrapa mis manos entre las suyas, con los billetes de avión entre ambas.

—Di que sí.

Bajo la mirada hacia los billetes y hacia las manos fuertes y curtidas que aferran las mías, como si siempre hubiesen estado destinadas a estar juntas.

—Sí. —Asiento con tanto énfasis que casi meto la cabeza en uno de los boles de Nutella—. Sí, sí, sí.

Y en este momento, no me creo que exista una maldición. Porque alguien que está maldito nunca podría ser tan feliz.

SEBASTIEN

Un par de días después, mientras que Helene está fuera con Beth y Katy en una isla cercana viendo caballos salvajes, llega el siguiente movimiento de Merrick en la guerra por el divorcio dentro de un sobre de manila. No tiene remitente, pero cuando lo abro sé perfectamente de quien es.

—Imbécil miserable.

Son fotografías de Helene tomadas con una cámara de largo alcance, del tipo que utilizan los detectives privados y los paparazzi. Ninguna de las fotos es escandalosa, pero hay algunas de nosotros en el interior de la casa, y la amenaza está clara.

Mi corazón late con tanta violencia contra mis costillas que amenaza con quebrarlas. ¿Cómo se atreve Merrick a violar la privacidad de la vida de Helene de este modo? Ella pensaba que no era un peligro, pero esto va mucho más allá del rencor normal que pueda acarrear un divorcio.

Descuelgo el teléfono de la pared y llamo al Grupo Julius A. Weiskopf, en Ginebra. Inmediatamente me transfieren con la presidenta de la compañía.

—Sebastien, *Es ist eine Freude von Ihnen zu hören* —dice Sandrine. Es un placer volver a saber de ti.

Yo también le respondo en alemán.

—Gracias por atender mi llamada.

—Sabes que dejaría de hacer lo que fuese por ti —dice—. ¿En qué puedo ayudarte?

Por eso siempre tengo al Grupo Weiskopf en marcación rápida: no saben nada acerca de mi pasado, pero tampoco cuestionan que cambie de nombre o que necesite nuevos documentos de identidad o el por qué mi cuenta lleva activa desde hace tanto tiempo. Trabajan con la gente de negocios de más éxito y privada del mundo, así como con varios famosos, y su trabajo se limita a ayudar a sus clientes con lo que quiera que les pidan, y a hacerlo bien.

—Hay otro problema con Merrick Sauer. —Recorro los pasillos de mi casa como un león enjaulado y le hablo a Sandrine de las fotografías que he recibido por correo.

Siempre tan profesional, no reacciona de ninguna manera ante la noticia.

En cambio, se pone manos a la obra, estableciendo lo que hará cada uno de sus abogados, incluyendo interponer una orden de alejamiento y una contrademanda por allanamiento de morada, invasión de la privacidad y todo lo demás que se les ocurra a sus agresivas y brillantes mentes legales. Si Merrick quiere guerra, tendrá guerra.

Saber que Sandrine se ocupará de todo me tranquiliza y por fin puedo sentarme, dejándome caer en una silla de mi estudio.

—¿Necesitas que contratemos un servicio de seguridad para tu propiedad? —pregunta Sandrine. Esto es lo habitual con sus clientes más famosos.

Lo pienso durante un minuto. Sé que le prometí a Helene que le contaría todo lo que necesitase saber sobre Merrick, pero también está esa parte de mí que quiere protegerla de todo esto. No solo porque quiero protegerla de que sienta que han violado su privacidad de esta manera o de que la están espiando, sino también porque la venganza de Merrick y su enfado tienen una hoja afilada que no me esperaba y que me preocupa. Como si quisiese formar parte sin pretenderlo de la maldición. Y me he jurado no hablar de esta, dejar que Helene sea tan libre como pueda mientras yo me centro en negociar en su lugar.

Decido que lo mejor es ocultar este sobre y sus fotografías. Espero no arrepentirme por ello más tarde.

—Manda un equipo de seguridad —le digo a Sandrine—. Pero solo durante un par de semanas, porque después nos iremos a Europa. Haz que se queden ocultos en el bosque que rodea mi casa, que nadie los vea. No quiero que ningún exagente del Mossad asesine al detective privado novato que ha mandado Merrick.

—Entendido, solo como elemento disuasorio entonces, muy discretos. ¿Necesitas que mandemos algún agente de seguridad para que os acompañe mientras estéis en Europa?

—No… de momento. —Espero que Merrick no tenga los medios para seguirnos hasta allí. Tiene rencor, pero no fondos ilimitados.

—Hazme saber si cambias de opinión —dice Sandrine.

Asiento, aunque sé que ella no puede verme. Pero lo entenderá.

—Hay una cosa más que necesito —digo, tomando la tarjeta del compromiso de Dana y Adam de mi escritorio—. Quiero transferir la mitad que me pertenece del *Alacrity* y del negocio.

—¿Es por una venta de la empresa o como regalo? —pregunta Sandrine, empezando a valorar los impuestos que tendré que pagar con cada una de las opciones.

Trazo con los dedos la silueta de la maqueta del barco que tengo entre una lámpara y un pisapapeles de piedra. He pasado mucho tiempo de mi vida en barcos, pero el *Alacrity* fue el primero que fue mío, lo voy a echar de menos. Ya lo echo de menos.

—Es un regalo para Dana Wong —respondo—. Por su compromiso con Adam, el propietario de la otra mitad del negocio.

—Muy bien —dice Sandrine, y vuelvo a agradecer en silencio su discreción. Cualquier otro habría querido saber por qué no le estoy dejando el negocio a Adam. La respuesta, por supuesto, es que Adam lo rechazaría, y eso me daría más dolores de cabeza legales y mucho más papeleo. Dana, en cambio, entenderá que necesito hacer esto como una ofrenda de paz, y que Adam lo terminará comprendiendo algún día. Espero.

—¿Qué más puedo hacer por ti, Sebastien?

El pasaporte de Helene está ligeramente abierto sobre mi escritorio. Paso el dedo sobre su foto, su fecha de nacimiento y la fecha de validez del pasaporte: dentro de nueve años.

Se me revuelve el estómago. No vivirá tanto tiempo como para tener que solicitar otro.

Cierro el pasaporte con fuerza, y dejo caer el pisapapeles sobre él.

—¿Sebastien? —pregunta Sandrine—. ¿Puedo encargarme de hacer algo más por ti?

¿Puedes romper la maldición? ¿Puedes evitar que Helene muera?

Pero lo único que respondo es:

—Eso es todo de momento, Sandrine, muchas gracias.

—Siempre es un placer. Estaremos en contacto. —Cuelga sin decir adiós, otra característica del Grupo Julius A. Weiskopf. No son mis amigos, son mis abogados y, cuando lo necesito, también mis perros de presa.

Cierro los ojos y dejo caer la cabeza contra el respaldo de cuero. La vida, por incesante que sea, puede ser agotadora. Creo que si la gente supiese lo que yo sé, lo que he tenido que ver y por lo que he tenido que pasar, dejarían de intentar perseguir la inmortalidad. Se acabarían las dietas de moda o los trucos biológicos para vivir más tiempo. Se acabarían las investigaciones para prevenir el envejecimiento.

La inmortalidad no es lo que parece, les diría.

Me sirvo un par de dedos de *whisky* y me quedo sentado en mi estudio, observando el bosque. Y pensando, durante mucho tiempo.

HELENE

La primera ciudad del itinerario original que teníamos Katy y yo, y ahora también en el de Sebastien y mío, es Ámsterdam. Siempre había querido visitar Países Bajos porque papá creció aquí antes de que su familia emigrase a Estados Unidos cuando era adolescente. Sebastien y yo llegamos justo a tiempo para el Koningsdag, el día en el que se celebra el cumpleaños del rey holandés.

Cuando aterrizamos en el aeropuerto de Schiphol, un chófer nos espera en la terminal de llegadas con un ramo de tulipanes y un cartel en el que pone Helene Janssen.

—Te portas demasiado bien conmigo —le digo a Sebastien.

—Eso es imposible —me responde con un beso. Últimamente parecía bastante estresado, pero en cuanto aterrizamos en Países Bajos, su humor parece haber cambiado radicalmente. Probablemente esté aliviado de alejarse de Alaska. (Aún no sé todos los detalles de lo que ocurrió entre Adam y él; Sebastien se ha cerrado en banda con ese tema).

—*Goedendag, Mevrouw* Janssen, *Meneer* Janssen —dice el chófer, Lars—. *Het is leuk u te ontmoeten.*

Supongo que nos está dando la bienvenida y le respondo con una sonrisa. Entonces me doy cuenta de que quizá piensa que soy holandesa por mi apellido. Estoy a punto de explicarle que solo hablo inglés cuando Sebastien le responde, y mantienen una conversación entera en neerlandés.

Sebastien sonríe con timidez cuando ve que le estoy mirando fijamente.

—¿Es que no te había dicho que hablo neerlandés?

—Buenos días, señora Janssen —me dice Lars en inglés. Su inglés es perfecto, solo tiene un poco de acento que lo delata, como a mi padre. Me llevo la mano a su reloj al recordarlo.

—Encantado de conocerla —dice Lars—. El señor Montesco me acaba de explicar que nunca había estado en nuestra preciosa ciudad de Ámsterdam. Les haré un pequeño recorrido turístico antes de llevarlos a su alojamiento.

Poco después de salir del aeropuerto, el paisaje cambia por completo, lleno de campos de tulipanes de colores brillantes por todas partes. Estos son los Países Bajos que yo me imaginaba y me cuesta creer que de verdad esté aquí.

—Han llegado en el momento perfecto —dice Lars—. El Koningsdag empieza pronto. Las calles van a estar llenas de gente con ganas de juerga y todo Ámsterdam se vuelca en las celebraciones, tanto de día como de noche. ¿Han traído ropa naranja? Es el color característico de Países Bajos y tenemos un poco de *oranjegekte*, o locura naranja, por el Koningsdag.

He leído que todo el mundo sale a las calles y a los canales vestidos de naranja.

—No, pero había pensado que Sebastien y yo nos podríamos ir de compras para ver qué podemos ponernos en el Koningsdag.

—Una idea excelente —responde Lars—. Les daré la dirección de la tienda favorita de mi mujer para que puedan pasarse.

Mientras recorremos las calles en coche, observo embobada la ciudad. Es incluso más bonita que en las fotos. Con sus casas altas y estrechas, apretadas unas contra otras, el cielo azul sobre ellas y los serenos canales a sus puertas. Las casas barco flotan sobre los canales, y las jóvenes parejas pasean de la mano sobre los antiguos puentes de piedra.

Hay bicicletas por todas partes, circulando de manera ordenada, algunas las llevan niños sonrientes con sus pequeñas cestitas en la parte delantera, que nos sonríen y nos saludan al pasar. Como vamos en coche, las bicicletas nos superan en número, algo que me parece fascinante. Al fin y al cabo, sigo siendo de Los Ángeles, donde no puedes siquiera moverte para hacer los recados sin un coche.

La visita termina demasiado pronto. Lars aparca, nos abre las puertas, y empieza a sacar nuestro equipaje del maletero. Yo salgo del coche y doy un par de vueltas, confusa. Aquí no hay ningún hotel.

Sebastien me señala hacia el canal, y yo tardo un momento en comprender lo que me está queriendo decir.

—Quieres decir…

—Sí.

Frente a nosotros hay una preciosa y moderna casa flotante con paredes de aluminio mate, ventanas enormes con vistas a los canales y un pequeño muelle que da la vuelta a la casa.

Suelto un gritito, aunque sé que parezco ridícula por ello.

—Cuando iba a la universidad, mi amiga Monica y yo solíamos hablar de huir a Ámsterdam y vivir en una casa flotante por una temporada.

Pero en lugar de compartir mi entusiasmo, Sebastien parece dolido por un momento, mirando a través de mí y de la casa flotante, como si hubiese una ventana con vistas al pasado. Es algo que hace a veces, sé que nuestra historia lo atormenta, incluso aunque intente que no se le note. Pero, a veces, cuando estamos durmiendo, se despierta sobresaltado y solo cuando se da cuenta de que sigo a su lado se tranquiliza, volviéndose a quedar dormido entre mis brazos.

Aunque nunca llora. En todo el tiempo que hemos pasado hablando de Romeos y Julietas, y con todas las veces que me ha visto llorar por alguno de sus diarios, Sebastien nunca ha derramado ni una sola lágrima. Eso me hace preguntarme si es que ya ha vivido tantas pérdidas que ya no le quedan lágrimas que derramar.

—Oye. —Le acaricio el hombro para no asustarlo—. ¿Estás bien? Vuelve conmigo.

Sebastien parpadea, saliendo de su ensimismamiento.

—Oh. Lo siento.

—Una de mis anteriores versiones quería vivir en una casa flotante, ¿no? —le digo con dulzura—. ¿Cómo me llamaba entonces?

—Era Kitri —susurra—. Adoraba dibujar los barcos que había en el puerto y soñaba con tener uno propio algún día.

—Entonces lo haremos por ella —digo, tomando la mano de Sebastien y llevándolo lentamente por el muelle.

Pero él niega con la cabeza.

—Kitri tuvo su momento —dice—. Ahora es el de Helene, y crearemos recuerdos nuevos. —Entonces me besa y sonríe, con un deje de tristeza.

Amo a este hombre y el esfuerzo titánico que hace por hacerme feliz, a pesar de que esté sufriendo.

Es imposible no ser feliz entre las calles arboladas y los serenos canales, y todo rastro de la anterior melancolía de Sebastien se desvanece como las nubes en un cielo azul despejado mientras pasamos la tarde explorando la ciudad. Los toldos de colores y los carteles de madera adornan las callejuelas estrechas, y los tulipanes parecen florecer de todos los balcones. Allá donde vamos resuenan los timbres de las bicicletas que pasan a nuestro lado y los pajarillos pían como si fueran la pintoresca banda sonora de nuestra aventura europea.

Sebastien y yo compramos *poffertjes*, unas pequeñas tortitas esponjosas espolvoreadas con azúcar glas, de un vendedor callejero, y paseamos por los canales y por los puentes. En la tienda que Lars nos ha recomendado elegimos unas camisas naranjas para el Koningsdag, y también me compro una cesta preciosa hecha a mano que me servirá para cuando pasee por los mercados de flores. Mientras que Katy y yo habíamos planeado pasar solo un par de semanas en Europa, Sebastien y yo no tenemos ninguna prisa por volver a

Estados Unidos. Puedo revisar mi manuscrito desde cualquier parte, y la temporada de pesca de cangrejos ya se ha acabado. Así que ya me puedo imaginar pasando las mañanas paseando entre los puestos de flores recién cortadas, de cerezas rojas brillantes y albaricoques maduros, y entre las montañas de espárragos y alcachofas, metiendo todo lo que me apetezca en mi nueva cesta. Aquí todo parece más ligero y alegre que en la vida de la antigua Helene.

—¿Qué te parece si hacemos un picnic en el muelle de nuestra casa flotante esta noche? —pregunta Sebastien.

—Oooh, ¿gouda, pan y vino? Sí, por favor.

El sol se está poniendo y, con el fin del día, las calles se vuelven a llenar de bicicletas, con los trabajadores yendo hacia sus casas después del trabajo.

Nos tomamos nuestro tiempo antes de volver a la casa flotante. Al contrario que en casa, aquí las tiendas especializadas están por todas partes, algo que me fascina. Comprar gouda requiere que hable con el quesero, no que tenga que hacerme con un queso envasado de una fría y triste nevera. Para comprar vino tienes que mantener una conversación con el tendero sobre los distintos tipos de viñedos. Sebastien habla con todos y cada uno de ellos, y yo le saco fotos a todo para enviárselas a mamá y a Katy: de las enormes ruedas de queso, los expositores con las barras de pan artesanas en cestos de mimbre, las paredes llenas de vinos hechos con mimo por sumilleres expertos...

Cuando volvemos al exterior, pasamos por delante de una cafetería y, de repente, me recorre una oleada de náuseas. Oh, cielos, ¿qué es ese olor? Me cruzo de brazos apretándome el estómago y salgo corriendo, sin detenerme hasta que llego a una callejuela que hace esquina, donde me doblo y vomito.

Sebastien corre tras de mí, aunque va más lento porque ha insistido en llevar toda la compra.

—¡Helene! ¿Qué te pasa?

Me apoyo en la pared de ladrillo. Estoy bastante segura de que todos los ciclistas se me quedan mirando al pasar, porque todo se ha quedado en silencio; a diferencia de los estadounidenses, son demasiado educados como para juzgar a una mujer que está vomitando en la acera.

En ese momento me doy cuenta de a qué olía.

—E-Esa cafetería... —jadeo—. Apestaba a marihuana.

A pesar de cómo me encuentro, Sebastien se echa a reír. Y me refiero a reírse a carcajada limpia, de esas que te tienes que abrazar el estómago y que resuena por los canales.

—Eso era una tienda de cannabis —dice.

—Pero en el letrero que había en el escaparate ponía que era una cafetería. —Yo sigo doblada, pero las ganas de vomitar están desapareciendo.

—Así es como se llama a ese tipo de tiendas aquí. Donde sirven café se llama *koffiehuis*.

—Eso es... confuso.

—Lo sé. —Me frota la espalda.

Respiro hondo un par de veces. Las náuseas disminuyen, y me levanto lentamente, aunque sigo apoyada en la pared de ladrillo.

—Nunca había tenido problemas con el olor a marihuana —digo cuando por fin vuelvo a sentirme yo misma—. Cuando iba a la universidad, mis vecinos de abajo se pasaban el día fumando maría.

—El cannabis holandés es mucho más potente que el estadounidense —explica Sebastien.

—Puede que sea por eso —respondo. Pero sigo pensando que es raro que me haya afectado tanto.

Caminamos más despacio el resto del camino de vuelta a la casa flotante. El aire fresco hace maravillas, y me siento como nueva cuando llegamos.

Aunque solo es hasta que pongo un pie en el barco. Con las olas balanceándonos, las náuseas regresan. Corro hacia la barandilla y vomito en el canal.

Sebastien deja caer todo al suelo y viene corriendo a mi lado.

—Deberíamos buscar un médico.

—No, estoy bien —digo, limpiándome el vómito que se me quedado en la barbilla.

—Estoy preocupado. —Las nubes de tormenta regresan, frunciéndole el ceño, y me doy cuenta de que a Sebastien no solo le preocupa que haya podido pillar un virus estomacal, le da miedo que sea por la maldición, que esté a punto de morir.

Pero no es así. Lo sé. Me siento viva aquí, en Europa, a su lado. *Nunca* me he sentido tan viva.

—Shh —digo, intentando tranquilizarlo—. No es la maldición. Estaré bien. Probablemente solo sean las secuelas de la marihuana.

—Solo la has inalado un milisegundo.

—Te lo prometo. Se me pasará rápido.

Aun así, me siento en el muelle, donde puedo llevarme las rodillas hacia el pecho y abrazarme.

Sebastien se frota los ojos con las palmas de las manos, y después empieza a dar vueltas por el muelle como un león enjaulado.

—Esto es culpa mía. He trabajado durante tantos años en un barco con tripulaciones que están acostumbradas al vaivén del mar que he dado por supuesto que...

—No te preocupes —le digo—. Solo necesito unos minutos. Pero, por favor, deja de caminar, porque estás haciendo que el barco se mueva más.

—Helene...

Para intentar tranquilizarlo, le dedico la sonrisa más amplia que soy capaz de dibujar, como si *no* estuviese luchando contra las ganas de vomitar otra vez.

—Solo siéntate conmigo. Te juro que estaré bien.

Sebastien se sienta a mi lado y me rodea con un brazo protector, como si pudiese mantenerme a salvo abrazándome. Los dos solos, para siempre.

Se me vuelve a revolver el estómago.

Los dos solos, para siempre, me repito como si fuese un mantra para convencerme de que estaré bien.

Los *poffertjes* que he comido antes me revuelven el estómago.

Los dos solos, para siempre…

Se me retuercen tanto las tripas que hago una mueca de dolor. ¿De verdad esto es una intoxicación alimentaria? ¿Qué demonios está pasando? Me abrazo sobre mi barriga blanda (demasiada Nutella) que crece rápidamente.

Dios mío.

¿Y si la cocina de Sebastien no ha tenido nada que ver con que yo engordase? ¿Y si no estamos «los dos solos»?

¿Y si somos *tres*?

Me trago los poffertjes que amenazan con salir.

Las náuseas junto con el peso ganado…

Creo que podría estar embarazada.

Me paso casi toda la noche despierta. No porque esté preocupada, sino porque estoy… emocionada. Siempre he querido tener hijos. Y empiezo a pensar que este bebé podría ser una señal de que la maldición está rota, pero no se lo he dicho a Sebastien. Ni siquiera le he contado que creo que estoy embarazada.

No quiero que se haga ilusiones de momento.

Antes de que se despierte, le dejo una nota en la que pone que me he ido al mercado. Después salgo en silencio de la casa flotante y me marcho en busca de una farmacia. Por suerte, aunque no sé leer ni hablar neerlandés, no me cuesta mucho encontrar una, ya que tienen esos carteles luminosos con una cruz verde en los escaparates. Localizo una a unas pocas manzanas y entro.

Hay varias pruebas de embarazo en las estanterías. ¿Tengo que comprar una de las más caras? Suelen ser las más precisas. Pero si llevo embarazada ya desde hace tiempo, tendré más hormonas, y las baratas servirán.

Para la mayoría de las mujeres, sería fácil echar la vista atrás y ver cuánto tiempo hace que no les viene la regla. Pero, en mi caso, tomo unas pastillas anticonceptivas cuyo efecto secundario es que se salta algunos periodos (aunque con la cantidad de cambios que ha habido en mi vida en estos últimos meses probablemente me haya olvidado de tomármelas más de una vez). Aun así, no he sangrado desde hace años, siempre he pensado en ello como un lujo moderno. Nunca se me habría pasado por la cabeza que tener un periodo regular cada mes podría ser de mucha ayuda. Me termino decidiendo por comprar una de las pruebas más caras.

Al pagar, le pregunto al farmacéutico:

—¿Podría utilizar el baño?

—Lo siento, es solo para empleados —responde—. Pero puedes cruzar a la cafetería de enfrente. Cómprate un trozo de tarta y te dejarán usar el servicio.

El aroma a café y bizcochos suele bastar para calmar mis nervios, pero hoy sigo nerviosa incluso mientras espero en la cola para pedir. Por primera vez, no logro concentrarme en el menú, así que cuando llego al mostrador solo pido una galleta, que meto apresuradamente en el bolso.

Me tiemblan las manos cuando me encierro en uno de los retretes. (Los europeos no los llaman «baño» como los estadounidenses. Lo que tiene sentido, ya que no hay ninguna bañera en los servicios de un restaurante). Cuando termino con la prueba de embarazo, la dejo sobre la cadena del retrete para esperar a que salgan los resultados.

Faltan tres minutos para saberlo.

Me lavo las manos y camino por la pequeña habitación, cinco pasos a un lado, cinco pasos al otro. Ahora entiendo por qué Sebastien necesitaba caminar cuando me vio enferma. Los nervios requieren que te muevas.

Pero este es otro tipo de nervios. Siempre he querido tener hijos. Merrick era el que no quería. Puede que este sea el universo mostrándome de nuevo que todo ocurre por algo. Puede que tuviese que esperar a encontrar a mi alma gemela antes de poder tener un bebé, uno con los ojos azules claros de Sebastien y mi pelo castaño ondulado.

Y luego está todo el tema de la maldición, y lo que podría ayudarnos que estuviera embarazada.

Sin embargo, es una idea frágil, no quiero pensar aún en ello. No hasta que vea si la prueba es positiva.

Miro el reloj de papá de reojo antes de recordar que está roto. El reloj de mi teléfono móvil, sin embargo, dice que solo han pasado dos minutos. Se supone que la prueba tarda tres minutos en sacar un resultado. Pero el pulso se me acelera, rápido e implacable, como un disparo. No puedo esperar más.

Abro la puerta del cubículo. La prueba de embarazo sigue donde la he dejado, junto a la cadena.

La cruz azul es indiscutible en cualquier idioma.

¡Sí!

¡Chúpate esa, maldición! Bailo con la prueba de embarazo en la mano y suelto un grito de victoria que estoy segura de que hace que el resto de las clientes de la *koffiehuis* se pregunten qué demonios le pasa a la estadounidense loca que está celebrando algo a gritos en el servicio.

SEBASTIEN

Me despierto y Helene no está. Me ha dejado una nota, pero la preocupación se apodera de mí igualmente, no me ha dicho «Te amo» antes de irse. Intento no pedirle demasiado, pero ese pequeño detalle es importante para mí. Porque cada vez que uno de los dos se marcha; para limpiar la nieve de la entrada, recoger el correo o ir a hacer algún recado, puede ser la última vez que nos veamos. Podría resbalarse y caerse sobre el hielo y morir, o podría atropellarla un camión, o cualquier otra situación horrible.

¿Estoy paranoico? Sí. La historia me ha hecho ser así. Pero decir «Te amo» antes de irnos me garantiza que, al menos, si la maldición termina ejerciendo su golpe de gracia mientras estamos separados, esas serán las últimas palabras que nos hayamos dicho. Y no un «¿Quieres que compre pan en la tienda?» o «Acuérdate de sacar la ropa de la lavadora y poner la secadora».

Pero Helene se ha olvidado.

El miedo, sin embargo, acaba reemplazando a la preocupación. ¿Cuánto tiempo lleva fuera? ¿Le ha pasado algo?

Me pongo la ropa lo más rápido que puedo para salir a buscarla cuando Helene entra a la carrera en la casa flotante, corriendo hacia el dormitorio, con una sonrisa que podría iluminar el continente entero.

Yo corro hacia ella y la estrecho entre mis brazos.

—Gracias a Dios que estás bien.

—Oh, no —dice—. No quería que te preocupases. Te dejé una nota.

—Lo sé. Siento haber entrado en pánico —respondo, abrazándola con más fuerza y depositando un beso sobre su cabeza. Memorizo la sensación de tenerla acunada contra mi pecho, la forma en la que se mueve para que estemos más cerca. El olor de su champú de almendra. El sonido de su respiración, aún acelerada como la de un pajarillo por su carrera. El miedo de antes vuelve a apoderarse de mí, y me guardo esos detalles de Helene para recordarlos siempre, por si acaso.

—Shh —dice con dulzura—. Estoy aquí, contigo.

De momento, no puedo evitar pensar.

Me deja abrazarla por unos minutos más, sabiendo que es lo que necesito ahora mismo. Y le estoy tan agradecido por esos pequeños detalles.

Finalmente, cuando ya estoy más calmado, la suelto, dándole un último beso.

—Parece que hoy te encuentras mucho mejor —digo—. ¿Ya no tienes náuseas?

—Se acabaron las náuseas. Y tengo algo increíble que contarte. —Sonríe ilusionada—. Pero deberías sentarte antes.

—Eh, vale. —Hago lo que me pide y me siento.

Da palmadas mientras salta de un pie a otro. Su piel resplandece, sus ojos brillan e incluso su pelo parece tener más volumen y estar más sedoso bajo la luz del sol matutino. Yo espero sentado en el borde de la cama.

Al cabo de un minuto, Helene sigue sin decir nada.

No puedo evitar reírme, animado por su humor.

—¿Me vas a contar lo que quiera que me quisieses decir o te vas a pasar el resto de la mañana ahí de pie saltando como un canguro?

Se sonroja y deja de saltar, aunque traspasa esa energía a sus dedos, que mueve sin cesar.

—Vale, ¿te acuerdas de que ayer me encontraba mal? —pregunta.

—Sí, justo estábamos hablando de eso…

—Oh, cierto. Bueno, ¿te has fijado en que he engordado?

—Me gustan tus curvas.

Helene hace oídos sordos a lo que he dicho, como si no viniera al caso.

—Igualmente, es un hecho que he engordado. Pero supongo que me alegro de que te guste porque voy a engordar mucho más.

Sacudo la cabeza, sin entender qué me está queriendo decir.

—¡Vamos a tener un bebé! —Levanta los brazos como si acabásemos de ganar la lotería.

Yo la miro fijamente.

—¿Qué quieres decir?

Helene sonríe, como si le pareciese gracioso lo lentos que pueden ser a veces los hombres. Se sienta en mi regazo y lleva mi mano hacia su tripa.

—Estoy embarazada, Sebastien. Mis náuseas eran náuseas matutinas, o vespertinas mejor dicho.

—No —digo.

—Sí. —Helene malinterpreta lo que estoy queriendo decir, así que sigue usando ese mismo tono paciente para explicarme lo básico—.

En realidad, esta mañana no he ido al mercado. He ido a buscar una farmacia para comprar una prueba de embarazo. Ha salido positiva. Pero no solo estoy ilusionada porque vayamos a tener un bebé —dice, sonriendo tan radiante como cuando volvió a nuestra casa flotante—. ¡También estoy emocionada porque creo que esto demuestra que la maldición está rota!

Intento tragarme el nudo que se me ha formado en la garganta, pero no cede.

—¿Cómo? —me las apaño para susurrar.

—Cuando estábamos en Alaska me dijiste que nunca habíamos podido tener hijos, que nuestras reencarnaciones estaban atascadas en la fase de *Romeo y Julieta* pero que nunca seguían adelante. ¡Pero *esto* es seguir adelante!

—¿Cómo?

—Bueno, quiero decir, *una* diferencia, como que yo siguiese con mi vida sin problemas después de que nuestros caminos se cruzasen hace diez años, puede ser mera casualidad. *Dos* diferencias, como que recuerde nuestras vidas pasadas, podría ser una coincidencia. Pero *tres*…

Me obligo a dedicarle una pequeña sonrisa. Ella se acurruca contra mi pecho y yo la abrazo con fuerza, a ella y a nuestro bebé.

Quiero creerme la teoría de Helene. Quiero creerla tan desesperadamente que me pone enfermo.

Pero ya hubo una vez en la que estuvimos cerca de estar en esta misma situación. No llegamos a quedarnos embarazados, pero estuvimos muy cerca.

Y cada vez que empezamos a soñar con formar una familia, es el principio del fin.

MAINZ, ALEMANIA – 1456

Lo único que Brigitta Schultz quiere es ser madre. Ahora que está casada con el amor de su vida, lo único que le falta es un hijo.

Y como su marido, estoy más que dispuesto a hacer todo lo que sea posible para que lo tenga. Cada tarde, al volver de trabajar con Herr Gutenberg, me llevo a Brigitta a la cama. Huelo a tinta y a pergamino, mientras que ella huele a campos verdes y a la granja lechera de su familia, en la que sigue ayudando. Le hago el amor como si fuese tan sagrada como las biblias que imprimo.

Pero, a pesar de nuestro empeño, Brigitta y yo no conseguimos concebir. Por desgracia, en esta época, la culpa recae únicamente sobre la mujer. Su vientre estéril se considera un defecto tan grave que la sociedad la declara inútil.

Pero yo no.

—Te amo —le susurro al oído a Brigitta cada noche después de que estemos agotados por nuestros esfuerzos—. No importa si no podemos tener un hijo. Si esa es la voluntad de Dios, te seguiré amando igualmente.

Entonces me sumo en un profundo sueño. Pero Brigitta no descansa. Su deseo de ser madre la carcome por dentro.

Trece meses después de que empezásemos a intentarlo, Brigitta muere, por no descansar lo suficiente, por la falta de un hijo y por la falta de sueños cumplidos.

Y yo lloro la pérdida de mi preciosa esposa, y la pérdida de un hijo que nunca existió.

LISBOA, PORTUGAL - 1498

Cuando mi barco por fin atraca después de varios años explorando el Nuevo Mundo, lo primero que veo en el puerto de Lisboa es al Senhor Lourenço Pereira y su carromato lleno de barriles de oporto, listo para aprovecharse de los marineros que añoran la bebida característica de su tierra natal o, francamente, que solo están buscando una excusa para emborracharse.

Lo segundo que veo es a Ines Pereira, la hija del hacedor del puerto, que se yergue orgullosa con un fino vestido entre el caos de los barcos que acaban de regresar. El sol la envuelve en un halo dorado, como si protegiese su pureza de las pulgas que pululan por el puerto.

Es tan seductora que cualquier hombre se arrodillaría ante ella y le pediría matrimonio en el acto. Pero para mí es algo más que eso, en el momento en el que veo a Ines, reconozco a mi Julieta. Esta vez tiene el pelo oscuro, en vez de rubio, los hombros anchos de ayudar en la bodega de su familia, en vez de los huesos delgados de la última Julieta. Me enamoro de Ines al instante, como con todas sus reencarnaciones, y aparto a codazos a los demás marineros al desembarcar para ser el primero en pisar el puerto.

Cuando llego hasta Lourenço Pereira, me ofrezco a comprarle todo el cargamento de oporto como prueba de mi devoción por su hija.

Ines y yo estamos casados tres semanas más tarde.

Esta vez, sin embargo, cometo un error fatal. Queriendo darle a Ines lo que no conseguí darle a Brigitta, le cuento inmediatamente mis deseos de tener un hijo. No se trata de exigirle a mi esposa que me dé un heredero, sino de querer crear algo juntos, gracias a nuestra unión.

Por su dulzura, el único objetivo de Ines desde que nos casamos es concebir un hijo. Pero fracasar una y otra vez desgasta incluso a la más fuerte de las mujeres, hasta que lo que lleva en su vientre no es una vida nueva, sino ganas de morir.

Tras ocho meses sin fruto, Ines bebe hasta perderse. Su padre encuentra su cuerpo al día siguiente en la bodega, enterrado y aplastado bajo un estante de barricas derrumbado.

Nunca más vuelvo a beber oporto.

TRANSILVANIA - 1682

Es una bendición que Cosmina no quiera ser madre, pues aunque solo vivió dos años después de conocerme, hicimos el amor casi mil veces.

Algunos podrían haber dicho que no podía tener hijos porque Dios jamás permitiría que alguien con un apetito tan perverso y lujurioso pudiese ser madre.

Pero yo conozco el verdadero motivo: es por nuestra maldición, que siempre nos une, pero nos mantiene alejados. Como a los Romeo y Julieta originales, nunca se nos permite avanzar más allá de nuestro papel inicial. En cambio, estamos congelados en el tiempo, condenados a empezar y fracasar, una y otra vez.

Cuando Cosmina fallece sin ningún fruto en su vientre, no me sorprende.

Estoy adormecido. Porque he aprendido a dejar de soñar.

HELENE

—¡Vas a tener un bebé! —grita Katy a través de la pantalla.

—¡Voy a tener un bebé! —Hacemos juntas el ridículo baile de la victoria que nos inventamos cuando ella tenía seis años y yo ocho, con manos de jazz, vueltas y sacudidas incluidas. De fondo, Trevor se nos une, riéndose del baile de su madre, lo que nos anima a seguir haciendo el ridículo.

Mamá me mira con cariño.

—Voy a volver a ser abuela. Y qué apropiado que lo descubrieras en la ciudad de papá.

Detengo un segundo mi baile de la victoria y asiento enérgicamente, con lágrimas de felicidad.

—Lo sé. Puedo sentir cómo me sonríe desde el cielo.

—Yo también lo siento.

Las tres alzamos la mirada al cielo y le devolvemos la sonrisa. Apoyo su reloj contra el pequeño bulto de mi barriga y le digo:

—Vas a volver a ser abuelo, papi.

Pero entonces Trevor nos grita.

—¡No paréis de bailar! —Y con eso se acaba el sentimentalismo. Katy y yo nos reímos a carcajadas, pero hacemos lo que nos pide, volviendo a hacer nuestras manos de jazz de la victoria.

Quizá sea la felicidad de saber que por fin voy a ser madre después de tantos años, pero el Koningsdag es todavía más increíble de lo que esperaba. La ciudad de Ámsterdam al completo sale a las calles y a los canales para celebrar el Día del Rey. Los puentes se llenan de gente vestida de naranja, tirando confeti naranja a los barcos llenos de más cosas naranjas. Los niños portan coronas hechas de globos naranjas. Los adultos corren por las calles llevando pelucas naranjas, sombreros con luces naranjas e incluso conos de tráfico, también naranjas. Y, por todas partes, la gente ha sacado sus mesas plegables a las aceras, donde venden pequeñas baratijas de sus casas, el Koningsdag no es solo para celebrar al rey, sino que también, por raro que parezca, es el mayor mercadillo holandés del año.

—Ooh, ¿qué tal esto? —le digo a Sebastien, tomando una figurita de porcelana de un niño con zuecos—. Podría ser el primer regalo que le haga a nuestro bebé.

—Creo que deberíamos ver al médico antes de empezar a comprar cosas para la habitación del bebé. —Sebastien me quita la figurita de entre los dedos y la deja sobre la mesa plegable sin mirarme a los ojos—. Vamos, si quieres ver al rey dando su discurso de cumpleaños, más nos vale darnos prisa.

Le echo un último vistazo a la figurita de porcelana pero la dejo donde está. Sé que Sebastien tiene miedo de que este embarazo vaya a ser la causa de mi muerte. Querer ser madre ya se ha llevado antes a otras Julietas, y comprendo por qué no quiere que me encariñe demasiado con este bebé. Por lo que sabemos, el bebé solo tiene unas semanas y podría perderlo fácilmente. Pero como es Koningsdag, la primera cita que podíamos conseguir con un médico es mañana.

Y, sin embargo, en mi interior siento que así es como termina la maldición. Puede que sea por las hormonas del embarazo que me tienen tan optimista, o puede que solo sea mi optimismo particular, en general. Pero además, el saber que hay una pequeña vida creciendo en mi vientre ya es una victoria que no puedo pasar por alto. Ya estoy enamorada de este bebé y de lo que representa, un nuevo comienzo, sea o no un sentimiento racional.

—Sujétate fuerte a mi mano —le digo a Sebastien. Si nos separamos, no podremos encontrarnos entre esta multitud. Cuando aterrizamos en el aeropuerto, le sugerí que alquilase un teléfono móvil, pero él descartó la idea encogiéndose de hombros. Se las ha apañado bien durante setecientos años sin uno y no ve razón para comprarse uno ahora. Tengo que admitir que me da un poco de envidia, a veces siento que yo no sabría sobrevivir sin un aparato electrónico pegado a mi mano.

Pasamos entre la multitud que celebra junto a los canales. La música surge tanto de antiguos radiocasetes como de los altavoces portátiles de alta generación, cambiando de un bloque a otro: *hip hop*, música clásica, jazz, el himno nacional holandés. Cada persona, joven o anciana, está celebrando hoy con nosotros.

Pasamos junto a una feria con una noria, un tiovivo y otras atracciones más. Un grupo de chicos universitarios sin camiseta y con el pecho pintado de naranja, corre por el medio de la calle, gritando: «*Lang leve de koning! Hoera, hoera, hoera!*». ¡Larga vida al rey! ¡Hurra, hurra, hurra! Grabo algunos vídeos para mandárselos a mamá y a Katy.

Nosotros nos dirigimos a la plaza donde el rey va a pronunciar su discurso de cumpleaños. Sebastien le pregunta a una pareja en un banco si les importaría hacerme un hueco. En cuanto escuchan que estoy embarazada, se levantan de un salto y me ofrecen sus asientos, le dan la mano a Sebastien y nos felicitan efusivamente. Por un momento, incluso parece feliz. Pero no dura mucho, y el temor por el embarazo se apodera de él en cuanto la pareja se marcha.

Más tarde, las calles y los canales se llenan de más y más gente y ruido a medida que continúan las celebraciones. Quiero levantarme y vivirlo todo, pero el cansancio se apodera de mí.

—¿Sería de débiles volver a la casa flotante tan pronto? —pregunto. Antes, Sebastien ha comprado algunos caramelos de jengibre en la farmacia para combatir las náuseas cuando el agua sacuda el barco.

—En absoluto —dice—. Probablemente sea incluso más divertido, dado que lo único que vamos a conseguir quedándonos aquí es
que nos empujen y aplasten mientras la gente se emborracha.

Así que nos marchamos, aunque no pienso en ello como en una
retirada, y paso el resto del Koningsdag sentada felizmente en nuestro muelle, viendo pasar las fiestas flotantes.

SEBASTIEN

—Enhorabuena, tanto la madre como el feto parecen estar perfectamente sanos —dice la doctora De Vries mientras pasa el ecógrafo sobre la tripa de Helene. Yo, en cambio, no comparto del todo su ilusión.
Miro fijamente la ecografía en tres dimensiones que se proyecta en la
pantalla, sin llegar a comprender cómo la doctora puede sacar esa con-
clusión de una imagen tan pequeña.

¿No deberían hacer más pruebas? ¿Más tiempo, más opiniones,
más certeza? Tengo muchos siglos de experiencia en ver morir a Julieta y a muchos, muchos otros, y sé que hay innumerables maneras
de que ocurra.

Helene, en cambio, se queda anonadada mirando la ecografía.

—¡Oh, es precioso! ¿Podemos saber el sexo del bebé?

Pero yo me entrometo antes de que la doctora pueda decir nada
y me dirijo a ella en neerlandés. Helene me mira molesta, con razón,
por haberla dejado fuera de la conversación.

—Lo siento —digo en inglés—. Es que… no quiero saber nada
del bebé.

—Quieres que sea una sorpresa —dice la doctora De Vries, sonriendo y asintiendo.

Ni lo confirmo ni lo desmiento. Mejor que la doctora piense lo
que quiera.

Helene, sin embargo, sabe en qué estoy pensando, y frunce el
ceño.

La doctora De Vries no se fija en ese detalle, porque está demasiado ocupada pasando el ecógrafo por la tripa de Helene y moviéndolo en diferentes ángulos para ver mejor al feto.

—Igualmente, aún es difícil averiguar el sexo del bebé —dice—. Calculo que estás de unas catorce semanas, más o menos, un par de semanas arriba o abajo. Los genitales del bebé estarán más claros dentro de un mes.

Entonces pasa a hablar de las vitaminas que Helene tendrá que tomar durante el embarazo. Mientras tanto, calculo mentalmente cuándo nacerá el bebé: mediados de octubre.

Cada músculo de mi cuerpo se pone en tensión. Faltan solo seis meses.

Seis meses esperando que el bebé sobreviva.

Seis meses rezando para que el embarazo no se lleve a Helene.

Seis meses luchando conmigo mismo, queriendo proteger a la mujer a la que amo desde hace una eternidad, y al mismo tiempo deseando que por fin tengamos un hijo. No me puedo imaginar nada más extraordinario que poder crear una nueva vida con la mujer que lo es todo para mí.

Cuando salgo de mi cabeza y me vuelvo a centrar en lo que sucede a mi alrededor, Helene y la doctora De Vries están hablando sobre las fechas para las siguientes revisiones.

—Solo nos quedaremos en Ámsterdam un par de semanas más —dice Helene—. Después nos vamos a Cannes por el festival de cine.

—¡Qué bien! —responde la doctora De Vries—. Bueno, entonces os daré el nombre de un colega mío de la Facultad de Medicina que lleva una clínica de ginecología en el sur de Francia. Os recomiendo que vayáis a verlo el mes que viene cuando estéis allí.

Mis alarmas se disparan. Y le pregunto en neerlandés:

—¿Por qué? ¿Le pasa algo al bebé? —Contengo la respiración mientras espero a que responda.

—No hay nada de lo que preocuparse —responde la doctora De Vries en inglés—, es solo un chequeo rutinario.

Miro a Helene a modo de disculpa. No pretendía hablar en neerlandés. Puede que sea un instinto psicológico para intentar evitarle las malas noticias. O puede que esté tan nervioso que mi cerebro no consiga centrarse en un solo idioma.

—Todo va a salir bien, Sebastien —dice Helene—. No, en realidad, todo va a ir a las mil maravillas. —Me tiende la mano sobre la camilla y yo la tomo. Dios bendiga a esta mujer por la paciencia que me tiene. Por ella, intentaré comportarme como un ser humano normal y corriente.

—Gracias, doctora De Vries —digo, aún sin terminar de creerme que de verdad Helene y el bebé estén perfectamente—. Nos aseguraremos de hacerle una visita a su amigo cuando estemos en Cannes.

HELENE

Después de Ámsterdam, el siguiente lugar de Europa que siempre había querido visitar es la Costa Azul. Es el patio de recreo junto al mar para los ricos, la sede del Festival de Cannes, repleto de estrellas de Hollywood, un mundo glamuroso y apasionante del que la mayoría de nosotros solo ha oído hablar o visto en la televisión.

Llegamos a la Villa Garbo, en Cannes, un pequeño y encantador edificio blanco con minuciosos detalles en su fachada, y balcones de hierro forjado en cada uno de sus ventanales. Parece más una mansión que un hotel.

Un hombre con un uniforme impecable me abre la puerta del coche.

—*Bonjour, madmoiselle*. Bienvenida a la Villa Garbo. —Tras él, aparece un botones que se encarga de recoger nuestras maletas antes de que me dé tiempo a salir del coche.

Sebastien se apresura a mi lado y me toma del brazo para que no me caiga, siempre tan sobreprotector. Yo le doy una palmadita en la mano y me burlo un poco de él.

—Que esté embarazada no significa que de repente vaya a perder el equilibrio.

Él se sonroja y retira el brazo.

—Lo siento.

Le doy un beso en la mejilla.

—Es un gesto muy bonito, pero no tienes que preocuparte por todo. —Sé que se seguirá preocupando igualmente, pero lo menos que puedo hacer es darle permiso para que se relaje.

El hombre del uniforme, Jean-Philippe, nos lleva hasta un ascensor, sin pararse en la recepción del hotel.

—¿No tenemos que registrarnos? —le pregunto a Sebastien.

Me dedica una pequeña sonrisa traviesa.

—Creo que a Jean-Philippe le da miedo que tropieces con los dos escalones que hay que bajar hasta el mostrador de recepción, como estás tan peligrosamente embarazada... así que nos va a llevar directamente hasta nuestra habitación para no arriesgarse.

—Ja, ja, muy gracioso, señor Graciosillo. —Le doy un pequeño empujón a Sebastien, pero me alegra que se lo tome con humor. Ha pasado por demasiadas desgracias con las anteriores Julietas al intentar ser padres, así que sé que todo esto no le está resultando nada fácil.

—En realidad —dice Sebastien cuando pasamos por el vestíbulo—, el hotel ya nos tiene registrados porque nuestro chófer les llamó cuando aterrizamos en el aeropuerto para que el servicio supiese que estábamos de camino.

—Qué pena. Pensaba que nos estaban tratando como a los famosos porque éramos clientes VIP.

Subimos en el ascensor hasta la última planta. Cuando Jean-Philippe llega hasta nuestra puerta, introduce la llave y la abre de par en par.

—Este será su apartamento. Espero que sea de su gusto.

¿Apartamento?

Contengo el aliento cuando entramos, porque es evidente que me equivocaba al decir que no éramos clientes VIP. Este apartamento es exactamente igual a lo que yo me imagino al pensar en una casa francesa elegante, aunque diez veces más bonito. La luz del sol entra a raudales a través de los ventanales que van del suelo al techo, enmarcada por las cortinas de seda gris, cuyas mitades inferiores se pliegan como un origami para revelar que, por detrás, son de un elegante tono carmesí. Varios muebles de terciopelo forman un círculo alrededor de una chimenea tallada en mármol blanco. Y las paredes están adornadas con lámparas de hierro forjado.

Más allá del salón, hay un comedor con orquídeas frescas en un jarrón de cristal en el centro de una larga mesa de madera. Junto a ella, hay un carrito de bebidas de espejo lleno de lo que parecen ser botellas de champán, pero que resultan ser vino de uva espumoso sin alcohol elaborado en los viñedos de Borgoña. (Obviamente, Sebastien intervino pidiendo bebidas especiales para la embarazada).

Hay una pequeña cocina, dos habitaciones y, la joya de la corona: una terraza privada en la azotea desde la que se puede ver toda la ciudad de Cannes e incluso el mar.

—Oh, Sebastien —digo, abriendo de par en par las puertas que dan a un pequeño patio para respirar el cálido aire salado—. Esto es absolutamente perfecto.

Jean-Philippe se toma eso como su señal para marcharse, y Sebastien y yo subimos a la azotea. Hay tumbonas y sombrillas aquí fuera para protegernos del sol. Las vistas de Cannes y del mediterráneo se extienden a lo largo de kilómetros.

Sebastien me rodea con los brazos, envolviéndome en un abrazo donde me siento segura.

—Un euro por tus pensamientos —digo.

—Los pensamientos solo cuestan un penique —dice.

Me encojo de hombros.

—La inflación. O puede que tus pensamientos me parezcan más valiosos.

Él se ríe con dulzura. Pero no responde a mi pregunta.

En cambio, Sebastien se inclina y me besa, un beso largo y profundo. Luego se arrodilla ante mí, mete la cabeza bajo el dobladillo de mi vestido, y me quita las bragas lentamente.

—*Bienvenue en France* —dice.

Más tarde, Helene se tumba a tomar el sol. Está más hermosa que nunca, con su barriga empezando a redondearse poco a poco por la pequeña vida que lleva dentro. Por mucho miedo que me dé la maldición, ver que nuestro bebé está creciendo es una de las cosas más bonitas que he visto nunca.

Apoyo la mejilla en el vientre de Helene. Ella lleva la mano a mi cabeza y me acaricia el pelo.

—Cuéntale a nuestra hija una de nuestras historias —dice, con voz ronca.

—¿Cuándo has decidido que vamos a tener una niña?

—Solo es un presentimiento —dice Helene—. Supongo que es el instinto materno.

No puedo verle el rostro desde esta posición, pero puedo notar que sonríe al decirlo. *Instinto materno.*

—Cuéntale una de nuestras historias —repite—. Pero dale un final feliz.

Me tenso ante lo que me pide. Romeo y Julieta no tienen finales felices. El peso de todas nuestras tragedias vuelve a posarse sobre mis hombros como un yunque.

Helene parece darse cuenta, porque se levanta, impulsándose con los codos, y me mira. La brisa marina le revuelve el pelo.

—Oye —dice con dulzura—. Ten fe.

—Es difícil.

—Lo sé. Pero piensa en ello como un cuento con final feliz para nuestra hija. Ella va a cambiar nuestro destino. Y va a crecer conociendo la increíble historia de sus padres.

Cierro los ojos un segundo. Añadirle a nuestra historia un «felices para siempre» sería mentir. Por el bien de Helene, intento creer que el bebé romperá la maldición, pero no quiero fingir que el pasado nunca ocurrió.

Al mismo tiempo pienso: ¿qué tipo de monstruo le cuenta historias de miedo a su hijo que aún no ha nacido?

Así que decido dar mi brazo a torcer.

—*Bonjour, ma petite chou* —digo, posando mi mejilla de nuevo sobre el vientre de Helene—. Tu *maman* quiere que te cuente nuestra historia. Pero *yo* quiero hablarte de lo increíble que es. Así que te voy a contar una historia sobre *ella*.

—Gracias —susurra Helene, tumbándose de nuevo.

—Había una vez, en 1764, una mujer llamada Florence Gagné. En una época donde las mujeres no podían ser nada más que esposas, ella escribió y dirigió obras de teatro. De niña, creció en el Teatro Gagné, el teatro de su padre, en Lyon, y se crio entre obras de teatro. De adolescente, ayudaba a su padre con la contabilidad durante el día, y escribía sus propias obras de teatro a la luz de las velas por la noche.

»Florence se adelantó a su tiempo. En las décadas siguientes a su muerte, otras dramaturgas conseguirían hacerse un nombre dentro del mundillo, aunque siempre bajo un pseudónimo. Pero Florence, con la ayuda de su padre a quien le importaban las normas sociales tan poco como a ella, firmó sus obras bajo su propio nombre, y en vez de casarse al cumplir los dieciocho, publicó su primera obra de teatro.

»A los veintisiete, debutó como directora, llevando un abrigo y unos pantalones de hombre que dieron mucho que hablar durante la noche del estreno. Salió en las portadas de todos los periódicos, desde Niza a París, pasando por Calais. Fue entonces cuando Pierre Montesco vio su fotografía en el *Mercure de France*, y se enamoró perdidamente de aquella mujer extraordinaria.

»Desde ese instante, Pierre se puso un único objetivo: trabajar en el Teatro Gagné. Sin hacer siquiera las maletas, se subió al primer tren que salía hacia la estación de Lyon y, cuando llegó, fue directo al teatro y solicitó trabajo como tramoyista.

»Cada día, Pierre era el primero en llegar, y le dejaba anónimamente un cornetto de chocolate con avellanas en la silla de directora a Florence. Cada mañana, desde la pasarela sobre el escenario, veía cómo se le iluminaba la cara cuando veía el dulce, y miraba a su alrededor para ver si había alguna pista que le dijese quién se lo había dejado.

»Finalmente, llegó un día, dos meses después, cuando *no* le dejó un dulce en la silla. Esa mañana, cuando Florence llegó al teatro y vio su silla de directora vacía, murmuró decepcionada. Entonces Pierre bajó de la pasarela y se acercó a ella, con un cornetto en la mano.

Y así fue cómo un humilde tramoyista se ganó el corazón de una de las mujeres más asombrosas de la historia.

Omito el final, la parte en la que un pistolero asesinó Florence. Él, como muchos otros en aquella época, creía que permitir que las mujeres hiciesen algo más que estar en casa, y el darles voz, llevaría a la sociedad civilizada a derrumbarse.

—Ha sido una historia preciosa —dice Helene, casi dormida.

Asiento contra su piel y me acurruco contra ella, acariciando su vientre, sintiéndola a ella y al bebé cerca. Por un breve instante, se me hincha el pecho de alegría.

Pero saber que esto es efímero me termina consumiendo, y odio no poder ser plenamente feliz, no poder amar a Helene sin límites. Así que me aprieto más contra ella hasta que no queda espacio entre nosotros, como si intentase fusionar nuestros cuerpos y almas, para mantenernos a salvo para siempre.

Se termina quedando dormida un rato después, y siento cómo su pecho sube y baja con su respiración. Su ritmo se mezcla con el sonido del mar a la distancia, rompiendo en la orilla de la Costa Azul. Me imagino que el latido del corazón de nuestro bebé sigue el mismo ritmo, e intento emparejar su cadencia con mi respiración.

Puede que sea mejor así. Puede que lo mejor que podamos hacer sea vivir en el presente, recopilando cada uno de estos momentos en los recuerdos para guardarlos como si fuesen conchas a las que poder recurrir cuando el presente ya no exista.

Y vivieron felices para siempre, me digo, intentando saborearlo.

Pero no importa cuantas veces lo repita, sigue sonando como si fuese mentira.

Cuanto más dinero hay, más locas son las fiestas, y Cannes es la extravagancia por excelencia. Una noche, el DJ más famoso de Francia está actuando en la playa. Otra, se cierran diez manzanas de calles y chefs con estrellas Michelín montan puestos y preparan la comida callejera más sabrosa del mundo.

Durante el día, vemos las películas en el festival de cine (Sebastien, de alguna manera, nos ha conseguido pases, aunque no son pases de prensa), vemos cómo los músicos callejeros tienen mucho más talento que algunos músicos profesionales, y hacemos nuevos amigos. Sebastien entabla amistad con Irikefe Oluwa, un magnate de la restauración que se encuentra en la ciudad para asistir al festival de cine; Irikefe y él comparten su amor por la buena gastronomía. Yo conozco a un grupo de turistas australianos, a los profesores de una escuela de artes escénicas japonesa, y a un equipo nacional de rugby de Gales que ha venido para ir a las playas en las que hacer *topless* durante el día, y disfrutar de las fiestas desenfrenadas por la noche.

Esta noche, Irikefe nos ha invitado a una fiesta en su «*petit café*», que se encuentra dentro de unos jardines impresionantes y donde siempre es imposible conseguir mesa. Se dice que algunos de los actores y actrices que están por la ciudad van a pasar de los eventos a los que se supone que deberían acudir para ir a la fiesta de Irikefe.

—¿Qué tal estoy? —le pregunto a Sebastien dando una vuelta frente al espejo de nuestra habitación. El vestido largo de lentejuelas centellea con el movimiento, y las pequeñas florecillas de cristal que llevo en el pelo también.

Él se abrocha la chaqueta del esmoquin mientras me mira.

—Pareces una reina.

—¿Una elegante reina de las hadas? ¿O la reina de la discoteca?

Sebastien se ríe a carcajadas.

—La primera, sin duda.

—Bien. Y tú —digo, acercándome para colocarle bien el pañuelo de seda en el bolsillo de su chaqueta—, pareces James Bond.

Cuando llegamos al restaurante, un grupo de pop europeo está actuando en medio del jardín, y la gente baila bajo las tiras de lucecitas que cuelgan entre los árboles. Los camareros circulan con bandejas plateadas llenas de entremeses, y en el otro extremo del patio hay mesas donde están jugando a la ruleta o echando una partida de póker.

Irikefe se abre paso entre la multitud y se dirige hacia nosotros. Lleva puesto un traje morado impecable y hecho a medida.

—¡Sebastien! ¿Quién iba a decir que un pescador podría tener esta percha? —Después se vuelve hacia a mí—. Helene, debería echarte de mi cafetería. Estás tan guapa que vas a robarme el protagonismo.

—Se te da demasiado bien adular para tu propio bien, Irikefe. —Le doy un beso al aire sobre cada una de sus mejillas, como he aprendido a hacer desde que llegué a Cannes.

Irikefe nos lleva hacia el bar y nos pide un par de cócteles sin alcohol. Sin embargo, un par de minutos más tarde, se gira hacia un par de recién llegados.

—Ah, disculpadme, tengo que ir a saludar a Penélope y a Javier.

—¿A Penélope Cruz y Javier Bardem? —Me vuelvo tan rápido que me sorprende que no se me parta el cuello del movimiento. Y, efectivamente, *sí* son los famosos actores españoles.

—¿Quiénes? —pregunta Sebastien.

—¿No sabes quiénes son Penélope Cruz y Javier Bardem?

Sebastien se encoje de hombros.

El grupo termina de tocar una canción y empiezan con la siguiente, esta es mucho más lenta pero tiene un ritmillo pop de fondo. Sebastien deja de prestarles atención a las estrellas de cine que tenemos enfrente y se centra en el cielo nocturno. La nostalgia nubla su expresión.

Yo le poso una mano en el hombro.

—¿Conocemos esta canción?

Asiente y me dedica una de esas sonrisas que están llenas de nostalgia y de un poco de tristeza.

—«Cheek to Cheek» de Irving Berlin. Una vez la bailamos en Honolulu. Pero esta es una versión diferente —dice, mientras que un bajo eléctrico retumba por el patio.

317

—No importa —digo, enlazando mi brazo con el suyo—, bailémosla de nuevo.

Pero Sebastien no se mueve.

—No sé si…

—Eso ocurrió en otra vida —digo, intentando tranquilizarlo.

Se queda quieto unos minutos más, perdido en ese periodo borroso entre vidas.

—Quédate aquí —le pido, acariciándole la cara—. *Conmigo.*

Él arruga el entrecejo. Y después vuelve al presente con una sonrisa dolida.

—Lo siento —dice—, tienes razón. Vamos a bailar.

Nos abrimos paso entre la gente hasta la pista de baile. Le rodeo el cuello con los brazos, y los suyos se aferran a mi cintura.

Sin embargo, la versión de la banda no se puede bailar despacio. Es mucho más… movida. Como si perteneciese a un romance adictivo. Así que Sebastien y yo nos movemos al ritmo de la música, y la ridiculez de la canción empieza a hacerle efecto. Al principio intenta resistirse a sonreír, pero entonces me muevo con más ganas y no puede evitarlo: se ríe a carcajadas.

Le planto un beso apasionado en los labios. Me encanta cuando se relaja, cuando el pasado deja de atormentarle por un momento. Le salen unas pequeñas arrugas en los ojos de sonreír, se le relaja la mandíbula e incluso sus pasos se vuelven más ligeros. Quiero conseguir justamente *esto*, ser el motivo por el que se relaje. Sé que no es posible todo el tiempo, pero haré lo que pueda para que se relaje más a menudo.

La canción termina y el cantante toma el micrófono.

—La siguiente canción se llama «Candy Taco Protest» —dice en inglés con un acento precioso—. Puede que sea un tanto profunda. O quizás solo es una tontería. Ustedes deciden. —Le dedica una sonrisa traviesa a la multitud y se vuelve hacia el resto del grupo—. *Un, deux… un, deux, trois!*

El teclado y la batería resuenan por los altavoces, y el guitarrista y el bajista aporrean sus instrumentos. El restaurante al completo cobra vida con el ritmo pegadizo de la canción, el suelo vibra, las copas tintinean al chocarse e incluso los muros que cierran el patio parecen vibrar.

—Eras la cereza para mi limón, yo era el agrio para tu dulce —grita el cantante.

»Como el agua y el aceite, no estábamos destinados. Eras el azúcar y las gominolas, yo era las patatas y la carne. No funcionan juntos, como los barcos en la acera.

Sebastien eleva una ceja al oír la letra. Yo me río y me aprieto más contra su pecho. No, no es profunda. Pero tiene buen ritmo, es incluso adictiva. Puedo sentir el rápido ritmo de la batería y del teclado por dentro, y cada uno de los rasgueos de guitarra como si fuesen el caer de la lluvia sobre mi piel. A nuestro alrededor, la gente alza los brazos y mueve las caderas de un lado a otro. Sebastien mueve la cabeza al ritmo de la canción, aunque la letra le parezca de lo más divertida. Yo cierro los ojos y dejo que la canción me lleve.

El cantante habla sobre el mal de amores, sobre mezclar químicos creando combinaciones explosivas. El bajista se le une hablando de las consecuencias de dejar que la dulzura eclipse el peligro, de cómo el óxido puede estropear el filo de una daga.

Y entonces llega el estribillo, con una onda de música electrónica imparable.

—Por la presente declaro / tu reinado de terrón de azúcar / ¡derrocado por la hermandad de los tacos!

»¡Todos juntos! —grita el cantante, y el público baila y canta.

—Por la presente declaro / tu reinado de terrón de azúcar / ¡derrocado por la hermandad de los tacos!

Con el alboroto, Sebastien y yo nos separamos. Se le disparan las alarmas.

Yo niego con la cabeza, intentando hacerle saber que todo va bien, que una fiesta en un jardín de Cannes no forma parte de la maldición, y que bailar al son de una canción que habla sobre dulces y tacos no va a acabar conmigo.

—¡Te amo! —le digo mientras la multitud me arrastra hacia el escenario entre bailes, y él desaparece entre la multitud.

Vuelve a llegar el estribillo y yo lo grito como si me fuese la vida en ello. No me lo pasaba tan bien desde mi época universitaria. Canto aún más alto para igualar el entusiasmo del grupo.

Pero de repente me encuentro frente a un hombre calvo que me resulta familiar, aunque no consigo saber de qué.

No está bailando, se limita a dar vueltas entre la gente, parcialmente oculto por las sombras que proyectan los altavoces y el tiburón hecho de flores, muy parecido al de *Tiburón*, que se cierne sobre él. Se me pone la carne de gallina.

Entonces lo reconozco: Aaron Gonchar, de la carrera de periodismo de Northwestern, con mucho menos pelo que cuando estudiábamos juntos. Era el chico al que echaron del periódico de la universidad junto con Merrick.

Mi corazón late acelerado, me sudan las palmas de las manos. ¿Es que Aaron está aquí por Merrick?

Pero entonces me echo a reír.

Merrick ni siquiera ha intentado hacer nada desde que se fue de Alaska y me demandó por difamación, algo que los abogados del Grupo Weiskopf se encargaron de desmentir. Y Sebastien no ha mencionado nada desde entonces.

Relájate, le digo a mi imaginación descontrolada. Aaron nunca me gustó, pero eso no significa que me tenga que acobardar porque esté aquí. Además, después de la universidad Aaron consiguió trabajo en uno de los medios de comunicación que publican cotilleos sobre los famosos, TMZ. Estoy segura de que está en Cannes para conseguir alguna noticia jugosa del festival y de sus estrellas de cine. Solo es casualidad que hayamos terminado en la misma fiesta.

—Ahí estás —dice Sebastien, saliendo de entre la multitud que no para de bailar. Me acerca a él y me besa.

—Estoy bien, ¿sabes? —le digo, bromeando.

—Ahora lo sé —dice, besándome de nuevo.

—¿Y *tú*? ¿Estás bien?

—Siempre y cuando esté contigo —responde Sebastien.

—Bien. —Le doy un suave apretón—. Entonces vamos a bailar.

Puede que se deba a que tenemos los altavoces pegados a nuestras espaldas, o puede que el grupo grite aún más la letra y se entregue más a la canción, pero esta se vuelve más rápida y fuerte. Me aferro a Sebastien y agitamos los brazos en el aire sin ton ni son como los demás, cantando a voz en grito.

—Por la presente declaro / tu reinado de terrón de azúcar / ¡derrocado por la hermandad de los tacos!

La energía salvaje y despreocupada es contagiosa, y puede que la canción sí que tenga un toque profundo, aunque no creo que esa fuese la intención del cantante. Pero la música es mágica, es capaz de llevarte a otro mundo donde poder perderte, aunque solo sea durante un rato.

Aunque pueda parecer imposible, la música se acelera más todavía, y bailamos descontrolados, intentando seguir el ritmo. Nos dejamos llevar por la alegría desenfrenada del público, disfrutando de la fiesta como unos niños hasta arriba de azúcar y, para cuando termina la canción, me he olvidado por completo de Aaron Gonchar.

ℋelene

Sebastien y yo nos pasamos junio recorriendo España, empezamos por el País Vasco, con sus playas en calma, yendo de un bar a otro buscando los mejores *pintxos*, unas tostadas de pan del tamaño de un bocado coronadas con distintas delicias: pimientos picantes, champiñones salteados con ajo y, mi preferido, *txangurro* a la Donostiarra, la cabeza del centollo mezclada con tomate y con pan rallado tostado por encima. Al parecer, a mi apetito de embarazada le encanta España.

El estar aquí también me hace pensar en Hemingway y en sus amigos escritores, y mi manuscrito empieza a llamarme a gritos. Ha estado «descansando» ya un par de meses, igual que yo. Probablemente ya vaya siendo hora de quitarle el polvo al teclado de mi ordenador y volver a ponerme manos a la obra.

Quizás después de Barcelona.

Allí, Sebastien ha reservado una visita privada a la Sagrada Familia antes de que abra sus puertas al público, bien temprano por la mañana. Es un hito arquitectónico increíble, como si alguien hubiese construido una iglesia gótica con coral blanqueado, y me siento completamente en paz, mientras paseo por el laberinto que forma la catedral sin tener que soportar al resto del mundo. (Sebastien, preocupado por el bebé, quería que tuviese todo el espacio disponible para mí con el fin de que no estuviese apiñada entre los turistas llenos de gérmenes, respirando sus exhalaciones y tocando las mismas barandillas que ellos. Se está pasando, pero entiendo por qué lo hace. Aun así, lo he bautizado como Mamá Gallina Montesco por todo lo que se preocupa. Cuando se lo dije por primera vez él se limitó a reírse ante mi comentario y a aceptar el apodo).

A finales de esa semana, mientras paseamos por el Park Güell, un paraíso que parece sacado de una fantasía del Dr. Seuss, una cabeza calva y brillante refleja los rayos del sol entre los mosaicos arcoíris. Me coloco la mano sobre los ojos a modo de visera para que no me ciegue la luz del sol, y juro que veo a Aaron Gonchar. Se me revuelve el estómago, y el bebé empieza a quejarse dándome patadas, reaccionando a mi pánico repentino.

Cuando parpadeo y vuelvo a mirar hacia allí, sin embargo, ya no hay nadie, ni Aaron ni ningún otro desconocido calvo, nadie en absoluto. Solo están los bancos retorcidos con forma de serpiente y los edificios extravagantes que llenan el parque.

Qué extraño.

—¿Podemos subir ahí arriba? —Señalo hacia las escaleras que suben por una pequeña colina hasta una plataforma. Quiero tener una mejor vista del parque para ver si el clon de Aaron está acechando por alguna parte o si solo estoy viendo cosas que no están ahí por el calor propio del verano español.

—Claro —responde Sebastien—. Estaba a punto de sugerirlo. Desde ahí arriba las vistas son increíbles.

Nos dirigimos hacia la escalera, flanqueada por unas estatuas de animales de más de tres metros de altura y de todos los colores. Hay árboles en flor por todas partes, dentro de macetas con mosaicos de colores, y un laberinto de cuevas bajo las que poder refugiarse de los rayos del sol. Cuando llegamos a la cima de la colina, Sebastien intenta señalarme todos los edificios con forma de casitas de jengibre que hay por la plaza a nuestros pies.

—Ajá —murmuro distraída, buscando esa cabeza brillante de nuevo. Veo a algunos hombres calvos, pero ninguno se parece a Aaron.

—Oye, ¿estás bien? —pregunta Sebastien, acercándose a mí.

—Sí, lo siento. Pensaba… no importa. Las hormonas del embarazo me están haciendo perder la cabeza.

Él se ríe.

—Creo que ese es el efecto que tiene el Park Güell en las personas.

Después de Barcelona nos vamos a Madrid, Sevilla y Granada. Pero en vez de disfrutar de las vistas, sigo pendiente por si Aaron Gonchar vuelve a aparecer.

No lo hace, y con el tiempo consigo relajarme de nuevo. Incluso intento trabajar en mi manuscrito un poco por las tardes, cuando hace demasiado calor y la gente regresa a sus casas para echarse la siesta.

Aunque, en realidad, lo que suelo hacer es echarme una siesta yo también. Ya llevo cinco meses embarazada, tengo los pechos hinchados como dos pequeños melones, y no paro de sudar bajo el incesante sol español. Suelo llevar puestos vestidos frescos y ligeros siempre que puedo, pero en los días en los que toca hacer la colada me tengo que poner mis pantalones cortos con cinturilla extensible desabrochados. Soy como un acordeón permanentemente estirado.

Un día particularmente caluroso, después de quedarme dormida sobre mi portátil, me despierto y me encuentro a Sebastien sonriéndome desde el sofá.

—¿Qué te parecería si nos escapásemos de este calor infernal? Podríamos alquilar un barco y viajar por las islas griegas. Despertándonos con el horizonte azul enfrente. La fresca brisa marina. El sonido del viento en las velas.

—Cielos, eso suena maravilloso —digo, limpiándome el sudor de la cara. También he dejado la marca húmeda de mi rostro sobre el teclado—. ¿Cuándo podemos irnos?

—¿Qué te parece hoy?

Me levanto de un salto y empiezo a echar toda mi ropa sin ningún tipo de orden en la maleta.

La temporada alta de las islas griegas es en pleno verano, y las ciudades, normalmente pintorescas, con sus edificios encalados sobre un océano azul brillante de fondo, se llenan de turistas, que suben y bajan por las estrechas escaleras como hormigas que serpentean por los acantilados. Pero el barco que alquilo nos permite pasar los días explorando las cuevas y pescando nuestra propia comida, y solo atracamos en los puertos por las tardes, cuando los cruceros que hacen excursiones de un solo día ya se han marchado y dejan las ciudades en calma.

Pasamos un par de semanas así, completamente libres de ataduras y responsabilidades. Me alegro de poder volver a estar en el mar y aún más de estar navegando con Helene, que parece una diosa del océano con el viento salado revolviéndole el cabello, su vestido blanco suelto ondeando sobre su hermoso y redondo vientre donde nuestro bebé sigue creciendo día a día.

Me dejo llevar por este momento. Mucha gente se arrepiente de algo cuando pierde a un ser querido. Desearían haber hecho más cosas juntos, haberles preguntado por sus vidas, haberles besado a cada momento del día. Pero yo no tengo esa clase de arrepentimientos. Tengo muchos otros, pero esos no; es un extraño efecto secundario de saber que tu alma gemela va a morir más pronto que tarde. Acaricio a Helene siempre que paso junto a ella, le presto toda mi atención cuando habla, porque siempre soy consciente de que puede que esa vez sea la última: la última vez que hicimos el amor, que nos reímos juntos, que nos sentamos el uno junto al otro, sin decir nada pero comprendiéndolo todo. Si nuestro destino ya está escrito, lo menos que podemos hacer es disfrutar de ser felices en esos momentos fugaces que estamos juntos.

Y Helene lleva seis meses a mi lado. Casi puedo incluso convencerme de que es suficiente. No siempre tengo a Julieta a mi lado durante tanto tiempo, y al haber pasado seis meses junto a ella podría decirle a la gente: «La tuve durante seis meses maravillosos», si fuese necesario, y eso sonaría trascendental, más trascendental que dos días, o dos semanas. Probablemente parecería hasta suficiente.

Por supuesto, en realidad nunca es suficiente. Pero el caso es que me puedo convencer de que lo es si es necesario.

Espero nunca tener que convencerme.

—No quiero que esto termine nunca —digo, sonriendo al ver la mano de Sebastien junto a la mía, sobre el mantel blanco. Estamos cenando en un restaurante sobre un acantilado en Imerovígli, con vistas al mar azul de la caldera de Santorini. El sol se está poniendo sobre el océano tiñendo el cielo de rosas y naranjas, y un violinista toca una canción de amor de fondo. He visto fotografías de las islas griegas en postales y en las películas, pero nunca pensé que verlo en persona pudiese ser igual de impresionante. Estaba equivocada, muy equivocada, y me alegro por ello.

—Podríamos vivir aquí si es lo que quieres —repone Sebastien, y sé que lo dice en serio. Este hombre haría lo que fuera por mí.

—Echaría demasiado de menos a mamá y a Katy. Pero es tentador. —Le aprieto suavemente la mano.

Paso el resto de la comida absorta en esa nube de felicidad. El pan y el humus de habas están impresionantes. La *moussaka* también está increíble, así como los pinchos de cerdo y las *dolmas*. Cuando pasamos al postre, técnicamente estoy llena, pero el bebé exige que le dé *baklava*, así que me como tres trozos y, para sorpresa de nadie, saben a pequeños bocados de cielo.

La camarera se acerca y nos pregunta si nos gustaría tomar un digestivo. Sebastien termina rechazándolo porque no ha tomado ni una gota de alcohol desde que descubrimos que estaba embarazada, y no quería que me sintiera excluida.

—¿Está seguro? —pregunta la camarera—. Porque esta noche tenemos *mournoraki*.

A Sebastien se le abren los ojos como platos.

—¿Qué es el mournoraki? —pregunto.

—Un licor de Creta muy difícil de conseguir —explica Sebastien—. Es extremadamente difícil de elaborar, así que los pocos productores que siguen destilándolo suelen quedarse con lo que producen para ellos.

—Entonces deberías tomarte una copa.

—No, porque tú no…

—Disfrútalo *por* mí —digo. Convencerle de que es algo que a mí me gustaría es la única manera de que Sebastien acceda a beber. Me vuelvo hacia la camarera—. Una copa, por favor.

Ella se marcha corriendo antes de que Sebastien pueda cambiar el pedido.

Cuando llega el mournoraki lo saborea, mirando fijamente hacia el océano oscuro mientras le da pequeños sorbitos a su bebida, suspirando sonoramente después de cada uno. Me alegro de haberle convencido de que se lo tomase. A veces pienso que Sebastien se pasa demasiado tiempo preocupándose por todo el mundo, sobre todo por mí, y termina olvidándose de preocuparse por la persona más importante: él mismo.

—Ahora vuelvo —digo cuando pide una segunda copa—. Necesito ir al baño.

Como en todo Santorini, el restaurante se encuentra en el interior de un acantilado, con una escalera encalada que serpentea entre los edificios. Nuestra mesa está en la segunda planta del restaurante, que es prácticamente una azotea, y tengo que bajar para llegar al baño que está en la primera planta. Me aseguro de sujetarme fuerte a la barandilla mientras bajo, no me apetece tropezarme y caerme al mar.

Cuando ya he terminado en el baño, me dirijo hacia los escalones blancos para volver a subir a nuestra mesa. Pero a los pies de la escalera me topo con un rostro familiar, aunque su cabeza calva ahora está cubierta por un sombrero de pescador griego.

—Aaron —jadeo.

Él se lleva la mano al borde de su sombrero y lo inclina a modo de saludo.

—Helene. ¿Has tenido una cena agradable?

—¿Q-qué estás haciendo tú aquí?

—Viajes de negocios —dice, inclinándose hacia delante para darme un beso en la mejilla como si fuésemos viejos amigos—. ¿Te importaría que diésemos un paseo?

—Así que sí que eras tú a quien vi en Cannes y en Barcelona. Me has estado siguiendo.

Aaron niega con la cabeza.

—A ti no. A tu novio.

Frunzo el ceño.

—¿Qué? ¿Por qué has estado siguiendo a Sebastien?

Aaron echa un vistazo a su espalda antes de acercarse para susurrarme al oído, lo que le hace parecer mucho más amenazador.

—Después de que Sebastien consiguiese ponerle esa orden de alejamiento, Merrick estaba bastante cabreado, así que me contrató para encontrar algunos trapos sucios.

—¿Qué orden de alejamiento?

—¿No lo sabes? —Aaron suelta una carcajada amarga—. Tu novio sí que sabe cómo guardar secretos, de eso no hay duda. —Aaron me habla de los «matones» que Sebastien tenía patrullando por el bosque que rodea su casa y del detective privado al que echaron de su propiedad, y sobre la contrademanda de mi equipo legal y la orden de alejamiento temporal contra Merrick.

Recuerdo que el Grupo Julius A. Weiskopf no es solo un banco que respeta la privacidad de sus clientes y un bufete de abogados que ha trabajado para Sebastien desde hace siglos, sino que también son una empresa de servicios tácticos integrales; que se encargan de cualquier cosa que les pidas, desde conseguirte una identidad falsa pasando por ponerte guardaespaldas hasta, supongo, hacer cualquier cosa que sea necesaria por sus clientes.

¿Por qué no me habló Sebastien de las fotos? *No* me gusta que me ocultase esa información. Pero eso queda relegado a un segundo plano ahora mismo por lo que siento al saber que Merrick ha estado espiándome e intentando chantajearme.

—Por supuesto, una orden de alejamiento no ha conseguido detener a Merrick —digo—, porque ha encontrado un modo de saltársela, ¿verdad? En vez de ser él o ese detective privado los que viniesen aquí, te ha contratado a ti. Siempre fuiste una sanguijuela, Aaron.

Aaron se encoge de hombros.

—Prefiero referirme a mí mismo como moralmente flexible. Además, ¿cómo crees que sabía, incluso en la universidad, que se me daría tan bien trabajar para los medios de cotilleos? Mi especialidad es descubrir toda la mierda que los famosos y los políticos intentan mantener oculta bajo sus alfombras. ¿Y adivina lo que he descubierto? Tu Sebastien tiene una historia fascinante, pero eso tú ya lo sabías, ¿no es así?

El bebé empieza a darme patadas, como si necesitase avisarme de que esta conversación no la debería escuchar absolutamente nadie más que nosotros dos.

—Vale —acepto, tomando el brazo que Aaron me tiende—. Vamos a dar un paseo. Uno *corto*. Pero más te vale decir lo que tengas que decir rápido, porque Sebastien va a empezar a preguntarse dónde estoy.

Nos internamos en otro callejón lleno de tiendas de recuerdos ya cerradas y subimos por las escaleras. Está lo suficiente aislado de todo el mundo para que podamos hablar sin que nadie nos escuche, pero lo suficientemente cerca como para que solo tenga que gritar una única vez si necesito ayuda. Aunque no creo que deba preocuparme por eso; Aaron siempre ha sido una sanguijuela en busca de los mejores trapos sucios y Merrick está obsesionado con su propia imagen, pero no son monstruos.

Aun así, me aseguro de estar un escalón por encima de Aaron para sentirme a salvo.

—Ve al grano —digo, cruzándome de brazos—. ¿Qué es lo que quiere Merrick?

—Sabes que quiere ser algo más que el editor jefe de una sección, Helene. Pero para poder optar a ascender a director de *The Wall Street Journal* o incluso de *Los Angeles Times*, Merrick necesita contactos. Y para poder entrar en los clubes exclusivos donde están esos contactos, necesita tener a una esposa sonriente y que lo apoye a su lado. Tiene que dar la talla para poder entrar.

Yo suelto una risa amarga.

—¿Y qué pasa con esto? —Me señalo el vientre hinchado—. ¿Cómo podría beneficiar la preciada imagen de Merrick que esté embarazada de otro hombre?

Aaron se encoge de hombros.

—Puedes decir que es de Merrick. Los famosos lo hacen constantemente. Sus representantes se encargan de gestionar sus relaciones —repone, diciendo la palabra «relaciones» entre comillas.

No me lo puedo creer. ¿Cómo es posible que alguien sea capaz de negarle a su hijo o hija saber quién es su verdadero padre? ¡Y todo por una campaña publicitaria!

Obviamente Aaron y Merrick no tienen ningún tipo de escrúpulos si me están pidiendo algo así.

—Que te den —le digo—. Yo nunca haría algo así.

Aaron se deja caer de espaldas contra la pared y me sonríe con condescendencia.

—No lo pillas, Helene. Merrick no te lo está pidiendo. Ya lo intentó cuando fue a Alaska a buscarte y tú lo rechazaste. Esta vez no te está dejando otra opción. —Aaron saca un sobre enorme de su abrigo—. Mira, esto de aquí está lleno de información sobre Sebastien. ¿O debería decir Cameron? ¿O Jack, o Reynier, u Oliver?

—No... —Me dejo caer sobre los escalones. Me acuerdo de las carpetas llenas de trapos sucios que Merrick y Aaron recopilaron en la universidad para vengarse de los editores por echarles del periódico de la universidad. Pero aunque esas fuesen horribles, una carpeta llena de los secretos de Sebastien sería mucho, mucho peor.

Aaron sonríe agitando el sobre frente a mí.

—Es una pena que la tecnología haya avanzado tan rápidamente desde que Sebastien adquirió esta nueva identidad, ¿no te parece? Antes, era mucho más sencillo cambiar de un nombre a otro y desaparecer. Pero ahora... la tecnología puede dar muchos problemas. Bueno, le puede dar problemas a un hombre que, de algún modo, ha vivido durante al menos los últimos doscientos años. Pero es una ventaja increíble para alguien como yo, que sabe cómo encontrar por

Internet aquello que necesita. Como sabes, Sebastien parece que no envejece. He encontrado fotografías de mediados del siglo xix, así como un retrato muy bien hecho de un botánico de 1827, Sir Charles Montesco, que se parecen muchísimo a cierto pescador de cangrejos que conocemos.

No puedo dejar de temblar. Toda esa información, en manos de dos periodistas que podrían publicarla en cualquier momento y arruinar la vida de Sebastien. Harían que el gobierno de Estados Unidos, cielos, *todos* los gobiernos, así como algunas empresas privadas sin escrúpulos, quisiesen encerrarle y experimentar con él para intentar encontrar el secreto de la inmortalidad.

¿Cómo es posible que un hombre nunca muera? ¿Podemos extraerle las células para crear súper soldados? ¿O podemos crear productos para aquellos que quieran vivir para siempre? La tentación es demasiado grande como para que dejen en paz a Sebastien.

Y entonces, de repente, me doy cuenta de otra cosa, como si un carguero chocase contra un pequeño barco pesquero. No es solo Sebastien quien está en peligro, nuestro bebé también. Querrán saber si un niño puede heredar la capacidad de vivir para siempre de su progenitor.

Joder, joder, joder.

Me llevo la mano a mi vientre en un deje protector, sujetándolo con fuerza, como si de algún modo pudiese escondernos del mundo y proteger a nuestra hija.

Pero eso seguiría dejando a Sebastien en peligro.

—¿Qué queréis que haga? —murmuro, incapaz de mirar a Aaron a los ojos.

—Ya lo sabes. Deja a Sebastien. Vuelve a casa. Sé una buena esposa.

Quiero tirar a Aaron por las escaleras. Pero no encuentro las fuerzas, porque ya me han ganado.

—¿Cómo puedo estar segura de que no publicarás la información que tienes sobre Sebastien si vuelvo con Merrick? —Publicar ese tipo de información sería un bombazo para la carrera de

Aaron. Merrick y él probablemente incluso consiguiesen un premio Pulitzer o acuerdos millonarios por publicar un libro con esa historia.

—No puedes —responde Aaron sin rodeos—. Pero sí que puedes estar segura de que si *no* vuelves con Merrick, lo publicaremos.

Por primera vez en meses siento que voy a vomitar. Se me revuelve el estómago y termino vomitando toda la cena sobre los escalones. El vómito termina salpicando los zapatos impolutos de Aaron, que ya no lo están tanto.

—¡Que asco! —Da un salto hacia atrás, baja unos escalones a trompicones y se termina chocando con una pared que frena su caída—. Hija de puta.

Me limpio el vómito de la cara y lo miro fijamente, una pequeña victoria en medio de esta batalla perdida.

—Dile a Merrick que necesito tiempo para pensarlo.

—No. Se te ha acabado el tiempo. Merrick ya ha sido lo suficientemente paciente contigo.

¡Ja! Paciente. Merrick solo se ha tomado el tiempo suficiente estos últimos meses para poder reunir todas las pruebas que pudiese acerca del pasado de Sebastien, no porque me estuviese dando tiempo.

—Tengo un billete de avión a tu nombre que sale en un rato. Merrick no va a ser tan indulgente esta vez. Tú y yo nos vamos al aeropuerto ahora mismo.

—¿Qué? ¡No! No puedo dejar a Sebastien aquí sin más.

Aaron pone los ojos en blanco.

—¿Creías que te iba a dejar volver al restaurante para que le cuentes todo lo que ha pasado y que él pueda intervenir? Ni de broma. De hecho, dame tu teléfono, ahora mismo.

Me abrazo el bolso contra mi pecho.

Él mueve el sobre con toda la información sobre Sebastien frente a mi rostro.

No tengo elección. Incluso aunque pudiese quitárselo y lanzarlo al mar estoy segura de que Aaron y Merrick tienen alguna copia de seguridad de todos esos archivos en Internet.

Me quita el teléfono, rompe la tarjeta SIM y se guarda los pedazos. Ni siquiera me devuelve el teléfono inútil después.

—El coche está por aquí —dice Aaron, señalando las escaleras—. Empieza a caminar.

Unos minutos más tarde, salimos del laberinto de escaleras blancas y elíseas de Imerovígli, nos metemos en un horrible coche de alquiler sin aire acondicionado, y salimos a toda velocidad hacia el aeropuerto.

Aaron me acompaña hasta la puerta de embarque, tiene un billete con destino a Atenas que le permite acompañarme hasta aquí, pero no se pone a la cola cuando empiezan a llamar a la gente para proceder al embarque.

—¿No vienes conmigo? —pregunto—. Pensaba que me esposarías a ti y me acompañarías personalmente hasta tu amo, quiero decir, hasta Merrick.

Aaron no muerde el anzuelo. No tiene por qué, ya ha ganado.

—Estaré aquí hasta que despegue ese avión contigo dentro, y después me voy a quedar aquí, en Santorini, para vigilar a Sebastien y asegurarme de que no intentas volver. Me iré en cuanto Merrick me llame para confirmar que te ha recogido en el aeropuerto de Los Ángeles.

Cierro los ojos con fuerza.

Anuncian por megafonía que esa es la última llamada para que embarquen los pasajeros de mi vuelo.

—Hora de irse, Helene —dice Aaron—. No me des problemas, o a Merrick, o si no...

Abro los ojos de golpe y lo miro fijamente, taladrándole con la mirada.

—Créeme, lo pillo. Si no hago lo que queréis le daréis al botón de publicar y todo el mundo podrá leer el artículo con toda la información de Sebastien.

SEBASTIEN

Como Helene no ha regresado quince minutos después, empiezo a preocuparme. Pero no quiero ser tan sobreprotector con ella, el embarazo conlleva «imprevistos» para el cuerpo de una mujer, como ella dice, así que intento quedarme tranquilo, sentado y disfrutando de las vistas nocturnas de la caldera de Santorini, con las olas oscureciéndose y pasando de su azul característico a uno mucho más oscuro, las luces que iluminan el pueblo de Oya se pueden ver sobre los acantilados, iluminando el extremo más alejado de la costa.

Sin embargo, cuando el reloj marca que ya han pasado veinte minutos, y ya hace rato que se me ha acabado el segundo mournoraki, le doy vueltas a la copa sobre la mesa y termino llamando a la camarera.

—¿Otro mournoraki? —pregunta.

—No, en realidad es por otra cosa. Mi novia lleva en el servicio un rato, y me preocupa que se haya resbalado y se haya caído, o que no se encuentre bien. ¿Sería posible que mandase a alguien a ver si está bien?

—Por supuesto. Yo misma iba a bajar a la cocina ahora mismo a buscar más cubiertos.

—Gracias.

La camarera regresa unos minutos más tarde, negando con la cabeza.

—El servicio está vacío, señor. ¿Está seguro de que ha ido allí?

—¿Vacío?

—Sí, lo he comprobado dos veces por si había alguien en los retretes, pero no hay nadie. ¿Puede que se haya ido a dar un paseo?

—No... nunca se iría sin avisarme... —Se me revuelve el estómago. Ha pasado algo. No sé el qué, pero lo siento en mi interior.

—¿Me podría traer la cuenta, por favor? —pregunto, con voz temblorosa—. ¿Y podría prestarme su teléfono para llamar a la policía? —Me maldigo en silencio por no haber alquilado un teléfono móvil en el aeropuerto, tal y como sugirió Helene.

La camarera ahoga un gritito.

—¿La policía? No, no, señor, probablemente no sea nada. No hace falta hacer que la policía venga a nuestro restaurante. —Solo está pensando en la escena que eso causará, las molestias que acarreará para sus clientes, todas las propinas que perderá—. Estoy segura de que su novia solo quería algo de aire fresco, el embarazo a veces puede resultar agobiante. Volverá pronto...

Golpeo la mesa con la copa vacía de mournoraki.

—¡Tráeme un teléfono!

Ella da un salto hacia atrás y sale corriendo. El resto de los comensales se me quedan mirando por lo grosero que he sido.

Pero lo único que puedo hacer es darle vueltas a mi copa sobre la mesa, distraído, con mis pensamientos girando a la misma velocidad que mis manos. Esto es por la maldición, lo sé. He estado esperando a que apareciese, notando cómo se acercaba... Lo que Helene y yo teníamos, y que ella creyese que la maldición podría estar rota, era demasiado bueno para ser cierto.

Mi mente empieza a dar vueltas entre todos los posibles escenarios de lo que puede haber ocurrido.

Si Helene de verdad se hubiese marchado a dar un paseo inesperado para bajar la cena, podría haberse tropezado o resbalado en el borde de un acantilado.

O puede que la hayan asaltado y que ahora esté tumbada, herida en un callejón.

O puede que un coche descontrolado la atropellase cuando iba caminando por la acera.

O, o, o...

Hay infinitos modos de morir.

Agarro el mantel con fuerza y escudriño el paseo sobre el acantilado a mis pies frenéticamente. Después paso la vista sobre la oscura pared rocosa y el océano, como si pudiese ver un cuerpo inconsciente a la escasa luz de la luna. Podría estar en cualquier parte, en cualquier parte menos aquí, donde se supone que debería estar.

La camarera regresa sin el teléfono, pero con el gerente del restaurante.

—Señor, si fuese tan amable de acompañarme para pagar su cuenta por aquí... —No le gusta ni un pelo esta situación, pero me indica con un gesto diplomático que lo acompañe a la sala donde guardan la cubertería, lejos de los clientes a los que estoy molestando.

Me disculpo y pago la cuenta en efectivo, dejando el triple de propina que suele ganar la camarera. Después, el gerente me deja usar el teléfono del restaurante.

El móvil de Helene no da llamada. En cambio, me responde un mensaje en griego: «El número con el que intenta contactar no está disponible».

El pánico se apodera de mí.

Llamo a la policía.

—Comprendo que esté preocupado, señor —me dice la policía de guardia después de que le explique mi situación—. Pero por nuestra experiencia, si no hay indicios de que se ha cometido un delito, entonces es probable que su novia haya salido a dar un paseo nocturno.

—¿Esa es la única razón que se os ocurre a los de aquí? —Estoy tratando de no gritar, pero estoy gritando.

—Señor, no le puedo decir la cantidad de turistas que se han perdido paseando maravillados por la belleza de Santorini y han vuelto un par de horas más tarde, hablando de una playa secreta que se han encontrado o de alguna boda griega a la que les han invitado a unirse a beber algo y a romper algún que otro plato.

—Se lo prometo —digo—. Helene no se colaría en una boda a beber. Para empezar, está embarazada de seis meses...

—Empezaremos a buscarla —dice la mujer—. Pero intente no preocuparse tanto. Estoy segura de que su novia estará bien.

¿Que intente no preocuparme? Helene está en el centro de la diana de una maldición que termina con ella muerta una y otra vez. No me puedo preocupar lo *suficiente*.

Después de colgar, llamo al único hospital de la isla, porque no voy a depender únicamente de la policía, pero no ha ingresado nadie que concuerde con la descripción que les doy de Helene. No siquiera ha entrado ninguna mujer embarazada en todo el día.

Por favor, que esté a salvo, donde sea, pienso. *Por favor, que haya una explicación razonable.*

Las esposas de hierro de la maldición se ciernen alrededor de mi corazón. No puedo respirar, se me acelera el pulso, y el corazón me late como si algo estuviese cerrándome alguna arteria o vena y no le llegase sangre suficiente.

Subo por el laberinto de escaleras blancas de Imerovígli. Comprobando cada recoveco, cada camino. ¿Está Helene inconsciente en este callejón? ¿O allí, en esa esquina sombría, aterrorizada y herida? O puede que esté a la vuelta de la esquina, en esa zona sin luz, herida o…

Para. No puedo pensar en esa última opción. Ya puedo sentir cómo la impotencia me invade.

Cada segundo pasa en angustiosa cámara lenta, siento el miedo comiéndome por dentro, mi corazón a punto de estallar de dolor con cada vuelta que doy por este laberinto de escaleras y callejones.

Nada.

Horas más tarde, me dejo caer, hundido, en un banco que hay en uno de los múltiples miradores de la isla. El sinuoso paseo que recorre el oscuro acantilado está casi vacío. Las tiendas y los restaurantes hace tiempo que han cerrado, y los turistas ya están de vuelta en sus hoteles.

No he encontrado ninguna pista del paradero de Helene. La maldición se cierne sobre mis hombros, enroscándose alrededor de mi cuello como una boa constrictor, pesada, resbaladiza y astuta.

¿Dónde has ido, Helene? No es propio de ti desaparecer así.

Quitando aquella mañana en Ámsterdam cuando se marchó a escondidas para comprar una prueba de embarazo. Y cuando dejó a su exmarido, firmando los papeles de divorcio y marchándose el mismo día.

El cielo nocturno se cierra a mi alrededor.

¿Y si me ha dejado?

Intento pensar en algo que haya podido hacer mal últimamente. He sido un poco sobreprotector con ella y con el bebé. De hecho, le he preguntado a la camarera que nos ha atendido esta noche cuatro veces si había algo crudo o no pasteurizado en nuestra cena. Pero Helene ha aceptado que fuese tan atento con su misma amabilidad de siempre, porque entiende que necesito estar seguro de que lo tengo todo bajo control, que ese es mi modo de mantenerla a salvo, para no volverme loco. Lo más cerca que ha estado de apartarme de su lado por ser tan sobreprotector es cuando se burla de mí, como cuando me puso el apodo de Mamá Gallina Montesco por preocuparme tanto.

Y nunca le he dado otros motivos. Helene y yo nos complementamos perfectamente. Ella no sabe cocinar, pero disfruta fregando los platos, algo que yo odio. Necesita estar completamente en silencio cuando escribe, y yo soy taciturno y me siento cómodo al estar callado. Los siglos me han hecho ser fatalista, mientras que Helene es justo lo contrario, mi contrapeso en esta balanza, siendo una optimista incansable. Siempre hemos sido así, Julieta y yo. El ying y el yang.

Me duele el pecho al pensar que algo va mal. Que hoy no ha salido como Helene pretendía.

Me arrodillo sobre la arena del borde del acantilado, cierro los ojos con fuerza y empiezo a rezar por su seguridad y por la del bebé, porque volvamos a encontrarnos. Le rezo a Hera, diosa de las mujeres, de la familia y del nacimiento. A Afrodita, diosa del amor. A Higía le rezo porque estén sanas, a Soteria porque estén a salvo, y a cualquier otro dios o diosa griegos de los que me acuerdo.

No son mis dioses. Pero los tiempos desesperados hacen dudar incluso a las personas más racionales.

Y por eso les rezo, centrándome en la plegaria más importante: Por favor, no permitáis que esto sea por la maldición.

HELENE

El vuelo de Santorini a Atenas se me pasa en un abrir y cerrar de ojos, pensando en lo que acaba de ocurrir. Ahora, en Atenas esperando a que salga mi siguiente vuelo, sigo sumida en mis pensamientos. El aeropuerto está lleno hasta los topes, nadie se fija en nadie, todo el mundo intenta hacerse un hueco mental cuando hacerse un hueco físico es imposible. Agradezco que eso también signifique que nadie se está fijando en la triste mujer embarazada que está acurrucada sola en un asiento de cuero, sudando a través del bonito vestido de verano que llevó puesto a una cena de la que se vio obligada a marcharse sin avisar.

¿Cómo he terminado aquí? Me armé de valor para dejar a Merrick, y entonces el destino me llevó hasta Alaska, hasta mi alma gemela, con la que había soñado desde el instituto.

¿Y luego el destino permite que Merrick me lleve de vuelta arrastras hasta el punto de partida? Entierro la cara en mis manos.

La mujer sentada a mi lado se levanta, dejando su asiento disponible, y un hombre con una camiseta de tirantes mugrienta se sienta, abriéndose de piernas inmediatamente y chocándose conmigo y con el niño que hay sentado a su izquierda. Apesta a humo de cigarrillo rancio y quién sabe cuánto tiempo lleva sin ducharse, lo que es asqueroso ya de por sí pero es incluso peor en pleno verano, intento soportar el hedor, porque no quiero perder mi asiento. Pero entonces saca un bocadillo de pescado grasiento y no puedo soportarlo más. Me levanto corriendo antes de que vomite por segunda vez en menos de unas cuantas horas.

Quiero pedirle prestado el teléfono móvil a alguien para llamar a Sebastien. Pero claro, me tenía que enamorar del único hombre del siglo XXI sin teléfono móvil. Tampoco había ningún teléfono en el barco, y no habrá nadie en la oficina del puerto a estas horas. No tengo ninguna forma de ponerme en contacto con él. Sebastien debe de estar como loco a estas alturas, preocupándose por si me ha pasado algo.

Sin ningún sitio donde sentarme, paseo por el pasillo. El vuelo de Santorini a Atenas ha sido muy corto, pero ahora tengo un poco de tiempo antes de que salga mi vuelo nocturno de Atenas a Los Ángeles.

Cuando paso frente a las puertas de embarque, el panel de salidas muestra los vuelos que van a despegar pronto. Sin nada mejor que hacer, lo leo, como si así me pudiese subir a un avión distinto y dejar que mis problemas se marchasen.

Lisboa: salida en cincuenta y cinco minutos.

Marruecos: salida en cuarenta minutos.

Pekín: el embarque comenzará pronto.

Ginebra: embarcando.

Me llevo la mano a la boca. *Ginebra*. Allí es donde están las oficinas del Grupo Julius A. Weiskopf. Puede que ellos puedan ayudarnos. Si tienen los recursos para poder mandar una patrulla a la casa de Sebastien hasta Alaska, y si él ha confiado en ellos durante tanto tiempo, puede que sean capaces de detener a Merrick y a Aaron.

¿Pero me escucharán? Técnicamente yo no soy cliente suyo, aunque me hayan estado ayudando con mi caso de divorcio. Pero lo hacían por Sebastien.

Aun así, tengo que intentarlo. No puedo rendirme y dejar que Merrick destruya a Sebastien y arruine esta nueva vida por la que he trabajado tan duro. Tengo tiempo… Merrick no sabrá que algo va mal hasta que no aparezca en Los Ángeles.

El vuelo a Ginebra sale en treinta minutos. Corro hacia el mostrador de atención al cliente y tiemblo con impaciencia mientras atienden a las dos personas que tengo delante en la cola.

Finalmente, a quince minutos de que salga el vuelo y a nada de que cierren la puerta de embarque, llega mi turno. Prácticamente me lanzo contra el mostrador.

—Hola, muy buenas, necesito subirme en ese vuelo a Ginebra, por favor, me gustaría cambiar este billete a Los Ángeles por uno en ese vuelo —digo a la carrera mientras le paso mi tarjeta de embarque hacia Los Ángeles.

El hombre se sorprende, pero después vuelve en sí y me sonríe, como si estuviese acostumbrado a los estadounidenses impulsivos. Puede que lo esté.

—Déjeme ver... —Teclea en el ordenador con solo sus dedos índice.

Mis propios dedos tamborilean sobre el mostrador, como si pudiesen teclear más rápido por él. Hace una pausa y eleva las cejas al ver lo que estoy haciendo, así que cierro las manos en un puño. Me doy cuenta de que parezco una maleducada, aunque no es mi intención.

Sigue tecleando y picoteando las teclas con los dedos a la velocidad de una gallina perezosa.

De repente, el estrés me supera y las hormonas del embarazo toman el control de mi cuerpo. Empiezo a sollozar.

Él alza la mirada alarmado.

—Lo s-siento... es solo... yo —jadeo—. N-necesito... llegar a... Ginebra. —Hablo a base de sollozos y mocos.

El agente de repente encuentra la habilidad para teclear con dos dedos a unas velocidades que nunca habría creído posibles.

—No llore, señora. La ayudaré.

Pero, por supuesto, el billete que Aaron me dio, el que Merrick ha pagado, no es reembolsable ni transferible. Y Sebastien no está aquí para mover los hilos por mí.

La antigua Helene se derrumbaría. Aceptaría un no por respuesta y volvería a su puerta de embarque hacia Los Ángeles, sufriría en silencio sentada junto al hombre apestoso del bocadillo de pescado y se montaría en el vuelo.

Pero la nueva Helene no va a permitir que Merrick la derrote tan fácilmente.

Por suerte, vuelvo a tener acceso a mi dinero. Cuando los abogados del Grupo Weiskopf consiguieron deshacerse del bloqueo que había puesto Merrick sobre mi cuenta, saqué la mitad del dinero y lo metí en una cuenta aparte, en un banco distinto. También conseguí una nueva tarjeta de crédito que es solo mía.

—Entonces me gustaría comprar un billete —digo, tendiéndole mi tarjeta de crédito al mismo tiempo que anuncian por megafonía: «Última llamada para los pasajeros del vuelo con destino Ginebra. Procederemos al cierre de puertas».

El hombre se pone manos a la obra, toma el teléfono y llama a la puerta de embarque del vuelo a Ginebra mientras busca como loco un billete tecleando en su ordenador y pasando mi tarjeta de crédito.

—Hay una pasajera que va ahora mismo de camino. No cierren las puertas —le ordena al agente de embarque.

Un minuto más tarde, con mi tarjeta de embarque hacia Ginebra en la mano, corro todo lo rápido que puedo hasta la puerta 33. Estoy segura de que debo parecer un pato desquiciado huyendo de una fábrica de *foie gras*, corriendo tan rápido como me lo permite mi barriga de embarazada.

—¡Ya estoy aquí! ¡Ya estoy aquí! —jadeo.

En cuanto llego a mi asiento central y me abrocho el cinturón, el avión empieza a salir a la pista, y una amable anciana del asiento de la ventanilla me acaricia la pierna.

—Lo has conseguido, querida. Ya puedes relajarte.

Relajarme. Ja. Lo único en lo que puedo pensar es en retorcerle el pescuezo a Merrick y esperar que el Grupo Julius A. Weiskopf pueda ayudarme con ello.

SEBASTIEN

Tras varias horas buscándola sin resultados, y sin suerte tampoco por parte de la policía, subo por el sinuoso sendero del acantilado hacia uno de los múltiples hoteles que hay en Imerovígli. Podría regresar a mi barco, pero necesito tener acceso a un teléfono. Irónicamente, el único hotel en el que encuentro habitación es también un balneario y un *spa*. Como si no supiese ya lo bien que me vendría descansar y rejuvenecer.

La única habitación que tienen disponible es la villa de dos habitaciones más cara. No me importa. Les tiendo mi tarjeta, les pido que me traigan un café y me marcho hacia la habitación. Tiene una piscina privada infinita con vistas al océano, suena música relajante por los altavoces y el servicio de habitaciones no tarda ni unos minutos en aparecer con una bandeja llena de aperitivos griegos y una jarra con café. Pero lo único en lo que me fijo es en el teléfono que hay sobre el escritorio.

Llamo al teléfono de Sandrine. La compañía solo les da el teléfono de la presidenta a un selecto puñado de clientes, y yo me aseguro de no usarlo a menos que no me quede otra opción.

Ella acepta la llamada al primer tono.

—Sandrine Weiskopf.

—Soy Sebastien Montesco. Perdona por haberte despertado.

—No importa. —Siempre tan profesional, ya ha eliminado cualquier deje de sueño de su voz—. ¿Qué puedo hacer por ti, Sebastien?

Respiro profundamente y le explico que Helene ha desaparecido y que ni la policía de Santorini ni yo hemos podido encontrar ni rastro de ella.

—Enviaré un equipo de búsqueda a Atenas de inmediato —dice Sandrine—. Estarán en Santorini en un par de horas. Mientras tanto, haré que mi equipo se ponga manos a la obra para ver si podemos acceder a las cámaras de seguridad del circuito cerrado de televisión, a los registros de pasajeros de ferris y trenes, a cualquier rastro digital, lo que sea.

Respiro por primera vez desde la desaparición de Helene. Sigo de los nervios, pero al menos ahora sé que no seré el único preocupado por ella.

—Gracias, Sandrine. Llámame a este número en cuanto sepas algo. No pienso salir de la habitación.

—Lo haré. La encontraremos. Descansa un poco, Sebastien. —Sandrine cuelga la llamada.

Por supuesto, no consigo descansar. Estoy agotado, pero me sirvo una taza de café y espero.

HELENE

Llevo sentada, temblando, frente a las oficinas del Grupo Julius A. Weiskopf desde que llegué a Ginebra hace unas cuantas horas. La amable mujer que estaba sentada a mi lado en el avión me buscó la dirección con su teléfono y cuando aterricé en el aeropuerto me monté en un taxi y le pedí al conductor que me trajese aquí. No había caído en lo temprano que era.

El taxista me miró un tanto confuso, sin estar del todo seguro de dejar a una mujer embarazada a su suerte cuando aún era de noche, pero le pregunté si este barrio era seguro y me dijo que sí. Aunque le preocupaba que tuviese frío, por lo que abrió el maletero y me entregó la chaqueta que otro cliente se había dejado olvidada. Agradezco que el taxista pensase en ese detalle, porque si no probablemente ahora tendría una hipotermia por culpa de llevar solo un vestido veraniego.

En cuanto el sol sale por el horizonte, el distrito financiero cobra vida. Se enciende la fuente de la plaza, empapando la escultura vanguardista negra del centro como si fuese rocío matutino. Los más madrugadores empiezan a entrar en los edificios para comenzar su jornada laboral.

Una mujer con un traje gris y con un maletín de aspecto caro en la mano entra a las oficinas del Grupo Julius A. Weiskopf. Me levanto de un salto del banco donde he estado esperando y corro tras ella.

—¡Disculpe! —grito.

Ella no se vuelve, simplemente pasa su tarjeta de acceso y cruza las puertas de cristal negro. Estas se cierran tras ella y para cuando llego y tiro del pomo, está cerrada de nuevo.

Golpeo la puerta con el puño.

—¿Hola? ¿Disculpe? —No puedo ver casi nada a través del cristal oscuro de la puerta, pero la mujer sigue en la zona de recepción, dirigiéndose hacia los ascensores. Sé que puede oírme, pero ha elegido ignorarme.

—Soy una clienta —grito a través de la puerta, aunque no sea cierto. Pero es la única manera de que esta mujer sepa que no soy un bicho raro cualquiera de la calle que intenta entrar en su edificio. Incluso aunque lleve el abrigo que alguien ha perdido y que ha salido del maletero de un taxi.

Las puertas del ascensor se abren e iluminan la silueta de la mujer. Está a punto de entrar. Podría esperar a que llegase alguien más, pero todavía falta un rato para que empiece oficialmente la jornada laboral y necesito hablar con alguien cuanto antes. Es cuestión de horas que el avión en el que debería estar montada aterrice en Los Ángeles y Merrick se dé cuenta de que no voy en él. Y tengo frío, mucho frío.

Las puertas del ascensor empiezan a cerrarse, con la mujer dentro.

—Me llamo Helene Janssen, y su cliente, Sebastien Montesco, está en peligro —grito a través de las puertas—. Por favor. Necesito su ayuda. *Él* necesita su ayuda.

Las puertas del ascensor se cierran.

No.

Presiono la frente contra las puertas de cristal negras y cierro los ojos.

No pasa nada, me convenzo. No es la única persona que trabaja aquí. Vendrá alguien más. Ten paciencia.

Salvo que puedo sentir cómo se nos acaba el tiempo. Merrick y Aaron solo tardarán un segundo en darle a «publicar» el artículo que tienen con toda la información de Sebastien. Si quiero detenerlos, tengo que darme prisa.

La puerta de cristal empuja suavemente mi rostro al abrirse y yo abro los ojos de par en par.

¡La mujer! ¡Ha salido del ascensor!

Doy un paso atrás y dejo que abra la puerta.

—¿Has dicho que eres Helene Janssen?

Asiento enérgicamente.

—Me llamo Sandrine Weiskopf, y soy la presidenta de la compañía. Sebastien te está buscando. Entra y lo llamaremos.

Me meto en la ducha para intentar quitarme de encima la desesperación de anoche, pero se me pega al cuerpo como si fuese grasa de
fritura barata.

¿Dónde estás, mi amor?

¿Cómo está nuestro bebé?

¿Eres más feliz sin mí?

Esa última pregunta es un puñetazo directo al estómago, un recordatorio de que puede que Helene me haya dejado porque ha querido.
Es una posibilidad remota, pero sigue siendo una posibilidad. Porque
a las tres de la mañana Sandrine me ha llamado para decirme que su
equipo había descubierto un cargo en la tarjeta de crédito de Helene
realizado en el aeropuerto de Atenas por la compra de un billete de
avión. Por desgracia, debido a las estrictas políticas de privacidad eu-
ropeas, no habían conseguido hallar para dónde era ese billete.

O por qué.

Me vuelve a sonar el teléfono cuando estoy enjuagándome el
champú. Salgo corriendo de la ducha y me lanzo hacia el lavabo,
donde he dejado el teléfono. Es el número de las oficinas de Julius A.
Weiskopf, Sandrine debe de haber ido a trabajar temprano.

—¡Sandrine! ¿La has encontrado? ¿Está bien? ¿Está...? —No
quiero terminar esa pregunta, porque hay demasiadas formas horribles para acabarla. Te va a dejar. Está herida. Está... muerta.

—Sebastien, soy yo.

Casi dejo caer el teléfono en el lavabo.

—¿Helene? ¿Por qué me estás llamando desde la oficina de Sandrine...? —*No, eso no es lo importante.* Me dejo caer lentamente hasta
el suelo de mármol. *Por favor, dime que esto no tiene nada que ver con la
maldición. Que todo va a ir bien*—. ¿Estás bien? ¿Estás a salvo?

—Sí, pero tú no. Sebastien, anoche, lo siento...

—Lo que quiera que pasase, no importa. Siempre y cuando tú y
el bebé estéis bien.

—No, no lo entiendes —dice Helene—. He venido a Ginebra porque Merrick conoce tu pasado y tenemos que detenerlo antes de que...

—¿Qué quieres decir con lo de que conoce mi pasado? —El sudor me resbala por la cara y por los brazos, amenazando con llegar hasta el teléfono. Me pongo un albornoz y busco una toalla para secarme la cara y el pelo. No puedo permitir que haya un cortocircuito.

—Él, mm...

Se escucha como alguien revuelve unos papeles, antes de que Sandrine hable al otro lado.

—Puedo irme para darles un poco de privacidad.

Se me revuelve el estómago. *Merrick conoce mi pasado.* Y Helene no puede decir nada más explícito porque Sandrine está con ella.

Nunca le he hablado al Grupo Weiskopf de mi inmortalidad porque nunca lo he necesitado. Ellos se encargan de hacer aquello que sus clientes deseen, sin hacer ningún tipo de preguntas. Pero estoy seguro de que más de una vez se han preguntado cómo es posible que mi cuenta lleve tanto tiempo abierta o por qué me tienen que conseguir una nueva identidad cada pocas décadas.

Me froto los ojos con las palmas de las manos.

—No, Sandrine. Quédate. Es hora de que conozcas toda mi historia. Helene, sigue. Podemos confiar en ella.

En cuanto Helene empieza a hablar, no puede parar. Ha tenido que soportar este miedo abrumador ella sola desde anoche, y me sorprende que gente a la que ella conocía, y en la que llegó a confiar, le esté haciendo esto. Y que yo no estuviese allí cuando me necesitaba.

Pero a Helene lo único que le preocupa es que se descubra mi secreto.

A mí me enfurece que Merrick la chantajeara y la secuestrara.

—Me voy a Ginebra ahora mismo —digo, furioso.

—¡No! No puedes —responde Helene—. Aaron te está vigilando. Si ve que te marchas de Santorini sabrá que estamos tramando algo.

Le doy un puñetazo de rabia a la pared, que deja una marca del tamaño de mi puño, que probablemente me hagan pagar.

No me importa.

—Sandrine —digo—. Quiero que acabes con Merrick y con Aaron. Que no queden nada más que las cenizas de sus reputaciones. Usa los recursos que necesites, pero consíguelo.

—Espera —dice Helene—. Lo más importante es conseguir los documentos que tienen sobre Sebastien.

Se oye como se abre y se cierra una puerta. Alguien acaba de entrar en la sala de conferencias de las oficinas del Grupo Weiskopf.

—Le he pedido a Calvin Hasan, mi jefe de ciberseguridad, que se nos una —explica Sandrine. Debe de haberle mandado un mensaje mientras Helene explicaba lo que había sucedido anoche.

—Buenos días —saluda Calvin mientras teclea en lo que supongo que debe ser su ordenador portátil.

Sandrine lo pone al día.

Se me retuerce el estómago al escucharla contarle todo y escondo mi cara entre las manos. Soy un idiota. Si les hubiese contado la verdad hace años puede que no nos encontrásemos ahora en este embrollo. Su equipo podría haber tenido tiempo de localizar todas las pruebas en Internet y borrar cualquier rastro de mis identidades pasadas. Puede que no hubiesen conseguido eliminarlo todo, pero sí las pruebas que esa sanguijuela de Merrick y su asqueroso perro de caza, Aaron, encontraron.

Pero estoy chapado a la antigua y no pensé en eso. Solía ser muy fácil hacerse con un nuevo pasaporte, dejar atrás una identidad y fundirme en una nueva. La última vez que me cambié el nombre aún no habíamos cambiado de siglo. La gente aún se conectaba a Internet con cables y las páginas web estaban hechas a base de bloques de texto que tardaban una hora en cargar. La tecnología no me suponía ningún peligro.

No tuve en cuenta lo mucho que ha cambiado desde entonces, y cómo pone en peligro mi seguridad ahora, y la de Helene y la de nuestro bebé. Mi propia existencia las pone en peligro.

Mea culpa. Siempre es culpa mía.

—Vale —dice Helene en cuando Sandrine termina de contarlo todo—. Así que tenemos unos archivos robados que tenemos que recuperar, además tenemos que averiguar dónde los guardan para poder destruirlos de sus servidores. Pero ¿cómo vamos a hacerlo? No sabemos cómo han nombrado los archivos o dónde los tienen guardados. Lo más probable es que Merrick y Aaron tengan varias copias en la nube de distintos servidores. Y quién sabe de dónde sacó Aaron la información.

—Déjenmelo a mí —dice Calvin—. Lo primero que necesito es cualquier tipo de información digital que tengas acerca de Merrick: sus direcciones de correo personales y del trabajo, su número de teléfono e incluso su número de la Seguridad Social, ese tipo de cosas.

—¿Por qué? —pregunto, recordándoles que sigo al teléfono.

—Si podemos entrar en los correos electrónicos de Merrick —expone Calvin—, podré rastrear cualquier tipo de actividad entre él y Aaron de los últimos meses. ¿Cuánto tiempo tengo?

—Ocho horas hasta que Merrick se dé cuenta de que no voy en el avión en el que se suponía que tendría que estar —responde Helene.

Calvin suelta un silbido.

—Ocho horas. Eso… no es mucho tiempo. Pero vale, vale, guay.

No puedo decidir si su rápida retahíla se debe a que está nervioso o emocionado. Pero en mi caso definitivamente es lo primero. No solo me preocupan Helene y el bebé, sino que estoy aterrado por mí también. Si esto sale a la luz, me encerrarán para siempre. Sin ser capaz de morir, seré una rata de laboratorio por toda la eternidad.

E incluso aunque *pudiese* escapar, no tendría ningún lugar donde esconderme. Todo el mundo estaría en mi contra.

Sandrine interrumpe mis pensamientos con su tono tranquilizador.

—Si alguien puede conseguirlo, es Calvin y su equipo. Fueron hackers para la NSA, la CIA, el MI-6, el Mossad, y todas las demás agencias de investigación punteras que todo el mundo desearía tener, pero que nadie se puede permitir.

No garantiza nada, pero escucho como Helene suspira, aliviada de momento.

Yo, sin embargo, sigo furioso porque tengamos que estar haciendo esto. Estoy cabreado conmigo mismo, pero sobre todo, me hierve la sangre al pensar en Merrick y en Aaron.

—Eso está muy bien para el control de daños, pero ¿qué vamos a hacer para castigar a esos dos por lo que han hecho? Se han pasado de la raya. Han intentado hacer chantaje a Helene y la han secuestrado. Ahora también me amenazan a mí. —Salgo del cuarto de baño furioso hacia la sala de estar, que da a la piscina infinita. Me gustaría poder sumergir las cabezas de Merrick y de Aaron bajo el agua. *Después* de haberles molido a golpes hasta que no fuesen más que una masa sangrienta.

»Quiero a esos dos desacreditados y avergonzados públicamente —gruño contra el teléfono—. Despojadlos de sus carreras y de sus reputaciones. Quitadles lo que más les importa.

Porque eso es lo que han intentado hacerme a mí.

Pero es Helene quien interviene.

—Sebastien —dice con dulzura—. No creo que eso sea lo que quieres de verdad.

—Lo es.

—No, no lo es. Estás enfadado y quieres protegerme a mí y a nuestro bebé. Pero no eres una persona vengativa. Te conozco. No es esto lo que quieres.

—Merrick ha intentado robarnos nuestra vida.

—Lo sé.

—Se merece que le roben la suya.

—Estoy de acuerdo. Pero solo porque podamos hacerlo no significa que sea lo que debamos hacer. Somos mucho mejores que él, Sebastien. Si Calvin puede encontrar y borrar todas las pruebas que Merrick y Aaron tienen, entonces dejemos que se vayan en paz. Los dejaremos atrás y seremos felices, tú, yo y nuestro bebé.

Ser felices. Como si eso fuese posible con la maldición.

Me hundo entre los cojines del sofá. Cuánto desearía poder estar en esa sala de conferencias con ellos en estos instantes, en vez de estar en Santorini completamente solo.

Pero también sé que puede que sea mejor que yo esté aquí. Una parte enterrada de mí, que sigue siendo el mismo Romeo que antaño, es demasiado impulsiva a veces.

—Dejar que Merrick y Aaron se vayan de rositas… ¿Eso es lo que quieres? —le pregunto, intentando contenerme.

—Lo es —responde.

Me quedo en completo silencio mientras lo pienso.

—Pero si te consuela —dice Helene—, puede que pueda conseguirnos una garantía.

—¿Qué quieres decir? —le pregunto.

—Puedo ayudar a crear una carpeta sobre Merrick. Puede que pensase que yo era una esposa dócil y servicial, pero aunque nunca dije nada en su contra mientras estuvimos casados, sigo siendo periodista, y tengo mis propios ojos y oídos. Tengo trapos sucios sobre él que podrían minar su credibilidad y reducir su carrera a cenizas, si el equipo de Calvin consigue entrar en sus cuentas, puedo decirles qué buscar.

—¿Y qué pasa con Aaron? —pregunto.

Entonces interviene Sandrine.

—Estoy segura de que podemos encontrar algo comprometedor sobre él. —Su tono afilado me hace agradecer que trabaje *para* mí, y no en mi contra.

—¿Qué te parece? —me pregunta Helene—. Merrick y Aaron no son los únicos que saben jugar a este juego. Lo único es que no quiero usar esa información a menos que sea necesario. Pero podemos hacerles saber que la tenemos.

Frunzo el ceño, porque yo quiero acabar con ellos. Pero Helene es mejor persona, y tiene razón.

—Vale —repongo—. Solo la usaremos en su contra si no nos dejan otra opción.

Una vez acordado el plan, Helene le dice a Calvin lo que necesita saber sobre Merrick y este se apresura para poner a su equipo manos a la obra.

Ocho horas.

Sandrine toma la palabra.

—Helene, ¿por qué no te buscamos una habitación en el hotel de la esquina para que puedas descansar? Has tenido una noche muy larga.

—Puedo quedarme —responde.

Pero puedo notar lo agotada que está incluso a través del teléfono.

—Estaré aquí si me necesitan —la tranquilizo, porque estoy atrapado en Santorini mientras Aaron me vigila—. Tendré el teléfono al lado todo el tiempo, y te llamaré si hay cualquier novedad importante. Pero deberías descansar, mi amor.

—No cumpliste tu palabra la última vez que pasó algo importante —repone Helene—, cuando Merrick envió a un detective privado a Alaska y nos sacó fotos.

Suspiro.

—Lo sé, y sé que me equivoqué al no contártelo. Lo siento mucho. Debería haber sabido que podrías soportarlo, en vez de habértelo ocultado. Así que, esta vez... ¿Qué te parece que sea *Sandrine* quien te llame si hay alguna novedad?

Me imagino a Helene arrugando la nariz, decidiendo si cree que de verdad la mantendremos informada o no.

Finalmente, accede.

—Vale. Pero llamadme o despertadme en cuanto Calvin consiga entrar en las cuentas de Merrick.

—¿Sandrine? —pregunto.

—Me aseguraré de ello —responde.

El Grupo Weiskopf me reserva una habitación en el hotel de la esquina, lo que me tranquiliza al saber que puedo salir corriendo en cuanto tengan alguna novedad en las oficinas. También me han dado un teléfono móvil nuevo, por si la línea fija del hotel no me era suficiente. Incluso han conseguido que mi nuevo teléfono tenga el mismo número que el anterior.

No pensaba que fuese a ser capaz de quedarme dormida, pero al parecer el bebé tiene otras ideas y me duermo profundamente en cuanto mi cabeza toca la almohada.

Cuatro horas más tarde, me despierto con el sonido del teléfono y una llamada entrante.

—Calvin ha entrado —dice Sandrine.

—Gracias a Dios —respondo. Entonces caigo en que no tengo ni idea de quiere decir con que «ha entrado».

Sandrine se me adelanta y me hace un resumen. Calvin no ha conseguido entrar en la cuenta de Gmail de Merrick porque Google tiene una de las mejores protecciones de ciberseguridad del mundo, pero *sí* que ha podido entrar en la cuenta del *Wall Street Journal* de Merrick. Desde ahí, encontró la dirección de correo de Aaron de entre los mensajes de la bandeja de enviados de Merrick. Después hackeó el correo electrónico de Aaron, encontró una factura de teléfono y gracias a eso consiguió el número de Aaron.

—Eso está muy bien —digo—. Pero aún falta mucho para encontrar los archivos sobre Sebastien, y todas las fuentes de donde sacaron esa información. —Recuerdo el enorme sobre que Aaron me mostró, lleno de papeles y copias de fotografías antiguas. Si el Grupo Weiskopf no puede deshacerse de cualquier rastro que exista de esas pruebas, el futuro de Sebastien, el mío y el de nuestro bebé estará en un laboratorio del gobierno parecido al Área 51, como prisioneros por el bien de la ciencia. Dejaremos de ser personas y pasaremos a ser meros sujetos de prueba.

—No te preocupes, Calvin y su equipo están en ello —dice Sandrine—. ¿Quieres comer algo? Puedes pedir lo que quieras al servicio de habitaciones, nosotros invitamos. Te he mandado también una muda de ropa. El botones no quería despertarte, así que le he pedido que deje la caja en tu puerta.

Miro el reloj de la mesita. El vuelo de Atenas a Los Ángeles aterriza en tres horas y cuarenta y seis minutos. No voy a poder comer nada.

—Si te parece bien —digo—. Voy a darme una ducha, a cambiarme y luego me acercaré a tu despacho. Estaría mucho más tranquila si estoy allí con vosotros.

—Claro —responde Sandrine—. Hasta ahora.

Nos quedan tres horas de margen para cuando llego a las oficinas.

—Gracias por la ropa —le digo a Sandrine cuando se reúne conmigo en la sala de conferencias con paredes de cristal en la que estuvimos antes. Ella, o su asistente, probablemente, me han mandado una camiseta de cachemira suave, unos vaqueros premamá y una chaquetilla que me queda mucho mejor que el abrigo de segunda mano que me dio el taxista.

—Me alegra ver que hemos acertado con la talla. —Deja su portátil sobre la mesa, pero no lo abre. En cambio, habla conmigo como si fuésemos dos viejas amigas que han quedado para tomarse un café después de mucho tiempo sin verse, en vez de dos extrañas en medio de una guerra tecnológica. Pero sé que intenta distraerme, y agradezco el esfuerzo. Me pregunta sobre mi familia, mi trabajo, sobre cuál ha sido mi lugar favorito de Europa. Me cuesta concentrarme y levanto la vista constantemente cada vez que alguien pasa junto a las paredes de cristal de la sala de conferencias, pero Sandrine me devuelve hábilmente cada una de las veces de vuelta a la conversación. De algún modo, pasa otra hora más.

Con dos horas de margen hasta que aterrice el avión, Calvin entra en la sala. Tiene el pelo mucho más despeinado que antes, manchas de café en la camisa, ahora desabrochada, y mueve un cubo de Rubik en miniatura entre los dedos, resolviéndolo cada treinta segundos antes de volver a desarmarlo, todo mientras nos informa de la situación actual. Me pregunto cuánta cafeína tiene corriendo por las venas en estos momentos.

—Hemos encontrado los archivos y los hemos borrado —dice Calvin.

—¿De verdad? —Me quedo boquiabierta. Pero enseguida recuerdo que ese es solo el segundo paso entre la larga lista de cosas que tienen que hacer. Nadie sabe cuántas copias de esos archivos hay en la nube. Y después están todas las fuentes donde Aaron encontró la información y las fotografías antiguas de Sebastien—. ¿Y qué pasa con el resto?

Calvin resuelve y deshace el cubo de Rubik de nuevo.

—Estamos trabajando para localizar todas las copias. Una de las chicas está en estos momentos rastreando todos sus correos electrónicos en busca de sus cuentas en la nube. Ya hemos encontrado y borrado unas cuantas.

—Bien —repone Sandrine—. ¿Pero cómo va a averiguar de dónde proceden originalmente esos archivos?

—Tengo a la mitad de mi equipo buscándolo. Y el resto está buscando información para nuestras carpetas de trapos sucios de Merrick y de Aaron, incluyendo todas las cosas que Helene nos ha contado.

—Muy bien —dice Sandrine—. Aún tenemos muchas cosas que hacer, y nos estamos quedando sin tiempo. Vuelve al trabajo.

Calvin se despide con su cubo de Rubik en la mano y sale corriendo hacia el ascensor para volver con su equipo al centro de mando del sótano.

Sandrine y yo llamamos a Sebastien para ponerlo al día. La asistente de Sandrine nos trae la comida, pero yo no tengo ni gota de hambre.

A falta de una hora, una mujer de unos veinte años y con un corte *pixie* de color rosa entra corriendo en la sala de conferencias.

—Tenemos algo jugoso sobre esos dos desgraciados. —Alza un fajo de papeles y los agita.

No quiero saber los detalles sobre lo que han encontrado acerca de Merrick. Por supuesto, sé que lo que les conté podría destruir su carrera. Pero estoy segura de que hay mucho más por ahí mucho menos… picante. Que involucra a becarias con nombres como Chrissy, por ejemplo.

Sin embargo, antes de que pueda decirle que no quiero saberlo, empieza a contárnoslo todo como si esto no fuese más que un juego muy divertido en el que están participando.

—¡Estos tipos son una mina de depravación! Tengo fotos asquerosas de ambos que *sin duda* no quieren que se hagan públicas, por ejemplo hay una en la que…

Me hundo en mi asiento, imaginándome a Merrick y su desfile de busconas, todas riéndose a mis espaldas mientras se lo tiran.

—Ya basta, Aimee —la interrumpe Sandrine.

La hacker de pelo rosa se queda ahí de pie, parpadeando, sin saber qué ha hecho mal. Se le caen los papeles de las manos. Entonces sus ojos se abren de par en par cuando se da cuenta de quién soy y la relación que tengo con los hombres de los que ha estado hablando tan alegremente.

—Oh. Lo siento.

Intento sonreír y actuar como si no tuviese importancia.

—Ya sabía que Merrick era una mierda de persona. Esto solo lo demuestra aún más.

—Cierto —dice Sandrine—, pero por desgracia unas cuantas fotos comprometedoras puede que no sean suficientes para detener a estos tipos. ¿Qué hay de las pistas que os dio Helene? Dile a Calvin que tiene que indagar más. Os quedan solo cuarenta y cuatro minutos y el tiempo sigue corriendo.

Odio pensar que ese tipo de fotos no sean suficiente para detener a Merrick y a Aaron. Pero sé que tiene razón. Podrían superar la vergüenza de que se hiciesen públicas. Cuando Merrick busca sangre, nada lo detiene, a menos que sea su propia vida la que esté en riesgo.

Empiezo a pasear por la sala como un león enjaulado. Debo de estar poniendo nerviosa a Sandrine, porque cuando nos quedan cuarenta minutos sugiere que vayamos a dar un paseo.

—Demos cinco vueltas a la manzana —sugiere—. Creo que el aire fresco te vendrá bien.

Camino a toda velocidad, como ninguna embarazada lo ha hecho antes, y regresamos a la oficina en tiempo récord.

Quedan veintiocho minutos.

Le pido a Sandrine que vuelva a comprobar el horario de los vuelos.

Ella frunce el ceño ante lo que ve en la pantalla de su ordenador.

Se me sube el estómago a la garganta.

—¿Qué pasa?

—El avión va a aterrizar antes de lo previsto.

—¡Mierda! ¿Cuánto tiempo nos queda?

—Siete minutos.

No… se suponía que nos quedaba casi media hora.

El teléfono de Sandrine suena con una llamada entrante.

—Hola, Sebastien —responde—. Sí, acabamos de ver la hora prevista de aterrizaje actualizada. Helene y yo nos vamos ahora mismo al departamento de ciberseguridad.

No cuelga la llamada mientras salimos corriendo hacia el ascensor y bajamos hasta el sótano, y entramos a la carrera en una sala sin ventanas. Es un espacio amplio hecho de metal y cemento, completamente gris a excepción de las luces que salen de las pantallas, varios dispositivos de espionaje y las torres de potencia.

Calvin está encorvado sobre su ordenador. La mayor parte de su equipo, una docena de hackers entre los que se encuentra Aimee, la hacker de pelo rosa, aporrean sus teclados como si les fuese la vida en ello.

—Seis minutos —dice Sandrine.

—Pensaba que nos quedaba media hora —responde Calvin sin apartar la mirada de su pantalla.

—La velocidad del viento atmosférico no está de nuestra parte —responde Sebastien desde el teléfono.

Uno de los hackers abre la página de estado de los vuelos de la aerolínea desde su ordenador y la proyecta en la pared para que podamos ver todos la cuenta atrás.

—Haré lo que pueda —dice Calvin—. ¿Dónde está mi carpeta de trapos sucios? —le pregunta a su equipo a gritos.

—¡Estoy en ello! —responde Aimee también a gritos desde el otro lado de la sala.

—¡Infórmame de lo que tenemos!

—¡Hemos encontrado lo que Helene nos dijo que buscásemos! —dice Aimee—. Transcripciones de mensajes instantáneos de Merrick con sus reporteros, animándolos a «embellecer» sus historias o a inventarse fuentes. Les ha pagado incluso para dejar pruebas de las historias que se inventaban. Y en cuanto a Aaron, hemos encontrado pruebas de que ha sobornado a algunos policías para tener acceso a fotografías policiales acerca de algunos famosos y a sus ficheros confidenciales. Correos electrónicos, transferencias bancarias, de todo.

Sandrine asiente. Y yo por fin me atrevo a respirar tranquila.

Por eso le dije a Calvin que buscase esto. Es mucho mejor que las fotografías comprometidas. Porque, ¿quién se va a creer una historia sobre la inmortalidad de Sebastien si la han escrito dos tipos que se dedican a inventarse sus artículos? Además, las carreras de Merrick y de Aaron lo son *todo* para ellos. No puedes ganar un Pulitzer si hay pruebas de que has obligado a tus reporteros a mentir. Cielos, ni siquiera puedes seguir siendo periodista.

Y Aaron terminaría en la cárcel si saliese a la luz que ha estado sobornando a la policía.

—¡Sube esos archivos, ahora mismo! —grita Calvin. Sus dedos vuelan sobre las teclas y juro que casi los veo borrosos. Se me acelera el pulso al mismo ritmo vertiginoso que sus dedos.

Cuatro minutos hasta que el vuelo aterrice en Los Ángeles.

—Último barrido de los archivos Montesco completado —anuncia Calvin—. Todas las copias en las cuentas de la nube han sido eliminadas.

Tres minutos.

—Reemplazando los archivos Montesco con nuestros archivos en estos momentos —responde Aimee—. Si... cuando Merrick o Aaron vayan a abrir las pruebas que tenían sobre Sebastien se encontrarán con un volcado de datos de su propia basura. —Se vuelve hacia mí y me mira con un gesto de aprobación, como si ambas formásemos parte de una hermandad secreta de tipas duras.

Tengo que admitir que el plan es brillante. Y fue a mí a quien se le ocurrió.

La barra de carga parece tardar una eternidad.

Quedan sesenta segundos.

¡Carga completa!

Calvin sonríe orgulloso, cayendo en una cosa más. Sus manos vuelan incluso más rápido que antes sobre las teclas.

Cuando el estado del vuelo cambia de «hora estimada de aterrizaje» a «en tierra», Calvin pulsa un último botón y alza los brazos triunfante.

—¡Listo! Esos bastardos están fuera de todas sus cuentas y he cambiado todas sus contraseñas. Eso les mantendrá ocupados durante un rato antes de que descubran que hemos intercambiado sus archivos.

—¿Y has borrado todas las fuentes de donde obtuvieron los archivos originales? —pregunta Sebastien desde el teléfono.

—Saqueadas y quemadas hasta los cimientos —responde Calvin, poniendo los pies sobre el escritorio y haciendo girar victorioso su cubo de Rubik—. Por lo que sabe Internet, nunca has existido, salvo como Sebastien Montesco. Y estaremos aquí para ayudarte, tecnológicamente hablando, de aquí en adelante. —Hace que parezca que no importa que su cliente sea inmortal y en estos momentos le estoy enormemente agradecida al Grupo Weiskopf.

Me dejo caer sobre una silla vacía. Toda la sala suspira aliviada, incluso las paredes de cemento.

—Gracias —le digo a Calvin, a Aimee, a todo el equipo y a Sandrine—. Acabáis de salvarle la vida a Sebastien y a nuestro bebé.

—Tú eras la capitana —dice Sandrine con una sonrisa extraña—. Nosotros solo éramos los soldados que seguían tus órdenes.

Pienso en llamar a Merrick para regodearme. Pero entonces pienso: *No, soy mejor que eso. Y he terminado con él de una vez por todas.*

Déjale vagar por el aeropuerto de Los Ángeles un rato, que me busque. Entonces puede llamar a Aaron, despotricando y enfadado. Después, Merrick entrará en Internet, indignado porque me haya atrevido a desafiarlo y listo para publicar la carpeta con los archivos de Sebastien. Pero primero tendrá que pasarse horas con el departamento de tecnología y atención al cliente para poder entrar en sus cuentas. Y cuando entre, Merrick abrirá los archivos de Sebastien…Y se encontrará con sus propios trapos sucios, listos para colgar para que todo el mundo los vea si es que alguna vez intenta enfrentarse a mí de nuevo.

SEBASTIEN

Cuando terminan las celebraciones al otro lado de la línea, por fin consigo hablar con Helene.

—Enhorabuena.

—Gracias —responde—. Y gracias por acceder a no destruir a Aaron y a Merrick, aunque se lo mereciesen.

—Siempre has tenido buen corazón. Es una de las razones por las que te amo —le digo—. ¿Pero estás bien? ¿De verdad? —Todavía me atormenta la culpa de no haber estado a su lado, de que haya tenido que pasar por todo esto sola.

—De verdad —dice Helene—. El bebé también está bien. Se ha puesto a dar volteretas cuando ha oído tu voz.

—Hola, cariño —le susurro a nuestra hija.

—¡Ooh! Una patadita. Te echa de menos. —Con todo el lío de Merrick a nuestras espaldas, la voz de Helene ha vuelto al mismo tono alegre de siempre. La banda sonora de mi vida.

—Yo también os echo mucho de menos, a las dos. Déjame ir contigo. Quédate en Ginebra y me subiré en el primer vuelo que salga hacia allí.

—En realidad —dice—, tengo una idea mejor.

—¿Y cuál es?

—Volvamos a casa, Sebastien, a donde empezó todo. ¿Qué te parece si nos vemos en Verona?

HELENE

C uando aterrizo en Verona, tengo un mensaje de voz de Merrick esperándome.

«Tú ganas, Helene. He perdido. Haz lo que quieras».

No suena sarcástico, sino resignado. En todos los años que hemos estado juntos, nunca había oído a Merrick tan derrotado, y me encanta haber sido yo quien ha conseguido vencerlo.

El siguiente mensaje de voz es de Sandrine, confirmándome que han recibido los papeles de divorcio firmados.

Empiezo a reírme a carcajadas y no puedo parar. Por fin me he librado de Merrick y siento como si me hubiesen quitado un peso de encima y por fin pudiese echar a volar.

Con una caja llena de dulces en la mano, paseo por las empedradas calles de Verona hacia la dirección del hotel que Sebastien me dio por teléfono. Él aterrizó hace horas y se me acelera el pulso al pensar las ganas que tengo de volver a verlo.

He visto fotos de Verona antes, por supuesto, ¿qué chica que ha hecho de Julieta en una obra del instituto no ha soñado con visitar el lugar donde transcurre la historia? Pero la ciudad es incluso más hermosa en persona que en las fotografías o en las películas. Las calles son estrechas, y los edificios coloridos a ambos lados están tan cerca los unos de los otros que los vecinos pueden hablar entre ellos de un lado a otro de la calle con solo asomarse a sus ventanas. Los parterres repletos de flores llenan los alféizares de las ventanas, y el león alado que simboliza a la antigua República de Venecia está esculpido en lo alto de todas las columnas, observando desde los arcos e, incluso, tallado en las paredes de algunos edificios antiguos de ladrillo.

Hay cafeterías al aire libre por todas las calles y callejones, y las mesas están llenas de clientes tomándose su café y su dulce de merienda. No me he podido resistir y he terminado parándome yo también en una de esas pastelerías para comprar una caja llena de cornetti rellenos de crema de chocolate y avellanas. No había probado ninguno desde que nos marchamos de Alaska, y al estar en Italia, me parece que es lo apropiado. Espero que Sebastien tenga café en la habitación.

Giro por una callejuela y veo el hotel. Sebastien ha reservado habitaciones en lo que parece una antigua casona. El edificio antiguo y de piedra gris tiene tres plantas, con cuatro grandes arcos que lo mantienen en pie. En lo alto de cada uno de los arcos está tallado el busto de un hombre que debió de ser un ciudadano ilustre de Verona. ¿Puede que algún príncipe o un lord rico? La segunda planta del edificio está repleta de puertas francesas y balcones con columnas. En la última planta hay muchas más ventanas, con un escudo familiar grabado en la piedra.

Me acerco a la fachada del edificio para ver mejor el escudo: es un lobo con dos espadas.

—Oh —jadeo, porque lo reconozco por las descripciones de los diarios de Sebastien. No lo había visto nunca en esta vida, pero en alguna parte de la memoria de mi alma, lo conozco—. El escudo de los Montesco —susurro.

Esto no es un hotel. Esta es la casa de Sebastien.

Al otro lado de la calle, en la cafetería a mi espalda, una silla de metal raspa contra los adoquines. Me vuelvo y me encuentro con un señor mayor que me observa mientras se toma su café.

Alza la taza y brinda por mí.

—Has encontrado un secreto —dice con un inglés prácticamente inentendible.

—¿Disculpe?

Señala con la taza hacia la casa de Sebastien.

—Los turistas suelen ir a la llamada «Casa de Romeo» en la Via Arche Scaligere. Pero no saben a dónde se mudó la familia Montesco tras la tragedia. —Vuelve a señalar hacia la casona frente a mí.

Yo la observo con interés añadido.

—¿Vive alguien aquí? —pregunto. Me gustaría saber si este hombre conoce la verdadera identidad de Sebastien.

Pero el hombre niega con la cabeza.

—Es un Airbnb. Muy tiste. La historia de Italia... ¡puf! —Cierra la mano en un puño y lo abre de golpe para explicar su argumento. Después vuelve a tomar el periódico que estaba leyendo y se centra de nuevo en sus páginas. Al parecer, lo último que quería aportar a nuestra conversación es lo mucho que desaprueba la avaricia de la vida capitalista de hoy en día.

Pero yo sonrío para mis adentros, porque conozco un secreto más con respecto a esta casona que él no sabe.

Una de las puertas francesas de la segunda planta se abre y un hombre apuesto y de ojos azules con el cabello oscuro despeinado sale al balcón, envuelto en una bata de felpa. Una descarga me recorre por dentro al verle.

Y de repente recuerdo qué día es hoy: diez de julio.

Por un segundo, dejo de respirar.

Pero esto no cuenta, ¿verdad? Sebastien y yo ya nos hemos conocido en esta vida.

Y no parece que sea el día en el que la maldición nos alcance. Parece el día perfecto para un inicio soleado y libre de los fantasmas del pasado.

Creo que la maldición está rota, me recuerdo.

Entonces respiro profundamente y todo parece empezar a encajar de nuevo, incluso yo misma.

Sebastien aún no me ha visto. Dejo de pensar en el día que es, sonrío y me acerco a la casona.

—¡Oh, Romeo, Romeo! ¿Por qué eres tú, Romeo?

Al oírme, Sebastien baja la mirada hacia la calle bajo el balcón. Se le ilumina la mirada de alegría, como si sus ojos fuesen dos glaciares bañados por la luz del sol.

—Pero ¡silencio!, ¿qué resplandor se abre paso a través de aquella ventana? ¡Es el Oriente, y Julieta el sol!

A mi espalda, el señor mayor resopla, perdiendo todo el respeto que me tenía. Como vive en Verona, seguro que está harto de tener que presenciar las interpretaciones de *Romeo y Julieta* bajo los balcones.

Aunque no viniendo de los originales.

Me río. Dios, es agradable haber vuelto, poder volver a bromear con Sebastien. Aquí es justo donde debo estar.

—¿Sabes? —dice, inclinándose sobre la barandilla del balcón—, creo que nos hemos equivocado con el orden de las frases de Shakespeare. Se supone que Romeo habla primero y *después* Julieta.

—También nos hemos equivocado con nuestras posiciones —respondo—. Estoy bastante segura de que se supone que tengo que ser *yo* la que está en el balcón, y se supone que tú tendrías estar aquí abajo.

—Es verdad —repone—. ¿Eso significa que te vas a poner a escalar el edificio, para estar conmigo?

Bajo la mirada a mi vientre embarazado de seis meses y después la vuelvo a subir hacia él.

—No creo que sea buena idea. Además, entonces tendría que sacrificar los cornetti. —Levanto la caja de la pastelería.

—¿Y por qué no lo has dicho antes? —Sebastien se lleva la mano al bolsillo de su bata, saca una llave, la deja caer y esta aterriza sobre mi caja de pasteles—. Usa eso y entra por la puerta como las personas decentes. Pero camina despacio. Hagas lo que hagas tienes que proteger los cornetti.

Vuelvo a reírme a carcajadas y corro hacia el interior.

Cuando Helene entra en la casona, bajo corriendo por las escaleras de mármol. Antes me había parecido hermosa, pero ahora ilumina el vestíbulo de la casona de los Montesco con luz propia, con la chispa de su mirada y la felicidad que irradia como si fuese una estrella. Creo que me equivocaba con la historia de Romeo y Julieta, porque esto se parece mucho a un «felices para siempre».

La alzo entre mis brazos, pero la caja de pasteles casi se le cae de las manos, y suelta un gritito.

—¡Con cuidado! ¡Los cornetti!

—Olvídate de los cornetti. —Le quito la caja de las manos y la dejo sobre la barandilla.

Helene me sonríe, traviesa.

—Has dicho que los protegiese a toda costa.

—He cambiado de opinión. Algunos costes, como esta caja separándote físicamente de mí, son demasiado altos. —La estrecho entre mis brazos y la alzo en volandas, con ella aferrándose a mi cuello.

Así de cerca, la piel de Helene es cálida y con un toque suave, probablemente esté llena de azúcar glas por la caja de pasteles. Pero cuando la beso no saboreo los cornetti, sino el vino meloso, la prueba indudable de que siempre somos ella y yo, sin importar dónde y cuándo. Entonces profundizo el beso, intentando que no quede distancia entre nosotros, que seamos un solo ser.

Y después la llevo arriba en brazos, porque quiero hacerle el amor despacio, saboreando cada segundo. Durante horas y horas, hasta que el recuerdo de que en algún momento estuvimos separados se vea sustituido por el recuerdo de nuestros cuerpos enredados bajo las sábanas.

HELENE

El dormitorio de Sebastien representa la elegancia de otra época. La cama es de madera oscura y pesada, y contrasta con las suaves sábanas de color crema. Frente a la cama hay un armario, una cómoda y un espejo con la madera a juego, y una salita de estar con un sofá de terciopelo gris claro. La luz del sol, suave y dorada, se filtra entre las cortinas que ondean con el viento frente a las puertas abiertas del balcón, con las paredes cubiertas con un papel de pared bronce.

Me tumba en la cama con dulzura e insiste en desnudarme sin que lo ayude. Sebastien me quita la chaqueta y los vaqueros, y me deja besos en el tobillo, subiendo por mi pierna hasta la parte interior de mi rodilla, y recorriendo la cara interna de mis muslos.

Sus dedos suben hasta el dobladillo de mi camisa, levantándolo y poniéndome la piel de gallina. Me besa el vientre y se detiene en esa posición un momento con los ojos cerrados, como si estuviese rindiendo homenaje a la vida que hemos creado juntos en mi interior.

Sebastien se levanta hasta que su cara está a centímetros de la mía y por un momento nuestros labios vuelven a encontrarse y nuestras lenguas vuelven a enredarse en un baile desenfrenado. Pero entonces abandona mis labios y empieza a besarme el cuello, pasando después a la mandíbula. Su tacto es tan suave como el céfiro, pero con un calor abrasador. Y yo ardo de deseo.

—Te amo, Helene —susurra.

—Yo también te amo.

Mis manos encuentran el cinturón de su bata y lo desatan. Su piel se encuentra con la mía y nos fundimos el uno en el otro.

Sebastien no se limita a hacerme el amor. Me venera.

Y hay algo que ahora sé: toda mujer se merece que la conquisten como a Julieta, que la adoren como a una reina y que la veneren como a una diosa.

En cuanto a mí, para Sebastien no soy solo una de ellas.

El destino ha querido que sea las tres.

SEBASTIEN

Durante tres meses maravillosos, desayunamos cornetti y café cada mañana en alguna de las cafeterías de la ciudad. Por las tardes, Helene trabaja en su manuscrito y después hacemos el amor y nos perdemos en el otro entre las sábanas. Cada día, antes del atardecer, paseamos por las calles de Verona del brazo del otro, disfrutando del calor de verano que da paso a la fresca calma del otoño.

Y entonces, a principios de octubre, estoy cocinando la cena cuando una copa se rompe al caer al suelo del comedor y Helene contiene un grito. Dejo la cuchara de madera que estaba usando en la sartén con la salsa de tomate y voy corriendo hacia el comedor, con el miedo del pasado gritándome en los oídos.

—¿Qué pasa? ¿Estás bien?

Pero ella empieza a reírse a carcajadas. Sigue mirando al suelo, riéndose y carcajeándose, pero cuando sigo su mirada hacia debajo de la mesa no entiendo por qué se ríe, solo hay cristales rotos y un charco de agua.

—¿Qué te parece tan divertido?

Helene, todavía riéndose, me mira a los ojos.

—No es divertido. Es maravilloso, glorioso, *increíble*. Sebastien… he roto aguas.

—El bebé —murmuro, por fin entendiendo qué está pasando. Estoy aterrado, pero también llevo esperando este momento desde hace siglos. Una sonrisa se dibuja en mis labios.

Y ella me sonríe radiante.

—Sí. Ya llega nuestro bebé.

$\mathcal{H}$ELENE

En el hospital todo el mundo habla italiano, y la musicalidad del idioma tiñe la tarde de un resplandor beatífico. Noto las contracciones, agudas y seguidas, pero aunque duelan, les doy la bienvenida porque es nuestro bebé anunciando que está a punto de llegar. Quiere que seamos una familia.

Toda mi atención se centra en ese único hecho. La logística de dar a luz queda relegada a un segundo plano borroso: una enfermera me ayuda a ponerme la bata del hospital y me coloca una vía intravenosa en la mano; el anestesista me pone la epidural; otra enfermera comprueba cuántos centímetros he dilatado y cronometra el tiempo entre las contracciones.

Empiezo a prestar más atención a lo que ocurre a mi alrededor en esta habitación del hospital tan solo cuando llega la matrona, con el pelo recogido en un moño de abuela. En vez de dirigirse a mí primero, ve algo en la expresión de Sebastien y se acerca a él.

—Todo va *molto buono*, muy bien —le dice, dándole unas palmaditas tranquilizadoras en el hombro—. No tiene nada de lo que preocuparse.

—Es verdad —le digo, haciéndole señas a Sebastien para que se acerque a mi lado y le tomo su mano temblorosa—. Ya no falta nada para que seas papá.

Sé que tiene miedo, que piensa que la muerte está esperándome entre las sombras de esta habitación, lista para llevarme consigo. Sebastien se arrodilla junto a mi camilla, cierra los ojos e inclina la cabeza como si estuviese rezando.

—Te amo —dice, casi inaudible. Y luego lo repite una y otra vez, en todos los idiomas que hemos aprendido juntos a lo largo de los siglos.

T'amu.

Ich liebe dich.

Eu te amo.

Jag älskar dig.

Ti amo.

Σ ε α γ απώ.

我愛你

Je t'aime.

Y más.

Una lágrima cae por mi mejilla al pensar en todas las pérdidas que ha tenido que vivir, por todas las Julietas de las que se ha tenido que despedir, por todos los amores que no estaba listo para dejar marchar.

Aprieto la mano de Sebastien con fuerza.

—Te amaría cien vidas más.

Él ahoga un sollozo angustiado.

—Pero aún no me he ido —le digo con dulzura—. Y pienso quedarme mucho tiempo. ¿De acuerdo?

—De acuerdo —susurra.

—De acuerdo —repito, como si estuviese sellando el trato. Y entonces me asalta una nueva contracción, la más fuerte hasta ahora.

SEBASTIEN

Nunca pensé que pudiera ser padre, nunca pensé que fuera posible. Pero nuestra pequeña saluda a las brillantes luces del hospital con un llanto de felicidad, con los brazos abiertos como si estuviese dispuesta a abrazar al universo al completo, ya optimista sobre su futuro desde el primer aliento. Una enfermera se la lleva a un costado de la habitación para que la limpien y yo la sigo de manera automática. El sonido del primer llanto de mi hija es como una tormenta de verano, una cálida ola de un nuevo tipo de amor que me envuelve, y quiero seguirla allá donde vaya, abrazarla, defenderla a capa y espada de los monstruos y las maldiciones, protegerla del miedo y de todas las cosas malas de este mundo.

Tiene la nariz respingona y los labios rosados de Helene, y una capa de pelo algodonado del color del caramelo. Tiene diez dedos en las manos y diez en los pies, el peso perfecto y la medida perfecta. Es la niña más hermosa que jamás se haya conocido.

La enfermera me pasa a mi hija cuando termina de limpiarla y yo la acuno contra mi pecho.

—Hola, cariño —susurro.

Suelta un murmullo feliz y se acurruca contra mi pecho, como si se alegrase de estar por fin entre mis brazos.

Es de verdad, pienso. La felicidad de este pequeño ser que tantas Julietas y yo hemos deseado en el pasado. Y ahora está aquí. Por fin.

—¿Puedo verla yo también? —pregunta Helene a mi espalda, bromeando, pero cansada por el parto. Solo entonces me doy cuenta de que he olvidado mi miedo a la maldición, de que tener en brazos a nuestra hija ha borrado todo el miedo durante unos maravillosos segundos.

Pero Helene está bien. Mejor que bien. Cuando le tiendo a nuestra hija, Helene está sonrosada e irradia amor y orgullo por esta pequeña vida que hemos creado.

—*Congratulazioni* —dice la matrona, dándome unas palmaditas en el hombro como hacen las abuelas italianas, como si quisiese decir: ¿*Ves? Te dije que todo iría bien.*

—*La ringrazio tanto* —respondo, aunque en realidad no hay palabras suficientes en ningún idioma para expresar lo agradecido que le estoy. Helene y nuestra hija siguen conmigo. A salvo.

Los médicos y las enfermeras terminan de hacer las últimas revisiones que tienen que hacer. Luego dejan a nuestra pequeña familia para que podamos pasar un rato juntos.

Me quedo de pie junto a la camilla, contemplando a las dos mujeres más importantes de mi extensa y complicada vida. Solo siento paz, y estoy casi incómodo porque es una sensación que desconozco.

—Ven aquí —dice Helene, haciéndome hueco en la camilla.

Me subo aunque no haya mucho espacio, pero es mejor así, el cuerpo de Helene y el mío apretados el uno junto al otro, y nuestra hija acurrucada contra nuestros pechos, respirando mientras duerme.

—Es un ángel —digo, acariciando su suave cabello—. Una bendición.

—Como nosotros —dice Helene.

La miro sin llegar a comprenderla.

—Estos últimos diez meses han sido los más felices de mi vida —dice Helene—. La mayoría nunca llega a experimentar un amor así. Pero nosotros lo hemos vivido una y otra vez.

Niego con la cabeza, no quiero tener esta conversación ahora. No quiero que estalle esta burbuja.

Pero Helene entrelaza sus dedos con los míos, apoyando nuestras manos con dulzura sobre el cuerpo acurrucado de nuestra hija.

—Creo que nunca estuvimos malditos, Sebastien. Nos bendijeron. Poder pasar una eternidad junto a tu alma gemela es maravilloso.

Bajo la mirada.

—Pero todos los terribles finales que causé. —No puedo evitar fijarme en que Helene está envuelta en una sábana blanca, que me recuerda al vestido blanco que llevaba en el mausoleo de los Capuleto, y yo vuelvo a estar aquí, a su lado—. Todo empezó con la daga de Romeo.

—Eso fue un accidente. Nunca quisiste hacerle daño a Julieta. Los accidentes ocurren.

—¿Y todas las vidas que vinieron después? Isabella ahogándose, Cosmina ardiendo en la hoguera, Amélie muriendo a manos de una masa de revolucionarios...

—No fueron culpa tuya —responde Helene con dulzura aunque con convicción—. Así es la vida, por plena que sea. La alegría siempre va de la mano con la tristeza. Pero lo importante es no fijarse solamente en el trágico final. Porque a medida que leía tus diarios y reconstruía nuestro pasado para mi libro, me di cuenta de una cosa, Sebastien: el hilo conductor de nuestra historia no es una tristeza eterna, es un amor indestructible.

¿Tiene razón? Me tumbo en silencio a su lado. Llevo tanto tiempo creyendo en la maldición, pensando que las últimas palabras de Mercucio nos condenaron, que mis primeros impulsos han sido morir o soportar el sufrimiento durante siglos.

Pero ¿y si Mercucio *no* nos maldijo? ¿Y si fui yo, mi culpa, la que nos encerró en un ciclo sin fin de dolor, tan centrado en que Julieta siempre moría que era lo único que veía, sin importar todas las veces que pude cambiar? ¿Y si me daba tanto miedo perderla para siempre, no volver a verla nunca más, y por eso nunca la dejaba marchar? ¿Eso podría explicar por qué siempre terminaba regresando a mi lado?

Echo la vista atrás a todas las veces que la amé. La Julieta original fue una tragedia, pero Helene tiene razón: fue un accidente. Era joven e impulsivo, y los estrictos códigos de honor de aquella época me obligaron a retar a un duelo al conde Paris en medio del mausoleo de los Capuleto. Matar a Julieta no fue cosa del destino. Fue cosa del azar.

Con el corazón destrozado, hui a Sicilia y, casi dos décadas después, apareció Isabella, como una copia exacta de Julieta. Pero después de que su ferry se hundiese durante nuestra luna de miel, mi culpa regresó y, esa vez, decidió quedarse para siempre.

Tras aquello, amé... pero amé con miedo. Ya fuese a Clara, a Florence, a Meg o a Kitri, siempre había una parte de mí que se había quedado aferrada al pasado, como una mosca atrapada en las redes de una araña que hace tiempo que se murió. Me culpé por todo lo que salió mal. Y el patrón siguió siendo el mismo, perpetuado por mi propia miseria y mis remordimientos.

Pero ¿y si la maldición no existía para separarnos? ¿Y si puedo *elegir* acabar con ella?

Nuestra hija abre los ojos de par en par. Son azules claros, como los míos. Pero también esconden un brillo dorado en su interior, herencia de Helene. Sé que los recién nacidos no saben sonreír, pero aun así... ella me sonríe. Y alza las manitas y me acaricia la cara con esos dedos increíblemente pequeños.

Por primera vez en muchos siglos, rompo en llanto.

Porque *esto* es lo que quiero.

Caminar por el lado soleado de la calle con mi hermosa mujer y mi preciosa hija. Ver cómo las rosas florecen en vez de marchitarse. En vez de decir que se avecina una tormenta, quiero recorrer con los dedos sus rayos de esperanza, dorados como el sol.

Quiero volver a Alaska y arreglar las cosas con Adam. Quiero ver a mi hija crecer, enseñarle a conducir, dejarla salir a este mundo incierto para que encuentre su propio camino. Quiero entregarme por completo a Helene, abrazar lo impredecible, recordar los momentos felices y los tristes y todo lo que hay entre medias, y llenarlo de risas, lágrimas y arrugas.

Quiero no tener miedo.

Y quiero dejar de culparme.

El cambio nunca es sencillo. Pero quiero intentarlo.

—Hope —«Esperanza», susurro.

Helene se vuelve a mirarme, confusa. Puede que porque lo que he dicho no tiene ningún sentido con la última parte de nuestra conversación. Pero ya no me estoy centrando en lo último que hemos dicho. Lo único que me importa es este momento y los tres corazones que laten al mismo compás en esta camilla de hospital. Puede que ocurra una nueva tragedia, porque nadie puede saber a ciencia cierta si será feliz para siempre, y aún no hemos cruzado la marca de los dos años, pero podemos elegir seguir adelante sin que importe nada más.

Beso la mejilla de querubín de nuestra pequeña.

—Su nombre —digo—. Creo que deberíamos llamarla Hope.

A Helene se le dibuja una enorme sonrisa en la cara.

Me aprieta la mano con fuerza.

Y el reloj roto de su muñeca se despierta y empieza a dar la hora.

NOTA DE LA AUTORA

Estoy enamorada de un hombre que podría morir un día de estos. Tom y yo nos casamos en 2018, pero diez meses más tarde descubrimos que tenía una enfermedad terminal: fibrosis pulmonar idiopática. Fue un diagnóstico desgarrador, que nos dieron demasiado pronto en nuestro reciente matrimonio, pero que me obligó a enfrentarme a la pregunta de: ¿cómo puedes amar a alguien cuando sabes que no le queda mucho tiempo a tu lado?

Me inspiré en mi propia historia para escribir la de Sebastien y Helene. La vida nunca está garantizada, pero es más difícil, muchísimo más difícil, cuando el destino le tatúa una cuenta atrás en el pecho a tu alma gemela. ¿Cómo amar cuando el duelo puede estar a la vuelta de la esquina? ¿Levantas tus muros, huyes, decides no sentir nada en lugar de sentirlo todo? ¿O puedes encontrar la manera de quedarte a su lado a pesar de saber que es inevitable?

Seis meses después del diagnóstico, los pulmones de Tom fallaron por completo. Se lo llevaron corriendo al hospital y le sometieron a OMEC, un sistema avanzado de soporte vital que extraía sangre de su cuerpo y la oxigenaba antes de bombearla de nuevo por sus venas, porque sus pulmones ya no eran capaces de realizar esa tarea. A medida que los días se convertían en semanas, él se ponía cada vez más enfermo. Estaba al borde de la muerte cuando nos dieron una segunda oportunidad: un trasplante doble de pulmón.

Era el regalo de otra vida.

Y, aun así, los trasplantes de pulmón son increíblemente delicados, porque los pulmones están expuestos al mundo exterior con cada respiración. Que el cuerpo rechace esos órganos u otro tipo de infecciones es una amenaza constante. A veces pasamos meses enteros en los que Tom está sano y todo parece perfectamente normal. Otras veces, de repente, volvemos a estar de nuevo en el hospital. Estoy enamorada de un hombre que, en cierto modo, se ha reencarnado, pero que podría morir un día de estos.

Pero al igual que Sebastien y Helene, Tom y yo elegimos amarnos, cueste lo que cueste. Nos quedamos, sentimos, atesoramos cada día, cada mes, cada año.

Y me consuela saber que, cuando llegue el momento de despedirnos, no será realmente el final de nuestra historia.

Porque volveremos a encontrarnos, de algún modo, de alguna manera.

Lo prometo.

AGRADECIMIENTOS

He entregado mi alma al completo a esta historia, y me es imposible agradecérselo de manera adecuada a todos aquellos que lo hicieron posible, pero lo haré lo mejor que pueda.

A mi brillante editora, Anne Groell. Sabías lo que esta historia podía llegar a ser y me ayudaste a sacarla, con delicadeza, de mi vulnerable corazón. Gracias por tu visión de la novela, por tu orientación, amable y generosa, y por tener esperanzas y sueños por la historia de Helene y Sebastien tan grandes como los míos.

A todo el equipo de Del Rey y Penguin Random House. La avalancha de amor, entusiasmo, creatividad y talento general que ha recibido este libro es abrumadora. Scott Shannon, Keith Clayton, Tricia Narwani, Alex Larned, Bree Gary, Regina Flath, Jocelyn Kiker, David Moench, Jordan Pace, Adaobi Maduka, Ashleigh Heaton, Tori Henson, Sabrina Shen, Lisa Keller, Megan Tripp, Maya Fenter, Matt Schwartz, Catherine Bucaria, Abby Oladipo, Molly Lo Re, Rob Guzman, Ellen Folan, Brittanie Black y Elizabeth Fabian: no podría haber elegido mejor equipo para *Los cien amores de Julieta* ni aunque os hubiese creado yo misma. Es un privilegio trabajar a vuestro lado.

A mi agente, Thao Le. No hay suficientes palabras para agradecerte tu fe inquebrantable en mí y en mi trabajo, por tus sabios consejos y por tu talento a la hora de encontrarles el mejor hogar a cada una de mis historias.

A Andrea Cavallaro y a todos mis editores y traductores extranjeros. Me llena de alegría poder compartir mis historias, tanto con aquellos que están cerca como los que están lejos de mí. Gracias por llevar mis historias por todo el mundo. Y a Jody Hotchkiss por darle a *Los cien amores de Julieta* un billete a Hollywood.

A Dana Elmendorf y Joanna Phoenix por leer mis primeros borradores y por vuestras agudas y atentas ideas, y a Karen Grunberg por su excelente habilidad como correctora. A Tom Stripling, Juan David Piñeros Jiménez y Elizabeth Fama por vuestra ayuda con los idiomas. Todos los errores de traducción de esta novela son solo culpa mía.

A Elizabeth Fama, Angela Mann, Betsy Franco, Aimee Lucido, Joanna Phoenix, Karen Grunberg y Seina Wedlick. Nuestros *salons de thé* son siempre tan esclarecedores e inspiradores (y deliciosos). Me siento realmente agradecida de teneros en mi vida.

A todos mis lectores y a la increíble comunidad de libreros, bibliotecarios y amantes de los libros de las redes sociales. Algunos lleváis a mi lado desde que publiqué mi primera novela hace unos cuantos años y otros os unís al viaje ahora. Gracias por darme el privilegio de crear historias para vosotros. Es el mayor honor de mi vida.

Al equipo de trasplantes de pulmón del Hospital de Stanford, que salva y cambia vidas. Gracias, gracias, gracias por vuestra excelencia, vuestra amabilidad, vuestra energía incansable, por todo. Este libro trata de la reencarnación, de la esperanza y del amor, y está inspirado en la segunda oportunidad que nos disteis a Tom y a mí.

Nuestros doctores: Dr. Dhillon, Dr. Mooney, Dr. Chhatwani, Dr. Ahmad, Dr. Anson Lee, Dr. Suzuki, Dr. Raj, Dr. Albert Lin, Dr. McArthur, Dr. Sher, Dr. Maldonado, Dr. Britton, Dr. Zein, Dr. Reza y Dr. Wheeler.

Nuestros incansables enfermeros: Ellen Arce, Fiji, Leeann, y al resto de los grupos de atención primaria y enfermeros especialistas.

A nuestros enfermeros de la Unidad de Críticos Cardiovasculares (CVICU): Corinne, Lesha, Samantha (Sam), Judy, Dorothy,

Meagan, Romeo, Jason, Raina, Michael, Xenia, Eva, Yelena y Alily.

A nuestros perfusionistas: Ari, Barry y Allan.

A nuestros enfermeros de la UCI: Michael E., DeAndre y Joseph.

A nuestras enfermeras de D2 y M6: Brittany, Claire, Mack, Erin, Heather, Rena, Gianna, Lauren, Kathryn, Keely, Laura, Ryan, Mary, Kelly, Annika, Whitney, Harry, Chanti, Melissa, Amy, Brian y Gladys.

A nuestros terapeutas respiratorios: Kepha, Taylor, John y Cathy.

A nuestros terapeutas ocupacionales, fisioterapeutas y logopedas: Ben, Carolina, Greta y Nicole.

Gracias por cada minuto de más que dedicasteis a cuidar de Tom y por dedicarnos a mí y al resto de nuestra familia palabras de consuelo durante nuestras horas, días, semanas y meses más aterradores. Os lo agradecemos cada minuto de nuestras vidas.

Al donante de órganos de Tom y a su familia. No es posible agradeceros lo suficiente el regalo de la vida que nos hicisteis mientras os enfrentabais a vuestra propia tragedia. Siento infinitamente vuestra pérdida y os estoy eternamente agradecida por vuestro altruismo. Atesoramos los nuevos pulmones de Tom cada día y prometemos vivir haciendo honor a vuestra compasión.

A mamá y a papá. Fuisteis mis primeros admiradores y siempre me habéis dicho que soy capaz de hacer aquello que me proponga. Gracias por criarme para que crea en mí misma y para que crea que todo es posible.

Y por último, a Reese y Tom. Estoy llorando mientras escribo esto porque vosotros dos sois todo mi universo. Gracias por amarme tan fervientemente como lo hacéis, a pesar de (y por) todas mis idiosincrasias ñoñas. Os amo, os amo, os amo.

SOBRE LA AUTORA

Evelyn Skye es autora de ocho novelas superventas del *New York Times*, entre ellas *El juego de la corona*. Licenciada por la Universidad de Stanford y la Facultad de Derecho de Harvard, Skye vive en la bahía de San Francisco con su marido y su hija.

evelynskye.com